钟鼓楼

刘心武 著

人民文学出版社

图书在版编目(CIP)数据

钟鼓楼/刘心武著.—北京：人民文学出版社，2018（2025.7重印）
（茅盾文学奖获奖作品全集）
ISBN 978-7-02-014028-2

Ⅰ.①钟… Ⅱ.①刘… Ⅲ.①长篇小说—中国—当代 Ⅳ.①I247.5

中国版本图书馆CIP数据核字(2018)第062247号

责任编辑　李　磊
装帧设计　刘　远
责任印制　张　娜

出版发行　人民文学出版社
社　　址　北京市朝内大街166号
邮政编码　100705

印　　刷　三河市宏盛印务有限公司
经　　销　全国新华书店等

字　　数　300千字
开　　本　890毫米×1290毫米　1/32
印　　张　13　插页2
印　　数　88001—93000
版　　次　1985年11月北京第1版
印　　次　2025年7月第21次印刷

书　　号　978-7-02-014028-2
定　　价　35.00元

如有印装质量问题，请与本社图书销售中心调换。电话:010-65233595

出版说明

　　一九八一年三月十四日,病中的中国作家协会主席茅盾致信作协书记处:"亲爱的同志们,为了繁荣长篇小说的创作,我将我的稿费二十五万元捐献给作协,作为设立一个长篇小说文艺奖金的基金,以奖励每年最优秀的长篇小说。我自知病将不起,我衷心地祝愿我国社会主义文学事业繁荣昌盛!"

　　茅盾文学奖遂成为中国当代文学的最高奖项,自一九八二年起,基本为四年一届。获奖作品反映了一九七七年以后长篇小说创作发展的轨迹和取得的成就,是卷帙浩繁的当代长篇小说文库中的翘楚之作,在读者中产生了广泛的、持续的影响。

　　人民文学出版社曾于一九九八年起出版"茅盾文学奖获奖书系",先后收入本社出版的获奖作品。二〇〇四年,在读者、作者、作者亲属和有关出版社的建议、推动与大力支持下,我们编辑出版了"茅盾文学奖获奖作品全集",并一直努力保持全集的完整性,使其成为读者心目中"茅奖"获奖作品的权威版本。现在,我们又推出不同装帧的"茅盾文学奖获奖作品全集",以满足广大读者和图书爱好者阅读、收藏的需求。

　　获茅盾文学奖殊荣的长篇小说层出不穷,"茅盾文学奖获奖作品全集"的规模也将不断扩大。感谢获奖作者、作者亲属和有关出版社,让我们共同努力,为当代长篇小说创作和出版做出自己的贡献,为广大读者提供更多的优秀作品。

人民文学出版社编辑部

目录

并非开头(从一百年前,到一九八二年十二月十二日)　1

　0. 这一段完全可以跳过去不读。不过读读也无妨。　1

第一章　卯(晨5时—7时)　9

　1. 钟鼓楼下,有一家人要办喜事。最操心的是谁?　9

　2. 地安门大街上,来了一位给婚事帮厨的人。他为什么不要茶壶?　13

　3. 一位正在苦恼的京剧女演员。人家却请她去迎亲。　21

　4. 一位局长住在北房。他家没有自用厕所。　32

　5. 一个女大学生的单相思。那小伙子确实可爱。　39

第二章　辰(上午7时—9时)　48

　6. 一位令人厌烦的热心人。　48

　7. 婆媳之间的矛盾,难道真是永恒的吗?帮厨的倒勾起了一桩心事。　56

8. 不但当了喇嘛可以结婚，结了婚的人也可以去当喇嘛。 63

9. 京剧女演员只好从迎亲行列中退出。 69

10. 一位修鞋师傅。他希望有个什么样的儿媳妇？ 79

第三章　巳(上午9时—11时) 95

11. 新郎并不一定感到幸福。 95

12. 一位农村姑娘带着厚礼走来。 106

13. 婚宴上来了一位不寻常的食客。你知道当年北京的"丐帮"吗？ 116

14. 新娘子终于被迎到了新房中。有的售货员为什么故意冷落顾客？ 131

第四章　午(中午11时—1时) 144

15. 北京人这样结婚。 144

16. 一位不爱搭理人的技术情报站站长。 154

17. 局长接待了不速之客，并接到一封告发信。 162

18. 农村姑娘和城里姑娘为什么谈不拢？ 170

第五章　未(下午1时—3时) 188

19. 本书的一个大主角——四合院。 188

20. 一位女士的罗曼司。她为什么向一位邮迷要走

　　　　了一枚"小型张"？　　　　　　　　　　　197

　21. 不需要排演《铸钟记》,而需要立即干点别的……　224

　22. 一位编辑遇上了一个文学青年。　　　　　　237

　23. 一个小流氓朝钟鼓楼下走来。凶多吉少。　　256

　24. 婚宴上也会有惊险场面。信不信由你。　　　271

　25. 行政处处长对别人的告发哑然失笑。　　　　284

第六章　申（下午3时—5时）　　　　　　　　　295

　26. 钟鼓楼下的"老人俱乐部"。　　　　　　　　295

　27. "哪里哪里"。江青也是本书中的一个角色。　312

　28. 新郎的哥哥终于露面。关于"装车"和"卸车"。
　　　院内的"水管风波"。　　　　　　　　　　323

　29. 老编辑被一位"文坛新人"气得发抖。　　　　344

　30. 以往一帆风顺的人也终于遇上了顶头风。　　353

不是结尾　申酉之交（下午5时整）　　　　　　　364

　0. 怎样认识时间？它是一个圆圈？一支飞箭？一
　　条奔向大海的河流？一只骰子？一架不断加速
　　的宇宙飞船？它真的可以卷折、弯曲？……时
　　间流逝着,而钟鼓楼将永存。　　　　　　　364

谨将此作呈献

在流逝的时间中,已经和即将

产生历史感的人们。

并非开头

(从一百年前,到一九八二年十二月十二日)

0. 这一段完全可以跳过去不读。

不过读读也无妨。

大约一百多年前。清朝光绪皇帝载湉登基不久。

是一个月黑夜。

在北京北城,离钟楼、鼓楼不远的一所贝子府中,忽然有一声凄厉的惨叫。

贝子虽是逊于亲王、郡王、贝勒的第四等贵族,但那府第也颇为轩昂华丽。值夜的仆人和巡更的更夫听见了那声转瞬即逝的惨叫,慌忙行动起来,点燃了许多摇曳着红舌的蜡烛,动用了若干盏羊角提灯,立即在全府中进行了紧急巡查。回廊曲折、花木蓊翳的后花园自然是巡查的重点。

天上没有半点星光,阵阵小风掠过,厅堂檐角的"铁马"发出杂沓的音响。

被惊动的主持家务的姨娘和府内总管,在议事厅里听取了各路仆人的搜寻报告:各处门户皆无异常,整个邸宅没有发现任何侵入的人和物。

于是,那声短暂的惨叫被怀疑为掠过府邸上空的"夜猫子"的嚎声,那当然属于"不祥之兆",需得加倍小心——姨娘当场吩咐,天一亮便到隆福寺和白云观请僧、道来府禳解。

一切似乎又归于正常。多燃的灯烛相继熄灭,多余的人等相继散去,值夜的照常坐屋值夜,巡更的照常绕着府墙打更。

天上密布的紫云裂开一道缝隙,一束蛋青色的月光泻向地面。

贝子府渐渐现出了它的轮廓。北城的所所房屋渐渐显出了它们的轮廓。高耸在北城正北端的钟楼和鼓楼,也渐渐显出了它们那雄伟的轮廓。

鼓楼——又称谯楼——上,传来交更的阵阵鼓声,打破了这夜空的寂寥。一群流萤从鼓楼的墙体下飞过。

这似乎是一个普普通通的夜晚。同它的前一夜一样,并且同它的后一夜也将大同小异。

天光渐渐放亮。

随着天色由晶黄转为银蓝,沉睡了一夜的城市苏醒过来。鼓楼前的大街上店铺林立,各种招幌以独特的样式和泼辣的色彩,在微风中摆动着;骡拉的轿车交错而过,包着铁皮的车辖辘在石板地上轧出刺耳的声响;卖茶汤、豆腐脑、烤白薯的挑贩早已出动自不必说,就是修理匠们,也开始沿着街巷吆喝:"箍桶来!""收拾锡拉家伙!"……卖花的妇女走入胡同,娇声娇气地叫卖:"芍药花——拣样挑!"故意在鼻子上涂上白粉的"小什不闲"乞丐,打着小钹,伶牙俐齿地挨门乞讨……而最古怪的是卖鼠夹鼠药的小贩,一般是两人前后同行,手里举着一面方形白纸旗,上头画着老鼠窃食图,前头一位用沙哑的声音吆喝:"耗子夹子——夹耗子!"后头一位用粗嘎的声音相呼应:"耗子药!花钱不多,一治一窝!"……

钟鼓楼西南不远,是有名的什刹海。所谓"海",其实就是浅水湖,一半种着荷花,一半辟为稻田。据说因为沿"海"有许多寺庙庵堂,所以得"什刹海"之名。"什刹海"又分前海和后海,二"海"之间,有一石砌小桥,因形得名,人称银锭桥。银锭桥畔,有一小户人家,专卖豆汁。

豆汁并非豆浆。将绿豆用水浸发后,磨成原汁,使之发酵,分解出可供制作粉丝的淀粉后,再滤出"黑粉子"和"麻豆腐",最后所剩的一种味道酸涩的浊液,便是豆汁——未学会饮用者,特别是南方迁入北京的居民,往往仅啜一口便不禁作呕,然而老北京们却视它为最价廉物美的热饮,许多人简直是嗜之入迷。百年后的今天,北京仍有不少人酷爱此物,甚至有那漂洋过海侨居国外多年的北京人,虽然早已遍尝世上各种美味佳肴,但一旦回到北京,提出的首批愿望之一,便是:"真想马上喝到一碗热豆汁!"

话说当年银锭桥畔那家小铺,所卖豆汁极有口碑。经营者为一对年过半百的老实夫妇,他们的豆汁发得好、漂得净、质量醇正,而且经营有方,为顾客们想得极为周到。有那家道已然没落的旗人老太太,为了节省几个铜板,到了店铺并不买那热好的熟豆汁,而是买下生豆汁,用陶钵装回家再热熟了吃——店主夫妇对她们也一视同仁,笑脸相迎,毫不怠慢。北京人喝热豆汁时,讲究吃这么几种东西:咸菜、焦圈、烧饼。这家店铺的咸菜颜色正、模样俊、味道香,咸菜丝有辣的、不辣的、宽条的、窄条的几种,而且还供应用苤蓝切成的骰子块,浇上辣椒油,夏天更用冰镇,随要随取,真是粗菜细作了。那焦圈炸得不温不火,金红脆薄,夹在层次分明、芝麻粒盖面的芝麻酱烧饼中,就着喝那热豆汁,对嗜好者来说,真有销魂夺魄之感。

但就是这对卖豆汁的夫妇,前几日却惨遭不幸。

他们有一独生女儿,年方二八。父母钟爱此女,既不让她"当垆",更不令她制作,宠为掌上明珠,满足她的一切要求。这女儿长得十分美丽——自然是按当时的审美标准衡量。她有着一张鹅蛋脸,双眼细而长,鼻梁平塌而鼻头圆白,一张地道的樱桃小口,上唇的轮廓线呈明显的 M 形,下巴偏右侧有一颗不大不小的黑痣。

时值丁香盛开的初夏,母亲带着女儿,从丰台姥姥家归来,临近什刹海时,已是夕阳落山之际。满湖新张开的绿荷,在晚风中瑟瑟抖动,岸柳如丝,拂在姑娘的身上,同她腰系的汗巾,以及汗巾上的槟榔香袋相纠缠,姑娘不由得站在湖边,娇喘微微,同母亲暂歇一时;好在再拐两个弯儿,便到银锭桥了。

不料事情坏就坏在她们娘儿俩那一歇。

她们所歇的地方,南边是一片栽满绿荷的湖水,北边隔着一条车道,是一家有名的饭馆——会贤楼。那饭馆是两层楼的格局,楼檐下挂着一溜黑地金字的长牌子,牌子下垂着红布条儿,大有古人所谓"青旗在望"的意思。楼上楼下都是十二开间,全部是磨砖对缝的墙体,楼上还有宽大的绿油栏杆画廊,雅座中的贵客,可以凭栏眺望,对景品酌。

偏偏那天有一佻达男子在二楼上凭栏狂饮。他透过绿柳垂丝,一眼望到了那位卖豆汁夫妇的女儿。

那佻达男子,便是开头我们提到的那个贝子府的主人,即贝子本人。此人好穿青洋绉衣服,随身总带着一把铁股大折扇,打开来扇面超过半圆,上面画着一只狂浪的黑蝴蝶,凌驾在一片血珠般的花丛上。他两手十指上起码戴着五枚戒指,其中两只是有倒须钩的铁戒指——由此可知其人秉性如何。

当那卖豆汁夫妇的女儿在湖边心情怡悦地歇息时,她万没想到大祸即将临头。当天她穿着一件藕丝单衫,立在晚风中,衬着碧波绿荷,恰似一朵素雅的出水芙蓉。偏她频频伸出纤指,理着被晚风吹乱的鬓发,更显得袅娜多姿,楚楚动人。那贝子从楼上望去,顿时酥掉了半边身子……

当那姑娘同母亲回到家中,夫妻父女还来不及叙谈时,贝子已在一群侍从簇拥下,闯入了他们家中。贝子自恃亮出自己的身份后,别说提出要纳那姑娘为妾,就是强要她进府当个"通房"大丫头,卖豆汁的夫妇怕也不得不屈从。

谁知当姑娘和母亲惊恐万分地回避后,那父亲却丝毫不为所动,只是严正地说:"我们高攀不上。我们夫妇二人,只有这么一个女儿,我们只要能招进个白衣女婿,把这豆汁铺维持下去,就心满意足了。"

贝子和他的豪奴们悻悻然而去。

惨剧便发生在第二日凌晨。可怜的姑娘!她同她的父母虽然彻夜未眠,心存忧惧,但总还以为尚有侥幸摆脱贝子纠缠的可能;天光透进窗牖后,那姑娘对着一面当年价格极昂的玻璃镜子——是她家的贵重物品之一——正细细地进行晨妆,忽然贝子府的一群豪奴破门而入,二话不说,架起她就往外拖。姑娘失声哭喊起来,拼死挣扎着,父母亲闻声慌忙从滤豆汁的灶房中跑了过来,本能地扑上去抢救——可怜那父亲被豪奴一铁尺击中头部,顿时晕倒在地,母亲跌倒在门槛之内,大声呼救时,女儿已被豪奴们架入了马车;邻居们闻声围到了门外,开始还不乏挺身质询、援救之人,但为首的豪奴叉腰那么一嚷,人们便都敢怒而不敢言了。那豪奴嚷的是:"奉贝子爷钧命,来此搜捕逃妾!谁敢多管闲事,上前试试长着几个脑袋!"

那日午正时分,钟楼悠悠然地撞着钟,什刹海银锭桥一带,人们仍像往日一样地照常活动着。走过来了用一对小铜碗(名曰"冰盏儿")相击、卖酸梅汤和炒红果的小贩,又走过来了手持梭子(名曰"唤头")、发出嗡嗡响声的剃头匠,还过来了一位卖"仙鹤灯"的……不远的街巷中——也许是烟袋斜街,或许是鸦儿胡同中,传来了墩鼓、号筒、唢呐、韵锣、海笛等乐器和鸣的声音,一定是哪家娶新媳妇的花轿已经过来了……

然而那卖豆汁的夫妇却处在极度的痛苦之中。父亲养伤卧在床上,虽有富于同情心的邻居前来帮忙照顾,但他一时怕难痊愈,昏迷中不时吐出絮絮的呓语……母亲已处于半癫狂状态,她跌坐在银锭桥头,一边拼出全部力气嚎啕大哭,一边时断时续地发出最严厉的诅咒……

据目击者说,就在钟楼鸣钟中止不久,忽然出现了一位骑马的少年,他身穿一袭华美的长袍,头上戴一顶前面嵌着美玉的便帽,手里拿着一根镶着翡翠的马鞭,看去似乎是个书生,可是眉宇间却洋溢着一股雄武的英气;他在卖豆汁的那位母亲面前下了马,和蔼地问她为何在此恸哭。周围的人们帮着那位近乎癫狂的母亲,把事情的经过告诉了他。

那美少年听完,不禁双眉倒竖,切齿有声。人们听见他说:"老妈妈,不要哭了。你等着听好消息吧!"待人们回过神来时,只听见一阵远去的马蹄声,只留下一股异常的香气。人们几疑刚才所见的纯系幻觉中的人物。

但几天以后,便发生了开头所写的那件事——在一个月黑夜里,贝子府中忽然发出了一声短暂的惨叫。

当晚贝子府的人们没有查出个所以然来。第二天天光大白以后,人们才发现贝子从昏死中苏醒了过来,凄厉地呻吟着——原来他的双目不知被谁剜去了,脸上是两个骇人的血洞。据说在床帐上还发现了一张纸条,上头写着十六个字:"抉汝眸子,汝其猛省。刀光霍霍,已盘汝顶。"

到这天上午,贝子府中发生的事情便传遍了钟鼓楼、什刹海一带。邻居们自然争先恐后地去报告了那卖豆汁的夫妇。

是谁剜去了那恶贝子的双目,卖豆汁的夫妇和左近的邻居们都心中有数。

但据贝子府里所传,直到府里的人听见贝子的呻吟声,开门进去以前,他那居室的门窗都关合得极为严密,毫无被撬开过的痕迹,整个府第的所有门窗,也都如此……

岁月悠悠。钟鼓楼依然雄踞着。

银锭桥畔那卖豆汁的夫妇,不知后来同女儿团聚没有?他们那爿小小的豆汁铺,百年之后,不知尚有余痕可辨否?

那座贝子府,据说如今成了一所中学。当师生们处在笑语喧哗的校园中时,有谁还会想到,曾经有过那么一个月黑夜,在那阴森森的府邸中,曾出过那么一桩怪事:有一位放荡无忌的贝子,在门窗密合的情况下,被人剜去了双目,发出过一声凄厉可怖的惨叫……

这事自然成了一桩茶余饭后的谈资,虽经百年,如今到钟鼓楼、什刹海一带去查访,还能听到老北京们的娓娓传述,当然,各自加以不同的作料,安排不同的结局,因而构成不同的"版本"。

然而,在钟鼓楼边生息不已的人们之中,像这传说中那种纯善与极恶的人只是极少数;呈现于钟鼓楼下的大量生活场景,也并非都是"月黑杀人夜"或"风高放火天"。因此,我现在呈献给读者的这部小说,竟并不循着这离奇的传说朝下发展,而将钟鼓楼下那平凡琐屑却蕴含更丰富的一面,向读者加以展现,想来不会使亲爱的读者们见怪吧?

往下读,读者们就会发现,这本书的内容,离你非常之近。

远的东西,常使我们感到神秘。近的东西,常让我们觉得平淡。但关键是能否有所发现。无论远近、高低、大小、上下,倘能有所发现,都能给我们带来收获,带来快乐。让我们试一试吧!

请记住,在北京城中轴线的最北端,屹立着古老的钟鼓楼。

鼓楼在前,红墙黄瓦。

钟楼在后,灰墙绿瓦。

鼓楼胖,钟楼瘦。

尽管它们现在已经不再鸣响晨钟暮鼓了,但当它们映入有心人的眼中时,依旧巍然地意味着悠悠流逝的时间。

时间流到了一九八二年十二月十二日那一天……

在钟鼓楼附近的一条胡同中,有个四合院;四合院中有个薛大娘——请看、请看……

第 一 章

卯

(晨 5 时—7 时)

1. 钟鼓楼下,有一家人要办喜事。
最操心的是谁?

薛大娘洗漱完,用发散着香胰子气味的手,郑重其事地撕下了月份牌上的日历,于是,那个让她又盼又怕、又喜又忧的日子,便在新的一页红日历上,赫然宣布了出来:

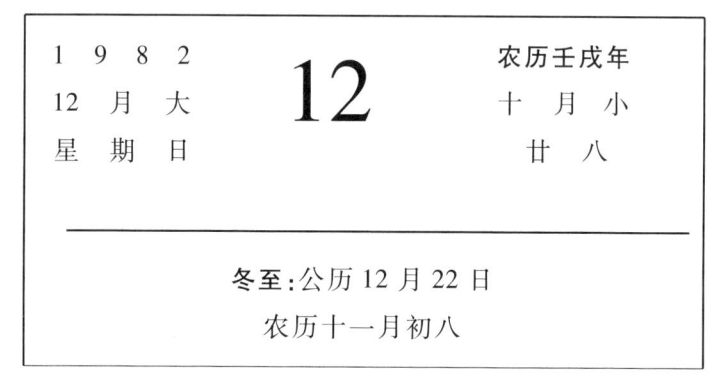

1982 12 月 大 星 期 日	**12**	农历壬戌年 十 月 小 廿 八
冬至:公历 12 月 22 日 农历十一月初八		

对于薛大娘来说,一日二十四小时的记时法,新的一日从午夜

零点开始的概念,虽说经过这些年子女们谈话的熏陶,也算懂得,但从心理习惯上来说,她还是把天光透进院落,算作一日的起始。

今天,薛大娘的小儿子薛纪跃办喜事。

薛大娘在那页被朦胧的天光照亮的日历面前,愣了好几秒钟。同北京许许多多同龄的老市民一样,薛大娘现在绝不是一个真正迷信的人,她知道迷信归根结蒂都是瞎掰,遇上听人讲述哪里有个老太太信神信鬼闹出乱子,她还会真诚地拍着大腿笑着说几句嘲讽的话;但她又同许许多多同龄的老市民一样,内心还揣着个求吉利的想法。现在北京并没有人摆摊算卦,办喜事也没有什么人再那么讲究生辰八字,偶尔听说外地农村里竟然还有因为算生辰八字酿成儿女悲剧的事,薛大娘一类的人也会跟着叹息。但在选择什么日子办喜事这样的问题上,北京城时下却确凿存在着一定的讲究。是谁倡导的?谁传播的?你缕不清。不仅像薛大娘这样的老市民,就是薛纪跃这样的新市民,也都颇为重视这个讲究。什么讲究呢?就是得选个阴历、阳历月、日都是双数的日子。这当然是一种最原始不过的迷信心理:怕逢上单数会生出不吉利的丧偶的后果。世界上的事情就是这样,你可以比较轻易地涤荡繁缛的迷信习俗,却很难消除存在于人们内心中的原始迷信心理。薛大娘在副食店卖过二十多年的菜,头年才退休回家,她的文化水平恰到能够流畅地阅读日历的程度。在那张红色的日历面前,她把那些偶数读了几遍,心中漾出一种安适感。只是日历下面的小注略让她不快,不仅有个"十一"的数字瞧去刺眼,所预告的"冬至"这个节气似乎也不那么喜幸。不过,这几丝不快,很快也便被日历上所笼罩的红色驱散了。

薛大娘离开日历,看了看仍在床上酣睡的薛纪跃,本想过去把他唤醒,临到挪动脚步又生出了怜惜之情。让他再多睡一会儿吧,今儿个指不定得把他累成个什么样儿呢!

　　薛大娘走出屋子。院子里很静,没有人影。按过去以十二地支划分一昼夜的计算法,那正当卯时①。薛家住着这个四合院里院的两间西房。虽说他们早已接出去了一间厨房,但今天要办喜事,厨房支派不开,所以昨天便搭好一个用汽车苫布构成的棚子,好让今天来帮忙的大师傅有用武之地。

　　薛大娘原以为老伴在苫布棚里,及至走进去一看,并没老伴的身影,便知道他是到什刹海后海边遛弯儿、打八卦拳去了。难道今天这个日子也不能停它一次?薛大娘不禁有点埋怨。薛大娘在苫棚里检查着备好的各种原料和半成品——洗净切好的白菜、油菜和胡萝卜,裹上鸡蛋面粉炸过一道的小黄花鱼,发了一夜的木耳、黄花和笋干……请到的大师傅据说曾在同和居掌过红案,他今天弄出来的"四四到底"(十六个菜),肯定谁也挑不出碴儿来!

　　薛大娘心神不定。帮忙的大师傅没到还情有可原——现在天刚冒亮儿,人家兴许住得挺远,总得过一阵儿;可大儿媳妇昭英怎么还不露面?半年前大儿子薛纪徽和儿媳妇孟昭英还跟薛大娘他们住一块。那时候,两间屋子,薛大娘老两口和小儿子薛纪跃住一间,薛纪徽和孟昭英带着女儿小莲蓬住另一间。薛纪徽是开130卡车的司机,孟昭英是同一单位的出纳,他们打结婚那天起就跟单位要房子,总算在今年春上要到了一间——住那间的技术员搬入了新居民区的单元楼,这间便倒给了他们。他们搬了出去,这才腾出了给弟弟薛纪跃成家的居室。北京城里就是这个形势,一个萝卜一个坑。薛纪徽两口子搬得并不算远,就在恭俭胡同那边住,离这

---

① 十二地支为:子、丑、寅、卯、辰、巳、午、未、申、酉、戌、亥。子时相当于半夜二十三点至一点,余类推。

儿不过两站来地。说好让他们一早就来帮忙的,可你瞧,天光眼见着越来越亮了,却还不见影儿。薛大娘心里只怨着孟昭英,这是她的一种心理习惯。两口子带着孙女来了,儿子叫没叫爹妈她不计较,媳妇要是忘了叫,或者叫迟慢了、声音听去不顺不甜了,薛大娘便会老大的不痛快;一般来说她倒并不发作,但面对着媳妇时,她却肯定不会现出哪怕是一丝笑纹。此刻她走出苫棚,朝院门迈步,心里直嘀咕:这个昭英,小叔子办喜事,在你心里头就那么没分量吗?还等着你去女家迎亲呢,你就不能早点儿来效力?

薛大娘走出里外院之间的垂花门,迎面遇上了荀磊。荀磊是个俊俏的小伙子,今年二十二岁,比薛纪跃小三岁。他家住在一进门右首小偏院中,父亲荀兴旺原是东郊一家大工厂的老工人,头年退休后办了个个体户执照,在后门桥那里摆摊给人修鞋。说起来真是鸡窝里飞出了金凤凰,这荀磊完全不像他父母那样五大三粗黑皮糙肉,竟长得细皮白肉苗条秀气。长相好倒还不算什么,他上小学起就肯好好念书,中学毕业后居然出乎全院人的意料,被外事部门直接招去,送到国外培训,今年夏天回来后,被分配在某重要部门当翻译,据说,将来还有机会出国工作呢!

这时候荀磊手里提着两个剪贴得十分精美的黄底子的大红囍字,满脸笑容地迎住薛大娘说:"大娘,您过过目,要合适,我这就贴去!"

薛大娘喜出望外。她因为心里头堆满了事儿,倒把这个节目忽略掉了。院门口昨晚上就由薛师傅贴上了一对红囍字,不过刚贴上,就被才下班回来的荀磊偏着头评论说:"这字剪得不匀称,衬底也不好看。今天晚上我帮你们另做一对,明天早上先给你们看看,要觉着好,我就帮你们换上。"这不,他倒真做出了一对。

薛大娘仔细地瞧了瞧荀磊高举起的囍字,确实是好,笔道匀实、黄红辉映不说,光那边框里的喜鹊闹梅图案,就难为他怎么剪得出来!

"哟,好!真好!够多喜幸!"薛大娘拊着掌赞道,"小磊子,你可真是个人精!"

"那我就弄糨糊给贴去啦!"荀磊高高兴兴地扭身回屋取糨糊去了。

薛大娘走出了院门,心情大畅。

这院子在北京北城的一条胡同里。此刻站在院门口,可以看见钟楼和鼓楼的剪影,从浅绿色的丝绸般的天光中,清晰地显现出来。那钟楼甍脊西端的兽头,一九七六年地震时震落了,只剩下东端的兽头,还在天光中翘着上弯的铁须;那鼓楼木构楼殿的支柱,有一根明显地露出来,给本来过分凝重的剪影,增添了一点轻盈灵动的韵味。

薛大娘抬头仰望着这融入她的生活、她的灵魂的钟鼓楼。钟鼓楼仿佛也在默默地俯视着她住的那条古老的胡同、陈旧的院落和她本人。在差不多半分钟里,历史和命运就那么无言地、似乎是无动于衷地对望着。

但薛大娘很快便把眼光移向了胡同进口处。为什么昭英还不来?

2. 地安门大街上,来了一位给婚事帮厨的人。他为什么不要茶壶?

地安门的十字路口,显得过分宽阔。那是因为当年有座庞大的地安门,五十年代初将它拆除了,修成十字路口,所以成了这样。

不知道为什么,三十年来,人们始终没有在那宽阔的街心,开辟一个转盘式的大花坛。人们净忙着干别的了。现在也还是这样。天还没有大亮,这里已经热闹起来。当然不是那种公园或商场式的热闹,而是一种缺乏色彩的、严肃的热闹——人们急匆匆地赶着去上班。公共汽、电车里挤得满满当当。车站上既有循规蹈矩排队候车的人,也有无视公德、几乎站到快车道上、打算车到便往上跳的小伙子们。而构成总体气氛的关键,还是那些骑自行车的人。多数骑自行车的人只是被动地随着车流前进,但总有少数屁股不怎么沾车座的小伙子,蛇形地快速穿过每一个能利用的车隙,惊心动魄地飞驰向前。

这天总算比平日景况稍松缓一点。因为是星期日,机关干部和学生们退出了清晨的这股人潮。不过需要通过这个十字路口去做工、售货、办事的人还是不少。北面高踞的鼓楼和南面屹立的景山,仿佛都在薄明中凝望着这里,它们也许在沉思:为什么这里的生活既有惊人的变迁,也有似乎是单调的重复?

路喜纯在自行车的车流中,不慌不忙地均匀蹬车,边想心事边随车流向前。

这是个二十六岁的小伙子,从他的年龄来说,他或许要算胖子,但其实他的脸蛋、胳膊、胸脯都还是紧绷绷而富有弹性的,只不过比一般的同龄人鼓胀而缺乏棱角罢了。他在崇文门外花市附近的一家小饭馆工作。那小饭馆可以说是北京市最基层最不起眼、甚而会被某些自命高雅的人视为最低级最不屑一顾的社会细胞。但"麻雀虽小,五脏俱全",其实整个北京城的阴晴风雨、喜怒悲乐,都能从那小小的饭馆中找到清晰而深刻的回响。

路喜纯已然父母双亡。常有人问及他的父母,他总是极简单地回答。倘若有人多问几句,他便仿佛不高兴起来。他那故去的双亲,似乎有着某种神秘的色彩。

其实说起来也很平常。路喜纯的父亲生前是个蹬平板三轮车的运输工人,母亲一直是个家庭妇女。他父母收入虽然不多,对他这个独生子却保证着绝不低于一般富裕家庭的供应,因此,上小学时,那位戴眼镜的班主任老师常以他为例,来教育全班同学:"新旧社会两重天。要是在旧社会,路喜纯还不得穿着破衣烂衫,到垃圾堆拾煤核儿去吗?……"这位老师还曾到他家里去,动员他父亲到班上去忆苦思甜。那天路喜纯父亲正就着一头大蒜喝酒——他每天下了班回来总得喝上三两白干。出乎老师、也出乎路喜纯意料,父亲不但予以拒绝,还紫涨着脸,瞪着发红的眼睛,说出了这样蛮不讲理的话:"甭拿咱们开心! 甭跟我来这套!"母亲赶紧来打圆场,说他那是发酒疯,"甭搭理他!"老师扫兴地走了,从此讲话不再以路喜纯为例。路喜纯为这事深深地感到困惑。不久,父亲便脑溢血去世了。

父亲去世后,母亲挑起了生活的重担。原来,母亲做挑花活不过是补助家用,这以后她每月几乎要多领两倍的活计,每天都要做到晚上十点来钟。通过她的努力,路喜纯的生活水平一点没有下降。但在路喜纯的记忆之中,他母亲绝不是文艺作品中惯常描写的那种手持慈母线的贤良形象。她都快五十岁了,每天起码还要照十多次镜子。她又很爱给自己拔痧,经常在额头上、太阳穴旁,用食指和中指的指缝,使劲揪出排列整齐的紫红印子来。他们难得吃肉,但母亲顿顿饭后总要坐到屋门口去,用炕笤帚苗剔牙。有时候母亲还要同邻居吵架,尽管这种时候不多,而且往往母亲确实占了几分理,但母亲吵架时那种豁出去的劲头,以及夹带着的那些极难听的脏话,事后总要让路喜纯偷偷地害上几天臊。母亲是一九七二年冬天查出有肝癌的,一九七三年春天便去世了。

路喜纯家住着院里一间南屋。父母双亡后,邻居们原以为这间屋子很快便会变成无处下脚的鸡窝,甚至会成为胡同里小流氓们的聚会之所。谁想料理完母亲的丧事,仅仅十六岁的路喜纯却在三天之内,使那间房子焕然一新。他先到街道上开了证明,去信托商店卖掉了家里的一套瓷掸瓶、瓷帽筒和一个硬木炕桌,取得了一笔对他来说相当丰厚的现款。然后,他便重新粉刷了屋墙,用草根刷子刷净了每一件家具,重新把屋子布置起来。他在窗明几净的屋子里,沉着地等待有关部门给他安排工作。当他手头只剩五块多钱时,给了他通知,让他去那家小饭馆。

按某些人从旁推论,路喜纯是北京市民中的所谓"胡同串子"①,最易堕落而难以教化,然而除了偶然有颇令人迷惑不解的行为外,他竟不但没有堕落,反而生活得非常正派。在他生活道路上给过他强烈影响、给予他这样去生活的启示人,一共有两个。一个是他中学时的老师嵇志满,一个是他们那个小饭馆的何师傅。嵇老师并非什么知名的优秀教师,何师傅在饮食行业中也并非突出的先进人物,但他们灵魂中那些健康的、向上的东西,偏偏集中地流注到了路喜纯的灵魂之中。

先是为了尽可能不去上山下乡,后是因为安排就业困难,路喜纯所在的那个小饭馆里的年轻人,竟然大多是从后门安排进去的。这也许会让那些对小饭馆的前门也不屑一顾的人们哑然失笑吧。从某种意义上来说,我们这座北京城里的市民尽管共享着同一个空间和同一份时间,但人们所生活的层次毕竟有所不同。路喜纯所在的这一层也许并非最底层,但即使在最底层里,也会有许许多多同上面那些层次相通的东西。因为是饮食基层店经理安排来

---

① 住在胡同中的没有教养的青少年。

的,因此便在同事们面前趾高气扬,这同因为是某个"大人物"的侄子而进了市府机关,便令某些人格外尊敬三分,又有什么不同呢?路喜纯到了饭馆便想学掌勺炒菜,谁知那个差使至今轮不到他——因为那是红案,比去做主食的白案似乎要高出一档。在饭馆这个天地里,路喜纯的来路和背景都还不足以使他获得那个位置,于是乎一个总噘着嘴的比他"来路硬"的小伙子便占据了那个岗位——偏偏那小伙子满心满意想找个机会调到高一个层次的行业中去,他还不乐意学那个红案呢;但饭馆的小头头却宁愿要他学红案而不要路喜纯学。

路喜纯为自己这样的遭遇和身边这样的现实深深地痛苦过。他那痛苦的价值,比一位大学毕业生学非所用的痛苦的价值低吗?比一位有才华的作家的呕心沥血之作被退稿的痛苦低吗?比一位高级干部的正确的改革计划遭到保守者抵制的痛苦低吗?不见得吧。特别是当那个小伙子并不虚心听取老师傅指教,漫不经心地把菜炒得黑糊糊焦烘烘,因而引来顾客的抗议时,路喜纯便格外痛苦,有时他会禁不住把馒头机泻下的馒头,捡起来捏得湿面滋出每一条指缝,然后再重重地把那团面甩回到机器里去……

前几天路喜纯还去学校找过嵇老师,向他倾诉过内心的痛苦。嵇老师是教数学的。路喜纯在那所中学上学时,还是"四人帮"得势的时期。从那时的数学课上学不到多少知识,但从课下的谈话中,路喜纯却从嵇老师那里获得了不少实实在在的真理。嵇老师总是给他讲历史,特别是近代史。嵇老师所讲的,往往都是历史课上听不到的。他记住了嵇老师一句几乎是口头禅的话:"你要有历史的眼光!"

嵇老师一直住在学校一角的一间小屋中。不知为什么他总没有结婚。但路喜纯每次去,却几乎又总会在嵇老师那凌乱的宿舍中发现一位女客,有的显得很年轻,长得未必漂亮,打扮得可真时髦;有的徐娘半老,穿着朴素,却风韵犹存。这回去又遇上了一位,不老不少,圆脸庞,鼓眼睛,说话嗓门挺大。瞧那做派,简直跟嵇老师熟得不能再熟,路喜纯跟嵇老师说话的时候,她就坐在嵇老师床上,抽着一根烟,极随便地翻阅着嵇老师的一本集邮册,还不时发出像男人那样粗嘎的笑声。

路喜纯倾诉了他的苦闷。嵇老师照例没有什么特殊的表情,他用捏在手里的一个圆形塑料立体梳,慢慢梳理着日渐稀疏的头发,待路喜纯说完了,便从桌上取过一本书来,递给路喜纯,简单地说:"你看看这个。"

那是一册纸已发黄的《文史资料选编》,路喜纯翻开,溜了一下目录,有什么溥佳的《清宫回忆》、溥杰的《回忆醇亲王府的生活》以及《清宫太监回忆录》之类。看这些东西,能解决什么问题呢?

"你看看这个。"嵇老师慢腾腾地对路喜纯说,"你要有历史的眼光。世界上的事,没有一刀切的时候,没有一切都合理都美满的时候,问题是你怎么看发展趋势,怎么跟残留的旧东西抗争……你以为一九一一年的辛亥革命以后,成了民国,到处就都是民国景象了么?旧事物的惯性是很强的。直到一九二四年,也就是末代皇帝溥仪被轰出紫禁城前后,北京的钟楼还在鸣钟报时呢!这还不算什么,你知道吗?钟鼓楼'定更'以后,街上还要出来'手打梆子腚摇铃'的人;'腚摇铃'就是腰上系个铃铛,他们是巡夜的;谁领着他们巡夜?还是由清朝九门提督衙门的巡街老爷们领着,前头打着名叫'气死风'的灯笼,一路顺街那么走下去……那时候,五四运动已经过去五年,中国共产党也已经成立三年,震撼世界的二七大罢工也已经发生过,但北京的街头,居然还有这种景象……这本书还能告诉你更多的这种事,你看看吧。"

他拿回去看了。他惊讶地发现,溥佳的所谓《清宫回忆》,写的是一九一九年以后的事,也就是说,那许多丑恶的封建景象,在民国以后居然长时间"依然故我";而溥杰关于醇亲王府的回忆,更告诉他直到很晚,那王府内部依旧保持着森严的等级制度;至于几位老太监的回忆,更令他目瞪口呆,其中一位的父亲为了让儿子能进宫而使家庭状况有所改变,竟亲手为儿子血淋淋地"净身",然后将儿子卖给了专为宫里提供太监的内务府官员。这事实本身已令人发指,发生的时代呢?已是民国以后!读完了这些文史资料,掩卷深思,路喜纯的心理状态渐趋平衡——他何必对眼前的某些阴暗的东西那么痛不欲生呢?时代的步伐既然迈进得这么快,它所来不及清扫的旧时代积垢必然显得更加触目惊心,问题确实在于你要有历史的眼光,冷静、沉着地去对待这些东西。因此,自己所在的小饭馆里有那么一个小头头,仍旧有着一双为旧时代所污染的势利眼,这又有什么稀奇呢?

这位势利眼不让路喜纯上红案,当红案的何师傅却偏偏把路喜纯收为了私人徒弟,把他带到家里去,不但教他做一般的席面菜,还教给了他几样"绝活"。何师傅原是同和居的掌勺师傅,为让儿子顶替,他提前二年退休了,退休后为了补差,这才到了离他家不远的这个小饭馆。其实还有好几家仅次于同和居的大饭馆争着请他去当教席,甚至答应给他很高的"补助",他却一一谢绝了。他说:"也该让进小饭馆的人吃到点好菜。"就是四毛八分钱的烧豆腐,他也精心地制作,使那小饭馆几个月后便颇有点口碑,不过,那口碑的前半句是夸赞,后半句却是"质量不稳定"五个字。不稳定的因素之一便是那好噘嘴的小伙子。路喜纯多么想替他来为饭馆挣个"质量稳定"的声誉啊,但至今还不能如愿……

路喜纯常往何师傅家跑,翻着菜谱请教细节时,何师傅一般只是咬着烟嘴,皱眉摇头,难得进出一两句指点的话来;可一旦路喜纯带去了原料,在他家小厨房里摆弄起来时,何师傅就把烟嘴搁到一边,眉飞色舞地一连串地支上嘴了……当一盘芙蓉鸡片,或者一盘糟溜鱼片,色香味俱佳地呈现在白瓷盘中时,何师傅总让路喜纯给他同院的邻居端去,他说:"咱们的玩意灵不灵,让人家尝了发话!"邻居们惊喜之余总要报之以答礼,或是一盘水果,或是一碟蜜饯。何师傅不让路喜纯谢绝,他主动接过来,拿出"二锅头",坐下约路喜纯就着水果、蜜饯喝上一盅,边喝,边指出他今天制作过程中还有哪些失误。路喜纯发现,菜谱上所写的那些,常有含混乃至谬误之处,何师傅的言传身教,比任何精印的菜谱都要有价值……

"甭跟那起人置气①,"何师傅常在喝一口酒后,用手背抹抹嘴唇,安慰路喜纯说,"有你掌勺的时候……"

何师傅真是喜欢他这个徒弟。不过,路喜纯有时候也确实让人感到奇怪——头些天他们饭馆不知从哪儿弄来了二十个大瓷壶,除了留下几个在厨房里装酱油、醋以外,剩下的作为福利每人分上一个,别人都把壶收下了,惟独路喜纯不要。何师傅跟他说:"别嫌式样老,用它晾凉白开,比那玻璃凉水瓶还实用,你就拿回去吧!"他还是不要;问他为个什么,他又不说;别人硬把那壶塞到他怀里,他不接,壶摔到地上碎成几半;大伙都说可惜,他却一声不吭地转身走开了。

除了这种偶然出现的令人费解的表现,路喜纯总体来说是一个心地纯正、力求上进的好青年。他渴望着何师傅所说的那样一个时候早日到来,他将不仅要掌勺,还要掌握整个饭馆,他要兴利除弊,让饭馆彻底改变面貌,使每一个进去的顾客都能一辈子忘不

---

① 赌气的意思。

了它。

为此,他不放过每一次练功的机会。今天,他就是顶替何师傅,到钟鼓楼那边,去帮薛家操持婚宴的。听说这家人备的料相当齐全,打下手的人也不会短缺,他将施展出自己的浑身解数,让那家人及其亲友吃得眉开眼笑!

3. 一位正在苦恼的京剧女演员。
人家却请她去迎亲。

> 愁人月色凄又冷,
> 风吹铁马乱人心。
> 痴心的人儿你休怨嗔,
> 比翼双飞入梦频。
> 愿效鸿飞心意定,
> 你只要带定了那绿绮琴……

澹台智珠哼唱着《卓文君》中的二黄原板转散板,朝院门走来。喊完嗓又练了一套剑,现在她觉得声带松弛润适,浑身关节也都舒张和谐;但随着聚精会神喊嗓练功的阶段结束,她那心底里的一股忧郁,却又随着渐次混杂的朝市之声,丝丝缕缕地旋了上来。

……这《卓文君》,排得出来吗?吴祖光先生编的《凤求凰》,已经由别的团排出来公演了,基本上是张派的唱法。按说这参考荀先生演出本改编的《卓文君》,将融合程派和欧阳予倩演出风格的特点,与他们的演出绝不会重复,可负责剧目的副团长的态度还是那么暧昧,同剧组的人也是七上八下,乐队的人也不那么积极。他们都怎么说来着？啊,对了,有说"这玩意排出来能叫座吗?"有说"编新不如述旧,只要有人买票,咱们就老演那几出,不是也一样过日子吗?"……是呀,如今武戏、热闹戏最上座,《卓文君》这类文戏一般都相形见绌,何况按澹台智珠的意思,还要把韩世昌、白云生的昆腔艺术适当地糅合进去,创造出一种她所谓的"诗意气氛",这样排出来究竟票房那儿会是个什么行情,也真难说！不过,她可不甘心总是《豆汁记》,总是《玉堂春》,总是《武家坡》;就是前一阵新排出来反应相当不错的《木兰从军》,她也觉得可以先搁一搁;她渴望着在舞台上不断有新的创造,渴望着不但对老观众有新启发,而且还能吸引来一批年轻的新观众……难呀,难！其实她想做的不过是一个忠于艺术、忠于观众的演员尽自己义务的事,可在一些人的眼里,倒好像她是想把天上的月亮当月饼吃！这"一些人"不仅团里有,家里也有,爱人李铠竟也来阻拦。当然,他是出于另一番心思,可他那心思,让澹台智珠怎么尅化得开啊！他现在起床了吗？因为昨晚的争吵,他还在折磨自己吗？……

快走拢院门,澹台智珠眼前猛地一亮,她瞥见了张贴在院门两旁的囍字,这才想起今天是薛师傅家二小子娶媳妇的好日子。她回想起昨晚所看见的囍字,和现在看见的不同;今天的黄底红框,框中还剪出精巧的喜鹊闹梅的图案;可见人家对今天这桩喜事的重视到了一种什么程度——连这样一个细节,也在不断地加以调整。倘若他们团里那些搞舞台美术的同志,也能有这种刻意求精的精神,那该多好哇！

澹台智珠进了院,到了家门。她家住在进大门往左首走的外院,屋门斜对着进里院的垂花门。她轻轻拉开屋门,走了进去,先把木剑挂在门边,然后对着墙上的大镜子,卸下裹住整个头部的鹅黄色拉毛加长围巾,把围巾顺手搭在椅背上,伸出双手整理着她那浓密油黑的头发。

她家住着三间南房。这当中的一间,是吃饭、会客兼她练功用的。东边一间她跟爱人李铠住,西边一间是公公婆婆带着儿子小竹和女儿小梅住。

她听见西边有咳嗽声,忙停止摆弄头发,掀开花布门帘,走了进去。婆婆早些日子带着还没上学的小梅到大姑家去了,还没回来。西屋里现在只有公公和小竹。公公原是玉器行业上的钻眼工,如今七十挂零了,自然早已退休。他同一般的老人不一样,睡得迟,起得也不早。他有一定的文化,嗜好是戴着老花镜,一字一句地读章回小说,不管是古人还是今人写的,只要是章回体的,他都爱读。最近他在读金寄水写的一本《司棋》,那薄薄的一本书,他已读了十来天,却还只读了不到一半。虽说读得慢,他记得却很真。

澹台智珠进去时,公公已经穿妥衣服,小竹却还在床上拥被傻睡。

澹台智珠大声问公公:"您着凉了吗?"

公公又咳嗽了两声,摆摆手说:"不碍事。家里存的有枇杷露,一会儿我倒出点喝,压一压准好。"

澹台智珠过去拍了拍小竹肩膀,催他起床,又扭过头对公公说:"我这就给你们热粥去。"她心里想,再煎点鸡蛋裹馒头片,这顿早点总该能对付过去了。

公公显然是想说点什么,可又下不了决心。澹台智珠看出他的心思,便不好抬脚离去。

公公虚咳了两声,从枕边拿起那本《司棋》来,对澹台智珠说:"你要排新戏,何不就拿这司棋的故事,排上一出呢?"

澹台智珠大声回答:"爸,您当有个题目,就能开排吗?头一条,得有人写本子,本子弄妥了,还得创腔……哪一样是容易的?"她本来还打算列举更多的困难,可叹了一口气后,也就作罢。她意识到——公公想对她说的,绝对不是这关于新戏码的事。

公公到底还是忍不住了,他尽可能以最和蔼的语气问:"昨儿个晚上……李铠他……又跟你闹别扭啦?"

澹台智珠觉得血涌到了脸上。虽说公公耳朵背,到底这三间屋通着,她昨晚上跟李铠闹气的事,怎么也难隐瞒过去。她偏过头望望坐在床上揉眼睛的小竹,强作笑颜,对公公轻描淡写地说:"唉,我们年轻夫妻,吵几句也是平常的事。夫妻没有隔夜仇,您别操心!"

公公却郑重其事地宣布:"我得叫过李铠来训训!你们也都不算年轻了,总这么窝里头闹,算是怎么回事?我们老人听着难受事小,对孩子能有什么好影响?就是邻居们听见,也怪没脸的……唉,放着好日子不好好过,李铠你犯的什么浑啊!"

虽说公公把责备最后都坐实到李铠身上,澹台智珠听了心里却有如针刺。是啊,为什么她和李铠掰到了这步田地?

"爸,您别为我们操心。"澹台智珠垂下眼帘,忍住就要涌出的泪花,转身往外走,一边说,"我这就热粥去。"

往常做饭基本上全由婆婆操持,婆婆不在,公公要接过这摊事去,被李铠阻止住了。李铠坚持要澹台智珠做,这也是他们夫妻间矛盾的一个方面。

澹台智珠本想往堂屋门外的厨房,可她走到堂屋门前,却忍不住转回身,移步到了她和李铠住的东屋门前,她在门前愣了几秒钟,才推门走了进去。

李铠睡在床上,头发乱蓬蓬的。他那颗头仿佛特别重,把枕头压得沉下一个大坑,枕头的四个角翘得老高,仿佛在为重压而叹息。他一只粗壮的胳膊撂在被子外面,黑黝黝的皮肤紧绷绷的,皮下的肌肉结实而富有弹性,在上臂中部,有两个很大的牛痘疤,仿佛是嵌在皮上的两片水萝卜。在他身上,散发出一股浓郁的烟草味道。

澹台智珠走过去,用自己那尚未叠起的被子,盖住了李铠的手臂。

望着沉睡的李铠,以及床头柜上那烟缸中满得冒尖的烟头,澹台智珠心里迷乱不堪。她忘记了去热粥,一屁股坐在了床边的软椅上。

他们为什么又闹了这么一场呢?为什么这一切仿佛是不可避免的呢?

……昨晚演出结束,她只不过比往常稍晚了十分钟走出剧场后门,结果,便不见来接她回家的李铠的身影。

那剧场是在一个胡同里面。昨天的戏散得本来就比较晚,加以又是冬天,观众们很快便烟消云散了,同剧组的同志们也转眼便各奔归程,可是当她走拢"老地方",却头一回不见了李铠的身影,她呼叫、跺脚,急得干哭,竟仍然没有李铠出现,只好自己一个人朝胡同外小跑,一边跑一边使劲撸开大衣袖子看表——末班公共汽车已经过去,怎么办?难道一步步走回家去?

啊,有谁知道,几十分钟以前还在台上嬉笑欢舞的喜剧角色,现在竟是这般的凄苦孤单!

冷风钻进澹台智珠的围巾、领口、袖口,她浑身哆嗦,刹那间,她觉得平日她所看重的一切——事业、名气、荣誉、永恒的艺术价值等等,都没有丝毫的意义,她是这么的不幸,生活对于她来说,究竟还有什么乐趣、什么吸引力?

……猛然间,从岔胡同里窜出一个人影,是想拦路抢劫,还是想硬施无礼？澹台智珠几乎就要呼救了，可她在惶急恐怖中定眼一看，那却分明是李铠。

"你……你为什么不等我？"澹台智珠真想凑上去打他两记耳光。

李铠却更其仇视地瞪着她，质问："你为什么卸完装还不出来？"

澹台智珠解释说："我只不过跟他们说了说关于排《卓文君》的事儿……"

李铠粗暴地打断她，恶狠狠地、一泻无余地说："我就知道你是盯上那个小白脸了！什么东西！他那眼神我瞅着就不对头，到底你们两个还是勾上了……你怎么不跟到他家去？"

澹台智珠觉得这比挨了耳光还疼，她流着眼泪，嗓子眼里噎着一团火辣辣的恶气，愤激地辩驳说："你别撒疯！你那全是没凭没据的瞎猜！你知道他比咱们大出一辈去，他都快当爷爷了……要不是他能演司马相如，我连理都不愿意理他……他有狐臭，你知道吗？……你怎么糊涂成了这样？！"

……她决定不理他，自己走回家去。他还是推过来自行车，终于让她坐到了后座上。当他驮着她骑回家时，她不得不一如既往地搂住他宽厚的后背。可是这后背头一回让她觉得陌生、冰冷。她该怎么办、怎么办呢？

回到屋子里，他们两人都觉得头上的屋顶是沉重的，屋里的一切东西——特别是床头上那张他俩头挨头的十二吋彩色结婚照，全都显得格外令人不能忍受。

"……不能再这么下去了，咱们得坐下来、坐下来、坐下来……心平气和地好好谈谈了。"澹台智珠大衣也没脱，坐到沙发上，对李铠说。

李铠直到她说够三个"坐下来",才坐到了床边。他一坐下便立即开始抽烟,一根接着一根……

当澹台智珠当年从戏校毕业的时候,她怎想得到今天会过这样一种生活呢?

她分到了一个不错的剧团。她用全副身心向老演员学戏。她在台上拼命地演,以至于一位评论家不得不在一篇评论文章中说:"她的素质很好,感受力也强,但还缺乏修养。她不懂得,艺术贵在含蓄,她却总是演得太满,须知过火与发瘟同样令人不快……"正当她努力地提高自己的修养,向蕴藉含蓄的境界努力时,"文化大革命"开始了,她作为"封资修的黑苗子"被冲击,因为讲错了一句话,又被打成了"现行反革命"……她觉得一切都失去了意义,失去了希望,于是,有一天她趁着看守打盹,把看守拿来搁在躺椅下的小半瓶"敌敌畏"喝了下去……她没能死成,她经历了昏迷、呆滞、麻木、消沉、痛苦、绝望……又渐渐回转为冷静、认命、无求、开通、企望……一九七七年春天,她开始重新练功,人们惊异地看到,她那一度嘶哑得惊人的嗓音,竟恢复得比当年更显阔亮,她那似乎已然僵硬的腰身腿脚,竟复原得又可以像当年一样地满台扑跌;到了这一二年,连她自己也没想到,她的号召力竟大大超过了当年,即使在最不适时的日期最不方便的场子演出,也总能卖出七成以上的戏票,这在京剧观众锐减的形势下,应当说已经相当不错了;她的戏装照和便装照不时出现在报刊上,电台请她录音并讲话,电视台请她录像,唱片社为她灌制了唱片,戏迷们甚至跑到后台去请她签名,拉她合影……还是那位评论家,发表新的评论说:"按说她的素质不算太好,感受力也未必最强,但她靠着厚积的修养,在一笑一颦之间,在一歌一吟之际,却丝丝入扣、动人心弦地展现出了角色的内心,使我们获得了一种形神兼备而无斧凿痕迹的美感……"

倘若她的遭际仅是这样简单地否极泰来,那生活的滋味便太寡淡了。她在一九七三年,也就是她自杀未死的五年之后,结婚成了家。当她从戏校毕业时,她曾暗暗地对自己说:你已经嫁给了舞台,你不能重婚!那绝非一句戏言,那意味着她把艺术看得比什么都重。但当她一九七二年以半残废的身心被"落实政策"到一家纽扣厂当包装工时,她在心里又暗暗对自己说:舞台把你甩了,你是永远回不去了,找个丈夫,结婚吧!人家给她介绍了李铠,一位憨厚强壮的车工。头一回见面,她就把自己的一切都跟他讲了,李铠的双眼明显地变得湿润起来。正是望着那双湿润的眼睛,她萌发了对李铠的爱情,她需要有人把她当妻子爱,她也需要爱一个具体的叫作丈夫的人。

……一九七六年年底,又一次"落实政策",她回到了剧团。一九七九年春节她重登舞台,当她第一回迎着观众踏上红氍毹时,真是百感交集!记得那时候李铠的兴奋与欢欣绝不亚于她自己,包括公公婆婆,也都扬眉吐气,引以为荣。她总是演大轴戏,戏散得晚,李铠就总到剧场后门等着她,骑自行车把她驮回家去。开始,李铠不进后台,还仅仅是因为不好意思,后来……从什么时候开始的?澹台智珠恨自己竟没有及早察觉,李铠的不进后台,渐渐转化为一种既自卑又自傲的复杂心理……

也许,是从那回电台编辑来家里访问,开始转化的吧?

那位女编辑大声地问:"您爱人是哪个行当上的?唱小生的吗?唱须生的?"

澹台智珠告诉她:"他不是演员……"

那位女编辑仍旧大声地问:"他是场面上的?司鼓?拉琴?"

澹台智珠便又告诉她:"他不是我这行的。"

该女编辑竟还要大声地问:"他在哪个文化部门工作?"

澹台智珠坦然地说:"他不在文艺部门工作。他在工厂。"

死心眼的女编辑不知好奇心盛还是有一种猜测的癖好,竟又大声地连问:"啊,在工厂工作?哪个工厂?工程师?技术员?……"

结果是李铠从里屋走出来,板着脸对那位女编辑说:"我是车工。二级工。干力气活的。"

……如果仅仅是一种自卑感,那倒也好办。问题是李铠渐渐受不了澹台智珠在台上同风流小生眉目传情、插科打诨,乃至于当场拜堂……特别是最近澹台智珠又接连换了两个配戏的小生,并且酝酿着要排《卓文君》,李铠非常清楚,卓文君所钟情于司马相如的,究竟是些什么……

昨晚他俩回到屋里的一场争吵,已经绝非头一回了,却是迄今为止最激烈的一回。其实这种争吵照例由三部曲构成。首先是双方气顶气地说一些仇恨的话,而且都归结到"干脆离婚"这样一个命题上;然后,便都极其不冷静地互相追究对方的错误,明明对方已经解释清楚了,也偏要硬找出"破绽"来加以推翻;当双方都被这种既无味又无望的争吵压得喘不过气来时,总有一个人,而且往往总是开头最蛮横最强硬的李铠,突然崩溃下来,要求和解……昨晚也是这样。当澹台智珠头脑已经发木,只是固执地质问李铠:"你为什么这么恨我?为什么?"李铠却突然一下子扑到她面前,把她拉起来紧紧搂住,狂乱地用火烫的嘴唇亲着她的脸、眼睛、额头、鼻子和嘴,喘得像头熊似地呓语般地说:"我爱你爱你爱你爱你爱你……如果你不爱我了,我就杀了你,然后自杀!……"澹台智珠挣扎着,拼命想推开他,不顾一切地回答说:"我不爱你,不爱不爱不爱……你杀了我吧!"而李铠却突然又一下子"扑通"地跪在她身前,紧紧地抱住她的双腿,把脸埋到她大衣的下摆上,闷声闷气地哭泣着说:"智珠……你原谅我,原谅我原谅我……你要我怎么着都行,可就是别离开我,别……"

这下澹台智珠完全清醒了。她赶忙把李铠扶起来,紧紧地搂住他那粗壮的身躯,安慰他说:"你该有多傻！多傻！我爱你,这不是明摆着的事儿吗？我怎么会离开你？你为什么想到这种事？那是不可能的,绝不可能！……"

于是他们上床睡觉。李铠像一个戴着镣铐的罪人,他每一个动作都充溢着忏悔和痛苦……澹台智珠尽力让自己理智,她吞服了安眠药片,并且想到:明早要照常喊嗓子练功,也要满足李铠的自尊心:由她来为全家做饭,以证明她在这个家庭中毕竟只是一个普通的媳妇……

当澹台智珠清早从外面回来,见过公公,坐到仍在沉睡的李铠面前时,她痛苦地意识到:尽管他们又一次和好了,但那感情的创痕却永难完全平复……而造成李铠那种心态的外在因素,却依然存在,并且不可逃避……

澹台智珠忽然听到有一种呼唤她的声音,她站起来,定了定神,这才听出是里院的薛大娘在门外叫她。

她赶忙走了出去,在几秒钟里,把自己的神情体态调整成欢快活泼的模样。

"哟,薛大娘,快进屋坐！我这正想着给您道喜去哩！"她一出门便主动对薛大娘这么说。

"不啦,"薛大娘拉过她一只手,端详着她,无限爱慕、无限信赖地说,"智珠呀,我有个事要劳你的大驾啦！"

"什么事呀？薛大娘,您尽管说吧,凡是我能做得到的……"澹台智珠爽快地应答着。

薛大娘先唠叨了一番:"你看我们家今天的事儿！一大早就不

顺心。我们那昭英都这时候了还没影儿！好容易托人请了个同和居的大师傅，谁知又说有病来不了，临时支派了个愣小伙子来应付我们……纪跃他这才刚起，那西服裤子才上身，就给溅上了洗脸水，眨眼就要成家的人了，还那么毛手毛脚没个稳重劲儿……我急得这心都快蹿到嗓子眼儿了，可我们那老头子还不紧不慢地迈着方步，磨磨唧唧地说什么'甭急，车到山前必有路'，你瞧瞧！……"

澹台智珠不得要领，只好微笑着问："我能帮点什么忙呀？"

薛大娘一手握着澹台智珠的右手，一手拍着她那只手的手背，诚心诚意地说："智珠呀，你是个'全可人'①，上有老，下有小，你们夫妻和美，儿女双全，你又大难不死，越唱越红……今天我们昭英迎亲去，想请你也陪着辛苦一趟……"

没等薛大娘说完，澹台智珠便干脆利落地答应说："那有什么说的！什么时候去，您让昭英来招呼我，我是一定拾掇得干干净净，打扮得喜气洋洋，给您把新媳妇妥妥当当地接进新房！"

薛大娘满意地转身去了。澹台智珠这才猛然想起，昨天散戏以后，她约了乐队的几个同事来家吃午饭，昨晚上那么一闹，竟使她把这档子事忘记了。她可该怎么办啊？怎么跟睡醒觉的李铠宣布这件事，恳求他不要当着那些人暴露出他们的矛盾？家里肉也没有，菜也不够，可怎么着手准备？原本这工夫若赶紧去地安门菜市场采购还来得及，可又刚答应了薛大娘要去迎亲，说不定没多会儿人家就来叫自己出发，这可怎么是好？即便打发小竹去采购吧，那公公和李铠难道能备出一餐像样的客饭来？……唉，生活啊，你为什么充满了这么多的烦忧？自己的生活，又为什么常常被别人的生活插进来搞乱？

---

① "全可人"即全福人。"可"轻读为 ke。

澹台智珠呆立在大镜子前,一筹莫展。

4. 一位局长住在北房。他家没有自用厕所。

门洞里很黑。好几家都把用不着的家具堆放在门洞两边,连顶棚上也挂得有谁家坐破了可还舍不得扔的旧藤椅,这就让小院的这个"咽喉地带"大有"一夫当关,万夫莫开"的味道。

张秀藻端着盛炸油饼和豆沙包的小竹笸箩,在门洞里迎面遇上了荀磊。荀磊不知为什么一手拿着斜放着小刷子的糨糊碗,另一手提着两张大纸,他是要张贴什么呢?

瞬间,张秀藻只觉得自己喉头发涩,心脏的跳动明显地失去了均匀。已经有好几个月了,她严厉地命令自己,倘若"狭路相逢",见到荀磊,只能是微微扬起下巴,淡然地点一下头,然后不动声色地擦身而过。但因为她家住在里院最后面的北房中,而荀磊却住在过了这门洞的右首偏院中,再加上她平日在清华大学水利系上学,只有星期天才回来(有时连星期天也不回来),所以,她实践这种自我命令的机会,这几个月里也仅仅三次而已——现在自然可以增添一次;但正当她扬起了下巴,就要以全副的矜持向荀磊微微点头时,荀磊却笑吟吟地、热情地对她说:"你能帮帮我吗?"

显然,荀磊是要她帮着去张贴那样东西。荀磊的这一句问话,使张秀藻积蓄已久的自尊和高傲顿然动摇。在相视沉默的两秒钟里,她清楚地看出了荀磊眼睛里充满着纯洁、真挚而又善良、聪慧的光芒——这眼光对她来说真是勾魂摄魄,令她心醉神迷;在她所处的生活环境里,像荀磊这种年龄的小伙子们,确实还没有哪一个具有这样两扇使她觉得格外可钦可爱的"心灵窗户"。难道她可以面对着这样的两扇窗户,冷淡地说出拒绝的话么?

张秀藻的嘴唇抖动着,几乎就要吐出"好吧"两个字了,荀磊却快活地笑着道歉说:"啊,对不起!瞧我……你还拿着早点呢!快给家里送去吧,我一个人也能贴……"

张秀藻简直伤心极了。她手里为什么要捧着那么个小笸箩呢?荀磊刚才为什么没看见它,而现在才在一瞥之中注意到呢!难道她不能把小笸箩暂时放到大门边的石座上吗?那石座子上原来有一对小狮子,在一九六六年的夏天,被胡同里的"红卫兵"极其艰苦地用凿子凿掉了……是的,她或许就应当那么做,去帮助荀磊一起贴他手里拿的东西……可是荀磊现在却歉然地对她笑着,放弃了他原来的请求,并且斜过了身子,绅士风度十足地给她让路……

张秀藻克制住自己,微微扬起下巴,以再明显不过的冷淡姿态,朝荀磊轻轻一点头,斜签着身子穿过了门洞……

如果她的心里绷着一百条弦,那么现在每一条弦都在颤动着,而且并非和谐的颤动……她想立刻寻找一个角落,坐下来,用双手捧住腮,一个人静静地安抚自己的心弦,使它们重归于和谐……

但她不能实现自己的愿望。刚进垂花门,那薛师傅家为办婚事所搭的苫布棚,便触目惊心地扑进她的眼睛。固然这苫布棚昨天她一回家便见到了,刚才出院去买早点时也经过了它的旁边,但那些时候它还没有生命。此刻就不一样了,薛师傅正弯着腰在苫布棚外生一个煤球炉——显然,今天他们需要不止一个火——苫布棚里正传出紧张的剁肉的声音,并且飘出了一种混杂的令她气闷的气味……

也不知怎么,薛大娘就站到她面前,满脸客气地问:"秀藻呀,你爸今天一大早又要出门哇?"

张秀藻没有心思对薛大娘笑,但她父母从小就给予了她那样的教养——在任何情况下都不能使主动来搭话的人扫兴,她便强颜欢笑地对薛大娘说:"是呀,吃完这早点,估计送他去飞机场的汽车也就该到了。薛大娘,您家大喜呀!有什么要我帮忙的事,您尽管说!"

薛大娘把一大把高级杂拌糖撒到了张秀藻手里的小笸箩中,诚心诚意地说:"你爸你妈都有公事,我们纪跃就不去打搅他们啦。这点糖,意思意思吧……"

张秀藻赶紧说:"谢谢啦!哟,这糖挺高级呀,您给得太多啦!"

薛大娘抿嘴一笑,大声地说:"唉,过几年你还我们的时候,不得更高级呀!咱们先说在头里——到时候你就给这么点儿,我们还不干呢!"

张秀藻实在笑不出来了。薛大娘当然是百分之一百的善意,但她受不了,受不了!荀磊的面容身姿在她眼前浮动着。她办事的时候?她跟谁去办事呢?

"瞧您说的!"张秀藻勉强地应付着。

薛大娘没有看出她的心思,笑着转身朝别处去了。张秀藻赶紧朝家里走去。她需要回到自己的床边,坐下来,一个人待着……

但是她回到家里,仍然不能实现她的愿望。

张秀藻家住着这个四合院尽里边的三间大北房。房外有相当宽阔的廊子,一部分也就改造成了她家的厨房。她父亲张奇林今年五十五岁,解放前上大学时参加了地下党,一九四八年从北平到了解放区;一九四九年随着解放军进了城,后来被安排到国务院一个部里工作,先当副科长、科长,"文化大革命"前升到副处长;"文化大革命"中部长被打成"叛徒",他算部长的"黑爪牙",也受到冲击,下放到干校养了六年猪;粉碎"四人帮"后回到原机关,被任命为处长,前不久又被提升为一个局的正局长。七七年他们全家从干校回北京时,因为原来的宿舍早已被别人占了,住了很长时间的招待所,直到七九年机关行政处才把他家安排到了这个院里。据行政处处长老傅说,他费了老大的劲,绕了好几个弯儿,才用属于他们机关的四间较小的平房,从房管部门手里倒换出了这么三间大北房。他们刚住进去时,也真满意。张秀藻的一个哥哥一个姐姐都在外地工作,在北京的就只是张奇林夫妇和张秀藻三个人,三间合起来有五十多平方米的细灰顶、花砖地大北房,他们住着当然宽松舒适。回想起在干校时,先是三人分别编在不同连队住集体宿舍,十八个人一间屋子,开始几个月睡的还是地铺;后来虽然准许全家合住了,也只是一间很小的简易平房,跟今天的情况比较起来,那真是一个地下,一个天上了。

但住了一阵以后,便感觉到这住房有个极大的缺陷——没有自家专用的厕所。要上厕所,还得出院子去上斜对过的公厕。行政处及时地给他们家安装了电话,引进了自来水管,也一直打算给他们修个专用厕所,但勘查了一番以后,发现从他们屋里到廊子中的任何位置,都很难顺利地安装出一条通向胡同外暗沟的排粪管道,这事便搁置起来了。于是乎从去年起,张秀藻的妈妈向老傅提出了换住新居民区单元房的要求。老傅手里也确实掌握着一些统建分下来的这种住房,加以今年张奇林升为正局长,老傅来看望时,更明确表示:下一批统建统分房下来,一定马上给他们换上两套两间的单元——当然,格局层次都必定是最好的。

对这件事,张奇林的态度是无可无不可。张秀藻的妈妈于咏芝却越来越急迫。她是个医生,院里人都管她叫于大夫。她近来常向张奇林提起搬家的事。头天晚上,张秀藻从西郊回来,吃完晚饭,一家人坐在沙发上看电视新闻,当荧光屏上出现了新住宅区的景象时,于大夫忍不住又提起这事说:"老傅也不知道说话算不算数。"

张奇林笑笑说:"他对我说话一向算数。不过,依我想,我们换个三间的单元也就可以了。"

于大夫不以为然:"局级干部配备四间,这是规定嘛。"

张奇林仍然笑笑说:"土规定。"

于大夫争辩了:"这规定不算过分嘛。你们局除了你,有几个局级干部没住上四间?"

张奇林并非争论,而是发表感想说:"平房好啊。我们这平房比楼房住着舒服。"

于大夫点出主题:"可厕所呢?天天上公共厕所,多不卫生!"

张奇林仍旧微笑着:"院里的老住户,一向就这么上厕所,我看他们都比咱们结实啊!"

于大夫有点急了:"那么说,你不搬了是不是?我可住不下去了,没有厕所不说,洗澡也不方便啊!"

张奇林全身松弛地倚在沙发上,眼睛望着电视屏幕,还是不紧不慢地说:"干校的公共厕所多简陋,我们不是照样过了六年了吗?至于洗澡……"

于大夫不等他说完,便欠起身子来,急躁地说:"话怎么能这么说呢?那是迫不得已啊……我知道你想说什么,洗澡,可以到洗澡堂去洗。可你知道吗?现在洗澡堂晚上都权充旅店,净是些跑单帮的买卖人在那儿过夜,他们有的有虱子,虱子掉在卧榻上,谁顾得上杀灭?他们刚走,澡堂就开始接待洗澡的人了!我们女部情况还好一点,据说男部简直不像样子!"

张奇林一边听着一边微微点头,表示并不反对她的议论。但忽然笑容变得更明显了,他想起了头年夏天的一个小镜头:晚上他去厕所小便,还没走进去就听见哗哗的水响,进去一看,原来薛家老大光着身子,从厕所的水龙头那儿接出根皮管子来,在给自己冲澡……看到这情景他感触很多,觉得自己真该更努力地工作,来更快地改善北京广大市民的生活条件——虽然他的工作只能间接地起到这一作用;此刻他眼前晃动着薛家老大那结实的身躯,以及那湿淋淋的快活的面容,忍不住笑了,便对爱人说:"上公共厕所、公共澡堂,弊病再多,总还有一个好处,就是可以接触群众、接触社会。关起单元门来自己什么都解决了,好处再多,也总还有一个弊病,容易脱离群众、脱离社会。"

于大夫摇头说:"你以为你住进单元房,电话铃响的次数就会减少吗?敲门的就会减少吗?而且到那儿找你也许更方便,你瞧着吧,甭说茶叶,光开水我们也供应不上的!"

张奇林点头,同意她的估计,但解释说:"我说的接触群众、接触社会,主要不是指接触本单位的群众,处理本单位的事情,而是说接触像咱院里的这些邻居,接触咱们钟鼓楼这一带的社会。这虽然同我们的工作没有直接关系,可接触一下和完全不接触,到底不一样啊。它至少可以丰富我们的见闻,丰富我们的思想,促使我们不是从一点上,也不是从一条线、一个平面上观察、考虑问题,而是立体地去观察、考虑问题……"

于大夫把脊背靠回到了沙发背上,这次是她微微点头了。张秀藻在一旁听到这儿,才插话说:"爸,那要是明天傅叔叔来电话,让咱们搬到单元楼去,咱们该怎么办呢?"

张奇林笑笑说:"那就搬过去吧。"

张秀藻忍不住问:"咦,那您刚才说的接触群众、接触社会的问题,可怎么解决呀?"

张奇林坦然地说:"关键毕竟还不是住在哪儿。关键是自己本身要有这个要求。搬走了,一是可以回这儿来串门,二是可以在那里结识新的邻居、建立新的社会关系嘛!"

全家的认识渐趋统一,大家心情都舒畅起来,只是于大夫还忍不住对张奇林说:"你说是这么说,到时候你忙个手脚朝天,哪还有回这儿来串门的工夫?只怕你在那儿也结识不了几个新邻居!"

电视机前的这场谈话,很能代表张秀藻他们家的家庭气氛。这种家庭气氛的控制器掌握在爸爸张奇林的手中。他总是那么冷静、理智,却又不让人感到过分僵硬和缺乏人情。即使在"文化大革命"受冲击最厉害的时候,他至少在外部形态上没有露出一点惊慌失措。张秀藻记得很清楚,那时候她才七岁,不懂得世界上发生了什么事,她和妈妈,还有哥哥、姐姐,有一天都被"勒令"到一个广场上去参加批斗会,先是揪出部长和一些副部长、局长、副局长来,然后就揪"黑爪牙",里面就有她爸爸。她被那场面吓坏了,因为每个"黑帮"都被剃了光头、挂上了大黑牌,并被"喷气式"地撅着。像她爸爸那样的"黑爪牙",当晚还是许可回家的。妈妈见他回来,光流眼泪,不敢多说话。哥哥姐姐被迫表示"划清界限",搬到学校住去了。这天晚上楼里发生了大骚动,有个被揪的"黑爪牙"想不开,自杀了。第二天爸爸去部里以前,全楼已经都知道了这自杀的事。妈妈望着爸爸,惊怕担忧得至于哆嗦起来。爸爸却冷静地对妈妈宣布说:"我不会。"只有那么三个字——张秀藻至今回忆起来,那神态语音还清清楚楚。接着,他问张秀藻:"你还有多少块糖?"张秀藻那时有个糖罐,她便打开盖子,数了数说:"二十六块。"爸爸弯下腰,摸着她的头说:"这糖,都留给爸爸吃吧。一天一块。"张秀藻把糖罐捧得高高地说:"干吗一块?爸爸你吃吧,一天多少块都行。吃完了,咱们再买呀!"妈妈听着只是擦眼泪,爸爸却冷静到极点地说:"咱们家以后没钱买糖了。这糖给我留着。我需要,你要藏好,我回来了你喂我。一天一块都太浪费了。你今天要做一件事,把糖纸全剥了,扔了,把每块糖全用小刀切成两半。这样,我就能一个半月里全有糖吃了。"说完,他坦然地走了。他每天晚上回来,俯首让张秀藻欠起脚,喂他那半块糖吃……他没有自杀,没有神经错乱,没有沮丧,没有妥协。等这一切都成为过去,当他们搬进这三间北房以后,当二十时的日立牌彩色电视机运到的头一天,他们全家——不止三口,因为哥哥、嫂子正巧回来探亲——坐在电视机前的沙发上,当电视中恰好出现了糖果的画面时,张秀藻不由得引动爸爸去回忆:"爸,您还记得那时候,您白天挨斗,晚上回来,我喂您吃糖的情形吗?"妈妈一听这话眼睛就红了,哥哥嫂嫂都望着爸爸,只等他开口;爸爸却不动声色地呷了一口茶,问张秀藻:"你把今天的晚报给弄到哪儿去了?"……

　　张秀藻的爸爸张奇林就是这么样的一个人。说实在的,她不太理解他。他的内心里究竟都装着些什么?同样,张奇林也未必理解女儿,特别是今天的女儿。

5. 一个女大学生的单相思。
　　那小伙子确实可爱。

　　话说张秀藻这天早晨捧着小竹筐箩,把买来的早点送进了家门,她因为在门洞里遇上了荀磊,弄得方寸已乱,满心满意想把早点往桌上一搁,推说自己在早点铺里吃过了,便到左边自己的屋里一坐,整理一下自己的思绪;谁知她刚进屋,妈妈就告诉她:"刚来了电话——今天飞往法兰克福的班机推迟到下午四点钟起飞,你爸上午不走了。"而爸爸则已经脱去了原来穿妥的出国服装,换上了家常打扮,坐在饭桌旁说:"秀藻呀,你一会儿没事吧?吃完早点,你来帮我整理一下书橱吧——两年没整理过了,今天上午倒是个意外的机会。"

张秀藻真想托辞拒绝,比如说自己不舒服,或者说学校里留的作业还没弄完,但多年来父母对她的教养,使她难以撒出哪怕是这样一种谎来。而她又绝不能说出她是被荀磊弄得心猿意马的真情。她默默地坐到了饭桌旁,接过妈妈递过的热粥,点了点头。

整理书橱!为什么偏偏是整理书橱?

……就是在爸爸那高大充实的书橱前,她头一回见到荀磊的。

那是今年夏天的一个傍晚,她从西郊回来,刚进屋,就听见爸爸在唤她。她走进爸爸妈妈的那间屋,头一眼就看见了一个清俊的小伙子,站在了爸爸的书橱前,手里捧着一本英文书,正翻着。

爸爸从旁介绍说:"秀藻,这就是咱们院的传奇人物——荀磊啊!"

荀磊这时把眼睛从书上移开,抬起来径直望着张秀藻。张秀藻吃惊了——这双眼睛为什么这样熟悉,又这样新奇?

……是的,荀磊恐怕不仅在这个小院里算得上是个传奇人物,在钟鼓楼一带,乃至在整个北京市,也算得是传奇人物吧?

他比张秀藻大两岁,一九六〇年生人。一九六〇年是什么岁月?"大跃进"带来的恶果不仅使农村里饿死了人,也给城市里的居民带来了物质生活的大匮乏。那时候,荀磊的爸爸正是负担最重的时候:他奶奶还活着,要赡养;他妈妈所在的街道工厂紧缩了,又重新成了家庭妇女,而他的两个姐姐当时还小。荀磊的爸爸荀兴旺师傅一个人要养活五个人。那时候荀师傅只有三十多岁,正身强力壮,但他食量大,定量不够,因此上班干活时,当中总得停下几次,好把腰带多扣紧一个眼儿。当时全家都宠着荀磊,但毕竟营养不良,他都一岁半了,还不怎么会说话,而且头颅显得过大,囟门长久发软……

正像钟鼓楼下流行过的顺口溜所说的那样,荀磊那茬人是"生出来就挨饿,一上学就停课,出校门就插队,回了城没工作。"咱们党的几次失误和转折后的困难时期,恰好发生在他们个人命运的几个关键时刻,这一事实也毋庸讳言。与这样的命运抗争,克服客观因素带来的缺陷,发挥出主观因素的全部力量,自然并不是一桩容易的事。但荀师傅指导着他所有的孩子,特别是荀磊,这样去做了。不管社会上如何乱,他要求他的孩子学文化、"懂人事"、"不许出去瞎起哄"。在小学里,荀磊成了乱哄哄的教室中少数能认真听讲的学生。当他下课后居然拿着课本,站到老师面前,眨着一双明亮的眼睛,有礼貌地提出几个没弄懂的问题,要老师解答时,老师心里一阵酸楚,一阵欣慰,把他悄悄引到自己的宿舍,不但回答了他的问题,还诚心诚意地给他补充了一些知识——那都是当时被从教学内容中粗暴删刈掉的。一九七三年至一九七六年上初中时,学校里的文化课几起几落,不过总算设置了英语课,那英语教师据说有历史问题,饱受过一番冲击,让他重执教鞭不过是"控制使用",所以他站到讲台上时真是如履薄冰、如临深渊。市民的子弟们有几个学得下英语的?教了半学期,默写二十六个字母竟还有一多半不及格。那英语课他最后简直是闭着眼睛教了——下头像茶馆一样,几个连本国语也不要学的学生爽性在教室后头打起扑克牌来……而就在这样的混乱当中,他发现总有一个声音跟着他念,那便是坐在第一排的荀磊,他从最贫瘠的知识土壤中,贪婪地吮吸着所能获得的每一点每一滴营养……

据薛大娘他们回忆,在那几年里,院里头好像就没有荀磊这么个孩子似的。他一下学便坐在他家所在的那个小偏院里念书,偶尔提个水桶到公共自来水管那儿接水,脸儿白白净净的,见人羞怯地笑着打招呼,懂礼得让人反倒觉得他古怪。又据澹台智珠回忆,有一回她不知为什么事去找荀师傅的爱人荀大嫂——那时她沦落到纽扣厂,大约是家里炉火灭了去借块发火煤——进了他家小院,便看见荀磊坐在小板凳上聚精会神地读着什么,她俯身一细看,发现荀磊读的竟是一叠过了时的台历,她不免问他哪儿找来的这种东西?荀磊脸儿涨得通红,像希望能"坦白从宽"似的说:"珠阿姨,是胡同里拣废纸的胡爷爷给我的——人家扔了不要的。"她从荀磊手里抽出几张来一看,原来那是头年用过的台历,每篇底下都有一点文字,或者引点语录、谚语,或者有点历史、地理知识,或者有点人物介绍,现在回忆起来,那些文字编得都很不精当,很粗糙,而且整体受着当时极"左"路线的制约,可荀磊在实在找不到书读时,他就连那用过的台历也视为珍宝,用心地揣摩……澹台智珠因而深深地感动,她内心里萌动着的重新喊嗓、练功的念头,被这偶然的接触激发起来……倘若连石缝中的小草也在这样顽强地伸展自己的身躯,那么,已经开过花的小树,难道就甘心在寒霜侵袭中凋敝吗?

如今常有人问荀师傅:"您是怎么教育小磊子的?"他说不出来。真觉得没得说。也常有人问荀磊:"你爸爸是怎么把你教育成这样的?"他也说不出来。真觉得无从说起。一切似乎都是无形的。当然也有令他难忘的一些情景,可那值得一说吗?比如,大约是一九六九年吧,爸爸带他到厂里的淋浴室洗澡。当时,爸爸同车间的一位师傅,全身的汗毛都很重,他戏谑地用粗大的手指拧了一下荀磊的屁股,荀磊出于本能,声音尖锐地骂出了两句话:"你妈×!砸烂你狗头!"那师傅尴尬地笑着,荀师傅却过来关掉了荀磊头上的喷头,绷着脸,训斥荀磊说:"你说什么来着?你听着:任什么时候也不准骂人！更不许学那些瞎胡闹的脏话！"并命令他："给你大爷说'对不起'！"荀磊低着头，嘴唇紧抿着，成了一道线，半天不言语。那师傅忙把他那喷头也停了，笑着说："老荀，你也真是，这年头大姑娘都骂街，谁不说两句'砸烂''油炸''清蒸'？算了算了算了！"谁知荀师傅竟气得脸色铁青，厚厚的胸脯绷得像两块铸铁，瓮声瓮气地宣布："我不管它什么年头，我的儿子就得正正经经像个人样！"荀磊抬眼望着爸爸，那是全裸的爸爸，身上有解放石家庄时，作为一个最普通的士兵挂上的彩——锁骨边上一处，腰上一处，他小小的心灵忽然像被电击了一般战栗起来，于是他大声地向那师傅说："大爷，我不对，我错了！"那师傅听了他这话，看着他父子那情景，猛地转过身去，拧开了喷头，让喷泻的热水，掩盖住就要涌出的热泪……

一九七六年荀磊升入了高中，他要求父亲给他买个袖珍半导体收音机，荀师傅毫不犹豫地给了他钱，让他去买。想到这孩子多年来从未跟家长要过买冰棍的钱，荀师傅心里不知怎的有点难过。荀磊每天用那收音机听英语广播。同学们都觉得他很滑稽："小磊子想吃天鹅肉呢！吃外语饭，进外事部门，头一条得有门子！就凭他那爹妈……哈！"这话后来竟至于当着荀磊的面说，荀磊只是安详地微笑着，他真的是向往什么外事部门吗？其实他连哪些部门算外事部门也不甚了了。他只不过是觉得在那种气氛下，惟有这英语广播讲座还听得下去，况且，他牢牢记住了爸爸有一天讲的话："技不压身。"

一九七八年，高中毕业前夕，某外事部门在北京几个区的中学里招收培训人员，条件之一是必须具有优异的外语成绩。学校的那位英语教师竭力推荐荀磊应考。英语教师的"历史问题"那时已经澄清，他只不过是一九四八年去台湾中学教过半年书，绝不是什么坏人。他到哪儿都是教中学，教英语，说他以此谋生也好，说他以此服务于社会也好，总之对他完全可以放心。他让荀磊天天晚上都到他家，悉心地给荀磊辅导；当荀磊进了考场时，他在那大门外背着手焦躁地踱来踱去，以至于别人以为他得了精神病……

考完了，荀磊回忆出全部考题和自己的答法，老师拿笔的手颤抖着，给他预测得分——他能得八十四分。老师说，这即使不是最高分，也一定在录取线之上了。

但消息不断传来。许许多多的人——不仅考生本人，还有他们的家长及其亲友——利用各种从最原始到最现代化的手段，涌向这个部门的"后门"：请客送礼、以位易位（你给我安排一个，我给你安排一个）、热线要挟、秘书传话……乃至坐着小轿车来"御驾亲征"、拿着"上方宝剑"（某大人物开的条子）来当场"宣谕"，如此等等，不一而足。部门中有人敢言，有人敢怒，但"后门"仍然堵不死，一个又一个考得相当差乃至根本没参加考试的人获得了"录取通知"。后来有人给报社写了信，信登在了"读者来信"栏，加上了很严厉的"编者按"。老师和荀磊捧读那张报纸时的心情，可想而知。

这场招考据说以"后门进入率百分之七十四"收场。总算不是百分之一百。完全没有后门，没有背景，父母只是最普通的劳动群众的考入者，据说只有荀磊一个人。他是第一名。他的英文考试得了八十七分，老师还给少算了三分。第二名是六十四分，他这个第一名同那第二名的差距居然多达二十三分！连参加招考工作的一位工作人员后来也说："如果我们连荀磊也不要，那可真是没有天理良心了！"

考入的这批青年人在国内培训了一年，后来便送到英国学习。荀磊一直保持着第一名的位置，并且总是把第二名甩开相当一段距离。连最嫉妒他的同伴也说他有一种"语言天才"，并且有人归结为"遗传基因"。"天才"?"基因"? 在泰晤士河畔,听着威斯特敏斯特寺的钟声,荀磊回想起九岁时淋浴室中的那一幕,泪水涌到了他的眼眶,又被他咽进了咽喉。他的灵魂颤动着,他感到从来没有这样强烈地爱过自己的祖国——那是具体已极的、实实在在的祖国,有尘土飞扬的小胡同,古老的、顶脊上长着枯草的钟鼓楼,四合院黑乎乎的门洞,门洞顶上挂着一对旧藤椅,锁骨下和腰上有着枪伤的爸爸,爱做鸡蛋炸酱面给大家吃的妈妈,善良的安心于服务工作的姐姐们,以及那些可爱的邻居,从珠阿姨家传出来的胡琴声和咿呀的西皮流水腔,还有英语老师那似乎总是吃惊的表情……那就是他"天才"的来源,就是他的"基因"。他一定要好好地为祖国做一个正正经经的、有切实贡献的人……

在英国的学业结束了。同伴们都迫不及待地要坐飞机回国,因为回去后将有另一场战斗——争取分配到一个可心的下属部门,从事可意的具体工作。荀磊却取得大使馆同意,乘火车回国。他渡过了英吉利海峡,穿越了整个欧洲,并且横切过整个苏联,经过了西伯利亚,历时半月,终于回到了北京,回到了钟鼓楼附近的这条胡同,这个古老的四合院……他发现这里一切似乎都没有变化,门洞里依旧挂着那一对旧藤椅,院中樗树(臭椿)上的蝉鸣还是那么一种声调,公共自来水管水击桶底的声音也还是那么玎琮有韵……可是毕竟也有比较显著的变化,原来里院北房换了一家姓张的来住,据说是位局长,有好几大橱的书,其中还有不少英文书。于是他便在等待分配具体工作的那段时间里,跑去借书看……

张秀藻在自家的书橱前,头一回见到荀磊后,不知为什么,第二天总忍不住同爸爸妈妈议论他。妈妈说:"是个奇迹。他那么个家庭,又碰上这么个年月,居然能自学外语成才,说出去人家怕都不信……不过,他这事也许不适于宣传吧?牵扯我们的阴暗面太多了是不是?"爸爸却另有见解:"是牵扯不少阴暗面,而且是大阴暗面,'穷跃进'啦、'停课闹革命'啦、'知识越多越反动'啦,走'后门'啦,干部子弟特殊化啦……可小磊子成才的经历本身,也就说明我们这个社会还有足以战胜阴暗面的光明力量,这个力量有时也许是零散的、不起眼的、无形的……可它到底还是有胜利的时候……"张秀藻对爸爸妈妈这种一本正经的议论并不怎么感兴趣,她发表感想说:"多聪敏呀——不坐飞机,而是坐火车回来;火车车窗提供给他的,不知要比飞机舷窗能提供给他的,超过多少倍!何况他们去的时候,已经坐过了飞机……他说他记了一本《乘火车回国日记》,真想向他借来看看!"爸爸妈妈都说:"那你就去借吧!"

第二个星期日,她便去苟磊家借,苟磊爽快地借给了她。她当晚便读了。后来又带到学校,每晚偷偷重读一部分。她惊讶地发现,虽然他们以前并不认识,而且各自的生活经历也有那么多的差别,可他们对生活的看法,却有着那么多相通的地方……她把那本日记压在枕下,头一次体验到失眠的滋味,一颗少女的心,在胸腔里被爱慕和向往煎熬着……

又一个星期日,她去苟磊家还那本日记,发现苟磊的小屋里还有另一个人,那是一位同她年龄相仿的少女,高高的额头(北京叫"奔儿头"),深深的眼窝,油黑的大眼仁,鲜红的厚嘴唇,个子不高,体态轻盈,头上梳着时下已经不多见的短辫,穿着一件质地、样式一看就不同于国货的衬衫;头一眼望去,张秀藻心里本能的反应是:啊,华侨,要么外籍华人,他们搞外事活动的人,所以有这种人来往……可稍一冷静,她就看出那少女同苟磊的关系很不一般,同时心里也就清醒了:苟磊即使已经分了具体工作,也不会把工作对象引到家里来啊……

"我来给介绍一下,这位是我的朋友冯婉姝,这位是我的邻居张秀藻。"分明是荀磊的声音,响在了耳边。

张秀藻同冯婉姝的手握到了一起。当双方把手松开以后,张秀藻觉得脚下的地在往下陷,而头上的屋顶变成了一股烟。她知道一切都绝望了:她仅仅是邻居,而人家才是朋友!

张秀藻心海里波涛翻涌,张奇林竟然一点也没有发觉。他让她帮着整理书橱。在这样一个清晨,当她走进右边屋里时,怎能不勾起她头一回见到荀磊的回忆,那是怎样清晰的一幅似乎可摸可触的图画啊:荀磊就站在那个位置,手里正翻着一本英文书,而窗外的阳光,正斜射进来,铺到了他的肩头……

"秀藻,你怎么了?不舒服吗?"妈妈看出来点苗头。但她仅仅是从生理的角度进行观察。

"不,没有。没。"张秀藻挺起胸脯,勇敢地走到了书橱前,镇静地问爸爸:"咱们从哪边开始?"

第 二 章

辰

(上午7时—9时)

6. 一位令人厌烦的热心人。

"哟,你们这味儿可不对呀!"

随着声音,一个人走进了薛家的苫棚。

路喜纯正在弄凉菜,薛大娘正在火上炒米。薛大娘一听这话音,心里头就"咯噔"一下,老大的不自在。她头也不回,一边使劲用锅铲翻米,一边敷衍地招呼着:"他詹姨起来啦?"

被叫作"他詹姨"的,是一位四十八岁的妇女,名叫詹丽颖,住在这个四合院里院的两间东屋里,她家恰好同薛家屋对屋。她其实是一个非常值得同情的人——在她的生活道路上,遭遇过那么多不公正的打击,乃至于一般人难以忍受的惩罚——可是,无论是过去还是现在,同情她的人总是不多。为什么呢?……

按说人家薛家办喜事,薛大娘又是个相当讲究吉利的老人,你到人家那边去,头一句话无论如何不该是"你们这味儿可不对",可詹丽颖想不到这一点。她绝对是善意的,并且,愿意以一切方式来帮忙操弄,可她就那么个做派——这星期日的早晨她睡了个懒觉,刚刚起床,洗了脸,漱了口,拿把梳子正在梳头。也许因为心情特别好的缘故吧,她的嗅觉似乎比任何时候都灵敏——闻出对过的炒米似乎散发出了焦糊的气味,便立即跑过去,仍旧用梳子梳着头,甩着嗓门建议说:"快往里头洒点醋!快呀!"

正拌凉菜的路喜纯,瞟了这位詹姨一眼,心想真是越外行越敢支嘴,不过他搞不清薛家同这位詹姨的关系,所以,一时便没有张嘴发话。

薛大娘被詹丽颖的儿嗓子弄得慌了手脚。詹丽颖光咋唬还不算,还把头直伸到锅上来嗅,一边嗅还一边继续梳她的头发,薛大娘厌恶得恨不能用锅铲敲她两下——她那头屑不知掉进了锅里多少,有这么管闲事的吗?

詹丽颖却一点没有觉察出别人对她的厌恶——她一生就吃亏在总不能及时体察出这一点,而及时抑制自己的言行——她把梳子往头发上一插,自己抄起案上的醋瓶子,揪开瓶盖就要往锅里倒醋。

"别倒别倒,"路喜纯不得不站过来干预了,他从詹丽颖手里夺过醋瓶子,解释说,"倒醋可解不了这味儿。等一会儿进锅蒸的时候,拌一点辣椒末、洒一点酒,味儿自然就正了。"

他本以为把醋瓶子这么一夺,对方非生气不可,谁知那詹姨跟他脸对脸以后,却忽然瞪圆眼睛,咧开嘴巴,满面笑容地惊呼起来:"咦,你不是嵇志满教过的那个学生吗?"

路喜纯倒给她弄得一愣。冷静地一想,对了,在嵇老师宿舍里,见过这位妇女。原来她也住在这个院里。嵇老师那么个稳稳当当的人,怎么会有这么个咋咋唬唬的朋友呢?何况还是个女的!

薛大娘见詹姨同这位请来掌勺的小师傅拉上了近乎,心里更不受用。她有意用炒勺重重地敲打着锅边,提醒着詹丽颖不要碍别人的事。詹丽颖却浑然不觉,甩着嗓门同路喜纯问答了几句以后,才仿佛忽然想起什么来似的,管自跑回自家屋里去了。

"你们怎么认识的?"詹丽颖那边合上了门,薛大娘便问路喜纯。

"咳,就见过一回。您这街坊可真够各①的!"路喜纯可不觉得认识这位詹姨光彩。

"她呀,怎么说呢?真不招人喜欢,"薛大娘忍不住压低声音对路喜纯说,"她当过右派!"

在薛大娘心目当中,尽管新政策几乎已经给当年所有的"右派分子"都改正了,她还是觉得戴过"右派"帽子是桩丢人的事。路喜纯却一听"她当过右派",反而对这位詹姨生出了几分敬重。近年来的小说、电影、电视剧等文艺作品当中所出现的"右派"形象,几乎都是些品质高尚、才学超群的人物,因此给了路喜纯这一茬人这样的感受——戴过"右派"帽子,实在是一桩光荣的事。这位詹姨,别看咋咋唬唬的,说不定倒是个女中豪杰呢!难怪嵇老师肯同她交朋友……

詹丽颖的确当过"右派"。她究竟是怎么个情况呢?是像一九五八年到一九六六年之间那些文艺作品所写的那样,曾经时刻企盼着台湾的蒋介石"反攻大陆"吗?是像"文化大革命"期间的那些文艺作品所写的那样,曾经同"走资派"勾结在一起,对抗过"革命造反派"对"反革命修正主义路线"的冲击吗?抑或是像一九七七年某些文艺作品所写的那样,曾经躲在阴暗的角落里,操纵着名为

---

① "各",在这里读 gě,不像一般人那么正常,称为"各"。

"革命造反派"实为"四人帮"的爪牙们,向被诬为"走资派"而实际上是革命的老干部夺权吗?要不,就像近年来那些文艺作品所写的那样,曾经为捍卫真理而遭受了沉重打击,但在人民群众的关怀和支持下经受住了二十多年的磨难,终于使那颗忠于革命、挚爱祖国的心得到了大家的承认和景仰吗?

她全然不是那么个情况。

"反右"期间,她已从大学毕业,分到了设计院当技术员。她的专业水平在设计院中至少属于中上之列,工作态度总的来说也无可挑剔,然而她这人的性格实在不讨人喜欢。

她哑嗓子、大嗓门,说话惊惊咋咋。这倒罢了,头一条她最爱夸张,什么事情经她嘴里一说,不夸张十倍以上绝不罢休。比如她就曾经在设计院的工休时间甩着嗓门大声宣布:"嘿,知道吗?党委办公室新来了个副主任,是位部长夫人,个子那个矮啊——真叫'三寸丁谷树皮',北京土话叫'地出溜'……"即使真是这样,她这种谈吐也是不礼貌的表现,更何况当人们都看到这位副主任以后,发现人家只不过是个子稍矮而已,体态还是自成比例的,并且也并非部长夫人,而是一位副局长的夫人。你想当同志们再听詹丽颖报道类似消息时,能不怀疑吗?当他们耳边一而再、再而三地出现詹丽颖的这种聒噪时,能不厌烦吗?

再一条她不懂得理解别人、体贴别人。固然她从未有意去伤害过别人,但她说出的话,总在无意之间让别人难以忍受。她会没心没肺地对一位为自己发胖而感到羞赧的女同事大声地宣布:"哟,你又长膘啦?你爱人净弄什么好的给你吃,把你揣得这么肥啊?"这还不算什么,人家刚死去了丈夫,正在悲痛之中,她却把这档子事忘了,非拽人家去看电影,还是部外国喜剧片,人家说不想去,她便嘻嘻哈哈地揉着人家肩膀说:"装什么假正经哟!谁不想开开心,乐一乐?你不去,我可要'拉娘配'啦!"弄得人家只好跟她撂下脸来;她恍然以后,也并不道歉,只是歪歪嘴,便又缠另一位去了。在这类小事中,她究竟得罪了多少人,连她自己也算不清。

最要命的一条是她不懂好歹。任性起来,不仅跟争吵的对象闹个天翻地覆,去从中劝和的人,包括那明明是站在她一边维护她的人,她也一概不认,有时反而把那本是向着她的人,激怒得成为了她最主要的争吵者。比如有回在食堂打饭,她跟盛菜的一位女炊事员争吵了起来。她本是占理的——她指出菜里有条青虫,严辞批评了食堂,要求给她另盛别的菜,而那位女炊事员只把她碗中的青虫挑出去完事,强词夺理地为食堂辩护——这时那位曾被她讥为"三寸丁谷树皮"的副主任,正好排队排在她后面,为了支持她对食堂的批评,便站拢售菜的窗口,对那位炊事员说:"小詹的批评虽然态度急躁了一点,可你们食堂的工作确实——"话没说完,反倒被詹丽颖气呼呼地截断了:"我态度急躁?我倒犯错误了?我就该心平气和地把那条虫子吞进肚子去吗?他们熬出一锅虫子你们也不管是不是?倒怪我急躁了?那条虫子要盛在你碗里,你要不比我急躁才怪!……"那位副主任开始还耐心地对她说:"小詹同志,你冷静一点嘛。你对食堂的批评,我是支持的嘛……"可詹丽颖居然又截断了她的话,又气势汹汹地发泄了一通火气,弄得那位副主任也脸红气粗起来:"詹丽颖同志,我们饭后再谈好不好?后面的同志还等着打菜呢!"詹丽颖竟把搪瓷碗里的菜往地上一泼,气冲冲地扭身跑出了食堂。旁观者们对她是怎么个印象,她连想也没想。

"反右"运动起来了。她难免有些按当时的标准衡量算是错误的言论,这些言论属于可划"右派"可不划"右派"之列,在衡定她是否属于"右派分子"的天平上,如果根据她出身并不算坏和她工作中表现尚属努力,撤下一个砝码,她便偏到了"不划"一边,但最后却因为她上述的性格弱点在人们心目中形成的恶感,反给她加上了一个砝码,于是她便偏到了"应划"一边。当在设计室召开了她的批判会,并宣布她为"右派分子"时,她才头一回失去了大嗓门和任性的劲头,变得像个石头人一般。划"右"以后她当了一段时间的晒图员,后来便被送往农村劳动改造。临去农村的时候,那位办公室副主任找她个别谈话。她问:"我该怎么改造呢?我究竟主要该改造什么呢?"副主任见她眼里噙着泪水,动了恻隐之心,见屋里没有别人,便诚恳地对她说:"你怕主要是个修养问题。你太缺乏修养了。你吃的就是这个亏。"说完,便打开办公桌抽屉,拿出一本刘少奇同志的《论共产党员的修养》,递给了她。她惶恐地接了过来,心想,我是反动派了,人家还让我看共产党员该怎么修养,以前真不该对人家那样……心里一感动,她便放开嗓子痛哭起来,这一哭倒把那副主任吓坏了,忙过去把办公室门打开,好让从走廊上路过的人看见和听见自己是怎样在同詹丽颖谈话;当詹丽颖放纵完自己的感情,听到那副主任已经变换了诚恳的劝谕口气,而是冷冰冰地在训斥自己时,不由得纳闷,刚才不是还那样吗?怎么……

詹丽颖从此经受了二十多年的改造。她干过最粗笨的活,忍受过最粗鄙的侮辱,被人们当面无数次地训斥批判,也被人们背后无数次地戳脊梁骨;她写过铺开来大概能绕北京城一周的该写和不该写、真诚和半真诚乃至虚伪的检查;她对社会和人生都有了更接近于正确和更趋向于深刻的认识,然而她的性格却变化不大——这真是一件万分遗憾的事。后来接收她的各个单位,只要求她改造思想,而并不要求她改造性格。在她后来的生活道路上,竟再没有遇上过像那位矮个子的办公室副主任式的人物,现在回想起来,惟有那位副主任看透了她究竟吃的是什么亏。

更糟糕的是,倘若说过去的境遇多少总能使她对自己的性格弱点无形中有所抑制,那么,四年前她那"右派"问题的彻底平反,反倒使她固有的性格弱点更加放纵地显现出来。正像当年在设计院定她成为"右派"时,很少有人同情她一样,当她因落实政策而重新回到那所设计院时,也很少有人对她表现出抚慰和亲近。那惟一的一位比较能理解她和帮助她的副主任,不幸已在"文化大革命"中逝世。在她的生活历程中,再获得那样的一位上级或同事,并不是件容易的事。

对于人来说,最难以改造的确实莫过于性格。对于描写一个人来说,最难以表现充分的也莫过于性格。谁的性格只有一种成分,呈现出的只是一种状态呢?詹丽颖性格中那些不良的因素,使她倒了大霉,然而她性格中的另一些因素——与没心没肺并存的豪爽,与出语粗俗并存的能够吃苦耐劳,与任性纵情并存的不记仇不报复,与咋咋唬唬并存的乐于助人……却也使得她获得了爱情。在她六二年摘了"右派"帽子之后,经人介绍,她同在四川工作的一位搞冶金的技术员结婚了。那位技术员也是个"摘帽右派"。他们每年只能相聚一个月左右,因此双方来不及细察对方性格上的弱点,而只从对方表现出来的性格优势上获得一种甜蜜的满足。现在他们都被评为工程师,并有了结束两地分居状态的最大可能。詹丽颖听说北京市中学缺少外语师资,外地可胜任中学外语教学任务的大学毕业生,最容易调入北京,因此积极地展开了活动,去找当年大学同志嵇志满,也正是为了验证这方面的消息。

找嵇志满,本是为了解决她自己的问题,可是谈话之间,知道嵇志满这么多年竟然还没结婚,她又突然勃发出一种热情,不管人家嵇志满是怎么个想法,积极地为嵇志满介绍起对象来。

詹丽颖就是这么个人,她常以人家最不欢迎的方式去热情地帮助别人。此刻又一次如此——她兴冲冲地跑回自己家,找出来一塑料口袋的炒米粉,又兴冲冲地跑到薛家权作厨房的苫棚中,一把夺过薛大娘手里的擀面杖——其时薛大娘正在案板上把炒好的米粒碾碎,——又一把将自己带去的炒米粉口袋撕开,把那炒米粉倒在案板上,大声地笑着说:"甭费那份力气啦!瞧我这个,多黄多香!这是我们那口子秋天探亲时候,带回来的,够你们蒸一大锅米粉肉吧!"

她做派唐突,本来惹人讨厌,但当薛大娘用手捧起一些炒米粉,凑拢鼻际嗅了嗅以后,却又不禁感念她的善意,那真是地道的四川米粉啊!敢情人家四川人行事精细,连这蒸米粉肉的米粉也有现成的卖,早知如此,又何必现炒生米呢?

薛大娘脸上有了笑容,对詹丽颖说:"你们那口子大老远带来的,不容易,你自己留着用吧⋯⋯"詹丽颖满脸真诚、浑身热情,连连说:"哪的话,哪的话,我让他再捎一百袋一千袋不也是容易的事?他敢不给我捎来吗?今天是纪跃的好日子,我贡献点这个算得了什么呀?还有什么用得上我的地方,您可别客气,您发话就是!"

薛大娘爱听这样的话,她脸上的笑纹更多了,把那炒米粉指给路喜纯看,问:"就使她这个吧?"路喜纯看了,点点头说:"使上吧。您炒的那些个也使上,不用擀碎了,合弄到一块使,多蒸会儿就是。"

正在这时,薛大娘听见一声唤:"妈!"她朝苫棚外一看,原来是儿媳妇孟昭英牵着孙女小莲蓬来了。

7. 婆媳之间的矛盾，难道真是永恒的吗？
帮厨的倒勾起了一桩心事。

薛大娘一见孟昭英，气便不打一处来。

"你怎么这时候才到？你要心里头搁不下我们，你有能耐别来！"

孟昭英估计到婆婆会埋怨自己，但一张嘴话便这么难听，却颇出乎她的意料。她尽可能忍住涌动在胸中的委屈，解释说："一早起来小莲蓬就嚷嚷不舒服，给她试了试表，三十七度二，低烧。能让孩子烧着不管吗？我心里火急火燎的，早点没吃，就牵着她去厂桥门诊部，挂了个头一号，人家一开诊就给她瞧了，还算好，心肺正常，说着感冒初起……"

孟昭英说这些话的时候，薛大娘伸手摸了摸小莲蓬的额头，只觉得汗津津的，也未见得发热。小莲蓬叫着："奶奶！我要吃鱼！"她看见了苫棚里钢种盆①中的黄花鱼，不禁有点馋，毕竟那季节鱼很不好买，她家已经好久没有吃到了。薛大娘听她嚷"吃鱼"，便知她算不上有什么病，因为真要感冒起来，头一条就厌烦荤腥。薛大娘心里头忖度着孙女儿身体状况的时候，发现孟昭英身后并没有跟进来大儿子薛纪徽，不禁大声地问："徽子呢？他怎么没跟你们一块儿来？"

孟昭英便告诉她："一早就加班去了，说跑完一趟就收车，收了车赶紧来咱们这儿。"

---

① 北京人把铝称为"钢种"。"钢种盆"即铝盆。

一早就加班去了!薛大娘听见这话,心里只是心疼儿子,不由得对孟昭英更加反感。她尽情地数落起来:"你也太贤惠了!大礼拜天的,你还让他加班去!你们就缺那么点子加班费吗?你不知道小跃子今儿个办事呀?你成心让咱们家团不成圆是不?我一大早就到门口等你,左等右等不见影儿,敢情你打了这么多埋伏!……"

孟昭英哪容得婆婆这么数落!毕竟她是新一代的儿媳妇,经济上独立,人格上自主,她凭什么要咽下这口气?于是她把脸一绷,扬起声音,振振有词地辩解说:"他自个儿要去,能怪着我吗?我跟他说了嘛,你要不一早赶到家去,妈准得埋怨。他说,埋怨就让她埋怨吧——这话要是我编出来的,我舌头今儿个就烂在嘴里。他说现在不比过去,干多干少都成,他们组得完成定额,组里的大老赵病了,他当组长不带头顶班,成吗?他顶上午一趟,小齐顶下午一趟,他说他昨儿个就安排了,不能再变。他非要去,我能拽住他不让他去吗?一大早起来小莲蓬就低烧,我跟他说了,他管吗?他光让我带着孩子去门诊部,自个儿甩手走人了。我头没梳,早点没吃,带孩子看完病就往这儿奔,我容易吗?……"

孟昭英是个伶俐人,她要讲起理来,一句跟一句,句句都站得住,薛大娘在媳妇的这种攻势面前,只觉得对方忤逆,话可是顶不上去了。在屋里待着的薛师傅,听见了婆媳二人的声息,知道又是一见面就闹矛盾,赶忙走出屋来,心里琢磨着该怎么打个圆场,让双方都有台阶可下。谁知他没来得及开口,一旁的詹丽颖却插了进去,以抱打不平的口吻对薛大娘说:"大娘呀,您就消消气吧!这算不了什么!如今的年轻人,有几个能体谅老人心的!"

薛大娘正感到气淤语塞,詹丽颖这话一出来,倒让她解气,她不由得长叹了一声,一时间换气不匀,她不禁又连续咳嗽起来。

孟昭英对詹丽颖一贯没有好感,见她这么多管闲事,便毫不客气地说:"詹姨,您没有调查研究就没有发言权!我们怎么不体谅老人了?您换到我的位置上试试,要依着您那脾气,您能像我这么心平气和地解释吗?您早就翻儿①了!"

薛师傅在一旁直着急,真怕那詹丽颖再撂下几句着三不着两的话来。谁知詹丽颖听了孟昭英的话,反倒呵呵地仰脖笑了起来,笑完大表赞同地说:"可不,要我是你,我准跟大娘顶撞得七窍冒烟!嘿,我这个脾气哟!"说完,竟径自把小莲蓬一牵,宣布说:"小莲蓬,跟你詹奶奶吃糖去!"拉着小莲蓬回她家去了。

薛师傅借这个空当,赶紧走过来,若无其事地说:"昭英来啦,屋里先喝茶去吧!"

孟昭英笑吟吟地叫了声"爸",自动下台阶地说:"我来晚啦,茶不忙喝,先洗洗手,帮助弄菜吧!"

孟昭英洗完了手,走进苫棚,薛大娘也便恢复了常态,向她交代完应当给路喜纯搭哪些下手,自己便离去了。薛大娘还是那么个习惯,只要媳妇一到,她就不再弄菜烧饭。孟昭英早就对她这种心理和做派有所腹诽。不过既然回到家中,孟昭英也总是主动进厨房操办。为了求得一种心理上的平衡,她一边在苫棚里忙着,一边扬声对屋里的婆婆说:"妈呀,您得便去詹姨那儿招呼一声——小莲蓬衣兜里装着药呢,让詹姨按药袋子写的哄小莲蓬吃药,可别吃错了!"当她看见婆婆的身影向对过詹姨家移动时,不由得在心里说:对呀,我年轻,多干点活应该。可不能因为我是媳妇,你是婆婆,就什么都得我干,你在那儿享受着;谁跟谁都是平等的,家里的事,得大伙分担着干!

---

① "翻儿",翻脸的意思。

孟昭英一边干着活,一边跟喜纯聊了起来,开头不过是些应酬话,聊上一阵以后,她觉得这小伙子的一些想法,倒跟她挺合拍。

她说:"我跟我们那口子结婚的时候,哪有这么个排场。瞧今儿个,请你们饭馆里的大师傅来帮忙不说,还非得倒腾出什么四四十六盘,不许重了样儿……等一会汽车还得到呢! 原来说让我们那口子借辆小轿子①开,后来又说大伯子开车不合适,让他给走个后门,请个开小轿子的朋友给捧捧场。我们那口子不干。你不知道,他思想进步着呢,他不是请不来,再严的制度,开公车的司机也能插空儿跑几趟私活,可他愣不干。为这事我婆婆急得抹了好几回眼泪——她疼她大儿子,觉得他不孝顺,也不像对我似地呲儿②上一顿。她就光是抹眼泪,小叨唠,我们那口子让她给哭软了心,收起了那些个'勤俭办婚事'的套话,一拍大腿说:'您别这么哭天抹泪的了。依您的意思,咱们小跃子结婚也用小轿子接新娘——咱们租出租汽车去,我出钱!'这不,一会儿出租汽车就该到了,先奔咱们这儿,我们坐进去,到女家迎亲,再打那儿坐回来,这么三跑两跑的,得多少钱!……"

路喜纯说:"是啊! 得不老少。听说为了不让坐小轿车办婚事的风盛起来,叫这号车收的费,比一般用车要高出好些!"

孟昭英说:"可不! 反正我们两口子两个月的奖金,全得搭进去了! 就这么着敲竹杠,想租你还不定租得上呢! 头几个月就得去预约,我们那口子说是不走后门,其实也还是走了——不走后门去预约,起码得过春节时候见。多亏找人说了话,这才定在了今天!"

---

① 指小轿车。
② "呲儿",训斥的意思。

路喜纯说:"不过,我觉得结婚毕竟是一辈子里头的大事儿,弄得像个样儿,也应该。人家天天坐,咱一辈子兴许就这么一回,还是自个儿花钱,坐坐小轿车,在家里摆几桌像样的菜,喝点吃点,热闹热闹,也不为过。只要量力而行,不为这个捅下窟窿就成。"

孟昭英笑了:"其实我心里也是这么个意思。你当我就不羡慕他们吗?我要能跟我们那口子再结一次婚,这回我也得坐回小轿车,上王府井中国照相馆,来张十六吋的彩色礼服照,那大纱巾一披,大纱裙子一穿,手上套着白手套,再攥把鲜亮的花儿,够多来劲儿!"

路喜纯赞同地说:"可不,我路过照相馆,就爱看橱窗里头摆的结婚照。就是丑人,把礼服那么一穿,姿势那么一摆,也有了个派头。新郎的手套不往手上戴,只把它叠着攥在手心,谁设计的这号做派?真够帅的!"

孟昭英便直截了当地问他:"你照过啦?"

路喜纯脸红了,忙张罗着说:"嫂子您歇着去吧,剩下的活儿我全包了,左不过肉片、菜码先过过油,只等头批客人到,咱们就下锅开炒。"

这时恰好薛大娘在屋里招呼孟昭英,显然是小轿车预定来到的时间逼近了,孟昭英便对路喜纯笑笑,出苫棚进屋去了。

路喜纯把米粉肉蒸到火上,暂且无事,他坐在了为他准备的椅子上,歇息一阵。他发现一旁的凳子上有为他沏好的茶和准备着的一包烟。他呷了一口已经变凉的茶,搁下茶缸,想了想,便从那包牡丹牌香烟里,抽出一支来,点燃,徐徐地吸了一口。他平时并不抽烟,然而,不知为什么,刚才同这位素昧平生的嫂子聊了那么一通之后,他觉得自己神情多少有点恍惚,似乎只有抽一支烟,才能恢复平静。

他照过那种相了吗?他将会去照那种相吗?为什么对一个几

乎是陌生的人,他公布了自己爱在照相馆橱窗前停步的隐私?如果他有一天去照那种相,谁是他的伴侣呢?难道会是她吗——那个圆脸庞的、貌不出众的妇女?她就住在他们饭馆附近,几乎天天早上来买油饼,用一个缺了瓷的搪瓷钵子,每次都买四个,一次没有多过,一次也没少过。她来买油饼时似乎总没来得及梳头,头发蓬松甚至紊乱,脸上总笼罩着一种梦幻般的神情。

路喜纯并没有马上注意到她。到这里来买油饼的常客很多。只是有一天,轮到她那里凑巧只有三个了,而新的一锅因为某种技术上的原因,需要等待比平日更长的时间才能炸出来,她便立在售货的窗口外,捧着那只搪瓷钵子,发呆。忽然间来了一个头发和胡子似乎都好久没理的壮汉,走拢她身前便粗声粗气地埋怨,她似乎辩解了几句,对方骂了一声,拽住她胳膊把她往外拉,搪瓷钵子不慎掉在了地下,发出一声锐响,又听得"啪"的一声,似乎是那男的打了女的,女的虽然哭着,抱怨着,却还是随着那男的去了。路喜纯冲出操作间,想追出去跟那个壮汉评理,被一位顾客拦住了。那顾客告诉他:"人家是两口子。那男的是个浑球,女的是个受气包。他们家的事,谁也插不进去,由他们去吧!"

后来路喜纯听人说,他们俩原是在同一处农村插队的。有一回,插队的知青们到邻村看电影,那男的同几个男伙伴一起走。那女的不知为什么一个人也在往前走。他们都不怕路远,翻过一座虽不算高但也颇费脚力的小山,去看那部电影。那时候在那种地方,就是需要翻两座再高的山,他们也会去看那部电影。天渐渐黑了。几个男的嘴里不干不净地聊着。忽然间他们打起赌来,赌谁敢"拍婆子"①,他们实在不是天生的流氓,因为烦闷无聊,因为好胜

---

① 指找女流氓鬼混。

心无处发泄,他们在那么个特定的环境中竟然赌上了这个!其中一个就说:我敢!你们看那边就有个"婆子",我就去"拍"她!于是他们商定了赌注:一瓶当地产的白酒。那男的离开同伴,去追那女的去了。开始表示出骑士的风度,说要保护她,陪她去看那部电影;后来献殷勤,将自己家里寄来的、珍藏许久而仅剩不多的糖果,递到了她的手中;最后……当他们看完电影归来时,他在野地里便占有了她。不久她怀孕了,那位男子站出来承认了错误,并表示愿立即同她结婚。她便同他结婚了。他们有了一个儿子,后来他们一起办回了城里,各自都分到了一个工作。那女的在新的生活中,复苏了她的自尊和理智,她提出了离婚的要求,甚至告到了法院,但法院说她丈夫即便当年确有诱奸的罪行,现在也早已过了追究刑事责任的年限;而男方单位的领导和街道办事处,为维护家庭这个社会基本细胞的稳定计,又都采取了劝和的态度。这位女性陷入了深深的痛苦和迷惘。她的生活全貌究竟如何?不得其详,路喜纯只是看见她每天早晨捧着那只搪瓷钵子,若有所失地来买油饼。每当路喜纯帮助售货时,他总要用竹夹子翻来翻去,尽可能挑出四个炸得最鼓胀、最匀净、最金黄锃亮的油饼,搁到她那个搪瓷钵子里。他发现每当这时,她的一双眼睛便仿佛从梦中醒来,充满感激地盯着他。他真想对她说:"你会离开厄运,得到幸福的,准的!"然而他始终没有机会对她说这样的话。

他甚至不知道她的名字,只推算出来,她比自己要大三至四岁。

有一天,他会同她到王府井中国照相馆去,照那样一张相吗?她穿着白纱裙,把下摆上的套环套到手腕上提着,而他穿着西服,手里攥着一双手套,站在她的身旁……这想法荒唐吗?构成犯罪意识了吧?就连最知心的嵇老师和何师傅,他也从未向他们吐露过。他向谁也不会吐露。而且每当这种隐秘的念头浮在心头,他便自己将它压制下去——"这是十足的胡思乱想,"他对自己说,"像抽烟一样有害。"

然而,在别人结婚他来帮厨的这一天,他却抽着烟,心头又一次浮上来这个幻想。

他被烟呛住了,不禁咳嗽起来。

8. 不但当了喇嘛可以结婚,结了婚的人也可以去当喇嘛。

出租汽车定在八点半到。眼下挂钟上已经是八点二十了。为了不误今天的每一个环节,薛大娘头晚有意把它拨快了十分钟,凡事赶早不赶晚。薛大娘耸起耳朵,捕捉着胡同里传来的每一种声音——尽管薛师傅早被打发到门口去看望,以防开车的司机找不到这个院门,她还是不放心,总觉得惟有她能最先听到汽车的喇叭声,并安排好迎亲的一切细节。

薛师傅老老实实地在大门口候着。按说他可以带马扎①去坐在那里,或者干脆坐到大门旁的石狮子座上,反正小轿车进了胡同站起来也来得及。可他不,他微微叉开腿,双手背在身后,挺着脖颈朝胡同口伫望着。这时候从他们那个院门口路过的人,大多是本胡同的居民,有的跟他打个招呼,道声喜,他便笑容满面地点头应着;有的不怎么熟识,人家并不跟他打招呼,只是互相压低声音议论着:"瞧见了吗?老喇嘛给儿子娶媳妇呢!""嘻,敢情老喇嘛是

---

① X形折叠小凳。

个'花和尚'!"他耳朵一点不聋,听得真真切切,可脸上仍然保持着宽厚的微笑,心里也并不愠怒。

　　薛师傅是当过喇嘛。他不明白有的人,特别是一些年轻人,为什么把当喇嘛这件事看得那么神秘。他出生在哈德门(即崇文门)外虎背口胡同一个城市贫民家庭,起名薛永全,排行老五。父亲是拉排子车给人运货的,母亲是为绢花行剪花瓣的。对于他们那样一个家庭来说,凡能饷口的事由都是一种职业。他的大哥给人养马,那些马是专为了东便门外蟠桃宫赶会时租给人跑圈的;他的二哥自小便瞎了一只眼,是个"独眼龙",后来成了乞丐,在乞丐帮的"杆头"①指派下每天敲着牛胯骨,沿街唱着数来宝:"那边要了这边要,掌柜的吃饭我来到……唉,掌柜的,您别生气,早给一个早早地去!"他的两个姐姐,一个嫁给了靠耍"顶胳膊根儿"在庙会上混的人物;另一个嫁给了专往乡下收猪鬃然后再进城倒卖给刷子行的小掮客。这些兄长所做的事,在薛永全所生活的那个社会层次中,人们并不以为有多大的贵贱差别,包括二哥的乞讨,既然纳入了"杆头"的管辖之下,当然也算一种正经职业。因此,当薛永全学徒的那家绢花行在竞争中倒闭后,大姐夫给他走门子,使隆福寺的住持喇嘛奥金巴收容了他时,不仅全家为之庆贺,周围的邻居们也只有艳羡与嫉妒:在隆福寺这样的大寺庙中当喇嘛,该是多么好的一种职业啊!真没想到,几十年后,依然是那类家庭的后裔,却全然不能理解那时他们祖辈父辈的价值观念了。薛纪跃就一直不许父亲把当过喇嘛的事讲出去,包括即将娶进门来的这位新娘子,薛纪跃也一再叮嘱父亲不要同她提起这一段——然而,她并不是偶尔

―――――――

① 传说清朝康熙皇帝曾赏给北京职业乞丐头领一根雕龙紫檀木杖,正名称"大梁",俗名叫"杆头",以树立头领的威信,约束众多乞丐,稳定社会秩序。故后来乞丐头领称为"杆头",当职业乞丐叫"在杆儿上"。

一来的客人,她将长期同公婆一起生活,纵使薛永全两口子和薛纪跃绝口不提,大儿子薛纪徽是并不避讳父亲这段历史的,孟昭英更难免在妯娌闲话中提及,又何况还有知根知底的邻居,更何况邻居中又有詹丽颖那号没心没肺而又出言无忌的人物。看起来,薛永全当过喇嘛这段历史,早晚有可能引出点家庭的风波哩!

回忆起当喇嘛时的往事,薛师傅并不感到屈辱,只是觉得悲凉。说实在的,隆福寺里的喇嘛,当年并不受到社会的歧视,只是像他那样的小喇嘛,生活实在清苦。解放后,当他由一个喇嘛变为一个摊贩,最后又进而变为公私合营和国营商场的售货员后,有一回商场的领导找他谈话。那位领导全然不了解喇嘛是怎样生活的,提出的问题,似乎全是从一种简单化的猜想出发,使薛永全感到惊讶;而薛永全那老老实实的回答,反过来又引起了对方更强烈的惊奇。他们之间的谈话有一段是这样的:

"老喇嘛奥金巴是不是常常欺压你们小喇嘛?他打你打得厉害吗?"

"奥金巴从不打我们。他就是教我们念经,带着我们外出念经去。"

"念经的时候他是不是坐一边歇着,主要让你们小喇嘛站着念去?"

"他跟我们一块儿念。那时候阔人家办丧事,一般都要请两三棚经。再阔点的请四棚,和尚一棚、喇嘛一棚、道士一棚、尼姑一棚。最阔的请五棚,和尚加一棚。念经全是坐着念。上午八点多钟一到就念,念一个来钟头,上午三遍,下午一点以后,再来两遍。"

"主家给的钱,你们小喇嘛能得着吗?都让那奥金巴独吞了吧?"

"我们能得着。奥金巴领着念,他叫'正座',他多拿半份钱。

比如我们得三块,他得四块五。"

"你不觉得那是剥削吗?他为什么拿那么多呢?"

"倒没觉得他剥削了咱。咱的经是他教的呀。《归一经》《白度母》《绿度母》《心经》他都给教会了。还有《供师经》,特长,他也给教会了。他还教会了我吹'刚咚'①。那是从西藏传来的喇叭,两米多长,只能发两个音,一个高音,一个低音。没点力气还吹不响哩!"

"听你这么一说,你们当年过得倒挺不错哩!"

"倒是不挨打受骂。可后来那票子不值钱,棒子面都一天涨好几回价,甭说我们是勒紧裤腰带过日子,奥金巴也不宽绰,所以他那大儿子跑出城去,参加了解放军……"

"这是真的吗?奥金巴倒也这么跟我们说过,可他那大儿子怎么不回来找他?也没封信来?"

"假不了。有人跟天津见过奥老大,穿着咱解放军的军装,听说还当了个排长哩!"

"你掏心里话,究竟是解放前好呢还是现在好?"

"还用说吗?当然解放了好哇!最起码的,提着粮食口袋往粮店去,这心里踏实了不是?"

薛永全的这种认识,听起来是肤浅的,然而却是稳定而坚实的。在以后充任国家售货员的工作中,他认认真真,兢兢业业,心满意足,无所奢求。为了让薛纪跃"顶替",他在两年前办了退休手续,后来便到一所仓库充任看守挣"补差"。在那看守的岗位上,他依然保持着那样一种心境和工作态度,他觉得这样的日子应当知足。因此,即使在最易于沉入冥想的时间里,他意识的潜流中,也

---

① "刚咚"应读为 gáng dòng。

很少浮现出往昔喇嘛生涯中的那些斑驳陆离的画面,而更多的是为将来真正退休后的生活,做出多种色彩丰富的揣想,比如一大缸带斑马纹的热带"神仙鱼"在悠悠游动,一只开了嘴的画眉在装妥铜钩的圆笼中嘤嘤鸣啭,一对油褐饱满的核桃在手掌中咯咯打转,等等。

此刻薛师傅在门口等着那迎亲的小轿车来,心中毕竟不免小有感慨。坚持要小轿车的是老伴。他理解她的心情。直到这几年还总有人问他:"嘿,喇嘛跟和尚不一样,许娶媳妇,对不?"他只是和蔼地点头肯定着,心里却觉得问话的人少见多怪,岂止当了喇嘛许娶媳妇,娶了媳妇的人也可以当喇嘛啊。他自己不就是这样吗?还没到隆福寺,正在那绢花行里当徒弟时,才十七岁,他就娶媳妇了。媳妇是父亲给说定的——岳父原是跟父亲一样拉排子车的,后来换了个好点的事由,在中南海里头给当官的推火车——这事说起来怕如今的人们都不信了:民国初年中南海里还保留着晚清修建的一箍节铁路,上头有火车车厢,但并无火车头,怎么让它开动呢?就靠力伕来推。薛师傅的岳父当年就推过一段那火车,其待遇在一般城市贫民眼中简直是"得儿蜜"①了。娶进这样一位"火车司机"的女儿,自然不能草率从事。在家里头搭"喜棚"宴请"五服"固然做不到,烦"跑海的"到"冷庄子"②去订席也力不从心,最后还是决定就在屋里摆三桌自馔菜肴意思意思。婚宴可以从简,迎娶仪式却万不能马虎。于是薛家尽其所有,从轿行租了一套轿子。如今电影上演旧时北京娶媳妇,往往只有一顶轿子出现,其实一顶哪儿够!新娘子得有一顶八抬或四抬的红轿自不待说,娶亲

---

① 极为甜美幸福的意思。
② 旧社会帮着联络喜筵的人叫"跑海的"。"冷庄子"是只应红白喜事、不卖零市的饭庄。

太太(男方的姨、姑、嫂一类人物)和送亲太太(女方的姨、姑、嫂一类人物)还得有一顶四抬或二抬的绿轿,随轿而行的,还有各色执事:打伞的、打扇的各两人,打旗的四人,打锣的、打鼓的、吹唢呐的、吹号的若干人,哪一样不得花钱？一场婚事完毕,薛家捅了好大一个窟窿。薛永全母亲本来就有病,天天得煎一砂锅中药吃。为及早补上这个窟窿,她自从媳妇进门就断了药,结果薛永全进隆福寺不久,她便病逝了。当媳妇的呢,每当看见别人娶亲的花轿和执事队伍喧嚣而过,却总要比出几项自己当年过门时的不足,如那打出的凤尾扇,别人用的是真孔雀毛的,所镶的小镜子闪闪发光,而自己当年所用的只是野雉毛的,所镶的小镜子则像长出"萝卜花"的眼睛珠,够多窝心！你也不能说她的叨唠都毫无道理,同样是活在世上的人,凭什么她所享受到的就该比别人少？本以为时过境迁,这种心理状态,薛大娘不该再有了；在"文革"期间,当老大薛纪徽和孟昭英结婚时,小两口可真是做到了"移风易俗,勤俭办婚事",什么小轿车,连想都没想过,散了一点喜糖完事。那时候薛大娘也确乎心平气和,一句抱怨的话没有。可如今轮到薛纪跃办事,她内心里的那种意识,却又浓浓地浮到了上面来。可见把一个人的意识压抑下去并不困难,而要把它改造过来,却是相当困难,而且是很难考察清楚的一件事情。

薛大娘把小轿车的到来,当作这天婚事中的头一桩大事。她在屋里催促着孟昭英梳头整装,并亲自用一把崭新的棕丝炕笤帚,给孟昭英的棉袄掸土,其实孟昭英那织锦面的丝棉袄和外头的紫红提花纺绸罩衫都并无尘土可掸。薛大娘耸起耳朵捕捉着胡同里的汽车喇叭声,那声音始终没有出现,但她却忽然判断出："来了！"真不知她是怎么听出小轿车开拢院门的声音的。她撇下炕笤帚,一边催着孟昭英出门,一边扭头嘱咐薛纪跃："你再拾掇拾掇吧,一会儿人家可就真来啦!"薛纪跃也不知是出于无聊还是出于惶惑,坐在一把闪闪发光的镀铬折椅上,手里拿着一盘新买的录音带,低头研究那封套上的曲目。他已经穿妥了新得扎眼的藏青色西装,打好艳红底子带金龙图案的领带,脚上是一双锃光发亮的三接头黑皮鞋。对于母亲的叮嘱,他不屑于做出反应,他还有什么好拾掇的?他盼着该经受的一切早一点结束,就像录音带在录音机里快速卷动一样——何必慢悠悠地走上一遍?

薛大娘和孟昭英一并出了屋。她让孟昭英快几步先到院门外去,她自己则要去澹台智珠家请澹台智珠出马。

这时薛师傅在大门口迎住了那辆停靠过来的出租汽车。他弯下腰朝里一看,大吃一惊:怎么车里坐满了人呢?

9. 京剧女演员只好从迎亲行列中退出。

从出租汽车里出来了三个神色仓皇的男人。他们一下车便直奔院内,对薛师傅和迎出门来的孟昭英连斜眼一瞥的兴趣也没有。薛师傅和孟昭英都不禁愕然。薛师傅正想凑拢车窗问问司机这究竟是怎么回事,司机却开动车子,显然是要掉头离去。薛师傅一时间懵了,呆呆地站在了大门口,活像一尊石雕。孟昭英总算及时恍然,忙过去对公公说:"爸,这不是咱们要的那辆车。"

那三人原来是澹台智珠的同事。为首的一个长着一张马脸,但皮肤白皙,头发墨黑(有经验的人一眼就能看出,那是用染发水染过的),鬓角留得很长,戴着一副金丝边的眼镜,穿着一件织有古钱图案的赭色绸面对襟皮袄,领口没有系拢,露出里面的一条绸子围巾,那绸子围巾是蓝底子的,上面似乎印满白色的书法作品。他便是将同澹台智珠合演《卓文君》的小生演员濮阳苏。另外两个,矮胖的一位是拉二胡的,干瘦的一位是弹阮的。他们急匆匆奔向澹台智珠的家门,恰巧澹台智珠穿好了衣服,正同薛大娘准备同到院门之外,双方劈面遇上。

澹台智珠一望见这三个人,便觉是不祥之兆。她请乐队的五位主力来吃饭,为何只来了两位?而且最主要的两位——拉京胡的老赵和打板鼓的老佟,竟然都没有来,弹琵琶的小秦也不见影儿。而她并没有邀请的濮阳苏,偏出乎意料地飘然而至,这不是乱了板眼吗?

濮阳苏一见澹台智珠,先耸眉惊叫起来:"哟,智珠,你这是意欲何往呀?"

澹台智珠恨不能一下子把对方问个明白,但薛大娘就在自己身边,已允诺承担的迎亲任务怎好就此推脱,便对三位来客笑笑说:"真不巧,我得出去一趟,你们先进屋坐吧,我去去就回来!"

濮阳苏并不放过她,依然表情丰富地盯问:"你究竟哪儿去呀?有什么事比咱们的事更火烧眉毛呀?"

澹台智珠只好望望身边的薛大娘,解释说:"我帮邻居点忙,给迎迎新娘子去。"

濮阳苏连瞥薛大娘一眼的兴致也没有,只是双手一拍,又伸出右手食指一转一指,指定澹台智珠说:"你呀,真真是'商女不知亡国恨'!"

澹台智珠一惊,心情更加慌乱,不由得连问:"究竟出什么事了?你们光瞎咋唬,能不能说个明白,到底是怎么啦?"

拉二胡的那位便在濮阳苏身后说:"老赵、老佟另攀高枝啦!"

弹阮的那位也在濮阳苏一旁说:"快想辙吧,要不咱们可就散摊啦!"

澹台智珠心里"咯噔"一下,仿佛有什么东西沉落并断裂在那里。啊,她曾有过的最坏估计,果然在今天成了现实!

薛大娘从三个陌生人一出现便感到不安,及至听见看见他们跟澹台智珠这么一说,澹台智珠那么一皱眉、一发愣,心里不由得比澹台智珠更其慌乱。迎亲的小汽车已经停在门口了,这可怎么是好?她巴不得澹台智珠撂下那头暂且不管,及时同昭英出发往女家去迎亲。可眼下的形势显然容不得澹台智珠跺脚走人。她只得赔出个笑脸对澹台智珠说:"智珠呀,那你就先把这几位师傅让进家坐吧。我们在大门口等你一会儿。你安顿好赶紧来吧!"又对那三位陌生人说:"让您三位师傅受屈啦,我们求智珠帮个忙,不一会儿就能回来。"

澹台智珠同那三位来客进了她家以后,薛大娘赶紧走出院外,使她大吃一惊的是院门口并没有停着小轿车,只有薛师傅和孟昭英翁媳二人呆立在那里,引颈朝胡同口外眺望。她眼前不由得一暗,心想今儿个是冲撞了谁呢?怎么就没有一档子事儿顺心?……

澹台智珠让三位客人落座以后,顾不得沏茶招待,忙让他们"细细道来"。原来那拉京胡的老赵和打板鼓的老佟,今儿个一早就让一位资历、待遇、名气都比澹台智珠略胜一筹的演员接到家里去了。虽说详情不清,但那位澹台智珠得叫作"师姐"的角儿"鱼竿钓鱼"[①],是再清楚不过了,而老赵和老佟的"不地道",也由此暴露无遗。拉二胡的和弹阮的二位在"汇报"中一方面表白着自己对澹台智珠的"忠心",鄙薄着那老赵、老佟二位的"不义",一方面也并不隐讳他们的观点:"虽说一块儿合作是为了事业,到底谁也不爱

---

① 戏剧界行话,把主演、场面挖走都叫"鱼竿钓鱼"。

喝见不着油星子的清汤。"是呀,澹台智珠理解他们的心情。给谁伴奏不是一样干活?跟着那位"师姐",时不时能到全聚德、丰泽园"聚餐",到家里对戏,也总有啤酒、汽水、冷切①、糕点、水果招待;"师姐"记性还特别好,知道你有个上幼儿园的儿子,就时不时往你手里塞块巧克力;知道你有个老母亲牙口不好,逢年过节兴许就提个西式寿糕去拜访;而且"师姐"香港、海外都有许多的关系,能说动那边请她去搞访问演出,出访时乐队自然都能跟着去开眼……跟着我澹台智珠呢?我倒有那个善待他们的心,可就凭我跟李铠这点工资,能给他们那么多好处吗?我老不能出国演出,乐队不等于总跟着我忌洋荤吗?澹台智珠想到这里,心里说不出是自卑还是愤慨,只觉得鼻子发酸。她想到老赵、老佟二位前一阵子在她面前起誓的情景,就更不能自持。当时他们都对她说:"咱们一块儿合作,为的是艺术。咱们一块儿创出新腔来,不比吃烤鸭子痛快?"可当他们的玩意经她点拨趋向成熟之际,他们就变心了!他们甘心被那"师姐"当作花木挖走!他们的良心给撂到哪个旮旯里去了?

濮阳荪看出澹台智珠的惶急愤怨,便把坐椅朝她身前挪了挪,诚心诚意地出主意说:"智珠呀,'亡羊补牢,犹未为晚'。只要拿定了主意,今儿个晚上我去老赵、老佟家里,约他们明儿个晚上到八面槽'萃华楼'会齐,你我加上二胡、琵琶、大阮三个,对他们俩动之以情,喻之以理,毕竟你们合作了多年,我就不信他们能那么下作——见利忘义!"

澹台智珠心里也有跟那位"师姐"争个短长的想法,那边固然有比自己多的利,自己终究有比那边硬的理;再说前些时灌唱片拿

---

① 肉肠、火腿等不必加热的熟食。

到的一百块钱酬金还没有动,只要自己改进一下原先"抠门儿"①的做法,舍得在关键时刻"出血",老赵、老佟也不至于就无所顾眷——他们同自己合作已达到驾轻驭熟的程度,跟那位"师姐"去,且得"夹生"一段……不过,澹台智珠在心里也本能地掐算了一下,"萃华楼"可是甲级饭庄,要包桌的话,七个人一桌就得七十元,酒水还在外;要是去了临时点菜,一是座位没有保证,二是被请的人会觉得自己小气,三是未必就能省钱……加上饭后叫出租汽车把他们分头送回去,那一百块灌片的酬金怕都不够使,少不得还要拿活期存折去银行里取个三十五十的……啊呀,李铠会怎么说呢?他那买一架日本柯尼卡牌"傻瓜"照相机的计划,难道又得推迟吗?

澹台智珠想到这些,只觉得力不从心,不免心灰意懒起来。她蜷缩在沙发中,双手搓揉着那鹅黄拉毛围脖的穗子,怏怏地说:"算了算了,人各有志,就由他们去吧!反正团里还得另给我找人,总不能让我上不了台吧!"

二胡和大阮一听这话,便连连摇头,争着说:"不能让老赵、老佟走啊!""咱们得想法子拢住他们啊!"

濮阳苏扬起眉毛,拔高嗓门说:"气可鼓不可泄!智珠呀,实跟你说吧,只要明儿个晚上他们到了'萃华楼',你就看我的吧,我袖子里揣着个'杀手锏'哩——我把你那'师姐'的老底儿一抖落,老赵、老佟一准叽里咕噜地回到你身边,瞧着吧!"说着从丝棉袄的袖口里抽出一方雪白的手绢来,仿佛那便是足以制胜的"杀手锏";他用那手绢往脸上轻轻地按了一通以后,强调地说:"让老赵、老佟明儿个晚上跟咱们坐到一张桌子边上,是关键的关键!"

正说着,李铠打外头回来了。李铠起床以后,失悔头晚上对澹

---

① 吝啬的意思。

台智珠的粗暴,因此表现得格外温驯。澹台智珠把中午请客吃饭的事和上午为薛家迎亲的事告诉他以后,他主动表示可以立即去地安门菜市场等处跑一圈。此刻他便是从外面采购归来。他不但从地安门菜市场买到了上好的瘦肉和难得见到的蒜苗,还从后门桥自由市场买回了一只母鸡和两条鲤鱼;碰巧又在那里遇上了卖红肖梨的,他想起澹台智珠爱吃红肖梨甚过鸭梨和雪花梨,忙为她买了三斤,加上别的一些东西。他右手中的草编筐和左手中的网兜全部胀得滚圆欲破。

李铠进院门之前,自然看到了薛师傅、薛大娘和孟昭英,同他们打了招呼。薛大娘还嘱咐他:"我们的车这就快来了,你让智珠早点出来吧。"他满嘴应承:"没错儿!"

谁知他一进得屋门,呈现他眼里的,却是完全没有预料到的情景。

他首先没有料到乐队的人会提前到达。再说,怎么那个最见不得的濮阳荪竟昂然在座!不是并没有请他吗?他一听说濮阳荪即将同澹台智珠合排《卓文君》,便给智珠递过话:"那个阴阳人你可别给招到家里头来!"智珠当时便发誓般地说:"我让他来算我发疯!"只是还解释了几句:"他那个人台上犯酸台下也犯酸,是让人起腻,可如今小生难找,他跟俞振飞俞老板请教过,到底唱、做上还有点功底,人其实还不是歪人。你别乱说人家,什么阴阳人不阴阳人的,传出去影响不好!"后来那濮阳荪也确实没来过他们家。怎么今天——偏偏是今天——却来了?来了还不算,看他坐的那位置、那做派!

当时澹台智珠坐在沙发中,隔着茶几,另一边的沙发中是二胡,大阮坐在饭桌边的一把椅子中,独有濮阳荪不伦不类地坐在饭桌和茶几之间,而且把他坐的那把折椅拉得贴近澹台智珠所坐的沙发。李铠进屋时,其余三个人都不由得把眼光偏向屋门望着李铠,惟有他依然盯着澹台智珠,眉飞色舞,比着手势,在那里高谈阔论。李铠面对着这样的现实,怎能不火?

李铠朝饭桌迈了几步,"咚"地把手里的菜筐和网兜往桌上一搋。这时濮阳荪才注意到他。濮阳荪扭头望了他一眼,竟没意识到他是澹台智珠的爱人,以为他大概是澹台智珠兄弟一类的家属,连微笑一下、点个头的注目礼也未行,便又朝着澹台智珠,自顾自地议论起来:"你那'师姐'她呀——本是个银样镴枪头,你可用不着犯怵……"

澹台智珠打李铠一进屋,便意识到头上的阴云更加浓重,她该怎样向他解释?他能听进她的解释吗?

二胡、大阮本是熟人,他们在李铠走到饭桌前时都笑着同他打了招呼。李铠眼里并没有他们,他只恶狠狠地盯住了濮阳荪和澹台智珠。澹台智珠从李铠眼里看出了雷鸣前的电光,忙从沙发上站起来,打断濮阳荪的话头,尴尬万分地介绍说:"濮阳荪,这位是我的爱人——李铠。"

濮阳荪听了这话,圆睁双眼,立刻站了起来,朝李铠拱手致意说:"哟!敢情您就是智珠的那口子呀——小生这厢有礼了!"

李铠真恨不能啐他一口,强忍了几秒钟,才改为瓮声瓮气地说:"你是谁呀?你到这儿干什么来了?"

濮阳荪一听这话,方知得罪了人,刚才的伶牙俐齿,顿时变成了张口结舌。他窘得满脸红紫,不知道该怎么应付这个场面。

李铠当然早就认得濮阳荪,濮阳荪在此以前确实并不认识李铠。濮阳荪其实是个善良而胆小的人,他已经五十多岁了,出生在一个官僚家庭,受家里熏陶,从小酷爱京剧。解放前夕他正在辅仁大学上学,学的专业是化学,醉心的却是票戏。他一生不问政治,只要能过戏瘾,他便感到满足。二十一岁的时候,他花钱请了几位名艺人,为他在一个堂会上配戏。那是他精神生活所达到的一个高峰,至今回忆起来,还不禁心荡神驰。他最早学的是花旦,师法的是筱翠花的路子;后来又改攻青衣,《三堂会审》是他的拿手好戏;到解放后他干脆下了海,因为剧团里缺小生,他便又转了小生,虽说一直是给二流旦角配戏,他倒也怡然自得。"文化大革命"中因为"京剧革命"革掉了小生小嗓这个行当,他便在"样板戏"中充当零碎杂角,演个村民甲或匪军丙什么的。粉碎"四人帮"以后,他又演上了小生,因为小生演员奇缺,他在团里的地位居然扶摇直上,近来竟有两三个挑大轴的旦角约他配戏。他忘掉了自己的年龄和经受过的烦恼,兴致勃勃地投入了频繁的排演和演出活动,产生出一种"恢复了艺术青春"的感觉。半年前,他还不惜自费去了趟上海,以"程门立雪"的虔诚,感动了高龄的俞振飞,得到接见晤谈三十多分钟的殊荣。回京后他一提及这位老前辈便称"俞师",这回同澹台智珠排演《卓文君》,他便声称要在台上"重现俞师当年风貌"。对于澹台智珠,他评价颇高,认为是团里如今最有前途的旦角演员,"融四大名旦之长,文武昆乱不挡,大红大紫指日可待"。他关心的确实只是如何把那出司马相如与卓文君同为主角的新戏码早日推出,而对澹台智珠绝无邪念。因此他在与澹台智珠接触时从未问过她的爱人是谁,直到刚才他急匆匆赶到澹台智珠家中时,他脑海里也没有与她的爱人相会的思想准备,所以一旦李铠以这种毫无掩饰的厌恶面目对待他时,他便大吃一惊,手足无措了。

澹台智珠见李铠一点面子也不给,张口便伤人,又是当着二胡和大阮,传出去岂不又成了团里的一桩"新闻",不觉胸中也生出了一团火气,压了几秒钟,怎么也压不下去,便爽性也把一腔火发泄出来,绷着脸对李铠说:"你吃了枪药还是怎么的?懂不懂得好歹?

人家濮阳苏是赶着来给我报信的！我的事业受损失，对你有什么好处？对一家子有什么好处？"

濮阳苏听了这话，才找着跟李铠求和的话语，忙说："李铠同志，您误会了，我们来完全是好心好意。有人要挖澹台智珠的墙脚，您说我们能知情不报吗？"

二胡和大阮也忙着站起来，你一句我一句地向李铠解释。李铠听明白了以后，先生出一些后悔的情绪——毕竟人家并无恶意；但及至听到濮阳苏那个明儿个晚上在"萃华楼"请客的建议，却又恢复了厌恶与嫌怨——他们拿着我们家的钱不当回事儿，而且，那话里话外分明意味着并不需要我也去趟"萃华楼"，当这么个演员的丈夫，岂不是太窝囊了吗？于是，在一种复杂的感情中，他依旧铁青着脸，暴躁地说："甭跟我说这些了！我这儿不是你们团的排演场，有事没事甭往我这儿乱窜！"

这话一出来，就把二胡和大阮也得罪了。澹台智珠急得直打哆嗦。在西边屋呆着的公公听到外边闹得不像话了，只好踱了出来，训斥李铠说："有你这么说话的吗？四十多岁的人了，一点涵养也没有！甭说人家是好心好意，就是找错门的生人，也不能像你这么说话！"说完忙对客人们赔笑，招呼说："坐，都坐下吧！有话慢慢说。"又嘱咐智珠："给客人沏水吧！我跟李铠到厨房拾掇东西去。"三位客人看在老人的面子上，又坐下了。澹台智珠转身去酒柜上找杯子、茶叶筒，借沏水的工夫平静一下情绪。李铠却仍旧站在饭桌前生气，他眼睛盯着饭桌上从网兜中滚出的两个红肖梨，思绪混乱而痛苦。

正在这时，薛大娘推门而进，她兴冲冲地招呼澹台智珠说："智珠呀，我们那车总算来啦！你跟昭英这就去吧！"

澹台智珠被这声音一惊，手里的一只玻璃杯不慎掉到了地上，

"咣当"一声,大家都不禁一颤。薛大娘愣了一下,忙打着哈哈排解说:"不碍的,'碎碎(岁岁)平安'嘛!一会儿让新娘子赔您个新的!"可让她不解的是,澹台智珠转过身以后,满脸烦恼不说,眼里还潮乎乎的。难道她家出了什么事吗?

"薛大娘,真对不起,"澹台智珠果然面对她发话了,"我不能跟昭英迎亲去了,我遇上了一档子紧急的事……"

薛大娘听到这话,心里只觉"咯噔"一声,又是一个不顺利!今儿一定是冲磕着什么了,要不怎么竟没有一档子事顺当?惶急中她也不及细问,讪讪地说了句:"那……我们就不麻烦您啦!"转身出了澹台智珠家,直奔大门外而去。

彼时大门外的小轿车旁,已然站满了人。除薛师傅和孟昭英而外,还有詹丽颖牵着小莲蓬,荀磊,澹台智珠家的小竹(他早就跑到胡同里抖空竹去了),以及邻居的一些大人孩子。小轿车前面横档上潦草地挂着一条红绸,当中扎着一个球,球上立着一个塑料制成的囍字,那颜色不知为什么是洋红的,看上去与大红的绸子很不协调。司机从前窗探出头来,催促着上车。

见薛大娘身后并未随来澹台智珠,薛师傅和孟昭英不禁忙问:"怎么?她去不了吗?"

薛大娘心慌意乱地说:"人家家里又有了急事,不去了……唉,谁让我爹妈当年就生了我一个闺女呢,小跃子连个亲姨都没有!让我临时抱哪只佛脚去!"

孟昭英倒没觉得这有什么了不起的,她拉开车门说:"妈,那就我一个人去吧。一个人去也行呀!"

詹丽颖的心肠顿时又热了起来,她把小莲蓬送到薛大娘身边,自报奋勇地说:"嗨,这您有什么犯难的?我还不就等于您的亲妹子吗?小徽子、小跃子我都是瞧着长大的嘛,他们打小就叫我詹姨,这詹姨难道就白叫了吗?智珠去不成,我去!"说完,她就要随着孟昭英往汽车里钻。

薛大娘没想到半道上杀出她这么个"程咬金"来。且不说詹丽颖脾性不佳,她父亲头年才在老家得肝癌去世,又至今都没解决夫妻两地分居的问题,原来没请她帮着迎亲并不是忽略了她,而是有意排斥的结果。她竟毫无自知之明,硬要往那迎亲的小轿车里头钻!薛大娘只觉得胸口发闷,她不顾体统地一把抓住詹丽颖胳膊,阻挠她进入汽车,连连地说:"她詹姨,不麻烦您啦!不麻烦您啦!"

詹丽颖呢,却全然误解了薛大娘的心思。她以为薛大娘原来请了澹台智珠而没有请她,只不过是图澹台的名气和相貌,并不知道她同澹台智珠之间还有"全可人"和"缺陷人"的重大差别。她以为薛大娘之所以拉扯她真是出于过意不去,于是,她大声嬉笑着,挣脱了薛大娘,同孟昭英一起坐进了小汽车。司机见人已坐进,便毫不迟疑地开动了车子。不一会儿那车子便远去了,把心里忐忑不安的薛大娘抛在了院门口。在薛大娘身后,是心情各异的一群大人和孩子。

生活,在钟鼓楼附近的这所小院周围活泼地流动着。胡同里谁家养的一群鸽子飞上了冬日的晴空,传来一片鸽翅扇动的声音。

10. 一位修鞋师傅。他希望有个什么样的儿媳妇?

北京城中轴线所穿过的地方,由北而南,依次有:钟楼、鼓楼、后门桥、地安门(门已拆除不存)、景山、故宫、天安门广场、正阳门、前门外大街、珠市口、天桥、永定门(门亦拆除不存)。其中外地人所最不熟悉的,恐怕就是后门桥了。该桥在鼓楼和地安门之间的街道中段,古时叫万宁桥,又名澄清闸。从什刹海前海流出的水,穿过此桥,拐向东南,经东步粮桥进入皇城东南,再汇入到通惠河——永定河的支流中去。现在此桥还存有汉白玉的桥栏,只是桥下已经无水,成为一座旱桥了。什刹海前海中的水如今不再往后门桥下流,而是经暗沟流入北海公园的北海,再经中海、南海,汇入天安门前的金水河,又经过一段暗沟,汇入到东便门的泡子河中,再泄入到通惠河里去。

后门桥当年的景色,据志书记载,颇富野趣。元朝有个张羲吟诗曰:"立马金桥上,荷香出苑池。石桥秋雨后,瑶海夕阳时。深树栖鸦早,微波浴象迟。烦襟一笑爽,正喜好风吹。"如今的后门桥,却完全是闹市景象了。桥西有一家"合义斋"饭馆,除卖正餐炒菜外,附设小卖部,专营北京风味食品炒肝和灌肠。桥东则有一家食品店、一家牛肉面馆,新近还出现了一家青年人合资经营的"燕京书店"。这样,后门桥两侧可以说物质、精神两种食粮都不匮乏了。

荀磊的父亲荀兴旺师傅,就在后门桥西南的人行道上摆他的修鞋摊。整个摊子由两只油漆桶和几扇可以折叠的木板组成,收拢可以放到自行车后架上驮走,打开则有一两米长,上面陈列着备用的大小鞋钉、铁掌、皮料、人造革料、模压塑料块以及成型的鞋底、鞋跟,等等。摊子摆开后,荀师傅便将一幅印有"修理皮便鞋"字样并附有个体营业执照号码的白布,系在摊前。没有活时,他便端坐在摊后,戴着一顶帽子(冬天是栽绒帽,春秋是布便帽,夏天是短檐草帽),膝上搭着一块厚重的劳动布;修鞋时必不可少的"独角蛟"(铁制,下头有供脚踩着以便固定的横向底座,上头是竖向的一个厚铁脚掌,以便将待修的鞋套上去操作)倚在两腿之间,手里握着一只用麻栗疙瘩自制的大烟斗,悠闲地抽着叶子烟;来了活路时,他便将那大烟斗搁下,麻利地操作起来。

这天荀师傅八点多出摊,摆开摊就来了不少大活——有打前后掌带换跟的,有缝前帮带粘内垫的,送活的人还都挺急,巴不得立时就能修好上脚。荀师傅拿过活就做,和颜悦色地对他们说:"过一个钟头来拿吧,我尽可能给整旧如新。"人家走了,他戴个老花镜,两眼只瞧着"独角蛟"上的鞋,一双布满老茧的手忙个不停。

荀师傅做活的时候,不但看不见周围的一切,也听不见周围的声响。所以,当那辆里头坐着孟昭英和詹丽颖的迎亲汽车驶过后门桥时,他一点也没有发觉。

街上的另一个人却注意到了那辆汽车,而车里的人也看到了她,她们之间甚至还匆匆地打了个招呼。那便是骑着自行车由南而北的冯婉姝。

冯婉姝和荀磊在同一个单位工作。她刚从北京外语学院西语系毕业。他俩语种不一,工作内容有时却相通。他们俩真是一见钟情,热恋之中,他们只顾互相欣赏,虽然说了许许多多的话,却全然没有问及过对方的家庭。在向家庭公开关系之前,他们活动的地点,一不是电影院和剧场,二不是公园。他们专找那种不用买票、出入方便、易被人们忽略的"小风景"去缠绵。常去的地方有故宫后面的筒子河边、王府井大街斜对过的正义路林荫道、什刹海的银锭桥畔、中国美术馆东侧的绿地等等。他们在荫蔽的角落里紧紧地拥抱,互相微闭着眼睛寻找对方火烫的嘴唇,心里弥漫着浓郁的诗意。等最热烈的感情迸发完以后,他们渐趋冷静,于是,不知是从哪天开始,荀磊向冯婉姝学起西班牙语来,而冯婉姝也便向荀磊请教起英语来。他们的学习方式是充满了戏谑的,比如荀磊问:"西班牙人怎么称呼月亮和星星?"冯婉姝告诉他了,他熟记几遍后,冯婉姝便反问他:"英国人怎么称呼枫树和红叶呢?"他答了,冯婉妹也熟记了几遍,于是双方开始造句。荀磊用西班牙语说:"我爱月亮、星星,不爱你。"冯婉妹便紧接着用英语说:"我爱枫树上的红叶,讨厌你。"双方语法上自然都有错误,于是互相激烈地指责,其间荀磊会用英语咕哝一句,冯婉妹便会追问他究竟何意;而冯婉妹也会用西班牙语娇嗔一句,荀磊也便忍不住逼问她究竟埋怨的是什么。这样,闹到最后,他们双方又都学会了不少单词和句式,于是一个伸展着腰肢,一个摇晃着披肩发,都说"累死了",然后少不得便紧紧地依偎在一起,把西班牙语和英语混杂一起说:"我爱你,爱得要死!"

他们当然谁也没有死。他们活得有滋有味。终于有一天,他们理智起来了,认识到爱情的归宿必然是一个由他们两人组成的家庭,而这个家庭又必然要同他们各自已有的家庭相联系,于是他们这才开始介绍自己和询问对方的家庭情况。他们是不是太浪漫了一点呢?是不是太超凡脱俗了一点呢?也许,使他们这样处理个人感情的主要因素,是由于他们都读了太多的西方人文主义的文学作品吧?

荀磊告诉冯婉妹说:"我父亲是个修鞋匠。"

冯婉妹笑嘻嘻地说:"别臭吹了!你有什么资格自比安徒生?"丹麦童话大师安徒生是鞋匠的儿子。冯婉妹确确实实没有丝毫鄙弃修鞋匠的意识,无论是丹麦的还是中国的,修鞋匠在人格上与她,与所有的人,都是绝对平等的。但她过去完全没有这样的思想准备——她觉得就凭荀磊那地道的英国绅士风度,他父亲起码也得是个中学教师。

荀磊重复地说:"我父亲真的是个修鞋匠。"

冯婉妹一看荀磊眼神,就明白他并不是开玩笑。于是她收敛了嬉笑,把靠在他肩膀上的脑袋调整得更舒适,闭上眼睛说:"你爱他吗？把他的情况细说说吧！"

荀磊便抚着她一头柔软的长发，徐徐地对她说："我父亲叫荀兴旺。我们老家是河北博野。我爷爷早就去世了，奶奶带着我两个姑姑和我爸过日子，苦得不得了。爸爸后来就加入了八路军。那时候他才十四岁，枪比他人还高半头。后来他是解放军里最普通的战士，参加过解放石家庄的战斗。你知道八一电影制片厂前些时候拍过一部故事片，就叫《解放石家庄》吗？你自然不知道。你照例不看这样的电影。我也一样。主要是这样的片子艺术上贫血贫得太厉害了，对吧？可电视上放这部电影的时候，我爸爸看得津津有味。他坐在我们家他自己打制的沙发上，手里攥着他那麻栗疙瘩旋成的大烟斗，脑袋前伸着，聚精会神地从头看到尾，一边看还一边评论着：'对！就是那样！……不对！瞎掰！当时哪是那样！'电视上好像不止播过一次，他次次都是这么个看法。说来也怪，跟他一块儿打仗的战友，牺牲了不知多少，他却连重伤也没落下。他还拼过刺刀哩。你不信吗？我信。因为我爸嘴笨，说实话都费劲，说瞎话那就非把他难死不行。他有一回跟我们讲他拼刺刀的事，就那么三两句话，听得我心里怦怦直跳。不是真拼过的人讲不出那话来。他说到那时候眼里只有敌人的肚子，那肚子东躲西闪，可他非把刺刀插进那肚子里不行，扎进去拽出一嘟噜肠子来，他就高兴了。他就那么出生入死地在第一线战斗。我奶奶和我两个姑姑，那一阵整天站在村口守着，一有担架队过来，他们就挨过去，一个一个掀开被子认，始终没有见着我爸爸。她们就哭了。人家问她们为什么哭，两个姑姑说：'高兴的。俺弟弟杀了敌人，可他没挂彩。'奶奶却说：'糟了。怕是牺牲在那儿，抬不回来了。'仗打完了，爸爸回到家里，奶奶和姑姑让他脱光了膀子，见他果然一点没残，高兴得了不得。爸爸左肩窝、右腰根、左腿肚子上各有一处弹片划出的伤痕,左腿肚子削去的肉最多,可那毕竟算不了什么。爸爸要是留在部队,继续南下,说不定就当上南下干部了。那就不知道会娶个什么样的老婆,养出些什么样的孩子来,反正没有我了。可土改以后家里没有劳力,他就解甲归田了。种了几年地,我两个姑姑先后出阁了,城里招工,我爸就进城当了工人,后来把奶奶也接进了城。我爸先学木工,后学钳工,他这人手巧,想做什么能成什么,后来一直升到了七级。八级工到头,他只差一级。他们厂也没有八级的,他算技术最高的了。

"你一定觉得奇怪,我爸爸成分、经历这么好,可他怎么会不是党员?他不是。据说他出师的时候,厂里党委书记挺动感情地对他们车间党支部书记说,荀兴旺你们不发展,你们究竟想发展谁?可车间支部书记为难。我爸是个出名的孝子,奶奶爱吃豆面糕,近处没有,歇礼拜那天我爸就骑车跑遍全城,不买到豆面糕绝不罢休。这当然不会成为问题。可后来奶奶去世了,当时北京市已经大力提倡火葬,党团员都要带头,家里死了人要送去火葬,可我爸无论别人怎么劝,也不忍心把奶奶火葬,到底他还是买了棺材,想法子把奶奶送回老家土葬了。党支部书记觉得这事很难辩解,确实是落后的表现,所以不同意发展我爸入党。再有我爸原来是个文盲,进厂后进扫盲班,费了老大力气,认字也不多。后来补文化课,补到初小程度就再提不高了。他不爱看书,只爱鼓捣东西,比如打个家具、安装个管道、编个渔网、修理个自行车、修个鞋、旋个烟斗什么的,弄出来样样让行家佩服,可一叫他看书他就头疼。他一生只精读过两本书,一本是《苦儿流浪记》,这本书我听他讲过,不是法国那个马洛写的那本,好像是解放初印的一种诉苦材料;另一本是《鲁班学艺》,据他说他得到的那本书页已被撕破,他是一页页拼拢一起,一字一字读下来的。他一生最佩服的是两个人,一个古人一个今人。古人就是鲁班,今人就是彭德怀。因为我爸文化始终提不高,党支部认为是学习不够努力造成的,所以后来也就一直没有发展他入党。我爸这个人人缘特好,但人人又都认为他绝不是入党、做官的材料。'文化大革命'起来了,他哪派都不是,哪派也都不积极找他。往外派工宣队,没他的事儿。'支农小分队'他也没参加过。他就是在车间干活。车间停产了,他也去,甚至只剩他一个人了,他也在那儿待着,擦擦这儿,扫扫那儿。他就是那么个木头人似的模样。其实他心里很有主见。他平生最喜欢看的一出戏就是《白毛女》。他说还在部队里的那阵,参加土改,他天天在文工团演《白毛女》的时候站在台上'压台',只要一演到逼死杨白劳那场,他就忍不住流眼泪。有一回有坏人捣乱,在场子里喊反动口号,我爸从台上一个雄鹰展翅扑下去,追了半里路,抓住了那个坏人,要不是别的人起来劝阻,我爸当场就会把他毙了。'文化大革命'开始以后,有人告诉他,说江青说了,歌剧《白毛女》是毒草,他连惊讶和愤慨都没有,因为他根本不信。后来知道真把歌剧《白毛女》否定了,他也并不激动,他认定那不过是一时的说法,他坚信歌剧《白毛女》是好的。后来组织大家看芭蕾舞剧《白毛女》,看到喜儿被抢,他照样感动,他跟人家说:'《白毛女》还是好的吧?我就知道打不倒它。'人家便跟他解释:这个《白毛女》同那个《白毛女》有质的不同,那个反动,这个革命,比如那里头的杨白劳软弱无能,这里头的杨白劳英勇不屈,等等。他却全然听不进去,人家费老大劲说完了,他却表态说:'我看差不离,就是这里不用那脚尖子跳,兴许更顺眼。'你说拿他有什么办法!粉碎'四人帮'以后,重演歌剧《白毛女》,他在电视里看了,照样流眼泪。我跟他说:'如今芭蕾舞跳的那种不能演了。'他不以为然,对我说:'干吗不演了?我看也挺好。就是少用脚尖子走路,兴许更好。'你看,他什么时候都保持他个人的看法。我爱我爸，就是因为他有这么一个稳定的、厚实的、淳朴的人格。他用他的这种人格力量，启示了我，使我的灵魂善良、纯净。

"那么，你要问我了，他不是七级钳工吗？怎么又当了修鞋匠呢？那是前年的事。他才五十四岁，可他提前退休了，为的是让我二姐进厂去顶替。这就要说到我家里别的人了。先说我母亲。她就是咱们北京郊区顺义县的人，是我爸的师傅把她介绍给我爸的。他们也是一见钟情，认识不久便结婚了。后来我妈妈也进厂当了工人。我们家开头就住在工厂一间十多平方米的平房中。一排一排的那种简易平房，一间屋子住一家人。我家人口最多的时候是六口人，我奶奶，我爸我妈，两个姐姐，还有一个哥哥——那哥哥七岁的时候得病死了。全家挤着睡，连个收音机都没有。过春节的时候买张年画贴到墙上，一年里头把画上的每个细节都看熟，那大概便是我家的文化生活了。后来奶奶去世，姐姐们长大，三年困难时期，我妈生下了我。说起来要多亏一场意外的火灾，不知哪家生炉子不小心，把屋子引着了，结果牵三连四，救火车又一时开不过来，把厂里那片宿舍区烧光了。作为善后的结果，我们家和另一家被安排进了如今住的这个小偏院。头年厂里盖了新楼，我们两家都属住房困难，我爸把进楼的权利让给了那家，我们留在了小偏院中，那家的那间屋归了我们，我们现在总算有两间屋了。我妈渐渐从一个农村妇女变成了一个典型的北京市民。她现在显得比我爸年轻很多（其实她比爸爸只小三岁），每天回到家头一件事是大洗大涮，用立体梳子梳她那烫过的头发，抹银耳珍珠霜。她有两身西装，一身是专门到王府井蓝天服装店做的，逢到休息的那天，她便穿得整整齐齐，有时候手上还戴个粉红的假宝石戒指，沏茶喝水以前要把杯子洗涮得很仔细。尽管她这样，你一眼看上去，还是有股天然的土气。我也爱我的妈妈。我觉得她过了那么多年苦日子,把我们姐弟三个拉扯大不容易,现在喘过气来了,讲究一点,是一种自我意识复苏的表现,是可喜的。别看她有这种似乎俗气的一面,干起家务事来,她还是那么能吃苦,那么麻利。你一看见她干活,便能感觉到她天性便是热爱劳动,并且渴望通过劳动来达到她的理想境界的。她把屋子总整理得特别利索,一尘不染。床单、被褥、窗帘、沙发上铺的浴巾等等并不见脏,她便把它们取下来,泡进洗衣盆,挽起袖子,露出两条比我还粗壮的胳膊,愉快地洗涤起来,望着那些溢出盆外的肥皂泡,她仿佛格外感到幸福。据大姐回忆,当年我们家是乱作一团的,妈妈也顾不得收拾,如今有两间屋子可以供她细心拾掇了,难怪她那么心满意足。她的审美观当然是受她成长的环境和所具有的文化水平制约的。你到我家一看就能明白。每一样东西都是她精心挑选来的。其实我们家附近的百货商场什么都能买到,但她为了买一块窗帘布,却宁愿跑到西单、大栅栏去,细细地比较、挑拣,然后汗淋淋地回来。现在挂在我们家外屋窗户上的窗帘就是她的作品:布料是浅蓝底子的,上头有深蓝的松树和褐色的白鹤图案,下头用爱丽纱细心地镶上了花边。而沙发上铺的浴巾呢?棕红色的底子上是两个鲜红的散花的仙女。还有盖在酒柜和饭桌上的塑料布……你一看就会感到'怯'①,但我以为你应当和我一样尊重我妈的审美趣味,看久了,你甚至会体验到一种质朴的以浓烈的色块和明快的配搭取胜的民俗美。现在里屋是我的世界。我那些从英国带回来的东西,我妈看不惯,就像我看不惯她选择的窗帘布一样,可她也尊重我。我把一只绘有抽象派图画的挂盘挂在床头上,每回妈妈收拾屋子的时候都要发笑:'天

---

① 土里土气的意思。

哪,这能叫画儿吗?'但她并没取下它,而是用鸡毛掸子小心地拂去上面的灰尘。我妈便是这样的一个人。她也快退休了。她说她退休以后,要好好养一点花。我想那时候,我们家小院一定能变成了美丽的花园。

"我两个姐姐的情况几句话就能说清楚。大姐插队回来当了售货员,大姐夫也是售货员。二姐从兵团回来待了一阵业,后来当临时工,顶替我爸进厂以后,在十四层的宿舍楼里开电梯,去年她也结了婚,我二姐夫是厂里的电工。

"怎么样,你都听进去了吗?听腻了吗?"

冯婉姝把脑袋从荀磊肩上挪开,两手梳理着披肩长发,感叹地说:"听得津津有味。一个完整的世界。一个我过去所不了解的世界。一个我即将踏进去的神秘的世界。"

不久,她的确迈步进入了这个世界。

那天,她比约定的时间提前半小时,骑车前往荀磊家。路过后门桥时,她看到了鞋摊,看到了荀师傅本人。那头一眼的印象,便使她对这位未来的公公无比敬爱。

一般的人,看到冯婉姝的打扮做派,总会把她划入所谓"现代派"青年一流,似乎她所欣赏的,只能是洋味儿的人物,比如电影演员,一定只欣赏法国的阿兰·德隆和日本的山船敏郎,其实不尽然。冯婉姝自小在心目中,就崇敬、爱戴两个银幕形象,一个是《平原游击队》里郭振清扮演的李向阳,一个是《上甘岭》里高宝成扮演的张连长,除去别的因素之外,她觉得那两个人物从外形上看也是最美的。当她长大并且当了翻译以后,她仍然保持着那样一种看法,并且对自己经久不息的鉴赏激情上升到了理性——那两个银幕形象凝聚着一种和中华民族古老历史以及苍茫大地相联系的,经过世世代代的劳动者审美意识筛选的男性美。有一回她同一位来自拉丁美洲的褐发女郎交谈,惊讶地发现,那位偶然看过中国影片《平原游击队》的女郎,竟然也坦率地承认:"李向阳真可爱!我爱这样的男人!你要见到那位扮演李向阳的演员,请你转告他,我是多么崇拜他!我要热烈地吻他!"她一点也不觉得这种热情可鄙可笑。美的事物,人们总是欣赏的。

当她骑着小轱辘的自行车接近那鞋摊时,呈现在她眼里的荀师傅,便兼有着李向阳和《上甘岭》中张连长的神韵。那荀师傅脸上皮肤因为长久露天作业,近乎酱黑色,但轮廓线极刚劲,眉毛浓黑,印堂宽阔,眼睛极其有神,鼻子高矮适中,人中长而明确,嘴唇厚实,下巴上还有个浅浅的窝儿。满街有多少明眸皓齿、衣衫华丽的俊俏男子,可谁注意到这后门桥一隅的鞋摊主人,远比他们都更富有阳刚的魅力呢?冯婉姝从荀师傅身上,认出了荀磊那之所以使她一见倾心的素质——别看荀磊细皮白肉,宛如出生在另一种家庭的翩翩少年,他那结实的骨架,那眉宇间透出的自尊感,那下颚和下巴线条体现出的阳刚之气,分明都来自他父亲的遗传基因啊!

冯婉姝不觉在鞋摊前停下了车子。当时荀师傅正给一位中年妇女补好了一只鞋,冯婉姝听见那妇女问:"多少钱?"

荀师傅用一把小刷子,挤了一丁点黑鞋油在上头,用小刷子把补好的一只鞋跟刷黑——这其实是完全可以免去的一环,他这样做只是为了让自己心理上得到满足:他做得的每一样活都是漂漂亮亮的——刷完了,他边递过那只鞋边说:"你给两毛钱吧!"

"哟,这么贵呀!"那中年妇女拿过鞋子,用挑剔的目光检验着,唠叨起来:"这么块小料就值两毛钱吗?现在什么都涨价!钉这么块鞋跟也得掏两毛钱!"

荀师傅一边往他那大烟斗里装烟,一边说:"那你就拿走吧,拿走吧。"

这倒出乎那中年妇女的意料。她迟疑了一下,掏出一毛钱递过去,说:"哪能不给钱呢?给你一毛吧!"

荀师傅没有接。他点燃烟斗,吸了一口说:"你拿走吧。这块料一毛钱也不值啊。"

那中年妇女想了想,便又掏出个五分的钢镚儿,扔到鞋摊上,说:"那就给五分吧!"

荀师傅立刻把那五分钢镚儿拾起来,投入中年妇女臂中挽的菜篮里,心平气和地对她说:"你拿走吧。我一分钱也不收你的。"

那中年妇女虽然讪讪的,却终于并不付钱,转身走了。

冯婉姝把这一幕看在眼里。她更喜欢这位未来的公公了。她理解他的心情:他希望人们尊重他的劳动。他并不需要施舍。他收的不是料钱而是手工钱。

荀师傅一抬眼,发现了她:"姑娘,你鞋怎么了?"

冯婉姝对他微笑着。她脚上是一双坡跟凉鞋。她真希望那鞋有什么毛病,然而那双鞋偏新得令人遗憾。可是她又有什么必要非得装扮成修鞋人,来接近这位长辈呢?难道她不可以开诚布公地同他对话吗?

她索性把车子支在摊旁,坐到摊边的一个马扎上,开门见山地对荀师傅说:"您是荀师傅吧?我叫冯婉姝,我是荀磊的对象。"

荀师傅一下子被她弄懵了。李向阳如果遇到这个情况,一定不会像他那样慌乱。他颧骨泛红了,把烟斗放下,又拿起来,戴上老花镜,又把它取下,憋了半天,才说出一句话来:"小磊子的对象是你啊,你叫什么名儿?"

冯婉姝又说了一遍自己的名字,并且把每个字的写法和发音都告诉了他,但显然他只记得住她姓冯,而弄不清她名字那两个字究竟是什么。

"小磊子昨儿个晚上才给我们打招呼,说他对象今儿个来家。原来是你啊。"荀师傅克服了最初的慌乱,恢复了尊严感,盯住冯婉姝端详着,慈祥地说:"你还没去家里吧?你先家去吧,多玩会儿。小磊子他妈给大伙包饺子吃。我今天也早点收摊回去,吃饺子。你南方人吧?爱吃饺子吗?茴香馅的吃得惯吗?"

冯婉姝点着头。其实她最怕茴香了。芹菜、香菜和茴香她家从来不吃。她发现荀师傅那鞋摊上有许多铁罐头盒,里头都搁着一块吸铁石,把一堆钉子吸在一起,活像是蜷缩的刺猬。"多有意思啊!"她拿起一个"刺猬"来瞧,活泼地笑了。

荀师傅见她那身打扮,本以为她会瞧不起修鞋匠,她这么一个动作,使荀师傅心里轻松了许多。他们今后真要成为翁媳吗?他们能和睦相处吗?

从那以后,半年多过去了。冯婉姝常到荀家,路过后门桥时,只要荀师傅在摆摊,她也总要停车坐坐。她对荀师傅愈加敬爱,因为她不断从他身上发现出闪光的东西,这闪光的东西又不断照亮着荀磊的形象。然而荀师傅对她始终仅只是容纳而已——她显然并不符合荀师傅心目中所渴望的儿媳妇形象。她渐渐也意识到了这一点。

这天,和煦的冬阳照耀着后门桥,使人们感觉这个冬天真是出奇地温暖。冯婉姝同那迎亲的小轿车相遇以后,便推车来到了荀师傅的摊前。荀师傅发现了她,点着下巴示意让她坐下,手里继续着修补工作,和蔼地问她:"吃过早点啦?"

冯婉姝坐到马扎上,笑着说:"都什么时候了,还能没吃!薛家接亲的小汽车都开过去了。"

荀师傅眼里望着"引路猴"(缝鞋的锥针),仿佛是无意地说:"今儿个家里可有好吃的!"

冯婉姝猜测:"又是螃蟹吗?冰冻的海螃蟹?昨天我们甘家口商场也卖来着。"

"不是那个。"荀师傅不知为什么让"引路猴"扎了一下手,这在他来说是万次不遇的事儿,他哆嗦了一下,恢复勾线,有点犹豫地宣布,"是我们的家乡菜。你去了就知道了。今天……咱们家有'郄'①来。"

"谁呀?"冯婉姝猜测着,"大姑从老家来啦?二姑从唐山来啦?"她虽然还不好意思称荀师傅夫妇为爸爸、妈妈,但荀磊的两个姑妈她早就叫上了大姑、二姑。

"都不是。是你没听说过、更没见过的人。打我们老家那边来的!"

冯婉姝漫不经心地应着:"是吗?那是得好好招待招待啊!"

来了两个修鞋的,冯婉姝把马扎让给修鞋的坐。她对荀师傅说:"我先去啦。您有什么话要我捎回去吗?"

荀师傅想了想,欲说又止,摆摆手,让她骑车去了。

荀师傅在以后的一段时间里,修鞋不像往日那么麻利。他心里搁着一桩心事。今天要来的是他当年战友的女儿。那战友也是冀中人,名叫郭墩子,他们前后脚参的军,一块儿在枪林弹雨中出生入死,一块儿奇迹般地活了下来,后来又一块儿进城当了工人。一九六〇年,他们两人的妻子都怀了孕,正是困难时期,工厂缩减,郭墩子决定全家迁回农村,他认为领下一笔退职金,回去以后继承祖屋,开辟一个新的局面,也许会比在城里生活得好些。临走前,荀师傅给他饯行,把全家所有的肉票,在那一顿全用上了。干了两杯二锅头,他俩回忆起当年战场上的情谊来。有一回荀师傅被炮

---

① 河北一些地方把"客"读成"郄"(qiè)。

弹震晕了,是郭墩子把他背回到安全地带,用尿把他浇醒的。这类事只有身受的人才能体验到其不可计算的价值。他们都不知该如何向对方表达出自己内心的情谊,于是在谈到双方妻子都有着身孕一事时,几乎是不约而同地说:"要是一个小子,一个闺女,长大了就让他们成亲!"这件事过去二十多年了,他们再没机会见面,只通过几封简单的信。纷纭的世事冲淡了他们酒桌上的誓言,然而并没减弱他们双方内心里的情分。他们果然是一个生了小子,一个生了闺女。转眼一对男女都二十多岁了。前两天荀师傅忽然接到一封信,正是那郭墩子的闺女写的。看来她的文化水平也就同荀师傅相平。她称荀师傅为大爷,短短的几行文字里,报告了他好几件事:一是她父亲不幸已在十多年前去世了,二是她母亲最近身体还好,三是她母亲让她进京找她荀大爷来。她还说了动身的日期。那么,恰是今天到达。头晚上荀师傅又把这封信从胸兜里掏出来一句句看了半天。这闺女为什么不写清楚呢?她父亲是得什么病过去的?为什么那么多年里都不告诉这边一声?她母亲身体究竟如何?是不是怕这边担心,有了病也不说?她这回来究竟是怎么打算?是来看看大爷,请求一点经济上的帮助,还是另有什么深意?夜晚枕畔,荀师傅把自己揣想到的都跟老伴说了。老伴——其实还不算老——只嫌他怎么躺下了还抽那烟斗,呛人!对于即将来临的这个农村姑娘,却充满了最浓厚的同情和善意。她说:"咱们就把她留下,当闺女待。现在咱们家也不困难了,有咱们的就有她的。大伙都活动活动,给她找个临时工干干,要不帮她找个心善的人家,当保姆,让她攒下一笔钱再回去,说不定还能在我们厂里给她找个对象。让我把厂里光棍们挨个儿想一想……"荀师傅说:"也不知她妈在她后头又有几个孩子,她走了她妈有没有人照顾。她妈兴许跟她说了我们哥儿俩当年的誓言,是让她把咱们这儿当婆家来奔的。"老伴并没有他那种心理压力,轻松地说:"嗨,就算那样也没啥。如今农村的人也懂得婚姻自由的理儿。她一见咱们磊子有了对象,自然断了那个念头。只要咱们善待她,她回去了她妈准高兴。"荀师傅却嗞嗞地抽了半天烟斗,心里头嘀咕着:"她是个乡下姑娘,就算磊子能善待她,小冯能吗?小冯要露出些个轻视她的意思,她心里能好受!那我不是对不起郭墩子了吗?再说……"他没有按逻辑再往下想,在他潜意识的深处,他是觉得应当把这个农村姑娘按誓言娶给荀磊的,并且,他想象中的这位媳妇的模样、做派,处处都比冯婉姝更合他的心意……

后门桥一带热闹起来。阳光斜照到鼓楼庞大的身躯上,巍巍鼓楼俯视着芸芸众生,它在沉思着什么?

第 三 章

巳

(上午9时—11时)

11. 新郎并不一定感到幸福。

"好好的,你怎么又给'掐'了?"薛大娘实在忍不住,责备薛纪跃,"你留神别把录音机鼓捣哑了!"

"妈,坏不了!"薛纪跃没心思向母亲解释。他坐在崭新的电镀架折椅上,神经质地摆弄着录音机。

录音机是新的,录音带也是新的。这盘新带子是朱逢博的独唱曲,带电子琴的小乐队伴奏。薛纪跃自己也说不清,他为什么此刻不能耐心地把每一首歌听完。他已经好几次中途把停止键按下,又按快进键让带子转到下首歌,可是当那首歌从某一音符突然响起时,他又不能容忍开头的不完整,于是便又按停止键,又进行短暂的快退,往往退又退得多了,使他更加烦躁……朱逢博被他折腾得总那么颠三倒四地忽而尖啸而出,忽而戛然而止,难怪本打算在这一天里容忍薛纪跃一切的薛大娘,也禁不住当面抱怨起来。

终于,薛纪跃似乎把兴趣稳定在一首充满了气声和颤音的歌曲上。薛大娘怜惜地望了他一眼，呼出一口气，继续忙她的一摊子事去了。

薛纪跃呆呆地坐在那里，心里很乱。此刻他没有逻辑清晰的理智思维，他的头脑里淤塞着一大堆互相纠结、冲撞的散乱思绪。他知道那终于不可避免的局面即将来临，那似乎是他盼望已久的，可也确凿是他忧惧以待的……

……没有电脑选曲的功能，就是差劲！虽说是四喇叭的，但牌子不硬；牌子硬的如今并不难买，自己工作的那个商场交电组就有，可实在太贵！交电组的许师傅劝过自己，"干吗要四喇叭？买个俩喇叭的'三洋'，听着比你要的这个不差，既经听，又省钱……"自己确实动摇了，可潘秀娅坚定不移："就得四喇叭！"

薛纪跃朝屋子四面望望，他感到潘秀娅的这种"四喇叭精神"无处不在。

不过，潘秀娅——这位一会儿便要坐着出租小轿车来的新娘子，绝不是那种不知天高地厚、贪心不足的人。她从她那个家庭里摔打出来，她首先知道地有多厚。她爹她妈一共生了六个孩子，仨小子仨闺女，她是老五，底下还有一个待业的弟弟。她爹是一家洗染店的工人，她妈一年有三季推着小木车到十字路口卖冰棍。论经济情况，她家比薛家穷得更多、更透，从来一分钱都恨不能掰成两半儿使。就拿吃菜来说，黄瓜从来是单等到拉秧以后一毛钱一大堆了，才舍得买来吃，那些又短又弯、肚子又胖粒儿又大的黄瓜，她家吃了该有多少？拌着吃、熬着吃、擦成丝儿拌馅吃……所以，她倒不是那种手里有了钱就当水泼的人。她自打到照相馆当营业员以后，也就知道了天有多高。她们那个照相馆有时候包揽外出照团体照的生意，她给摄影师傅打下手，去过大机关，见过大场面。去得早了，有时候人家客气，还拉到茶话会乃至宴席上入座，见着过好多的名人、阔主儿,那号场面上再贵重的东西也不足为奇⋯⋯可她知道,自己够不着人家那个生活标准,痴心妄想没有用,白坑害了自己。她就是这么个不仅知道天有多高地有多厚,并且量着天和地的尺寸办事情的人。

看吧,现在这间新房里的东西,除了人家赠送的,全是依着她那满打满量的尺寸置备的。她自己拿出二百块钱来,父母再给她三百,哥哥姐姐们包下了全部床上用品和锅碗瓢盆,不再拿钱;薛纪跃没有私房,挣工资以后钱都交给他妈,用的时候再问他妈要,但他爹妈有一个专为他立的存折,拿出来办事的时候是七百八十几元,刨去留着摆席、散糖的三百元,置家当的钱不到五百元;这统共一千来元置家费到了潘秀娅手里,她使用起来就好比吹一只彩色的气球,她要把那气球吹胀到最大的限度,但又决不让它爆掉。她所购置的东西说出去都得是最中听的,而且要尽量实惠。双人床一定要弹簧软垫、两边上人的那种,即便够不上正经八百的"席梦思",总也不能要她哥哥姐姐家里还在耐心使用的那号光板床;大立柜一定要三开的;沙发一定得葛丝沙发布"全包"的(真皮的不敢问津,但人造革的决不能要);写字台一定得"两头沉";五斗橱一定得是带靠背镜的;折叠桌一定得是能方变圆、圆变方的(但不必买电镀架的,因为搭上塑料桌布以后,谁去看那支架?烤漆的就行);折叠椅却一定得是带电镀架的;酒柜一定得是一头高一头矮、双拉门上不是粘着拉手而是电磨凹槽的⋯⋯就是脸盆架,也一定得是带高挑毛巾架和双皂筐的。这就难怪她同薛纪跃去买录音机时,宁愿牌子软一点,也非得要四喇叭的不可了。

薛纪跃也曾同她争论过:"我宁愿要俩喇叭的名牌货,也不要四喇叭的杂巴凑!"她呢,针锋相对地掀着嘴唇说:"我宁要小羊头,不要大牛尾!"

好嘛！眼下这屋里倒是塞满了"小羊头"——大面上听去全是擦着天的高档货,其实,双人床是薛纪跃跟她几乎跑遍了城里所有的家具店,把腿都跑细了一半,才终于在永定门附近买下的,好处就是那里卖的是处理品,褥面上有点污损,比别处便宜十块钱。"床单一铺就看不见了不是?"潘秀娅这么对薛纪跃说,倒好像她中了什么彩似的。三开大立柜和全包沙发是在天坛墙根那儿的农贸市场,打一位满嘴黄板牙的农民手里买下的。其他不是托人情买的并无疵点的所谓"次品",便是挑了又挑、比了又比、犹豫来又犹豫去、最后仅仅为了便宜个块儿八毛的,才大老远买下,又麻烦薛纪徽他们给运回来的……

薛师傅和薛大娘对潘秀娅的这份精打细算倒是看在眼里、喜在心里。岂止是喜在心里,他们不仅当着薛纪跃、当着潘秀娅本人,而且当着薛纪徽和孟昭英两口子,夸赞了不止一次。有回薛大娘夸过了头,显出有点横着比的意思,还惹得孟昭英圆方脸变成了长方脸。又岂止是拿话夸呢?他们还舍得拿出三百来块钱,单给潘秀娅买了块瑞士雷达牌镀金小坤表!这事直到此刻还瞒着薛纪徽两口子……

当然,买表这事的来龙去脉薛纪跃一个人最清楚。就潘秀娅那一头来说,你也很难说她如同农村姑娘那样公开地要了彩礼。同许许多多搞对象的人一样,在双方基本相中了对方以后,他们便双双在公园遛弯儿,一遛二遛,渐渐地坐在一起的时候比走在一起的时候多了,又渐渐地不光是说话,而进入到身体接触的阶段——那最最初级的阶段,便是互相抓着手腕子看对方的手表,当然不是看几点几分,而是边看边问:什么牌的?值多少钱?谁给买的?走得准不准?……潘秀娅很快便掌握了关于薛纪跃那块表的信息:港装石英电子表,头两年又稀罕又时髦,大概是小一百块买下的,现在一点没旧,却顶多只值四五十块了;是他上班头一天,薛师傅亲自带他到商场钟表部,郑重其事地给他买的;可见他都那么大了,父母还把他当心肝宝贝儿;这也难怪,他们家统共才俩儿子嘛,他又是小的,守在身边的时间最多……潘秀娅手腕上的那块呢?薛纪跃研究了半天也没弄明白,潘秀娅诈唬地说:"我这可是瑞士雷达表!"他认不出那表盘上的拉丁字母是什么意思,他不懂汉语拼音,当然更不懂外文,所以他就当真了。他哼出电视上播放雷达表广告时的那种曲调,末了说:"嘀,你可真够帅的,雷达表!"潘秀娅把手腕子从他手中猛地抽出,心里一阵酸楚、一阵悸动,她告诉他:"什么雷达!外地杂牌货!二嫂走后门买来的,说是内部试销的新产品,六十块钱。她刚给我的时候我还美滋滋的,对她千恩万谢,给了她六张十块的新票子,谁知道不到仨月这表就自由散漫得不行,快起来一天能快上半拉钟头,慢起来一天能慢十多分钟。我拿去修理,人家说你这号表不管修,杂牌货,有的零件精密度不过关。你说可气不可气!更可气的还在后头呢。我听人家说,这表后门'试销'的时候,一块才卖五十块钱,敢情我那二嫂还赚了我十块钱!我跟她吵了一架,打那以后只要我在家,她就不敢来……你瞧我的命多苦,我爹我妈才不管给买表哩,我要想戴好表,就得自个儿拼着命去挣!就是真跟你'那个'了,你能给我买块好表?……"这时候薛纪跃就挺起了胸脯:"给你买!买块雷达的!"潘秀娅竟闻声扑到了他怀里,倒把他吓了一跳。可潘秀娅随即也就抽回了身子,冷静地问:"你有那么多钱吗?"薛纪跃红着脸说:"反正想买就能有。"于是他们下一次会面的主要活动内容,就成了去王府井大街上的雷达表经销修理部……后来,当他们准备结婚的时候,薛纪跃便告诉她:"我爹我妈要给你买一块瑞士雷达小金表,可得在咱们结婚那天才能给你戴——为的是求个吉利。这是他们老人的讲究,咱们就随了他们吧。不过,你事前可别跟他们问起这件事,一来显得你不好,二来要让昭英嫂子知道了,非添乱不成……"从那天起,一只闪闪发光的瑞士小金表,便不断在潘秀娅的想象中和梦境中出现。

从薛师傅薛大娘这头来说,他们原本并无给新媳妇买金表当见面礼的宏愿,可经不住薛纪跃一次又一次的动员。当他们同意给新媳妇买表,但只打算买一百多块钱的国产表时,薛纪跃便暗示他们,这有可能让他跟潘秀娅的关系拉吹:"不是人家贪财,是我们丢份儿!"最后,老两口细细地合计一番,觉得从长远看,给小儿媳妇买块金表也值当。他们拿出薛纪跃名下的那个活期存折以后,手头没有什么活动钱了,只有一个每月存入十元、为期五年的"零存整取"折子。这折子不早不晚,恰在昨天终于到期。老两口结伴去储蓄所取出了那笔款子,去的时候心境倒还平静,往家返的时候薛大娘不禁百感交集。她说心口发紧,身子发沉,薛师傅只好挽着她,小步小步挪回家中。其实她生理上并无病变,而是心理上失去了平衡。她觉得自己的手腕子那里突然格外地空虚。当年她临上轿子的时候,才戴上了一对银镯子,可那是对什么的镯子啊,说是银的,其实起码掺了三成锡!后来徽子和跃子他们那死去的大姐得了急病,把那对镯子褪下来送进当铺,连付药钱都换不来!解放后好多年了,直到小徽子上中学的时候,老薛换了块上海牌全钢表,才把解放初置的一块苏联半钢表给了她,她的手腕子才算跟手表这玩意结了缘。那表越走越慢,后来干脆死活不走了,修理去不值当,扔了又觉着可惜,她便搁在了大衣柜的小抽屉里,和一些掉了珠花的铜簪子、已经一半发黑的银耳挖勺什么的为伍……她以往是怎么熬过来的啊,如今的新媳妇可真大不一样了,进了婆家门就有块三百来块钱的小金表等着她!她戴上那表,能孝顺公婆吗?

能善待小跃子吗？认出几点几分不难,称出人心好歹不易啊!……尽管回到家里以后,薛大娘心里头还不是滋味,但她脸上、嘴上却没含糊——她庄重地数出了足够的一沓十元钞票,嘎崩脆地交到了薛纪跃手中,催薛纪跃快去快回。薛纪跃立即骑车去王府井,买回了一块瑞士雷达牌镀金小坤表。

此刻,薛大娘暂且忘记了小金表的事,她且到屋外苫棚里张罗饭菜,并让薛师傅赶紧到马凯餐厅去取事先订好的啤酒。

薛纪跃却在一种不能自已的心绪中,忽然离开了录音机,走到了那带靠背镜的五斗橱边,近乎本能地拉开了右边第二个抽斗。那抽斗里露出两样东西:一个织锦面的大照相册——是同院荀磊送来的礼物;还有,便是配好镀金绞丝表带的那块雷达牌镀金小坤表。这块表的外形是潘秀娅亲自相中的那一种——想当日他俩在王府井那家表店里,埋头在那些钢化玻璃罩前,从罩下亮闪闪的样品中挑选、评比了好久,直到薛纪跃的兴致已经消耗得点滴不剩了,潘秀娅才终于宣布:"我要戴上这一块!"

现在那一块便放在了这个抽斗中。荀磊送来的那照相册原本有一个硬纸壳的封套,但薛纪跃故意把照相册从封套中取了出来,把这块金表搁在了亮蓝底子带银亭子、红牡丹、绿芭蕉、紫山石图案的织锦封面上,衬托得金表更加豪华光艳。

薛纪跃在观看那只小金表时,眼睛不觉瞥到了搁在抽斗后部的一本小册子——中国青年出版社出版的"青年修养通讯"之一《什么样的爱情最美好》,那是商场团委书记杨及光送给他的。他和潘秀娅置办的家具里没有书架,实际上他们也简直没有什么书值得有个书架来存放,所以这本小册子便在这只抽斗里栖了身——这并非有意的安排,只不过是薛纪跃一个漫不经心的动作所形成的结果。薛纪跃想把那本书取出来另放一个地方,可终于又懒得那样做。他关上了抽屉,灿烂的金表和红色的书名在他的视觉储留中重叠在了一起,弄得他心绪更其不安。

一扬头,薛纪跃从五斗橱上的靠背镜中看到了自己。他对自己的面容吃了一惊。难道这个人便是今天的新郎吗?在新郎的背后显现出一张罩着粉红色床罩的双人床,难道……那神秘莫测的时刻,真是一分一秒地逼近了吗?

那本《什么样的爱情最美好》薛纪跃翻过一遍,他希图在某一页上能看到一段文字,恰好回答着他心底的疑虑,然而……没有;不但这本书上没有,他翻过好多本书,都没有;他也曾试图去请教那些有可能为他提供答案的人,可末了不是碰了钉子,便是他自己话到了唇边又吐不出来……

薛纪跃这一茬人,顶着初中毕业文化水平的名儿,实际上连小学也没有上完;他们刚上到小学三年级便遇上了"文化大革命",在小学里混到七〇年,然后到中学里转悠了一圈,便打起行李卷上山下乡了。原来薛纪跃是分配去插队,薛师傅费了好大劲,走后门把他换成了去内蒙古生产建设兵团,图的是兵团管得严,免得薛纪跃学坏。

薛纪跃所去的那个连队,确实管得严。薛纪跃被分配在大食堂干活,现在回忆起来,那好几年的日子怎么就像一整天似的——漫长而单调的一天。后来有一个跟他一个团但不在一个连队的战友,跟薛纪跃同届的,近两年成了一个挺走红的诗人。薛纪跃偶然看到了他在杂志上登出的组诗,不禁惊讶这位战友怎么能从那段生活中发现那么多的诗情画意,而且组诗的最后一首叫作《我要归去》,以激昂的感情倾诉着对曾是兵团的那块土地的思念,并表示要立即回到那里去,"让我的灵魂成为你的音符,溶化于新时代的豪迈旋律!"那当然完全是一种真诚的精神升华,不过,写出这种诗句的诗人也当然绝没有真的把户口转回去——薛纪跃在商场遇见了他,他拿到了一笔可观的稿费,正打算买一架星海牌中型钢琴。

薛纪跃一点也不羡慕这位兵团战友。他觉得他们从来就不是一种人,因而用不着去同他相比。兵团里还出了另外一些人才,有后来考上研究生的,有成了著名演员的,有写出整本书来的……但薛纪跃知道,那些战友的父母几乎都是知识分子,有党内的知识分子(还担任着一定的领导职务),有党外的知识分子,学校停课了,人家家里没有停课;薛纪跃这号的市民子弟带到兵团的木箱里只装着薛师傅、薛大娘这种市民家长为他准备的换洗衣物和日用杂品,而那些兵团战友带到兵团的行李中有整箱、整捆的书。当年在兵团搞宣传、写材料、参加文艺宣传队的编写演出的,其中有一些是他们;前几年在报上、刊物上发表作品对那段生活进行无情揭露、深刻反思的也多半是他们;而近来迸发出强烈的回归情思的,又有一些是他们……他们有着一种精神上的优势,在兵团的几年生活对他们来说是一种宝贵的体验,他们从而有了取之不尽、用之不竭的精神资本。但他们毕竟是少数中的少数。绝大多数的还是薛纪跃这类的青年,几年的兵团生活对他们来说是一种精神上的荒芜,使他们本来就不丰腴的灵魂变得更加贫瘠。

几年单调、枯燥的兵团生活中,有两件身外事给薛纪跃留下的印象最深。

一件,是在伙房里收拾鲜鱼时,视觉上所受到的强烈刺激。他们连队附近有一个水泡子,水泡子里有一种鱼,能长到一尺来长,有点像胖头鱼,可没那么肥实。当地的农民都不吃那种鱼,据说他们有一种迷信心理,认为吃了那鱼不吉利。连队后来实在没有荤菜吃,连长就发动兵团战士们破除迷信,撒网打那鱼吃。网上的鱼送到了伙房,薛纪跃负责收拾那鱼,剖开第一条以后,他看见那鱼从嘴巴到肠子根里,寄生着一种白乎乎的绦虫,让他禁不住一阵恶心;他以为那不过是碰巧了,谁知剖开第二条、第三条……每一条鱼肚子里全寄生着那样的绦虫;他拒绝再剖下去,并建议不要给大家吃那些鱼,谁知连长却满不在乎地说:"怕什么?鱼肠扔了就是,鱼肉照样吃!"

薛纪跃回到北京以后,直到现在还怕吃鱼肉,他一见到鱼,就不免立即联想到那些绦虫,有时他在噩梦里,还会被蠕动的绦虫吓得叫喊起来。

另一件,是连队里的一对老兵团战士结婚。连长主持了他们的婚礼,大家胡吃海塞了一顿,喝了整整一打白酒。第二天一早,那新娘子找到连长告状,告她的爱人,什么罪名呢?她气愤地对连长说:"连长!他……他昨晚上要跟我耍流氓!"连长先是愣住,随后便忍不住仰脖大笑起来……这事半小时内便传遍了连队,薛纪跃也随着大伙哄笑了一阵,但笑完了他心里也怦怦乱跳。说实在的,对这男女之间的事情,他的无知程度与那位新娘子其实相差无几……

在许多年里,我们对青年人实际上是进行着一种清教徒式的教育,"文化大革命"当中这种教育方式达到了巅峰状态,社会学、伦理学、心理学等一大批社会科学学科固然早经取消,到后来连对青年人进行必要的生理知识传授也没有了,这就导致了三种结果:一种是反而造成了一部分青年人因为性放纵而堕落;另一种是造就了一小部分真诚的性封闭、性冷感的无知、畸形青年,那位认为丈夫的爱抚是"耍流氓"的兵团新娘,便是一个活生生的例子;第三种是绝大多数,他们只好靠着本能、靠着揣测、靠着长辈及过来人的暗示,从混混沌沌逐渐朝明白处摸索。当然,许许多多的人最后都无师自通,从必然王国进入自由王国了,不过也有一些人在摸索中受挫,形成心理障碍,又找不到办法排除,于是便会陷于深深的苦闷与惶惑。

此刻的薛纪跃,恰属于第三种人中的后一类。

……那是粉碎"四人帮"以后,兵团已经土崩瓦解,薛纪跃也已办妥了回城手续,在一个风雪之夜,纯粹是出于女性方面的主动,薛纪跃陷入了那种事里,但他没有成功。这次惨痛的失败在他心里留下了一个难以愈合的伤口……

那件事,当然纯属他和她个人生活中最最隐秘的部分。至今他不怨她,相信她也不会怨他。当然他愿今生今世再不与她相逢,相信她也抱着同样的愿望。他将永不说出她来,她也将永不说出他去。

然而这件事却给薛纪跃带来了永无休止的自疑、自卑以及随之而来的心理反馈——强作自信与强摆男子汉气派。

粉碎"四人帮"以后,爱情恢复了它在社会生活中和思想言论中的正常位置,《什么样的爱情最美好》这类小册子应运而生,大受欢迎,也解决了不少青年人的不少问题;然而对薛纪跃这种心态的青年人进行心理治疗的紧迫性,似乎尚未被普遍地认识,或者感觉到了,而又迫于一种世代相传的习俗不能有所行动——据说,清朝的小皇帝大婚前还要到喇嘛庙里看"合喜"金刚,以接受这方面的启蒙教育,我们什么时候才能为薛纪跃这样的社会成员,提供方便而可靠的咨询方式呢?

此刻站在新房的五斗橱边的新郎薛纪跃,只觉得心里头往外涌着一种异样的滋味,那似乎本是这个日子里所不该有的……

他抬眼望着挂在五斗橱上方墙壁的十六吋着色结婚照,那是在潘秀娅他们照相馆,动用了最好的人力和最充分的物力,经过反复布置、摆弄才拍成的。披白纱着长裙、怀抱花束的潘秀娅,满脸洋溢着真正的幸福感,而西服革履、油头粉面的自己呢?现在望去,那份自豪和自足的劲头却透着虚伪……

其实他才二十五岁,何必那么着急?潘秀娅也二十五岁,她那个二十五可比不了自己的二十五,她着急,她抓住了"牌子不硬,可好赖是四喇叭"的货色就不撒手;自己多半是在一种古怪的心理状态下才顺势走到今天这一步的:要向各方面,向自己,证明薛纪跃是一个货真价实的男子汉……

"嘿,哥儿们,发哪门子呆哪!"忽然响起一个粗鲁的声音,薛纪跃转回身去,他看见一个粗短的身躯,一张粗俗的面孔,不禁一惊。

来的那个人是卢宝桑。

12. 一位农村姑娘带着厚礼走来。

郭杏儿手腕上有表,可她还没养成伸腕看表的习惯。再说她双手都拿着东西,想看也费力。她习惯性地凭天光估量着:几点啦?她望着高耸在眼前的鼓楼,心里盘算着:这时候也不知人家在不在家?闯进去合适不合适?

冬日温柔的阳光,亲吻着郭杏儿汗津津、红喷喷的脸庞。

郭杏儿一大早就抵达了北京站。光是出站通过的那条镶着瓷砖的长长地道,就给了她一种新奇而神秘的感觉。那条地道的尽头处装有日本精工表的灯光告示箱,上面有一行四方四正的黑字:"欢迎您到北京来!"这个告示箱据说是日本商人"免费赠予"的,其实是让人家不花钱而作了大广告,并伤害了中国旅客的民族感情,难怪许多人忍不住给有关部门写信,给报纸写文章,强烈要求撤换那份广告,后来那份广告也果然被撤换了;不过,郭杏儿路过那份广告时，却并没有产生类似的义愤，她只朦胧地感到那种灯光广告发散着一种她以前未曾体验过的城市气氛（用她的语言说就是"城里味儿"），而这种气氛是她梦寐以求的。

　　郭杏儿落生以后直到如今，不光是头一回进北京，而且是头一回进城。当然，如果把到过只有一条"大十字"街的县城也算作进城的话，那么勉强可以算是第二回。其实村里跟她那么大的姑娘，没进过城的多矣，本没什么好惭愧的，问题在于郭杏儿的父亲郭墩子是一九六〇年打城里返回村里去的，而且，严格来说，郭杏儿是她娘在城里就怀下的，她得算是城里的姑娘落生在了乡村。自打她懂事以后，她就不断听父亲讲起城里的事——而且不是一般的城里，是首都北京！父亲经常这样开口讲话："这事要是到了北京呀……""这东西要搁到北京去呀……""这干部要跟北京的干部比呀……""这个理要拿到北京去论呀……"使得郭杏儿在意识里不仅觉得北京的人和物非同一般，就是道理，好像也另有一个，更神圣，更伟大。

　　但是郭杏儿命苦。她娘生下她以后，就一直是病病歪歪，隔一年生下她弟弟枣儿以后，更是整整有一年卧病不起，虽有她爹拼命地挣工分，生产队对他们也算相当照顾，但是整个村的生产始终上不去，连没灾没病的人家都受紧，他们那日子穷窘得就更没法提了。好容易她娘缓过劲来了，她爹那茁壮的身子，有一天却突然垮了下来——他全身浮肿，一直肿到连眼睛也睁不开，终于在杏儿九岁、弟弟枣儿七岁的时候合了眼。那正是"文化大革命"闹得如火如荼的时候，他们那个村里也闹腾了一番什么"夺权""反夺权"，把生产队的干部也挂牌子斗了一通；高音喇叭就安在杏儿她家墙外的电线杆上，整天哇啦哇啦吵个不停……后来杏儿、枣儿大了，她娘告诉他们说："你们爹生是让那高音喇叭气死的！"娘又叹息说：

"亏得你们爹脾气倔,回村以后指派也好、选举也好,让他当那队干部他死活不干,要不,病成那样说不定也得揪出去斗……"

有人来劝杏儿、枣儿娘改嫁,她给人家沏上茶,还留人家吃饭,可任凭人家千言万语,她只是一句话:"俺一个人能把杏儿、枣儿拉扯大。"杏儿早熟。她十二岁就不再去学校上学,天天坚持下地干活。她很快成了枣儿的另一个家长,而且往往比娘还更显得强而有力。

杏儿争强好胜。当她只能拿"娃娃分"(即队里给未成年的劳力定的低值工分)时,她去找队长争辩:"俺干的一点不比大嫂大姐们少,干吗少给俺工分?"可是当她十四岁上终于拿到"妇女分"(即队里给妇女壮劳力定的低于男劳力的工分)时,她又去找队长争辩:"俺干的比哪个大小爷儿们差?干吗不给俺满分?"所以"批林批孔"那阵,公社把她树成了"争取男女同工同酬"的典型。结果却使得队里干部对她极度反感,于是专派她去干那最脏最苦最累,而且往往是妇女不适于干的活。当然也不能只派她一个去,每次总要搭配上几个其他的女劳力,这样又弄得那几个女劳力对她不满:"让杏儿一个人去'典型'吧,俺们不要这路同工同酬!"事实证明,"大锅饭"形式的"同工同酬"除了具有理论上的某种瑰丽色彩而外,并不能真正调动起农村妇女的劳动积极性。有一天杏儿也不干了,她跑去找公社书记说:"俺要求同酬,可不能完全同工!"书记大吃一惊,忙问:"怎么啦?"杏儿瞪圆了眼睛说:"没什么,就因为俺是个女的!"她这个"典型"因而崩溃。

杏儿想多挣工分,早点让家里富裕起来,确实并不是为她自己,她是为了枣儿,为了枣儿也就是为了娘。她知道娘的心思,娘再疼她,也跟疼枣儿有区别。她早晚是要离开家的,而枣儿却必须永远留在娘的身边。她和娘供枣儿上完小学,又供他上中学。她和娘为枣儿攒着一笔钱,从一块钱起头,慢慢地往上增添……

村里有的姑娘,七竿子八棒槌攀上了城里的亲,还并没能嫁到那里去,只不过去逛了一趟,回到村里那劲头啊,就像当过了西太后似的。有一回下地当中打歇儿,一个叫红桃的姑娘——她不久前刚到石家庄去过一趟——掏出一张照片让大家伙传看,那可是在城里照的!背景是座高楼,有人数了数,足足有六层。再高的楼他们也从电影上见过,问题是红桃就站在那高楼前头,并且说她在石家庄的那几天就住在那楼里,这就不一样了;据红桃说,楼里人不睡炕,睡床,那床软得不行,她睡不惯,人家就拿来个大铁笼子似的东西,只有半人高,说让她睡那个,那咋睡得下呢?她正疑惑呢,人家就把那"铁笼子"打开了,敢情那叫"折叠床",连支子都是现成的,睡着不那么软了,可也不踏实,她到第三夜才习惯下来……她还形容了半天无轨电车。有个人问她:"咋叫无轨呢?"她眨了眨眼,笑着说:"破除迷信呗,没有鬼,不闹鬼呗!"在一旁早就见不得她那张狂劲的杏儿忍不住开口了:"你懂啥呀?无轨就是没有轨道!"可有人问:"啥叫轨道呢?"轮到杏儿眨眼了,她只觉得心里头有那么个意思,可嘴上就是讲不出来,憋了个大红脸。这样,不但红桃扬着声音嘲笑她,在场的人也都哄笑起来。杏儿急了,便大声嚷:"俺爹还去过北京呢,你们忘了俺家有他的相片啦?"她家躺柜上头的镜框里,正当中的两张就是她爹在北京天安门广场上照的。一张背景是天安门,单是她爹一个人,另一张是她爹和苟大爷,两人表情过分严肃地站在那里,毫无必要地采取了严格的立正姿势……凡到过她家的乡亲们自然都见过那两张照片,可这毕竟不同于杏儿自己去过北京,因此他们还是都捧着红桃而鄙夷杏儿。红桃更火上浇油地讥讽说:"杏儿你别在姐姐前头夸见识,你连咱们县上还没去过吧?有鬼没鬼还用不着劳动你来给大家伙嚼舌头！"

　　杏儿打那天起就下决心一定要进城。七七年麦秋以后,听说县里设了自由市场,杏儿就挽上一筐鸡蛋,要去县城。娘不让她去,说就在五里外的公社镇上卖了算了,可她偏要去二十多里外的县城。她果然一步一步地走着去了,并且在县城边上的自由市场很快卖完了她的一筐鸡蛋。她原不是为卖蛋而来的,所以卖完蛋她就赶紧进城去逛——县城让她失望,因为那县城除了一处叫作"大十字"的街道以外,其余的地方并不比公社所在的镇子强。那"大十字"不过是以四座三层楼房为标志的一个十字路口,各自向东西南北延伸出几十米的商业区,便消融在农村式的房屋中了。杏儿进了东北角的"百货大楼",倒是有不少让她眼儿发亮、心儿发痒、拳儿发紧的新鲜商品,特别是那薄得透明,或红或绿之中还闪着金丝银丝光芒的纱巾,红桃脖子上常示威性地绾着一条——是她从石家庄带回来的。杏儿真想买下一条呀,红桃那条是浅粉的,自己要买就买上一条碧绿的,跟她斗斗,看谁的俏、谁的艳——杏儿手里卖蛋得来的钱有二十来块呢,买下一条那样的纱巾不成问题;可想到家里的情况,想到枣儿下学期的书本费,想到枣儿嘴唇上滋出来的小胡子,特别是想到为枣儿盖房子攒下的钱还不够买砖瓦的数儿,杏儿便强咽着唾沫,离开了那挂着一溜纱巾的柜台……杏儿不知不觉地登上了三楼,忽然有人大声地叱责她:"你怎么上这儿来啦?下去!"杏儿这才发觉三楼原来是办公的地方,而且在二楼通往三楼的楼梯那儿立着个木牌子:"顾客止步"。她脸红耳热地赶紧转身返回二楼,让她不堪忍受的一声呵斥从她背后传来:"真不懂事！瞎胡窜！"

　　杏儿的头一回入城经历给她心灵上带来的不是慰藉而是屈辱。她一边往家走一边重整她的自尊心。如果说她爹给予了她一笔可贵的遗产,那么这遗产就是一种高度的自尊,而同自尊相联系的便是一种甘愿为比自己弱小的人提供援助的豪爽。她想那粗暴斥责她误上三楼的人才是真正的不懂事——她爹跟她讲过,她印象很深,北京有条大街叫王府井,王府井当中有座百货大楼,百货大楼从一层到三层都卖货;准是那关于北京百货大楼的印象使得她朝三楼走去,只怪这县里的"百货大楼"没气派,也是暴露出这县里的人没见识——在北京王府井的百货大楼,人人自然都一直要逛到三楼的!

当她路过城边的自由市场时,只见围了一大群人,她本能地挤过去看,只见当中是一个比娘还老的妇人,在那儿向围着的人哭诉——她好不容易卖出了两只活鸡,得了四块钱,为的是给老伴买药,却不想一出市场,那四块钱就让人给掏了……杏儿没有诉诸理智,她只是被老妇人那只皱缩得像鸡爪子似的手,以及那只手所擦拭的翻着红眼睑的一双混浊的眼睛所打动,便一下子挤到了最前面,从怀里取出包钱的手绢包,打开手绢,从自己的那一叠里,取出两块钱来,递到了老妇人手中。她只简单地说:"大娘,俺给您补上一半。再多俺也不能了。俺娘还等俺送钱回去呢。"旁边的人嗡嗡地议论起来,杏儿一边挤出人群一边高声地说:"不要脸的贼儿,良心让狗给叼了!瞧见了吗?俺这儿还有钱呢,有种的到俺这儿试试——咱们今儿个算个总账!"

她扬长而去。人们在背后望着她,以为她会武术;那老妇人手里攥着那两块钱,比丢了钱时还发蒙,竟忘了追上去向她道谢。

可杏儿走迷了路。越迷她越慌张,毕竟她是头一回出那么远的门。当太阳渐渐睡进远山,田原的色彩变得暗淡时,她急得流出了眼泪。

终于,绕了好大一个弯子,她才认准了回村的路。天眼看就要黑下来了,杏儿的心像吊桶一般上上下下。她突然感到她十八年所生活的村落是那么渺小,离开城市竟有那么遥远。她从未有过的那么一种孤独感、空虚感袭上了心头。她被什么东西绊了一下,一个趔趄没立住,摔倒在地,筐子滚得老远。她爬起来,就势坐在一个土埂上,爽性哭出了声来。

就在这时,有一个声音传入她的耳中:"郭——杏——!""杏儿——姐!"

这亲切的声音给了她无限的温暖,无限的力量,她一下子跳起来,迎着那声音跑了过去……

当杏儿终于和枣儿汇合到一起时,她见到的是枣儿一张惶急烦怨的脸。当她和枣儿进到家门时,娘二话没说,伸手就给了她脸上一巴掌。这是多少年来娘头一回动怒打她,可她觉得这一巴掌是那么甜蜜,蕴含着那么多深切的关怀和难以形容的挚爱。她迫不及待地扑进了母亲的怀抱,尖着嗓子大叫了一声:"娘!"

第二天娘原谅了她的一切,包括那舍出两块钱的慷慨行为。

八〇年麦秋后,他们村实行了包产到户的责任制,二十岁的杏儿成了家里名副其实的顶梁柱。枣儿高中毕业,试着考了大学,没考上——原也没指望考上,但杏儿一定要枣儿去试试,结果那回他们那个区没有一个人考上,所以大家都心平气和。杏儿和枣儿不让娘再下地干活,杏儿把地里的活儿包了,由她做主,让枣儿在家里养上了鹌鹑。枣儿有文化,买了养鹌鹑的书,能看懂,能照办,还能针对当时当地的情况灵活掌握,结果成了村里的小专家,带动起五六户一块儿养起鹌鹑来。县里的食品公司跟他们订了合同,他们不但提供鹌鹑蛋,还提供种鹌鹑和肉鹌鹑。娘在家里专管做饭,还喂了一口猪、十来只鸡,那猪喂着为了过年时宰来自家吃,那鸡喂着为了自家吃蛋。杏儿家眼见着富裕起来,到杏儿进京之前,她家原有的三间房整修了不算,还给枣儿盖齐了三间带廊子的新瓦房。枣儿成了村里最拔尖的几个姑娘的争夺对象,只要他自己下定决心,挑准了人儿,娘和杏儿立时就能给他风风光光地办妥喜事。

是秋收后一个天高气爽的日子,娘、杏儿和枣儿坐在院里柳树下吃饭,杏儿问起枣儿:"你究竟想把谁娶到娘身边来啊?要是红玉,俺可别扭。"红玉是红桃的妹子,随红桃到石家庄去给干部当过保姆,杏儿觉得她们姐俩都太张狂,过去一心想嫁个城里人,如今红桃嫁了村里腰包最鼓的张木匠,红玉一天恨不能往枣儿的鹌鹑窝边来三趟。

枣儿红着脸,笑着说:"姐你放心,她是剃头匠的挑子……"说到这儿,朝杏儿望望,脸更红了,终于,把憋在肚子里多少天不好意思说出来,可又不能不说的话吐出了口:"姐,不办完你的事儿,俺的事儿说啥也不能办。"

娘也望着杏儿,叹出了一口气来。

杏儿心里热烘烘的。娘早私下跟她盘算过。娘也曾提出来,先把她风风光光地送出去,再把枣儿的媳妇风风光光地接进来。杏儿跟娘表白过:"俺不是还没恋上哪个人儿吗?再说,不把枣儿的事从头到尾操持完了,您说俺能先走吗?俺走了就是人家家的人了,回来操持碍手碍脚的,哪能像现在这样甩得开?"娘听了点头。就在那种情况下,娘开始提到了荀大爷,提到了荀大爷生下的跟杏儿同年的磊子哥,提到了杏儿她爹跟荀大爷的非同一般的关系,自然也就提到了当年两个口盟兄弟的"指腹为婚"。在以往生活贫窘的情况下,娘没心思提起这些事,偶尔提及,也只作为一种单调生活中的玩笑式的点缀;然而当家里生活富裕起来以后,娘便觉得原有的差距大大地缩短了,因而那梦幻般的设想,也似乎有了一定的可能性。近来娘嘴里常忽然间冒出这类的话来:"你们荀大爷不知道是不是还住在钟鼓楼那边?""你们磊子哥不知道找上个什么工作?""荀大嫂不知娶进了儿媳妇没有?"……

杏儿越来越成为一家之主,她早用不着在娘和枣儿面前害臊,这天枣儿既然当着姐姐面提起了姐姐的婚事,她便爽性给他们一个明确的回答,并提出了自己的计划:"枣儿的事俺操持,俺的事说实在的也不宜再拖。俺虚岁都上二十四了,咱们村有几个俺这么大还没出阁的?两个巴掌都凑不齐了。可你们也知道俺眼皮沉,心气高。俺要找就得找个可心可意的。俺这辈子还有个心愿,就是进趟北京城。所以俺打算大秋以后去趟北京,一来看望看望荀大爷荀大妈,二来为枣儿置办点鲜亮的家当,三来呢……也撞撞俺的大运。"

娘和枣儿听她说一句点一下头。就这样,杏儿进京了。她提了老大一个旅行袋,旅行袋里有十盒鹌鹑蛋。按说她出了火车站该直奔钟鼓楼那边去,可是走到公共汽车站一看,站牌上写着的站名里净是让她心荡神驰的站名:王府井、天安门、中山公园……她不由得自己不直奔天安门。她在天安门前排队照了两张像,一张用天安门作背景,另一张用人大会堂作背景。照后一张时,她下意识地想:"这张该是两个人并排站着照啊……"她提着个大旅行袋逛了中山公园,又拐进了故宫,糊里糊涂地从东华门钻了出来,正懊悔自己不该瞎胡窜时,偶然听到身旁的人谈话,才知道王府井就在前面不远的地方,于是她兴致勃勃地走到了王府井,无限激动地走进了百货大楼,她一口气登上了三楼,还下意识地在三楼那儿跺了跺光亮如镜的水磨石地板,内心里得到了一种极大的满足。她从三楼往一楼逛,她想起了娘告诉她的话:"你荀大爷喜欢喝酒,你荀大妈最喜欢吃甜的。"于是她在一楼买了四瓶最贵的白酒,想方设法把它们塞在了旅行袋的边上,又去买了三个装在漂亮的盒子里的花蛋糕。这样尽管当她走出百货大楼成了一副怪样子——一手里直提着个鼓鼓囊囊的旅行袋,一手弯臂提着三盒捆扎在一起的花蛋糕,行走格外累赘,她心里却美不可言。她想她这样走进荀大爷家门时,该可以完全问心无愧了。

她在热心的人们指引下,来到了8路汽车站,并且恰好遇上了一辆不算太挤的车,又顺利地坐到了鼓楼跟前。剩下的事,就是找那条胡同和那个院门了。

啊,这就是鼓楼。鼓楼比她想象的还大,这让她高兴。在鼓楼后身她发现了一口大铁钟。那一定是打钟楼上取下来的。大铁钟也没个亭子存身,就那么暴露着,让她觉着可惜。她看见了钟楼。她觉得钟楼真秀气。不知为什么,她觉得可以把钟鼓楼比做一对夫妻,鼓楼是夫,钟楼就是妻。他们永远那么紧挨着,不分离。她经过了一个叫"一品香"的小烟酒店,问了好几次路,拐了好几个弯,才终于找到了荀大爷住的那条胡同。

当她走进那条胡同时,她不禁有些惊讶,原来北京不尽是那么宏伟壮丽,也有这种狭窄、灰暗的地方……她找到了那个院门,院门口站着一群人,其中不少是小孩子,有个孩子用一根竹竿挑着一挂鞭炮,仿佛随时准备燃放。她很快便看见了大门两边贴出的红囍字。不知怎么搞的,她的心下意识地一紧,一路上她都没觉得手里的东西沉重,刹那间却顿感胳膊疼痛……怎么这么巧,今天磊子哥他——

"你是贺喜来的吧?"挑着鞭炮的小竹主动跟她搭话,"快进去吧,新娘子这就快到啦!"

这时薛纪跃的大姑一家早已到达,并站在了等候迎亲小轿车的人群中。那大姑看出来这位姑娘不像城里人,而且薛家亲朋中并无这样一个角色,便走拢前去问她:"姑娘,你找谁呀?"

杏儿回过神来,对她说:"俺找荀家,荀兴旺是俺大爷……"

"啊,你是荀师傅的侄女呀?对对对,是这个院,你进门往右边拐,你大爷就住右边那个小偏院。"

杏儿便进院去了。她仍未从误会中解脱出来,但她已经恢复了自尊。她想她一定不能透露出半丝不自然的神情,她一定要大大方方、诚心诚意地给磊子哥贺喜,并且她决心给磊子哥补上一份厚礼。

在那古老的门洞里,两只毫无用处但又舍不得毅然扔掉的藤椅吊在上方,在那个位置上,今天早晨里院北屋纤秀的大学生张秀藻曾经有过短暂的停留,并产生过剧烈的感情波动;此刻却又是另一个姑娘——从几百公里外的乡村来到的粗壮的郭杏儿,右手提着沉甸甸的旅行袋,左手拎着三盒捆在一起的花蛋糕,止步凝神,心头掀动着风风雨雨……

劈劈啪啪,门外猛地响起鞭炮声。迎亲的小轿车到了。

13. 婚宴上来了一位不寻常的食客。
你知道当年北京的"丐帮"吗?

北京市民的嫁娶风俗,到了一九八二年,还是薛纪跃、潘秀娅式的居多。"旅行结婚"主要还是流行于干部和知识分子子女之中,"集体婚礼"虽经报上一再宣传提倡,参加者在嫁娶的总人数中所占比例究竟寥寥。当然,正像每棵柳树都不仅不同于杨树、桑树、榆树……它们与别的柳树又有所不同,薛纪跃潘秀娅式的嫁娶一般都分下列步骤:一、小轿车迎亲。车到男方门口要放鞭炮、撒五彩纸屑。门口自然要贴红囍字。二、在男家成亲。主要招待男方的亲友,其中主要的亲友要留下吃饭。女方家如离得远,一般只有女方的送亲人员(一般是嫂子、姑姑、姨之类人物)到场,女方的父母及其他亲友该天一般并不到场。三、当天或第二天男方随女方"回门","回门"一般就不坐小轿车而改为骑自行车或乘公共电汽车了。女方家里招待女方的亲友,其中主要的亲友一般也要留下吃饭,但排场花费一般都逊于男方家中。四、一般在一周后,两对亲家和一对新人,加上最直系的亲属,在一起聚餐——自然以在男方家中居多,但也有汇聚到女方家中的。到此,嫁娶活动也便"曲终奏雅"了。

在这同一流派中自然又有对各个环节的不同处理方式:有的迎亲时绝不满足于一辆小轿车而要搞成一个"车队"——那自然都不是租的出租汽车而是动用公车,一般是一至二辆小轿车,外加二至三辆"小面包"或小吉普;有的不是在男方家里摆宴而是到饭馆包席,以这种办法行事时,一般男女双方的家长和双方的至亲好友都同时到场,"回门"的环节依然保留,但一般也就不再宴请来客,而只以茶水糖果招待——采取这种方式时,在饭馆包饭的花费双方家长都要负担,当然,一般男方要出大头。

薛纪跃成亲这天,不算担负迎亲任务的嫂子孟昭英,头一个到达的亲友竟是卢宝桑,这实在是一种不祥之兆。

薛纪跃看见卢宝桑不仅扫兴,而且厌恶,但他无可奈何,只好强颜欢笑,从五斗橱边走开,招呼卢宝桑说:"你呀!坐吧!吃糖!"

卢宝桑不仅穿得邋邋遢遢,而且胡子拉碴,毫不掩饰他对主人尊严的漠视,一屁股歪坐在新沙发上,望望茶几上的糖果碟,甩着嗓门说:"谁他妈吃你这破糖!送我包烟是正经。"

薛纪跃扔给他一包过滤嘴的"礼花",他接到手里一看,撇撇嘴,把那整包烟往茶几上一撂,伸直脖子抗议:"就他妈给我抽这个?去去去,把你那三五牌的掏出来,我知道你小子有,你他妈不给我抽留着给谁抽?"

薛纪跃确实有几包三五牌的英国烟,是潘秀娅的娘家人捣腾外汇兑换券买来的,可他实在不愿意拿出来招待卢宝桑,便沉下脸说:"你别嘴里不干不净的好不好?就这个,不爱抽你别抽!"

卢宝桑瞪了薛纪跃一眼,"噗哧"一声乐了,歪头又从茶几上抓过那包"礼花"烟来,打开取出一支,从兜里掏出个打火机来,"吧哒"打出老高的火苗儿,点燃了那支烟,遂舒舒服服地仰脖靠在沙发上,小孩嘬奶般地抽了起来。薛纪跃注意到他手里玩弄着的那只打火机,是只外国造、超薄型的,也不知镀了种什么合金,表面光滑锃亮。这只高级打火机和他那身邋遢的衣装,在薛纪跃眼里不但并不显得矛盾,而且,薛纪跃感到两者配在一起,倒恰恰最能体现出卢宝桑之为卢宝桑。

卢宝桑那么大模大样、心安理得地坐在沙发上,带着最佳竞技状态的食欲和一副功能健全的肠胃,准备在婚宴上大吃一顿,在他自己来说,也实在是具有最最充分的资格。

卢宝桑的父亲叫卢胜七,卢胜七的妹妹嫁给了薛纪跃大姑妈的小叔子,所以卢宝桑也管薛纪跃的大姑妈叫姑妈。依此类推,他管薛纪跃的父亲叫大爷,管薛纪跃的母亲叫大妈,他跟薛纪徽和薛纪跃也就是平辈的兄弟了。自家兄弟今儿个结婚,他难道不该来吗?

还不光是这么一层关系,如今他跟薛纪徽、孟昭英在一个单位,所以他又是薛纪跃兄嫂的同事——还不光是一般的同事,薛纪跃、潘秀娅置办家具时,他这个搬运工可尽了大力,往这屋里搬那三开大立柜时,摆放时,都是他吆喝着指挥的。难道他还不够哥儿们吗?

卢宝桑今年已经二十九了,还打着光棍。在他身上,家庭——或者说家族——的那种潜移默化的影响,是很明显的。

似乎还没有哪个社会学研究者,来研究过北京的市民。这里说的市民不是广义的市民——从广义上说,凡居住在北京城的人都是北京市民;这里说的市民是指那些"土著",就是起码在三代以上就定居在北京,而且构成了北京"下层社会"的那些最普通的居民——这"下层社会"自然是一个借用的语汇。在新中国成立以后,北京城的任何一个居民,人格上都是平等的,并且已不存在剥削者和被剥削者、压迫者和被压迫者的层次区分,因此,要准确一点地表述,就应当这样概括他们的特点:一、就政治地位来说,不属于干部范畴;二、就经济地位来说,属于低薪范畴;三、就总体文化水平来说,属于低文化范畴;四、就总体职业特征来说,大多属于城市服务性行业,或工业中技术性较差、体力劳动成分较重的范畴;五、就居住区域来说,大多还集中在北京城内那些还未及改造的大小胡同和大小杂院之中;六、就生活方式来说,相对而言还保留着较多的传统色彩;七、就其总体状况的稳定性而言,超过北京城的其他居民——因为不在"官场",所以没有"宦海浮沉"的戏剧性变化;因为不涉"文坛"一类的"名利场",所以也没有多少荣辱明灭的敏锐感觉;他们离政治较远,既没有被当作过打击、批判的重点,也没有被当作过平反起复、落实政策的对象。文学艺术也很少把他们当作描写重点。有的人干脆鄙夷地称他们为"小市民",或一言以蔽之曰:芸芸众生。

但他们的存在及其素质,实在是强有力地影响着北京城的总体社会生态景观,所以倘全面致力于北京城物质文明和精神文明的提高,就不能不研究他们、体察他们,从而引导他们、开化他们。

请每一个自我感觉是外在于"小市民"的"大市民"考虑一下：你的生活离得开"小市民"吗？你不可避免地要在商店里遇见他，在公共电汽车上遇见他，在人行道上遇见他，在公园里和影剧院里遇见他，在饭馆里和冷饮部里遇见他……一句话，你其实是离不了他。你之所以能保持一种"大市民"的优越感，恰恰是由于有许许多多的"小市民"在社会上为你以及你引以为同类的人，填补着你以及你引以为同类的人所不甘、不屑去填补的社会空隙——并且绝非小而无碍的空隙。

人们总是一再抱怨：服务行业的一些服务人员，服务态度怎么总是不好？工厂的一些青工，"小市民"子弟，怎么总是那么粗野、颟顸、放纵？通过思想教育、批评表扬、奖励惩罚乃至于"严肃处理"等等手段，当然也解决了不少问题，然而，人们似乎还需要从他们当中大多数人的社会属性和特殊文化、心智、心理、教育结构上，去进行细致的研究，从而摸索出一套与之相适应的教化手段来，恐怕才能更有效地解决问题。

当然，他们当中的情况又人各有异。

卢宝桑是怎么个情况呢？

卢宝桑的父亲和母亲，都属于北京城内世代的城市贫民。

到晚清时候，北京城内最下层的贫民大体上分布在两个区域：一个区域是内城的钟鼓楼一带，所谓丐帮（乞丐集团），大体上就麇集于此，每天白天由此向东、西、南三个方向推进，四处求乞，晚上再返回钟鼓楼附近的"营盘"（门洞、街檐、穿堂、窝棚）；另一个区域就是外城的天桥一带，天桥虽然也有乞丐，但其主体却是各色耍把式的人物，他们不大流动，一般就居住在龙须沟、储子营一线往南的杂院破屋中。

卢宝桑还记得他的爷爷，他爷爷一九五七年才得病死去。他记得最清楚的一点,就是爷爷晚上有穿着鞋睡觉的习惯——等他长大了他才知道,那是因为当年一到冬天,乞丐们难以生存,晚上便聚集到"火房子"中去过夜。所谓"火房子",就是摇摇欲坠的颓败官房(当年可能是官府巡街的"执金吾"们碰头的地方),房中已片物无存。乞丐们在房中挖一个坑,拾一些树棍点燃一堆火,围烤之后,便不分男女老幼地胡乱躺下一睡。因为有鞋的乞丐怕无鞋的乞丐将自己的破鞋穿走,所以一概穿着鞋睡觉。据说当时丐帮的帮规是:凡别的乞丐到了手、上了身的东西,其他乞丐如果强夺、偷拿,便要处死;但凡别的乞丐脱了手、离了身的东西,当面捡走、取走却都名正言顺。

卢宝桑的爷爷一度当过"杆头",即"花子杆儿"。如今有出京剧《豆汁记》还经常演出,戏里面那金玉奴的父亲金松,便是个"杆头",而且是个好人。所以卢宝桑由《豆汁记》而对京剧好感,又由《豆汁记》而对跟薛大爷他们同院的澹台智珠好感,并由此又使他那粗粝的灵魂中增添了一点朦胧的温柔——这且不去说它。

卢宝桑爷爷那一辈的乞丐,是把求乞当作一种职业的,同当年钟鼓楼的当铺以苛酷著名一样,当年钟鼓楼的乞丐也有"刁民难惹"的声威。逢到官商富民有婚嫁寿喜的红事,丐头便率先跑去"祝贺",门房、账房倘若不予理睬,甚而驱赶叱骂,那么过不了多久,在丐头指挥下,众乞丐便会轮番跑去骚扰,花样迭出,直到门外来宾与门内主人不堪忍受,命令门房、账房散钱施舍,他们方会渐次收兵。

当年的乞丐有"软乞""硬乞""花乞""惨乞"诸种不同的求乞方式,大有京剧分生、旦、净、末、丑不同行当的意味,而同一行当中则又分化出不同的门类,如京剧旦行中又有正旦、青衣、花旦、闺门旦、泼辣旦、玩笑旦、武旦、刀马旦等等,各种行乞行当中又分出许多种不同的求乞花样。所谓"软乞",多为老弱妇女乞丐,以哀求哭喊达到目的,针对不同的对象,口中数来宝式地吐出诸如此类的话语:"太太给我两个钱,太太长寿万万年。""乌龟上门来,老板大发财。""老爷大施恩,抱子又抱孙。"……"软乞"中又分"坐乞"和"叫街"两种,"叫街"在游动中有时也收起哭腔露出凶相,喊出诸如"不给财,我不来,你剩下残钱买棺材!""你不给,我不乞,看你子死急不急!"一类的怪话,但毕竟还属于软磨的范畴,与"硬乞"不同。"硬乞"的多为青壮年男子,嘴上不一定有那么多功夫,主要靠动作、行为取得效果。一般又把他们的求乞方法称为"做街",如手执两把长刀或两块整砖,不断拍击裸露的胸部,使胸部红肿见血;又如口衔数枚长钉,手持砖头一块,当众把长钉插入头部一个肉疙瘩中,以砖头击砸,钉缝中鲜血迸流,凄厉可怖;再如用一条带铁钩的铁链,将铁钩剜入锁骨之中,拖着铁链行走,铁链尾端往往还缀着一个铁球,击地当当有声……"花乞"者是借用一些最原始的杂技手段,如舞"莲花落"(手执一竹竿,每节挖几个眼孔,眼孔内贯几个制钱,边舞边乞)、打"玉鼓"(手持一个竹筒,一边绷着猪尿脬,以手指弹拍出变化的节奏)、"点凤头"(在印堂中插一根粗针,针尖顶住一只粗碗,一面摆动一边求乞)、耍青蛇、拿大顶……等等。"惨乞"则是指残废乞丐的求乞,如"看照壁"(下肢残缺,以烂布系着膝盖、护着臀部,坐在地上移动)、"翻太岁"(手足全残,在烂泥中翻滚)、"解粮草"(残废乞丐倒卧小木车中,两乞丐伴前挽后)、"驮石头"(男丐背负残废女丐过市)等等。

　　同薛家同院的荀兴旺师傅,小时候也跟着母亲要过饭,但那是农村荒年穷苦农民临时性的谋生方式,与北京城内当年丐帮的职业性乞讨的生活方式,有着质的不同。实际上这两种人不仅心态不同,所呈现出的外在相貌往往也有很大的区别。

卢宝桑的父亲卢胜七,成年以后大体上属于"硬乞"的行当;北京解放的时候他已经三十六岁,还没成亲,直到一九五〇年被政府救济安置,当了蹬平板三轮车的工人,才算有了个真正能有益于社会的固定职业;一九五二年他奔四十岁去的时候,才娶上了卢宝桑的娘,而她当时也已经三十五岁了。这一对晚婚的夫妻在婚后第二年有了卢宝桑这么个独生子。

曾经在北京市内的货运事业中起过重大作用、并至今仍起着一定作用的平板三轮运输业,长期以来属于合作社即集体所有制性质,细细考察起来,其中的三轮车工人,经历纯洁的城市贫民固然占一定比重,但也不乏两股旧社会的沉淀物:一种即是卢胜七式的贫民,贫则贫矣,而又并无劳动资历,大都是过去的乞丐、混混、破落户的败家子弟等号人物;另一种则是解放前下层军官、警察、帮闲中罪行较轻、民愤不大的那伙人,经过一段审查、教育,或宣布为管制分子,或免予法律处分,因他们与上一类人物一样,并无一技之长,所以其中一部分也安置到了平板三轮运输工人的队伍之中。这两种人有着若干共同点:缺乏劳动习惯,精于抽烟喝酒;缺乏自尊自爱,惯于谈男说女;贪小利却又讲义气,善挥霍却又能吃苦……当然,绝非人人都是这样,而随着中华人民共和国对他们的消化、改造,他们中的多数人也确在不断地发生着弃糟粕、增精华的可喜蜕变。

但是,把他们完全消化、改造为新人绝非易事,须知改造溥仪、改造战犯也有他较易入手的一面——他们有文化,可以作哲理性的思考,政治立场一旦转变,倏忽可成可爱可敬之人;改造社会沉淀物却有极其艰难的一面——他们没有文化,却有着一肚子垃圾,即使他们政治上没有问题了,他们也还可能散发出可厌可鄙的气息。

有一回在鼓楼边烟袋斜街里的鑫园浴池,卢胜七、薛永全、荀兴旺仨人恰好遇到了一块。仨人在最烫的池子里泡够了身子以后,就都到外头卧榻上躺着歇息。这时候如果有人注意观察他们,就会发现他们尽管一眼望去都不属于干部、知识分子,而属于劳动群众范畴,但各自在体貌、气质上,又有着明显的差异。

荀兴旺师傅皮肤黧黑、粗糙,但肌肉饱满、匀实、紧凑,整个体态给人一种粗犷而充实的美感。这主要不是因为他比他们要小上几岁,而是因为他是一个从小从事正常体力劳动的生产者和战斗员,开头是种地,后来是当解放军,最后当产业工人。

薛永全师傅皮肤白中透黄,体态略偏肥胖,但又处处显露出艰辛生活所留下的痕迹——他把两块雪白的大浴巾那么一围、一披,再往卧榻上那么一躺,你就是不知道他当过喇嘛,也能不由自主地联想到寺院中的卧佛,那形象很难说美,却也绝不丑陋,也就是说,望去还是顺眼的。

卢胜七的皮肤是一种很难形容的土褐色,脑门上有个畸形的肉疙瘩,那是当年搞"硬乞"时,有意培植起来以供铁钉插入的;右胸上有个怪模怪样的伤疤,则是当年在"硬乞"中钩以铁钩的所在……和他的许多蹬平板三轮的同行一样,他们从三四十岁才开始从事正常的体力劳动,因此,一方面他们不可能再根本改变早已完成发育的体型,另一方面他们的骨骼、肌肉系统又不得不拼命尽力为适应新的负荷而变形、增生,因此他们的体型大都变得格外古怪。卢胜七就是如此:胸肌并不发达,而腹肌紧凑,上膊精瘦而下膊粗大,腿部青筋暴凸,整体形象令人不禁联想起一只螳螂或蜘蛛来。

他们的气质就更加不同。荀兴旺要了壶茶,就用浴池的茶叶,服务员来冲水时,他亲切而自然地同服务员搭话;从他的表情上可以明白无误地看出,他觉得服务员同自己是阶级兄弟,现在人家为他服务,另一场合他也许就为人家服务。薛永全也要了壶茶,也买的浴池的茶叶,但他只将袋茶的封口撕开三分之一,倒入壶中一半茶叶,然后将纸袋折好,将另一半茶叶留下,以备带回家中;当服务员冲水时,他欠身连道"劳驾您哪",礼数极为周到,但多少显得有点世故。卢胜七可大不一样了。他是自带的茶叶,用小扁铁筒装着——待人家的茶都沏好了以后,他才取出那茶叶筒,连连对人家说:"用我这沏吧,用我这沏吧,我这是一块二一两的正庄货……"人家自然辞谢,他便把人家的茶壶端过来,掀开盖儿看不算,还把鼻子凑拢去闻,龇牙咧嘴地说:"不灵不灵,这五毛钱一两的色儿不正,味儿不纯,喝了拉嗓子眼儿。"评论完了把自己的茶叶筒盖子打开,硬凑到人家鼻子底下让人闻:"闻闻我这是什么味儿!"他高声吆喝着催叫服务员,让人家来给他冲茶,人家端来了茶壶,他拉过来从壶盖检查到壶嘴,挑出了一大串毛病……当人家往壶里冲水时,他斜倚着,微闭着眼,分明是在享受着一种伺候……

卢宝桑的父亲卢胜七跟薛永全、荀兴旺就这么着大不相同。

卢胜七一九八二年已经六十九岁了。他早已退休。他养了一只画眉、一只蜡嘴,为它们置备了精致而昂贵的鸟笼、食罐、罩幔等器物,前者养着为听鸣唱,后者养着为观衔球。卢宝桑总成不了家,跟父母合住,便把他那间屋的整堵墙排满了自焊的方形鱼缸,养的都是热带鱼,有神仙、吻嘴、蓝曼龙、虎皮、斑马、玻璃帆船、五彩金凤等许多品种,鱼缸里还栽培着玉簪、皇冠、如莲、香蕉、牛舌、菊花等各类水草。由此可见他们父子二人的物质、精神生活,毕竟与祖辈已有了很大的不同,但从丐头爷爷身上所渗透下来的一种乞丐心态,以及从父亲卢胜七身上散发出来的"硬乞"精神,却还是不难从卢宝桑身上寻到烙印。

而卢宝桑之所以成为卢宝桑,却还不仅受熏陶于父系,也受熏陶于母系。

他母亲卢黄氏,出身于天桥——即与钟鼓楼遥相对应的南城贫民集团。据说从敌伪时期到解放前夕,天桥有所谓"八大怪",他们当中有:"大金牙"(拉洋片儿的,徒弟叫"小金牙");"云里飞"(唱小戏的,穿戴的是纸糊的行头);"蹭油儿"(卖一种去油污的东西,边唱边卖);"管儿张"(用小竹笛放入鼻子里吹,能奏出各种曲调来);"王半仙"(同闺女一起变戏法,主要的节目是舞白纸条,纸条能在他们父女手里里外蹦、上下套);"宝三"(表演中幡、摔跤的);孙洪亮(卖虫子药,边卖边唱,后来居然成为一霸,购置了铺面,欺压百姓,解放后被镇压);"大兵黄"(曾在军阀军队中当过下级军官,身板特奘①,他每天在天桥摆一圈凳子,卖点跌打损伤药,但他既不表演杂耍,也不表演武艺,而是坐在那里,甩开嗓门大骂,骂时局,骂贪官,骂污吏,因为他骂得有理,骂得痛快,所以天天有人坐成一圈听他叫骂。他穿一身陈旧的灰军装,山东德州口音,撂着辈儿骂脏话,竟因此得名)。卢宝桑的母亲,传说就是"大兵黄"的女儿,不过人们也只是私下窃议,除了派出所的户籍警,似乎也没有人敢去当面问她,而户籍警对此好像也从未产生过多余的兴趣。不管这传闻确否,从卢宝桑母系那儿,他确实又熏出了一种敢说敢骂、敢打抱不平的气概。

且说在薛纪跃办喜事那天,卢宝桑作为首先到达的亲友,一进门就给薛家带来了诸多不快。他来的最直接的目的是为了大吃大喝一番,他也并不掩饰这一点,所以他迈进了新房,见到薛纪跃并无什么贺喜的例话,先问薛纪跃索要三五牌香烟;未能遂愿后,他

---

① 北京人把特别健壮称为"奘",音 zhuǎng。

只好降格地权抽"礼花";在沙发上坐了一会儿,他便站起来在屋里转悠,最后转到五斗橱前,踮着脚尖研究着墙上的结婚照。忽然他"嗤"地乐出了声来,那是一种阴阳怪气的闷笑;笑完他挨近薛纪跃身边,凑拢薛纪跃耳朵问:"怎么着!没先玩玩?我看她够你招呼一气的!"

薛纪跃脸刷地红了,气急败坏地把他一推:"去你的!胡嗳!"

卢宝桑宽容地冲薛纪跃挤了挤眼,便叼着烟卷出了新房。他麻利地拐进了充当临时厨房的苫棚。

薛大娘见了他,不得不敷衍:"哟,宝桑来啦!你爹你妈怎么没一块儿来呀?"

卢宝桑嬉皮笑脸地说:"薛大妈,给您道喜啦!我爹我妈倒想来呀——可您跟大爷不是没请他们吗?"

薛大娘扬着嗓门应付:"哟,咱们两家还用得着虚礼儿吗?还用下帖子呀。知道了信儿,自然就该来呀——你们不也没'随份子'吗?我就不挑这个礼儿,咱们谁跟谁呀,光你帮着搬家具,那股子牛劲,就顶别人俩仨'份子'哩!"所谓"随份子",就是亲友们给喜家的小额现金,一般少则两元多则二十元。薛大娘点到这个问题,让卢宝桑脸上有点挂不住,他忙假装参观厨房中的种种景象,结果自然就同正铺摆大冷盘的路喜纯对上了眼。

路喜纯早从声音听出是他,四目相遇后,路喜纯便微笑着对他说:"你又到这儿足撮[1]来啦?"

"哥儿们!"卢宝桑没想到今天薛家请来的大师傅竟是路喜纯,他不由"惊呼热中肠",一巴掌拍到路喜纯的肩膀说,"是你呀!你可得好好地露一手啊。这是我大爷大娘家,我二兄弟办喜事,看在

---

[1] 放开胃口吃别人请叫"足撮(cuō)"。

我面子上,你也不能含糊呀!"

薛大娘不由问:"你们什么时候认识的呀?"

卢宝桑抢着回答:"他爹原先跟我爹在一块儿蹬平板三轮。他妈我也见过,两人前后脚都'嗝儿屁'①了。他跟我一样,还是条光棍儿!"

这话一出来,薛大娘心里又添了点不自在。经过三个多小时的考察,她本已对路喜纯的手艺和做派产生了信任和好感;可卢宝桑一揭"底儿",原来这路喜纯偏是个父母双亡的光棍汉,真不巧!他那晦气,该不会通过饭菜,传到咱薛家来吧?

路喜纯微微地摇头,心里连连叹气。他太了解卢宝桑了,他们俩小学时候还是同学。卢宝桑原来比他高两个年级,后来蹲班蹲到他在的那个班。他最见不得卢宝桑那既不尊重别人也不自尊的丑态。他们在小学四年级的时候赶上了"文化大革命",小学高年级学生也学着中学、大学生的"造反派"揪斗校长、老师,卢宝桑那时候比一般六年级的学生大一岁,个头已经基本长足,显得身粗力大,开头,他也戴个大红袖章,以"红五类"自居,那时他似乎确有这个本钱。据说他爸爸卢胜七,在解放后镇压钟鼓楼一带的恶霸时,帮着行刑的解放军捆绑恶霸,拖着恶霸拉向法场,表现得非常革命、非常勇敢。所以,在揪斗校长、老师的批斗会上,他总扮演那揪着人家"坐飞机"的角色。他除了撅人家胳膊、按人家脑袋,还要想出其他各种各样恶毒而刁钻的办法来侮辱人,如猛踩人家脚背啦,揪耳朵让人家偏仰着脸"示众"啦,拿墨水瓶往人家衣领里灌墨水啦……他干这些事时还爱一边朝台下的"革命师生"扮鬼脸儿。后

---

① "嗝儿屁",死的鄙称。又说成"嗝屁潮凉";旧时代北京小市民认为人死时先要打一个嗝,再放一个屁,然后七窍流水(潮),最后全身冰凉。

来,他更把这种虐待狂的劲头施加到同学身上,他让那些"黑五类"家庭出身的同学用脑门顶着墙上的钉子罚站,用别针把他们的"认罪书"别到他们的胸脯肉上。可是,过了没多久,不知怎么的,卢宝桑的爸爸卢胜七在单位里被揪出来了。路喜纯去看过大字报,当时看不懂,后来才弄明白,原来有人揭发他,解放前夕北京的大学生进行"反饥饿、反内战"、抗议国民党反动政策的示威大游行时,国民党的军警收买了一批流氓打手,让他们放手冲撞游行队伍,打跑一个学生给一个馒头,被收买的打手中就有卢胜七,他一次就挣了十八个馒头!这事被揭露出来以后,卢宝桑顿时由"红五类"变为了"黑五类"。让路喜纯感到奇怪的是,卢宝桑并没流露出什么悲苦忧伤,这倒还罢了——在学校后来那些批批斗斗的荒诞场面中,卢宝桑竟往往不等别人揪他,便自动站到被批斗的位置上,高高地撅起屁股,双臂向后高抬,有一回他还自己当众打自己的耳光……回忆起来,最最令路喜纯不能容忍的,是正当他在台下默默地同情着卢宝桑时,一瞥之中,卢宝桑却斜着脸儿朝他吐舌头出怪相!

长大以后,路喜纯常把卢宝桑当作一面镜子,来检验自己的灵魂。他可以原谅卢宝桑以往的愚昧,他也可以容忍卢宝桑现在未能涤尽的恶习,但他自己却无论如何要引以为戒,他要永远尊重别人的人格,更要尊重自己的人格。

路喜纯真不乐意卢宝桑出现在这家的婚宴上,他所精心烹制的这些菜肴,肯定要遭到卢宝桑的荼毒!比如这个铺放美观精巧的尺二冷盘,当中是土豆泥垫出的两颗套在一起的心,上面用金糕条镶嵌出了一个鲜红闪亮的囍字,周围用火腿、虾片、蛋卷丝、猪头肉、黄瓜盅、西红柿花、松花蛋瓣等等组成了彩色的对称图案。这冷盘上了桌子,是应当"一看""二品"之后才"三报销"的,但你怎能保定卢宝桑不一筷子就把它搅个稀巴烂呢？唉！

卢宝桑却全然不能体察路喜纯的心情，他在路喜纯面前油然生出一种优越感来——此刻路喜纯是伺候人的，而他自己恰是被路喜纯所伺候的宾客之一。他油腔滑调地命令着："你小子可不许在这儿留一手啊！你'丫挺的'①把你的本事全给咱倒腾出来！"

这时，薛纪跃的大姑一家来了，卢宝桑闻声出去同薛大娘一起招呼着——原不是生人，且不说薛永全和大姑他们那死去的二弟当年也是乞丐帮的，当年在隆福寺混的大姑父，跟卢宝桑母亲家，不也是有过来往的吗？卢宝桑心里浮出这七穿八达的亲友关系，更觉得他今天在这儿吃香喝辣是名正言顺了。

忽然薛永全师傅汗涔涔地提着个鼓鼓囊囊的草包回得家来，大家乱哄哄地互相招呼着。薛师傅不无焦急地对薛大娘说："你看这事儿——马凯餐厅说今儿个运啤酒的车不来了，昨儿个他们剩得不多，一会儿有两桌华侨包饭，全得上。咱们的啤酒可就全黄了！"

薛大娘不由唠叨起来："你看！我就知道你没一样事能办成！昨儿个我说早点把它买回来搁着，你不干，说什么搁屋里头酒要坏，搁屋外头瓶子要裂，还是搁人家餐厅冰箱里最好——你看今儿个怎么样？人家不认账了吧？……"

薛师傅遂说："我从马凯餐厅那儿一路找到地安门，今儿个都没啤酒，我只好在地安门商场买了十瓶'麦精露'……"

"那玩意儿哪行呀！"卢宝桑激昂地插进去说，"没有啤酒还办什么事儿！小跃子他们两口子往后能顺顺溜溜过日子吗？"

薛大娘心里像塞了团烂泥。又是一档子不吉利！北京市民的这种婚礼，三种酒缺一不可也是一种风俗——白酒如果实在弄不

---

① "丫头生的"的快读，即私生子之意，骂人话。

到八大名酒之一,至少也得有"龙凤酒",这代表富贵;葡萄酒也不可缺,但必须是三块五以上一瓶的"北京红葡萄酒",这代表兴旺发达;啤酒必须充分供应,这代表和顺美满。现在却居然出现了"三缺一"的严重危机!

正当薛大娘一筹莫展时,卢宝桑宣布说:"我就不信'马凯'他们那儿真的没货!准是他们见大爷面善,就他妈的糊弄大爷。你们等着,我去一趟,我就不信端不来一箱!大爷,给我钱,给我装酒的家伙,我这就去!"

薛大娘心乱如麻。她跺着脚说:"秀娅怕这就要到了——门口也不知都有谁守着,放鞭炮、撒花纸的孩子别偏这时候没影儿了。"

大姑便赶紧带着薛纪跃的表姐、表侄等人往大门外去。

这时薛师傅把二十块钱和两个大网兜给了卢宝桑,卢宝桑便一溜烟地出征马凯餐厅去了。

薛大娘和薛师傅暂且进到他们自己的房中,薛大娘拿起炕笤帚,先把自己的衣服掸扫干净,然后又给薛师傅掸扫⋯⋯

没过一会儿,门口传来了响亮的鞭炮声。薛大娘拢拢衣裳角,庄重地走出自己的住房,又走进新房之中。薛师傅跟在她的后面。

14. 新娘子终于被迎到了新房中。有的售货员为什么故意冷落顾客?

迎亲小轿车的司机很不高兴。干这类差事他可不是头一回,也遇上过不少"格涩"①的顾主,但今天这趟可真把他折腾得够呛。

---

① 形容人脾气古怪,不好相处。

潘秀娅家住在一条挂有"此巷不通行"标志的小胡同中。那胡同相当狭窄，小轿车开到胡同口，自然也就停住了。孟昭英和詹丽颖便下车走进去迎新娘子。

潘秀娅家满屋子都是人，也来不及细认，但很快孟昭英和詹丽颖也就看出来，这一群人的主心骨是那位潘秀娅叫她"七姑"的干巴老太太。

七姑是特意从广安门外赶来，充当女家的"送亲姑妈"的。潘秀娅的两个姐姐出嫁时，都是她充任这个极其重要的角色，这回潘秀娅出阁，她不仅当仁不让，而且大有戏曲舞台上的名角儿出演"封箱戏"的气派。除了新娘子潘秀娅，人群里就数她穿戴打扮得整齐。她人过六十，脸上的皱纹是无法掩饰的，但她把尽管日渐稀疏、却还不露头皮的短发细心染过，又施以不知多少的头油，并从上到下弄出一点似有若无的波纹，这样一来，便顿收奇效——离远点看，你会以为她不过刚到五十。孟昭英和詹丽颖到达时，她正给新娘子检查装束。新娘子潘秀娅这天穿着一身近似苹果绿的带隐条的西式女服，是在王府井雷蒙服装店定做的，上身翻开的斜领里，露出水红色、大尖领的化纤衬衫，斜领下端插着朱红的绢花，绢花下缀着烫有"新娘"字样的燕尾签。七姑认为那绢花的花瓣张开度不够，正在细心地一瓣瓣调整。

孟昭英和詹丽颖进屋后，大家闹嚷嚷地见礼完毕，詹丽颖便大声感叹说："新娘子好漂亮呀！我要是小伙子，都巴不得要娶你！"

七姑闻声盯了她一眼。心想薛家怎么找这么个人来迎亲？张嘴就没个分寸！不过，她暂不动声色，只是问："'小轿子'在门口了吗？"

詹丽颖满不在乎地说："嗨，你们这条死胡同！汽车开不进来，车在胡同口外面等着。就走出去上车吧——新娘子，我们可要把你拐跑罗!"说着便伸手去挽潘秀娅胳膊。

七姑把詹丽颖伸出的手给挡了回去。她意识到自己今天的责任格外重大。这位"詹姨"竟如此无礼！什么"死胡同""拐跑"——多不吉利的言辞！再说,迎亲的"小轿子"不开到门口,那怎么能行？于是,她脸上现出极其严肃的表情,语气坚决地说:"得让'小轿子'开到门口来,这胡同够宽的,能开进来。"

人们七嘴八舌地议论着。孟昭英说:"开倒能开进来,可胡同里没法子掉头呀！"

七姑坚定不移地说:"就得开进来！能开进来就能开出去！告诉你们说吧,就是拆几座房子,也得让它开到门口来！"她嘱咐潘秀娅:"秀丫,你坐下候着。我去给张罗去！我就不信他开不进来！"说完便气度轩昂地朝屋外走去。孟昭英、詹丽颖及潘家的一些人不由得随她到了胡同口。

司机本来不肯把车开进胡同,但七姑一张利嘴,把理、利、情熔为一炉,不由司机不照办:"我说师傅,你甭强调客观,你们那章程,当我不知道吗？你就该开车到户,要不我找你们领导反映去⋯⋯你多开几步对你有啥坏处？不还能多收点钱吗？你服务到家了,我们给你写封表扬信寄去,你这月奖金不就稳拿了？⋯⋯我说小伙子,你怕自个儿还没办过事吧？人一辈子就办这么一回事儿,到你办事的时候,你愿意含糊吗？帮衬帮衬我们,赶明儿你办事的时候,准能逢凶化吉,遇阴转晴⋯⋯"当然,在七姑说这篇话时,潘家的人也就给司机递过去了整包的好烟,司机虽然没接,但他们把那烟扔到司机座椅边上的"小斗"中时,司机也便默受了。

最后,司机不但把车开进了胡同,而且完全采取了七姑的方案:不是开进去倒出来,而是倒进去再开出来。七姑的苦心大家一琢磨也都恍然,不由不对她肃然起敬。惟独詹丽颖只觉得好玩,还不能同七姑的情绪取得完全的共鸣。

小轿车在潘家和潘家邻居们的一片欢喧声中开出了胡同。车上,詹丽颖坐在司机旁的前座上,后面当中是新娘,新娘左边是七姑,右边是孟昭英。

新娘潘秀娅的心情不能用"激动"这个词来形容,她处在一种平静的满足感中。孟昭英虽说握住新娘子一只手,微笑着,心里想的却是自己的女儿小莲蓬——也不知她现在怎么样了?七姑盘算着一会儿该怎么样为女家争得最充分的脸面——只有在这样的精神活动中,她才能体验到人生的真正乐趣。

詹丽颖从前座上扭过身子,望着新娘子,照例毫无顾忌地评头论足:"咳呀,你这身西服剪裁得可真不错,可就是颜色嘛——跟你里头的衬衫太不协调!干吗非这么桃红柳绿地搭配?该有点中间过渡色的东西点缀点缀,平衡一下才好⋯⋯"她这人总是想到什么就干什么,车子开到一处地方,她招呼司机说:"师傅师傅,边上停停,我得办件急事!"司机以为她要下车方便,只好朝边上靠去,七姑大吃一惊:"这是怎么个碴儿?不能停!不能停!"

司机不能不心烦。你们究竟有没有准主意?究竟听谁的才对?他车子既然已经靠近马路边了,那里又正好是准停车处,也就不顾七姑的抗议,停了下来。詹丽颖麻利地开门跳了出去,笑嘻嘻地对司机说:"三分钟!保准回来!"便在人群中消失了。

七姑大声抱怨起来:"这是怎么着说的?迎亲的'小轿子'怎么能中间随便停下?这可有个不好的讲头,可要不得!"她质问孟昭英:"你婆婆是怎么搞的?找了这么个着三不着两的人物来迎亲?他们院里就再没有合适的'全可人'了?"

孟昭英解释说:"原先请的是澹台智珠,您听说过吧?唱京剧的名角儿,可不像她这么风风火火地没个稳重劲儿⋯⋯要不,咱们走吧,甭等她了——她指不定又要兴出个什么怪来呢……"

七姑只是咬着牙叹气,心想扔下她也不是个事儿——迎亲的半路上撤了个迎亲的主儿,那讲头可更不吉利……

三分钟过去了,詹丽颖没有回来。五分钟过去了,还是没有影儿。不光司机抱怨,七姑愠怒,孟昭英着急,新娘子潘秀娅也沉不住气了……到第八分钟的时候,詹丽颖飘然归来。她拉开门坐进车中,呼哧带喘,正当七姑就要冲她发作时,她却笑吟吟地把一样东西递给七姑,解释说:"我上下班总路过这家百货商店,早留下了印象——他们卖的这号别针不俗,我看今天新娘子的这身打扮上,还就缺这么个别针……七姑您有眼力,您给瞧瞧这花样、手工怎么样?您这就给她戴上吧,您能戴得恰到好处……"

司机继续开车向前,七姑接过了一个漂亮的织锦面小首饰盒,打开一看,里头是一个亮闪闪的领针,银丝弯成的变形叶片上,缀着些琥珀色和蓝紫色的假宝石,确实精巧雅致,遂转怒为喜,赞叹地说:"哟,敢情您买这个去啦?真不赖呀……"

七姑便把那领针给新娘子别上,孟昭英也夸赞说:"詹姨说得真对,秀娅别上这个,西服跟衬衫就不那么显得扎眼了。这别针就是'中间过渡色'吧?单看着似乎不那么艳丽,往领口这儿一别,嚄,电影明星似的!"

潘秀娅便由衷地致谢说:"詹姨,这少说也得好几块吧?您不是早就送过礼了吗?又买这个——真让人过意不去!"

詹丽颖爽朗地大笑着:"那有什么!快别说这个!小跃子是我眼瞧着长大的,他跟你办事,我当姨的有什么舍不得?我要早想到这个,还能从从容容地给你挑个更好看的哩……"

小轿车里的气氛,顿时达到一个喜幸、融洽的高峰。

但是詹丽颖这人既能在一个举动里让人对她敬爱有加,也能在一句话上使人对她生烦生厌。

小轿车加速向钟鼓楼而去。詹丽颖想到刚才的即兴采买,发议论说:"算我这回运气好,进门走拢柜台就买上了……可真是千载难逢——以前我去商店买东西,不是遇上售货员在柜台里头光顾互相说话,你喊也不搭理你,就是遇上他在那儿来回来去数一叠钞票、单据,硬不抬头……真讨厌死了!"

潘秀娅低下了头。不是害臊,而是不快——这詹姨是怎么回事儿?她难道忘了,我潘秀娅也是站柜台的嘛!

潘秀娅在照相馆里属于营业组。她并不会照相,也不懂暗房技术,她们营业组就是在柜台里头接待顾客,或给要照相的顾客开票,或收验底片、开出冲洗加印的票据,或根据顾客递上的票据交付洗印好的成品……同时也兼卖一点照相器材和胶卷、相册什么的,也兼办出租相机的手续。比起一般商店,他们每天接待的顾客人次不算太多,工作不算太紧张,可潘秀娅和几个年龄差不多的营业员,恰好有詹丽颖所指出的两个习惯——潘秀娅就常常是顾客站拢柜台外面,已经开始向她发话,她也明明瞧见了,却偏要扭过头去,跟同事用一种在家里聊天式的语气,接着刚才的一个什么话碴儿,当着顾客的面絮絮地说上那么一会儿,比如议论他们馆里刚散发完的电影票:"……你瞧多缺德!他们暗房组又把好票全拿去了,给咱们的全是后排的边座儿!我这张更倒霉了,我就知道这座儿紧挨着厕所,味儿着呢!我要跟大老王换,你猜怎么着,他冲我学猫叫——恶心劲儿的,那么大岁数了,也不怕寒碜……"顾客这时候必然不耐烦了,或以假咳嗽提醒,或放大嗓门叫唤,有的更干脆指责起来:"嘿,你们这叫什么服务态度?怎么不理人哪?"她这才转过脸来,懒懒地问:"你要什么呀?"……点款、点单据,说起来确也有相当的必要性,特别是百货商场一类地方,每个营业组一天要定时向银行交一次款,但潘秀娅身在其中,深知可以用点款、点单据大大地怠慢一番顾客——她点款点单据时就专爱站在柜台边上、最接近顾客的地方,顾客来了必然要同她搭话,希望她停下来予以接待。她呢,则越发点得起劲,故意连眼皮也不抬一下。有的顾客不免就要嚷嚷起来,追究她的服务态度,先是她,后来又必然有其他同事凑拢来,向那顾客理直气壮地申明:"这是我们的业务,你懂吗?不清点行吗?清点的时候就没必要理你!"有的顾客或者还要质问:"你们既然清点的时候不接待顾客,那干吗不到后头清点去?"她和同事们照例是反击曰:"我们爱在哪儿清点就在哪儿清点,你管得着吗?"……

起码在北京,柜台服务人员的这两种表现构成了服务态度当中的常见病、多发病和顽症,不知有没有人从这类表现入手,探察过潘秀娅他们之所以出现这类表现的特殊心态?(这两种表现又主要集中体现在青年柜台服务人员身上。)

倘若有人盯着潘秀娅问:"你怎么会有这两种表现呢?"她怕只能回答说:"我也不知道。"再问:"那你们哪儿学来的呢?"她怕也只能回答说:"没有人专门教给我,是我看来的——在我没工作之前,我还在柜台外边当顾客的时候,人家就那么对待我的。"倘再紧盯着问下去:"那时你不会觉得好受吧?为什么一旦你站到柜台里头去了,你就跟着学起这套做派来了呢?"她一定答不出来了,真的答不出来。因为她没有深入思考一件事的习惯。换句话说,像她这样的青年,不太具备进行哲理性思维的能力,对于所面临的这个世界和流逝着的人生,她只有一种高于本能而低于哲理的"浅思维"。

这就又不能不追溯到她的出生教养,以及她本身的生活经历,还有对她施以有形、无形影响的具体社会环境。

她同薛纪跃一样,也是出生在一个典型的小市民家庭。而且这曾经是一个经济上更其拮据的小市民家庭。她的父亲早年是在庙会中做小买卖的摊贩,他所经营的那些商品现在已经绝迹。如他曾吹制发卖过"吓吓噔"——这是一种劣质玻璃做的儿童玩具,呈喇叭形或葫芦形,儿童把类似瓶口的一头含入嘴中,一呼一吸地吹气,因那容器的底部很薄,所以能随气流的冲击"吓吓"作声;当然,这种玩具很容易吹破,对儿童的呼吸道有弊无利,弄不好还会割破儿童的手,所以早已被淘汰。又如他曾磨制发卖过"香面子"——就是采集各种有香味的植物,焙干后研磨成细末儿,装入碎绸缝的荷包,卖给人拴在身上以除汗味、臭味,卖的时候照例吹嘘说拌入了麝香,其实除了挂在摊头以充样品的荷包中确有一点麝香外,其余的都全部只是植物香料。这东西后来也被时代所淘汰。他也还卖过其他一些类似的小东西,直到解放后庙会活动结束。后来他才到洗染店当了店员,去年退了休。潘秀娅的母亲说起来还是下嫁给她父亲的。母亲家虽说也是在庙会上摆摊卖货的,但那摊、那货,都要气派得多。潘秀娅的姥爷是经营假发的,每年冬天庙会萧条期,他就肩上扛个褡裢,到关外去——一直走到图们江边,收购妇女发辫。据说当年以"鲜族"(即朝鲜族)妇女的头发最好,因为他们当时的风俗是妇女不到结婚不剪发——所以潘秀娅姥爷要跑那儿收购去。开春后,姥爷回来了,便加工收购来的头发,制成各种辫儿、髻儿、纂儿……然后拿到庙会上发卖。据说那头发要以黑中透黄的才算上品,乌黑的反卖不出价儿,因为头发越黑则越脆,不坚牢。这样一种经营当然是卖"吓吓噔"和"香面子"者所不能比拟的,因此,潘秀娅母亲嫁过来以后,很长时间都有一种优越感。直到潘秀娅姥爷去世以后,母亲除了季节性地卖一阵冰棍,基本上只是个无职业的家庭妇女,家里主要指靠潘秀娅父亲挣工资过日子,这才渐渐消了锐气。

这样的一种家庭，文化水平既不高，经济上又长期不宽裕，家里人的言谈话语中，自然不会有什么哲理的意味；而且，这样的小市民在解放前生活虽然动荡、艰辛，对旧社会一般却又并无深仇大恨。到了新社会，他们生活安定、温饱有靠，所以对共产党、对社会主义，是感激的、满意的；不过相对来说，他们又居于城市居民中物质、精神两方面都较匮乏的层次，所以他们一般也绝无昂奋、敏锐的政治情绪。即使在"文化大革命"的狂热气氛中，他们最关心的，主要还是粮店的粮食会不会涨价、购货本上所规定的一两芝麻酱的供应能不能兑现？只要这类生活中最基本的实际利益不被动摇，那么，无论报纸上在批判谁，或在给谁平反，他们都无所谓。由此可见，"浅思维"是他们这一群体的基本素质，并成之有因。

　　这批小市民的子女，大多数同他们的父母辈一样，或沉淀在北京城庞大的服务性行业之中，或成为工交系统中体力劳动成分较重的那部分工作的承担者。当然，其中也有受惠于我们社会所提供的可能性、得力于自身的发奋努力、而成为干部和知识分子的，但那实在只是少数。一些干部和知识分子的子女，虽在"文化大革命"中成批地加入了工、农、兵的行列，其中一部分还加入了服务性行业，但随着一九七七年以后的社会生活变化，他们又大批地涌进、调入了大学、行政机关、科研机构、文化部门……留在服务性行业中的尤其罕见；即使留下，也大都或进入科室，或从事有关的科研，比如潘秀娅他们那个照相馆，惟一留下的一位知识分子子弟，是报上发表过表扬性文章的（表扬其父母支持孩子在服务性行业坚持工作），在照相馆中也是从事着修版技术（特别是"开眼技术"——即在被摄者眼睛闭合的底片上，为被摄者"开眼"，这是在团体照中常出现的问题，因无法请被摄者重摄，所以必须在底片上施"开眼术"），而绝非像潘秀娅一样站柜台边"伺候人"。

把握住了这样一种总体背景,我们就不难理解潘秀娅式的售货员为何会经常互相交谈冷落顾客(或干脆扎堆聊天),以及为何会经常在柜台上清理货款、单据而俨然自得了。

这种精神状态,实际上是他们"浅思维"中的一种心理反抗方式。如果我们用"深思维"透视一下的话,便会理解到,他们可以从相互交谈不理顾客(或边热烈交谈,边冷淡而迟慢地应付顾客)之中,取得一种心理平衡,显示出他们一群的独立价值,使顾客意会到不是他们有求于顾客,而是顾客有求于他们,即不是他们该伺候人,而是顾客该为获得某项服务付出一定的人格代价。同样的,当着顾客的面来回来去地清点款项与单据,则可以显示出他们工作的庄重性、严肃性以及特别容易被顾客忽略的技术性,从而获得一种心理补偿(谁说我们的工作光是取取拿拿?)……

在社会主义服务性行业中,的确有那样一些全心全意为顾客服务的先进人物。他们之所以先进,归根结蒂是他们对自身、对社会,能作一种进入哲理状态的深入思考,他们把站柜台当作献身一项伟大事业的光荣手段,所以他们绝不会有潘秀娅式的表现。而潘秀娅他们所以总不能由"浅思维"进入"深思维",说到底还是因为文化水平低下。比如说,潘秀娅就没有三维空间的概念;她也全然不清楚中国的近代发展史(且不论近代以前的历史知识);看一部电影《巴黎圣母院》她觉得有趣,但故事究竟发生在哪一国的什么时代,她弄不清楚;她虽然在照相馆工作,但照相术究竟是怎么一回事,感光材料究竟为什么有成像的能力,她至今还是稀里糊涂……看来要让她这样的市民青年形成社会主义觉悟,树立共产主义理想,甚至需要从普及天文知识、生物发展史和简要中国历史知识入手,因为归根结蒂,社会主义——共产主义,是一门科学,也就是说,是一种文化,并且是一种高级的文化。

在一九八二年十二月十二日那一天,我们这个星球上的文明正在继续向前推进。在一些科技、生产发达的国家,电脑已经开始走向普及;在我们祖国,许多现代化的重点工程已进入紧张的全面施工阶段;北京城也在分秒不停地跑步前进,二环路上的立体交叉桥已经全部竣工,一座座新的建筑像春笋般拔地而起……但是,潘秀娅,这北京城里最平凡的一个社会成员,却以仍不能进行哲理性思考的灵魂,迈进了她人生中的一个新的阶段。

经过一九六六年到一九七六年的思想禁锢,一九七八年才有人公开呼吁在社会生活中给爱情以位置,但一九七九年便有人对爱情提出了很高的哲理性标准:"爱,是不能忘记的。"一九八〇年,报刊上、银幕上出现了一股爱情热,以至于人们不是担心爱情找不到它的位置,而是抱怨爱情过多地占有了位置;一九八一年以后,更出现了五花八门的关于爱情的见解和表现,一些勇敢者甚而开始研讨起婚外爱情和爱情的"合理可变性"这类问题来;不少时髦青年在这愈演愈烈的时代潮流中,根据自己的理解选择着自己信服的理论,并大胆地付诸实践……

但这一切对于潘秀娅这类的青年市民来说,却影响甚微。无论作家们的精心结撰还是评论家们的揄扬贬斥,潘秀娅都全然不知,因为她除了电影杂志,不看别类杂志,而看电影杂志时又主要是看图片;照相馆订的有报纸,她也看,但主要是看电影广告和漫画。

对于她来说,自从过了二十二岁,"男大当婚,女大当嫁"的"潜意识"就支配着她积极地行动起来。对于她来说,这件事的意义很简单:她要在够得着的范围内,找一个尽可能好一点的对象。她缺少想象力,更谈不到有什么罗曼蒂克的情绪,她绝不具备那种看了《水晶鞋和玫瑰花》这部英国影片,就在入睡时把自己幻化为"灰姑娘"的气质。她是非常实际的。二十二岁到二十三岁这两年里,她觉得自己应当向知识分子这个领域冲击。尽管就知识分子这方面来说,那时候还呼吁着给他们"落实政策",但潘秀娅这样的姑娘不但早在心目中给他们落实了政策,而且一直企盼着能成为他们圈子中的一员。她曾在照相馆的那位专攻"开眼术"的小伙子身上下过功夫,勇敢到在他卧病在床时,提着水果去他家探望;但她不光从那小伙子的态度上看出来,更从小伙子父母的眼神里看出来,她那个打算是根本不可能实现的。她及时地知难而退。她明白了她的两个姐姐为什么到头来都嫁给了工人。进了二十四岁范畴以后,她频繁地通过介绍人同国营工厂的小伙子见面,有见过一面、两面、三面……至五、六面的,她看上别人而别人看不上她的不多,大半是别人愿意同她搞下去而她及时地刹了车——那几个小伙子不是个子太矮,便是家里负担太重;要么就是刚进公园便想动手动脚,让她讨厌……接近二十五岁时,她才把选择范围降至与她平齐的行业中。她大嫂是百货公司开"蹦蹦车"①的驾驶员,经常往商场运送化妆品一类的小百货,因此熟悉了商场卖香皂牙膏的售货员们,薛纪跃便是其中之一。他总是自觉地帮着卸货,显得格外憨厚、质朴。潘秀娅的大嫂再细一打听,这小伙子父母都是正派人,都拿着退休金,一个哥哥早独立了,家里没有别的杂人,又有房子可供他结婚,家庭条件可算相当不错;小伙子比潘秀娅大七个月,身高一米七五,脸庞长得相当水灵,跟生人说话时还有点爱脸红,显见脾气也不错——于是乎她便给小姑子牵上了线。潘秀娅在同薛纪跃逛了三次公园、到薛家去过两次以后,就明确地表了态:她乐意。

---

① 三轮摩托卡车。

爱情！潘秀娅甚至没用这个词汇进行过思维,在她的思维中只有"对象"这个概念;"我爱你"这个简单的句子,在她同薛纪跃搞对象的过程中,双方也都没有使用过,他们只说过:"我乐意。"

她要结婚。她要成家。成家过日子。她的对象既要"拿得出去",又不至于在外头瞎胡闹、在家里跟她犯别扭。这样的对象她找着了。就像四喇叭的录音机她置备了一样,虽然牌子软点,但毕竟属于四喇叭一档的。

今天她正式结婚了。什么"生活翻开了新的一页""爱情的花儿将结出爱情的果实""生活的航船啊,从今你有了两个并肩的舵手"……这一类的哲理思考和诗意情绪,潘秀娅一点也没有。

可是坐在小轿车里,她心里还是高兴的。詹丽颖的某些不恰当的话语固然令她不快,但那浮上来的不快,很容易被迎面而来的喜庆之风吹走。这不是已经开进胡同了吗？劈劈啪啪的鞭炮声,及时地响了起来。七姑小声地叨唠着:"怎么就挑着一挂炮？该在大门两边一边一挂才对头哟！"潘秀娅既感激七姑对她的维护,也满意婆家的安排。放了鞭炮就好。"牌子软点,可总是四喇叭的呀！"

第 四 章

午

(中午 11 时—1 时)

15. 北京人这样结婚。

新娘子到了,亲友们也差不多到齐了,于是新房中的那张折叠桌便被抬至了中央,并且张开了翅膀(从方变圆),准备着承载第一次光荣的负荷。

当然,光是新房这样一个空间,一张圆桌,是不能解决问题的。薛永全老两口的住房,自然也辟为了接待室,并且把那张陈旧的八仙桌,也同时抬到了房间中央。

这并不意味着,薛家这次的婚宴仅仅是两桌的水平——因为这只是第一轮,所请的,大都是至亲好友,或不可缺少的人物;下午两三点至六七点,还将有更多的亲友来贺,其中除执意不吃者外,两边大约总得再各摆两桌,算上当中入席、加菜的人数和盘数,总计要达八桌左右。

参加第一轮婚宴的宾客,在新娘子到来前后已陆续光临。他们当中有:新娘子的"送亲姑妈"七姑;薛纪跃已故大爷的大儿子薛纪奎(即薛纪徽和薛纪跃的亲堂兄);薛纪跃的大姑妈,大姑妈的二闺女和女婿(即薛纪跃的表姐和表姐夫)以及他们的两个孩子;薛纪跃二姑妈的大儿子(即薛纪跃的表哥,二姑一家现在只有他在北京工作);薛纪跃他们售货组的组长佟师傅(一位四十多岁的瘦弱男子,薛永全认为他对促成这门亲事发挥了作用,特意请来参加吃头轮婚宴);介绍人吴淑英(潘秀娅的大嫂,她这天并不休息,上午送完货,把"小蹦蹦"暂停在薛家院门口,中午吃完婚宴,下午她还要继续上班);薛大娘原单位的王经理(一位五十多岁的胖汉子,因薛大娘娘家无人,特请他来代表薛大娘方面的亲友捧场助兴);薛永全当年的结拜兄弟殷大爷(他比薛永全大五岁,但看上去还相当硬朗),他还带来个十来岁的孙子;当然,还有头一个莅临婚宴现场的那位卢宝桑。

　　薛大娘只觉得眼睛、耳朵、嘴巴、腿脚都不够使唤。招呼着这个,又迎接着那个;心里纳闷着大儿子薛纪徽为何还不到来,嘴里却大声呼唤着不肯来就席的对门"詹姨";刚对王经理的到场满脸堆笑,一瞥之中见到了卢宝桑又禁不住笑纹顿消……她真想清点一下究竟到了多少宾客,却怎么也算不准数儿,心里头真是又甜又涩、又喜又急。张罗中劈面遇到了孟昭英,遂发泄地说:"你看看,你看看,就耍我一个人哩,你们倒挺自在——都一边待着看热闹!"孟昭英知道她这话三分埋怨的老伴,七分埋怨的媳妇,其实全是冤枉。公公何尝不在那里竭诚待客,自己更是手脚不停地忙碌,但在这么个场合也不好同她争辩,便淡然一笑,继续去尽自己为嫂的义务。

　　七姑以一双锐利的眼睛,衡量着眼前的一切。来宾中有富态的领导干部(王经理),有文质彬彬的知识分子(薛纪跃的表姐夫),

有相貌温厚的老实人(薛纪跃的堂兄),这她比较满意,但那"愣头青"①(卢宝桑)是怎么回事儿?那糟老头(殷大爷)又是哪门子亲戚……她心中不免为侄女抱屈——头轮喜酒,怎么就来了这号人物?新房中摆桌子时,她执意要"全桌全椅",就是不能让桌子一边挨着床铺、以床当座儿,结果孟昭英不得不再临时去向邻居们借凳子。关于是铺着桌布摆席好,还是撤下桌布摆席好,她本来并无定见,但当薛大娘说了声"撤下那桌布吧,那塑料玩意儿怕烫!"她便立时假笑着,扬声纠正说:"不能撤!瞧那桌布上的大朵红花多喜幸,铺着摆席吧!"她这天原是扮演站在女家立场"挑眼"的角色,这是北京市民婚嫁风俗中照例不可少的一个重要角色。她想到潘秀娅嫁了以后,她那个家族已无女可嫁,因此对正在扮演的这个角色格外珍视,就如一位向观众进行告别演出的著名演员,她既有驾轻驭熟之感,也有"美人迟暮"之慨。"哟——"她又发现了男家一项本不应有的疏忽,立即向薛永全提了出来,"这俩果盘倒挺是样儿的,可那果子能这么摆吗?"薛永全一听就明白她的意思,立即调整五斗橱上的两个果盘——原来每个盘里都各有梨和苹果,无意之中竟隐含着"离分"(梨分)的凶兆;调整为一盘梨一盘苹果以后,似乎便合情合理了。七姑心里也暗暗计算着究竟到了多少人,可人们处于流动状态,她也总得不出个准数儿来。

倒是帮着弄菜的路喜纯,冷眼旁观中统计出了第一轮两桌婚宴的总人数,计:主方六人(应为七人,不过薛纪徽仍未到来),客方十三人;总共十九人中,成人十五人,儿童四人。

薛纪跃在这乱哄哄的场面中,只觉得眼花缭乱,头脑发胀,活像一个不会游泳的人掉在了水塘里,心慌意乱,六神无主。他尽量

---

① 粗鲁的人。

透过一片聒噪的人声去捕捉录音机中传出的歌声,仿佛那是一根稻草,抓住它多少是个慰藉;但听来听去,不知为什么只有一句"幸福不是毛毛雨"粘在了心上,怎么也摆脱不开……幸福不是毛毛雨,那是什么呢?是瓢泼大雨?他倒宁愿是毛毛雨……唉,这时候要能一个人跑到什刹海去,静静地往湖边的栅栏上一靠,该有多好哇!

潘秀娅却怡然自得。她的利益,自有七姑予以保障。这就好比一个向保险公司交纳了款项的人,自然不会惧怕火灾。面对着眼前人影交错、欢声喧腾的局面,她仿佛是一只飞入花丛的蝴蝶,她将在不动脑筋的情况下尽情享受这良辰美景……特别是她想到了那只即将戴到腕上的瑞士雷达镀金小坤表,便不仅对丈夫,而且对公公、婆婆充满了前所未有的亲切感,因此对丈夫此刻的局促,公公一时的疏忽,婆婆的过分忙乱,也就都一概予以宽容。

诸位来客的心情各异。有诚心诚意来贺喜,并将全始全终地待上一天的,如薛纪跃的大姑妈;有本身并无感情可言,但主人盛情难却,所以也就抱"不吃白不吃"宗旨而来的,如王经理;有虽来真情祝贺,但患有胃溃疡症,对宴席望而生畏的,如佟师傅;有主要是冲着长辈而来,对薛纪跃其实非常隔膜的,如殷大爷;有一到场便感到腻烦,恨不能道完喜、撂下礼物就告辞,却又碍于情面,不得不坐下与宴的,如那位戴眼镜的表姐夫——他是薛氏姻亲中惟一的一位知识分子,"文革"前的大学毕业生,现在某设计院的助理工程师;当然,也有完全是为了足撮一顿、摆好了架势要大吃大喝到底的卢宝桑……

冷盘摆上来了。新房中的一桌,当中是有红囍字的大拼盘,然后是四个中冷盘、四个小冷盘;薛永全老两口屋里的一桌则只有四个中冷盘。七姑对新房中的冷盘目验了一番,觉得大拼盘确实既喜幸,又漂亮,量也足,四个中冷盘是一盘肠子(买的现成货,有蒜肠、茶肠、蛋清肠,切得均匀,摆得也讲究)、一盘拌粉丝(看得出里头拌有黄瓜丝和火腿丝)、一盘煎花生米(颗粒大,显见原是留种用的,煎得火候恰到好处)、一盘卸好的德州脱骨扒鸡(买的现成货,但看来鸡个头不小,颜色也正);小冷盘是炸带鱼、炸素虾、松花蛋和黄瓜西红柿。七姑大体上是满意的,只是指出黄瓜西红柿量少了点,不过想到时令所在,这两样蔬菜的价格已远远超过肉类,便也不多挑剔。

经过一番骚乱,其中包括固请、谦让、挪移、调整……两屋的座次终于排定。新房中的一桌,除新郎新娘面南而坐外,靠着新郎的是薛永全,靠着新娘的是七姑,其次是:王经理、佟师傅、吴淑英、表姐夫、殷大爷、薛纪奎、薛大娘(座位虚设,因她还得到苫棚中张罗),和本来不应在座而偏在座的卢宝桑。隔壁房中的那桌,由大姑主持,而孟昭英虚设座位,奔走于苫棚和两屋之间。

酒瓶子盖陆续被打开。有白、红、啤三样都喝的,有只喝两样的,有只喝啤酒的,有申明什么酒都不能沾唇的……但最后每人跟前还是至少都有两个斟满不同酒的酒杯。啤酒是卢宝桑从什刹海银锭桥畔的"烤肉季"弄来的,尽管只有五瓶,但他能马到擒来,确也很不简单——他一边给大家往玻璃杯里倒着啤酒,一边夸耀着自己刚才的"战功",内心里洋溢着一种该他敞开肠胃吃喝的自豪感。

北京市民的家宴式婚礼,在解放前,不消说有着极其烦琐的仪式:女方一下轿,便要立即拜堂,早先都是先对着"天地码儿"(神像)拜,后来有的改为先对着大红囍字拜;此外还有拜高堂、拜姑嫜、夫妻对拜等无数的拜(所谓拜,严格来说,是要跪下磕头的);此后是入洞房、揭盖头、坐床、更衣……还要"吃饺子"(这是一种仪式,司仪喂一个饺子,问:"生不生?"要答:"生。")、吃"长寿面"(一小碗,但面条极长,有只以一根煮成的)……待所有仪式过完,新郎新娘大都已经筋疲力尽,但真正的婚宴,到那时方才开始——新郎新娘少不得还要打起精神,应酬与宴的亲友。解放后,北京市民的婚礼受到才入城干部们的影响,轿子、盖头、"天地码儿"之类的讲究不消说迅速消亡了,但婚宴上的仪式也并不简单,大体上分以下几个环节:一、鞠躬:对领袖像三鞠躬、对家长三鞠躬、对主婚人三鞠躬、对来宾三鞠躬、相互三鞠躬,最后司仪者还要得意地说:"给我三鞠躬!"这样一来,共计总要鞠十八个以上的躬;二、主婚人(一般是单位领导)致贺辞;三、家长讲话;四、来宾致贺;五、请新郎新娘"坦白"恋爱经过;六、闹堂。其中第五项,曾很使一些新郎新娘难堪,但对比于解放前的婚仪,最具革命性、新颖感、人情味的,恰是这个环节。新郎新娘闯过了这一环节,那么,下边的闹堂——如让他们共咬一块糖果啦、共争一只苹果啦(由一未婚小青年站在椅子上,用细线拴一只苹果,不断引逗,新郎新娘应欠脚、跳跃争夺苹果)等等,就都不至于怯场了。这一格局大体上维系到"文革"之前。"文革"中,不少人采取"静悄悄"的方式结婚,就是除了父母、兄弟姊妹等最直系的亲属,旁系亲属和朋友一概都不惊动,关起门来吃一餐后,也不过分头向有关的人散一点糖果而已,所以人们往往发出这样的惊叹:"怎么,他们已经结婚了么?""你都办完事了?怎么事前连个招呼也不打?"当然,也有举行正式婚礼的,则一般包括下列几项仪式:一、对领袖像挥动"小红书","敬祝万寿无疆!"凡三次;一九七一年以前,则还要依样"敬祝永远健康!"三次;二、请"革委会"(或"工宣队""军宣队")领导讲话(一般都鼓励新婚夫妇"在无产阶级专政下继续革命");三、由"革委会"(或"工宣队""军宣队")赠送礼品——一般都是用红丝带扎结的"红宝书",这可能已是新婚夫妇所得到的第四套、第五套;四、新婚夫妇表态(一般本着"三忠于""四无限"的精神,表示要"千万不忘……""活学活用……");五、余兴,或背诵"老三篇",或演唱"革命样板戏"。这种婚礼当然是不设宴席的,一般只有糖果、茶水,更有只以"一杯清茶"而体现其"破四旧,立四新"的彻底性的。"文革"之后,北京市民的结婚方式趋向多样化,或旅行结婚,或集体婚礼,或餐馆包席,或家中摆宴,或登记后不搞任何活动,或先参加集体婚礼再家中摆宴而后外出旅行……但有一个动向是值得注意的,便是无论取何种方式办喜事,都大大精减或干脆免去了具体的仪式,便是集体婚礼,有的也并不搞太多的鞠躬行礼,像这天薛纪跃在家中办喜事,就连七姑也不要求新郎新娘鞠躬行礼,只要开始喝酒后,小两口懂得按次序一一敬酒,大家便都心满意足。

正当薛纪跃在父亲的指示下,站起来给七姑斟酒时,詹丽颖忽然风风火火地跑了进来;刚才薛大娘一再邀她来同席共饮,她笑着摆手谢绝,现在却又忽然兴之所至,不请自来;她端来了一盘四川泡菜,乐呵呵地往桌上一放,宣布说:"今天你们油水大,给你们端盘这个来,去去油、爽爽口!我自己泡的,比绒线胡同四川饭店的强,不信你们都试试!"

七姑不免吃惊——这个"孙二娘",迎亲当中就给添了不少乱,现在又来搅和!泡菜也能往喜宴上端吗?而且原来桌上的冷盘恰恰是九份,九九归一,是个吉利的数儿,你这么胡乱端来一盘,破了"九",岂不坏事?

薛永全和薛大娘忙招呼詹丽颖坐下,薛大娘更站起身来,把她往自己的座位上按,詹丽颖却并不入座,只是笑得两眼眯成缝儿,命令薛纪跃和潘秀娅说:"快快快,新人双双敬我詹姨一杯,你们以后过日子,用得着我詹姨的时候多哩!"

薛纪跃没来得及给七姑把酒斟满,便遇上这么个局面,他不由斜举着酒瓶发愣;薛大娘赶紧把自己的酒杯递往薛纪跃那边,潘秀娅乖巧地接了过去,放在薛纪跃手中的瓶口边,薛纪跃这才明白,立刻往里斟酒,结果没控制好,酒溢了出来,詹丽颖哈哈大笑:"满出来好!满出来好!"潘秀娅把酒杯敬上去,她接过来,仰脖而尽,放下酒杯,抹抹嘴唇,说了声:"祝你们白头到老!我也有客,不奉陪了!"便像来时一样,风风火火而去。

七姑心里很不痛快。她想这节骨眼上,非给薛家指明礼数不可——直接责怪他们亲热"詹姨"不利,她放眼一望,恰有一个老大的题目好做文章,于是便嗽嗽嗓子,故作惊疑地扬声说:"哟——秀娅连对门的邻居都敬过了,怎么还不给大伯子敬上一杯呀?"薛永全老两口一听这话,脸就红了——大儿子薛纪徽也真是现眼,亲兄弟办喜事,怎么这时候还不见影儿呢?

潘秀娅一时没明白七姑的意思,便站起来给薛纪奎斟酒点烟,薛纪奎连连谦让着。七姑鼻子里哼了几声,见孟昭英正好端来热菜,便爽性直截了当地问她:"我说大嫂子呀,难为你忙前忙后的——你们那口子哪儿去啦?也不来帮上一手。"孟昭英只好苦笑:"他帮我?什么时候钟鼓楼又敲起钟打起鼓来,许差不离!"

但因为第一轮的四盘热菜端上了桌,大家的注意力自然被吸引到了菜盘上,七姑发动的攻势便未能取得更强烈的效果。

路喜纯为他们提供的第一轮热菜是:炒木樨肉,茄汁肉片,葱爆羊肉,海米菜花。彼时卢宝桑已经独喝了两瓶啤酒,两杯白酒,早已觉得冷盘下酒不够滋味,所以四盘热菜刚放定,他便一筷子戳进首先相中的茄汁肉片,因用力过猛,竟把那油腻的番茄汁弄得溅起老远,有一滴不偏不倚,恰落在表姐夫的袖口上。那表姐夫在席上本已烦腻不堪,面前的小盘中堆满了主人夹送的食物,他吃得很少,酒更是一滴不沾,只想着何时才能退席,求得在另一屋中与宴的爱人谅解,早点归家;他偏又是个极讲究穿戴的人,这天穿的一件"麦尔登"呢料上装,是才从服装店取出不久的新衣,他落座后主人几次劝他脱下这外套,但他考虑到里面穿的是件全毛高级粗线织就的素白毛衣,更不经脏,所以屡次申明"不热,不热",没有脱;他吃菜时拈夹、运送和咀嚼都十分小心,除了维持一定的风度外,保证不弄脏外套也是原因之一;没想到旁边的卢宝桑一筷子插进菜中,偏把带油的番茄汁溅到了他衣袖之上——他不免"啊呀!"一声,满桌的人不由得都把眼光集中到了他那儿。七姑首先响亮地表示同情:"哟——这是怎么说的,好好的上等毛料,怪可惜了①的!"表姐夫想发作,究竟碍于情面,一时没有发作出来,只是抻着弄污的衣袖,皱眉发愣。这时候卢宝桑千不该万不该地掏出了他自己那块又皱又脏的手绢,猛地伸到表姐夫的衣袖前,"迅雷不及掩耳"地把那污渍一擦,并且嬉皮笑脸地说:"对不起您啦!您宰相肚皮里能撑船,甭跟我一般见识!"七姑当即尖叫了起来:"哟——这不把那油全渍进去了吗?更难洗净啦!"表姐夫满脸紫涨,不由得恨了卢宝桑一眼,但究竟不好为这件事当众发怒,少不得强忍一时,转过脸对主人说:"算了吧,算了吧……"薛纪跃这时忍不住对卢宝桑说:"宝桑你也别太那个了——菜还多着呢,你急个什么呀!"薛永全也微笑说:"宝桑兄弟留着点胃口吧,好菜还在后头哩!"卢宝桑不光两片嘴唇闪着油光,连脸上、额头上也油晃晃的——原来他已经吃得出汗,他满不在乎地又夹了一筷子茄汁肉片,边咀嚼着边说:"你们有多少菜我也吃得下,谁让爹妈给了我一副好下水哩!"说完又扭身缠着王经理,让人家跟他划拳。王经理

---

① "了"在这里要重读,并儿化——"了儿"。

只觉得他活像马戏团的小丑,不过主客双方都已举杯互敬几巡,似乎也没有再多的话好说,喝闷酒到底无聊,于是便点头应允。别人尚未反应过来,他二人便"三仙寿呀,四喜财呀,六六顺呀,八匹马呀——"大呼大叫地拇战起来。表姐夫觉得场面实难忍受,推说去看看两个孩子,离了席;七姑正待向薛永全甩出新的"闲话",孟昭英等端来了第二轮热菜:宫保肉丁,清炖狮子头,赛螃蟹,蘑菇油菜(按"蘑菇菜心"的菜谱做的,因没那么多菜心,所以大菜叶也用上不少)。这四样菜的色彩配搭得更加巧妙:酱红、粉白、嫩黄、碧绿。七姑本想再挑点眼儿,一看,一尝,便也不由得打听:"这掌勺儿的是哪个灶上的?"薛大娘忙答:"虽是个年轻的,可跟同和居的红案学过,手艺还过得去——这还都是肉菜,一会儿上鸡、鸭、鱼,您再看看怎么样。"薛永全补充说——也兼道歉:"今儿个没上海味,如今好的淡菜太贵,次的买来又不值当,不如把鸡、鸭、鱼、肉侗弄好了实惠。"七姑倒也通情达理:"山珍海味咱们玩不起,能把鸡、鸭、鱼、肉侗弄好就不赖。"

潘秀娅趁满桌的人都没往他们这儿看,贴拢薛纪跃耳边,小声问:"表呢?"

薛纪跃朝五斗橱瞅了一眼,屋子毕竟小,生上火炉,摆下宴席就更显拥挤。卢宝桑坐的那把椅子,几乎就紧挨着五斗橱,于是他便也向潘秀娅耳语:"你急什么?能飞了吗?"说时孟昭英恰好进来,他便朝这位嫂子努了一下嘴,潘秀娅会意,便低下头去吃菜。

薛大娘忙活了半天,终于坐下来正经吃上了菜,她正好瞧见了小两口耳语的情景,心中不禁开出了朵花儿。对她来说,一生的艰辛,仅这一瞥中所见,便已报答了许多。

16. 一位不爱搭理人的技术情报站站长。

　　中国的社会习俗,起码直到一九八二年年底,还并不把未经预约地到家里拜访,视为缺乏礼貌。拜访者既往往不以为失当,被拜访者也常常不以为奇怪。当然,这是仅就社会心理的平均状态而言。细加考察,则似乎又与文化水平的高低有关。在农村,农民之间互相串门,是连敲门一类的程序都无须有的,拿脚就可以往门里迈,进屋不用让,不但可以就座,还可上炕。在工人之间,倘是近邻,敲门一类的讲究也可以免去,但一声呼唤却不可少,倘是远造,则势必敲门,但可以敲得"梆梆梆"山响,不必那么文质彬彬地轻叩。一到干部,特别是知识分子,敲门这一环节便不能含糊了,敲得急了、重了,主人会感到不快,敲得小了、轻了,里面没有反应时,下一步如何敲,客人不由得要加以节制——一般是由轻渐重、由短而渐长(一九八三年后,门铃开始渐次出现,到一九八四年,电子音乐门铃渐趋流行,不过按门铃的心情,与敲门无异)。主方听见了敲门声或门铃声,开门前往往还要问:"谁呀?""哪一位呀?"(一九八二年以前,门镜——即可由里望外而不能由外望里的"窥视镜",尚未普及,装上的,多为外国货——或自己有出国机会时,从海外带回,或托亲友从海外购来;一九八三年初始有从日本进口的门镜,约十元一只;有了门镜后,问话自然可以取消。)开门时,也往往先开一缝,看清楚了,才让进来,倘来客是找这家的另一个人,而另一人并不在,则往往申明完"出去了"或"不知什么时候回来",便将门关闭——偶或也客气一句:"不进来坐坐吗?"但客人一看那眼神、表情便都知趣,必答曰:"不啦,不啦。"

随着北京四合院的逐步消亡、居民楼的大量涌现，表面上看，人们的居住空间挨得紧密了，但人们的自然联系也随之淡化，邻居之间大有"老死不相往来"的趋势。客人来造访时，那一扇紧闭的单元门，便缺乏杂居的四合院院门的那种随和感，而显得冰冷无情。

　　且说正当薛家婚宴达到觥筹交错的高潮时，他们那个院的院门前，来了个中年男子。他眼看就要往门里迈步了，却又抽回了脚去，接着，他便在院门外徘徊起来。看见有人骑车过来了，他生怕别人看出他的窘态，遂装作不过是偶然路过那里的样子，徐徐朝胡同另一边走去，但走了一段，却又折了回来……

　　此人五短身材，其貌不扬，但衣衫整洁，戴一顶蓝呢鸭舌帽，一望而知，是个知识分子。

　　他叫庞其杉，是院里张奇林所领导的那个局所属技术情报站的新任站长。为了确定庞其杉是否适宜担任这个职务，前些时张奇林他们局党组有过一次很激烈的争论。

　　庞其杉一九六三年毕业于中国科技大学，今年四十二岁。他一毕业就分配到这个系统从事技术情报工作。他专业外语水平颇高，工作也一贯认真负责，又正当精力最充沛的壮年期，提拔他为技术情报站站长，本没有什么好犹豫的。但他这人有个致命的缺点，就是单位里有一种普遍的反应，说他不爱搭理人。比如，人家在楼道里、甬路上跟他"狭路相逢"，他老远就把眼皮顺下去，及至临近了，不管人家跟他打没打招呼，他竟含含糊糊地低着头跟人家错肩而去；又比如，局里召开某种会议，他去得略早，坐在了那里，别人后去了，坐在他旁边，会议还没开始，按说可以随便聊聊，他却绝不主动同人搭话，别人和他谈话，他只是有问必答而已，显得非常冷淡。因此，他在单位里毫无人望可言，甚至传达室的工友也讨厌他——他在取信时总是默默而进,取完信又默默而出,难得露出一点笑容。因为他不爱搭理人,有人判定他狂妄自大,有人认为他清高过头,总之是思想意识方面存在问题。他早在一九六三年就向党支部递交过入党申请书,自然党支部从未考虑过发展他的问题。没想到到了一九八二年,新调整好的局领导班子做出的首批决定之一,便是提拔庞其杉为情报站站长。情报站一共十一个人,只有三个党员——一位是体弱多病的秦大姐,解放初期的大学毕业生,只懂俄语;另外两位都还不到三十岁,一个是当"工农兵学员"时入的党,一个是参军时入的党,他们的外语水平都比较差,老实说,干这个技术情报工作原比较勉强——总不能单因为他们是党员,就提拔他们当站长吧?由于情报站党员一贯少,所以向来是同其他科室的党员合组一个支部,新的局党委酝酿技术情报站新站长人选时,支部里争论也很激烈,有的支委提出这样的问题:"提庞其杉当站长,是不是意味着我们不久也得把他发展进来呢?他够条件吗?"秦大姐倒总为他辩护:"庞其杉多年来一直还是有入党要求的,过去我们帮助他不够,今后可以改进我们的工作嘛——就算他还不够入党的条件,他担任情报站站长还是合适的。我五十出头了,身体又不好,又只懂得俄文,局限性比较大。庞其杉不仅英文很好,法文、德文方面的资料也能处理,他这些年看的原版书很多,对我们这个领域的发展状况和趋向有鸟瞰能力。所以,我认为我们还是应当把他推到站长的岗位上去。"当局党组听到不少尖锐的反对意见,张奇林也犹豫不决时,他找秦大姐长谈了一次。两人冷静地分析庞其杉的问题,他究竟是怎么回事儿?秦大姐沉吟地说:"情报站的人员调进调出,流动性大,自组建后一直没挪动的,仔细想来也就是我和庞其杉两人。据我多年的观察,庞其杉的这种性格,的确有他那知识分子家庭给他打下的烙印——反正我凭知识吃饭,用不着为什么人折腰,所以清高、孤傲;此外,也有他个人生活道路上一些遭遇的因素,比如,我恍惚听说他在大学时有过一次失恋,痛苦得险些自杀。这些人生的变故可能也促使他的性格变得更加内向、冷化。可是,有一个情况我必须向您指出:庞其杉一旦同你相熟了,他也会变得非常活泼健谈,而且使你出乎意料地感到他非常坦率、非常热心……打个比方说,他好比是一块硬糖,扔到一个水杯里以后,他不会马上溶化,他在很长一段时间里,只能向最靠近他的一些地方,飘散出他的甜味……这个比方不那么准确,但很能说明问题:他的可溶性未必很小,但他的溶解过程却只能是缓慢的、渐进的。除了这种理智的分析,我有时对他的性格还有一种朴素的感性的认识——那很简单,就是我觉得他之所以不爱搭理人,特别是不爱搭理刚刚调进我们情报站的人,不爱搭理外科室的人,不爱搭理不相熟的人,只不过是他感到特别不好意思罢了……从心理学角度上看,是不是有那么一种人——他们未必有多么深刻的道德品质上的原因,而仅仅是出于一种无法排遣的羞涩,从而不能同周围的人融洽相处?"张奇林后来把秦大姐这番话介绍给了党组的其他同志,反应是摇头、哂笑和漠然。弄得张奇林也疑惑起来:能像秦大姐那么去分析一个干部吗?……

张奇林的女儿张秀藻,有时会在全家看电视剧时,忽然问张奇林:"爸爸,在你们党委里头,你是改革派还是保守派呢?"——提出这样的问题并不奇怪,因为在反映当代社会生活的电视剧里,几乎照例总有那么两、三种类型化的干部——除了"改革派"和"保守派",往往还少不了"糊涂派"(或叫"和稀泥派")。张奇林遇到这类问题,往往总是微微一笑,所答非所问地说:"没那么简单啊。"是的,生活本身并不像某些电视剧表现得那么简单。不过张奇林并不想批评任何一部电视剧,他也几乎从未完整地看过一部电视剧。

他倒想看,但他没有那个时间——即使回到了家中,难得暂时地坐到电视机前,也难免不是电话便是人来,把他又引回到繁忙的工作中去。

关于庞其杉是否适宜提拔为技术情报站长的争论,新党委的成员们恰恰是出于改革心切,才决定加倍重视技术情报站的工作,才为站长人选的问题展开了那么激烈的争论。这场争论直到十月份才宣告结束,庞其杉的任命终于被确定下来。

任命宣布以后,出现了微妙的情况:情报站内部的反映——无论持赞同还是持保留态度——倒都并不强烈,而局里的其他部门,又尤其是一些党员同志,却普遍认为这是局里的新领导班子择人不善,他们甚至在机关食堂里吃饭时也议论这件事说:"看吧,情报站这下非乱套不行!"可是一个来月过去了,情报站却不但没有出现混乱,反而比以往更能发挥作用。在一次全局大会上,由情报站向大家介绍国外科技发展最新趋向,庞其杉作为一个"穿针引线"的主持者,先致开场白,又在每一位情报站同志介绍情况前后作引入性与过渡性的发言,最后再作总结发言,使一些颇为深奥、新奇的信息,舒舒服服、清清楚楚地输入到大家的脑中。散场后,一些原来对庞其杉持有不良印象的人,开始发出这样的感叹:"原来他也不是总那么死眉瞪眼……"

可庞其杉在走廊上遇见了人,仍旧不能主动打招呼。就在前几天,在走廊上远远看见了张奇林,张奇林刚想主动招呼他,他呢,却突然拐进厕所里去了——显然,他不但改不了不爱搭理人的毛病,而且,也依然害怕别人仅仅出于礼貌来搭理他。

现在,他出现在了张奇林所住的院子门外。他自己也觉得自己古怪。他已这么大个人了,为什么还不能战胜那连他自己也憎恶的、莫名其妙的羞涩感?正是为了跟自己这种根深蒂固的羞涩感搏斗,这天早上他才故意从家里骑车到机关去,故意钻进传达室里去取信,并且满心满意想用一个微笑、一句随和的话,使传达室的祁大爷多少改变一点对他的固有印象。但祁大爷受够了他的冷淡,怎知他今天内心里的省悟?见他进去了,连眼皮也不睐他一下,管自去干别的,他只好仍旧默默地把自己的信取走,又默默地出得屋去……在他上楼去情报站时(他也确实需要到情报站取一本外文小册子),在楼梯上迎面遇上了行政处处长老傅。老傅主动同他打了个招呼,他先是习惯性地把眼光一挪,随即,他痛恨自己的劣根性难移,又拼足力气将眼光运回到老傅身上,老傅这时已同他错肩,内心里已经浮起了"这个庞其杉呀,真是没治……"的想法,庞其杉却终于从口中呐出了"老傅!"的招呼,并且更直望着老傅的脸说:"您、您星期天还来、来……"老傅倒被庞其杉的这种"反常"状态弄得吃了一惊,略一定神,遂对他说:"我有事呀!今天张局长不是出国吗?我要送他去机场。原来今天一早就出发的,现在改成下午两点到他家去接他了。我再落实一下小车和司机的事。你怎么也来啦?"庞其杉心头这才松弛一点,涨红了脸说:"我、我来取本书。"要不是老傅知道他性格古怪,见了他那表情,非以为是遇上了贼不可。庞其杉为了进一步同自己的羞涩搏斗,便有意又同老傅攀谈了几句。他才知道张奇林这回要去一个月左右,第一站先到西德,然后到法国,再到美国,最后经香港回到北京。

庞其杉从办公室里取出了那本小册子,慢慢往楼下走的时候,心中忽然跳出了一个念头,觉得自己应当赶快去找一趟张奇林——趁他还没有前往机场的时候。他自己也说不清,那必要性究竟是在于他将提出的一项请求,还是在于他对自己性格弱点进行一次强攻。

庞其杉骑车到了鼓楼附近,把车存在了鼓楼前路西的百货商场门口。他进到商场,一顿瞎转,为的是稳定自己的情绪,鼓足去拜访张奇林的决心。他偶然从商场的一面镜子里看到了自己——不禁愧疚、自卑得无以复加。他想:如果我是一个女性,或者是一个瘦弱、纤秀型的男子,那么,我的这种羞涩症也许还能让别人理解,并且自己内心也不至于这样痛苦;可是,我却有着这样一个躯壳:粗矮的身材,微凸的肚子,脸上——怎么说呢?按最冷静、最客观的描述,也只能称为"块块横肉饱胀",是的,一点也不错,尤其眼下的那两块,甚至可以取下来,当作文学家笔下的"横肉"标本,而存入"文学博物馆"一类的地方;谁能理解,谁能相信呢?——这么一个粗笨的躯壳中,竟依附着如此羞赧的一个灵魂!……他在一阵战栗中离开了那面镜子,只觉得身上阵阵发冷。他想到就在前两天,当他在走廊上远远看到张奇林时,还身不由己地一下子拐进了厕所,可是在厕所里他又劈面遇上了另一位同志,人家已往外走,似乎向他点了点头,他呢,惶惑中照例把头一低,擦身而过,往里而去了……

"这是一种病态。"他对自己下判断说,"这就是病。"可是至少在他们局的合同医院里,并没有治疗他这病症的部门。他曾从外文书刊中查找过有关的资料,用以同自己对比衡量,但那除了增添烦恼,并无什么好处——心理症状这个东西,似乎最难以自疗,而必须求助于真正有水平的心理医师的耐心排解,方能消除。说来也怪,他这种病态的羞赧心理,一到家中,一迈进门槛之内,便不复发作,同爱人,同孩子,同来访的至亲好友,他有说有笑,甚至还很有几分幽默;但一走出家门,特别是一来到半生不熟的人们中间,总不免"故态复萌"……

当秦大姐先有意透露给他、随即张奇林在机关找他当面说明,他将被任命为技术情报站站长时,他主要是什么心情呢?谁也猜不透——大吃一惊?受宠若惊?无动于衷?惶惑不安?都不是!他在心里对自己说:"的的确确,我最合适。我知道该怎么部署下一阶段的工作。该给我这种支配权。我能使我们这个情报站以最快的速度获取世界上有关的最新信息,并且及时地加以分析整理,提供给上面用以决策。我能。"他的确能。当他在站里布置任务、指导年轻同志、检查大家工作、组织资料分析、审阅情报资料清样时,他并不羞涩;然而一离开具体的业务,进入到一般的人与人交往活动中,他便手足无措了。人们对此并不能予以谅解,因此反过来影响着他对站内同志的业务领导,以及同局里其他部门的协调;他感受到了,所以他决心矫正自己性格上的畸态,然而,难。

他出了百货商场,在存车处旁边发了一会儿愣,决定就把自行车存在那里,徒步走到张奇林家去。他是担任站长以后,才知道张奇林家庭住址的。他给张奇林往家里发过一封信,提出关于增加情报站编制的问题,张奇林曾大感惊异——不是他那封信的内容,而是他写信的举动。因为,情报站和张奇林的办公室就在同一座楼中,他完全可以去找张奇林面谈,并且,无论是办公室还是家中,张奇林都有电话,他也无妨打个电话,可是他不,他写信。庞其杉就是这么个人,他宁愿写信,而尽量避免面谈,甚至避免打电话——他那大学时期的爱情悲剧,至少从表面现象上看,便是由他这种令人难以理喻的古怪行为造成的。

但是今天庞其杉决定同自己的病态心理搏斗。他知难而进。他终于走到了张奇林家的院门前。那院门旁停着一辆三轮摩托卡。这算什么心理反应?仅仅那么一辆并无生命的三轮摩托卡,便使他突然又羞涩起来——他想,这里面毕竟有着与自己完全陌生的生活,他能蹭进去而不显得古怪吗?而且,他闻到了一股浓烈的烹调气息——他下意识地看看手表,啊,已经十一点多,既未经预约,又临近午饭时间,他这样闯到张奇林面前,岂不是太突兀、太失礼吗?

他都要迈进门去了,又退了出来;他在门口、在胡同中,徘徊了一阵。他看见一个健壮的汉子,从那院门里突然走了出来,不知为什么,显得怒气冲冲,步子踏得很重,双腿倒换得很快地从他身边掠了过去。那是院里澹台智珠的丈夫李铠。庞其杉自然不认识他。可是李铠的出现和远去,却使庞其杉一下子松弛了下来。显然,人们到处生活,到处的人们在生活中都有自己独特的喜、怒、哀、乐,心理上处于不平衡状态的又何尝是自己一人呢?原不必那样自怨自艾。他这才又鼓起勇气朝院门走去。他这才发现院门两边贴着囍字,而且院门前地下布满鞭炮的纸屑。迈进大门以后,他的心一下子沉静无比——他想:我来找老张原是有重要的事啊,的的确确,那件事是重要的,非常重要。

17. 局长接待了不速之客,并接到一封告发信。

"于大夫!有人找你们老张!"

于大夫听见这惊心动魄的一嚷,心里好不自在。

甩着嗓门嚷的是詹丽颖。庞其杉进得院子以后,判定张奇林不会住在外院,走进里院,发现闹嚷嚷的,有一家人正在办喜事,一时也搞不清这里院都有些什么人家,张奇林究竟是居于其中,还是还有第三进院落……他便向恰好在院中穿行的詹丽颖打听,詹丽颖指给他屋门的同时,就那么嚷了起来。

于大夫巴不得快些搬进楼房,原因之一,便是可以避免这种让人"一找一个准儿"的搅扰。她已经叮嘱了张奇林,一定从国外带回电子门铃和窥视镜来,一旦搬进楼房中的新居,他们的第一件事,便是装上那两样必不可少的东西。那时候,自然也不会有詹丽颖式的吆唤传入耳中了。

尽管于大夫隔着门玻璃已经看见了走拢的庞其杉,她还是没有主动把门打开;直到庞其杉停在门前用手指弯敲了敲门玻璃,她才把门拉开,上下打量着这位初访者问:"你找谁?"

庞其杉脸红了,但他背光站着,于大夫并没有发觉,也没有听出他的声音很不自然:"我找张奇林同志……老张……我们张局长……"

于大夫用尽可能和婉的语气说:"真不巧,他马上就要出发,参加一个代表团,到国外去……"

"我知道,我知道。"庞其杉语气变得急促起来,于大夫听了不大高兴,觉得这人未免浮躁。其实庞其杉是在拼命地鼓舞自己——无论如何,这回要坦然自若,要达到目的……他甚而一下子提高了声调:"我知道他下午就飞走。我找他……是有件要紧的事。真的,很要紧……"

于大夫冷笑了。来找老张的人,每一个照例都说自己有要紧的事,她见得多了,其实,有的不过是为了一些鸡毛蒜皮的事情,还有的来谈什么"第三者介入"问题、离婚问题……往往把老张弄得精疲力竭而毫无收益。眼前的这位为何而来?看样子,所谓"很要紧"的事情,无非是职称问题、工资问题、调动问题……于是她淡然地说:"老张一会儿就出发了。你有什么要紧的事,跟别的局领导去说吧。"

于大夫简直就要把门关上了,老张却从屋里走了出来,并一直走到了门前。他从于大夫肩膀上望过去,认出果真是庞其杉后,不禁惊喜交加地说:"啊,是其杉啊! 我听声音像你,果然是你! 请进请进!"

于大夫这才让开,并且把客人交给张奇林,自己拐进了厨房中。女儿张秀藻正在厨房中下面条,问母亲:"谁呀?"于大夫叹口气说:"谁晓得? 你看,有人消息就那么灵通,飞机晚飞半天,也不放过你爸爸,还往我们这儿找。"张秀藻问:"这时候来,留他吃饭吗?"于大夫叹出更重的一口气:"唉,我们两个先吃吧。留不留,看一会儿的形势。"

形势是明朗的——朝着必然留饭的方向稳步发展。

张奇林非常想知道,这个素来不能主动搭理人、宁愿写信也不愿打电话和面谈,并且前几天还在迎面相逢时拐入厕所的知识分子,怎么这时候突然找到了自己家中? 对于局里来的人,张奇林一贯总是单刀直入地问:"怎么啦? 有什么事吗?"但面对着庞其杉,他却压抑住了直接询问他"你有什么事?"的冲动,只是主动给他泡茶,并且先同他闲扯:"你注意到了吧? 我们院子今天格外热闹——有人办喜事。新郎官和新娘子都穿着西装,打扮得很漂亮的……"

庞其杉本等着"你有什么事?"这句问话,没想到落座之后,张奇林仿佛并不以他的突然造访为怪,反把他当作常客似的,扯上了闲篇。庞其杉最不善于应付的,就是这种场面。他在沙发上挺直着脊背,双掌紧贴,插入并紧的双腿之中,望着对面的张奇林,一时竟不知该说句什么才好。

张奇林继续以随随便便的语气同他闲聊,以解除他那不必要的局促:"外面不算冷吧? 北京今年怕又有一个暖冬……我这屋安的是所谓'土暖气',我爱人、女儿她们张罗着弄的,好像效果还好。你要觉得热,就把短大衣脱掉吧……"

"还好,不热……"庞其杉内心里仿佛有两个"我"。一个"我"指着另一个"我",嘲笑说:"你有什么不好意思的呢?难道你是一个小偷,遇上了警察吗?"另一个"我"双手抱肩,仿佛衣衫单薄,不胜寒冷,蜷缩在一处墙角,为自己辩护说:"我确实是无辜的,我自己也不知道为什么……"

张奇林望着庞其杉,在心里不禁感叹道:理解一个人,该有多么难哪!要有一把什么样的钥匙,才能打开庞其杉那性格之锁呢?说实在的,多半就是由于这位庞其杉的刺激,他才到局图书资料室去借了两本书:一本心理学方面的,一本介绍国外"行为科学"的;可是直到现在,他还都只翻过一下前言和目录而已——实在是没有时间……啊,对了,张奇林在心里对自己说:"对庞其杉这样的人,还是应该直截了当地同他谈论他的专业,在那个天地里,他的心理状态才会是最明澈、通畅的……"于是,他便主动跟庞其杉说:"你们最近一期《情报资料》上,关于国外 S. P. 方面研制动向的材料,我感到非常有意思。今天下午我随部里一个团飞法兰克福,我们在西德小作停留,然后经巴黎去美国,到了美国,我一定争取去见识一下你们材料里介绍的那种最新系列……"

果然,一听这话,庞其杉眼睛陡地亮了,他立即接过话茬说:"其实,根据阿尔温·托夫勒在《第三次浪潮》那本书里的分析,我们这份材料里所介绍的 S. P. 系列,依然属于人类'第二次文明浪潮'范畴中的东西——固然,它可能是 S. P. 在这个范畴中所达到的一个巅峰;但所谓人类文明的'第三次浪潮',将改变一切大规模、标准化的系列生产,而导致部分定制或完全定制的'短期'性生产……"

"我注意到了这一点。"张奇林不由高兴地说:"你来得正好,我正想向你这样的内行请教。最近我刚看了两份部里提供的文摘,一份是美国学者米多斯等人执笔写成的、罗马俱乐部的研究报告《增长的极限》,一份就是托夫勒的《第三次浪潮》。我的直感是,米多斯他们所敲的警钟我们不能充耳不闻,但他们的悲观主义是站不住脚的;托夫勒的论述具有雄辩性,很有吸引力,很值得我们参考,但是,他有些论述未免武断,尤其是谈到第三世界发展的部分……听秦大姐说,这两本书你都读过原文版,你能不能把托夫勒对西方出现的所谓'小企业爆炸'的评价,先扼要地给我介绍一下?因为我读的那份文摘,这部分恰恰过于简单……"

庞其杉手也从腿缝中抽出来了,背也靠到沙发上了。他无拘无束地侃侃而谈起来:"我很难冷静地介绍他的观点,因为,我认为他对西方'小企业爆炸'的论述,是再偏颇不过的。首先他的前提就不那么站得住脚——最近我看到一个关于美国企业状况的资料,不错,一九五〇年,美国的新企业才有九万三千个,而一九八〇年却有六十万个;不过,这些小企业在爆炸性产生的同时,也在不断地成批倒闭,一般来说,一年内就要倒闭百分之三十,两年内要倒闭百分之五十,五年内倒闭率竟高达百分之八十……所以,我认为西方'小企业'的生灭是一个相当复杂的经济现象,很难轻率地做出评价……啊,我这样讲不符合您的要求了。好吧,我先来客观地介绍一下托夫勒有关的观点……"

他们就这样,越谈越投机、越谈越融洽了。当张秀藻把煮好的面条端上饭桌、于大夫走过去招呼他们吃面时,他们双方竟都已达到所谓"谈笑风生"的精神状态。

可是一旦从那样的交谈领域里退出,并且面临着被邀与主人同桌吃饭这样的处境,庞其杉立刻又变得惶惑无措了。他从沙发上站起来,笨拙地辞谢着:"不用不用,我不饿、不饿……"

张奇林力劝他吃面,甚而至于去牵他的胳膊,他却死活不吃。

但他这时却突然意识到,他之所以来这里的那最重要的目的,竟仍未能落实。是必须落实的时候了!于是他凭借着刚才交谈中形成的、尚未大量消退的心理顺势,大声地对张奇林说:"张局长,我来找您,实在是为了这么件事——我从外文期刊的广告上看到,今年美国新出版了一本比托夫勒《第三次浪潮》更轰动的书,我问过了几个图书馆,他们都还没有进这本书。您这回去美国,最好先弄到一本——这本书是美国社会预测学家约翰·奈斯比特写的,书名的中文含义是《大趋势——改变我们生活的十个新方向》……"说到这儿,他便从口袋中取出钢笔和一个小本,俯身在饭桌上,把那著者和书名的英文原文写了出来;写完了,撕下那张纸递给张奇林,便边告辞边往外走。张奇林怎么也留不住他,只好把他送出去,送到院中时,张奇林还不住地说:"你看你,吃了面再走嘛,有什么关系呢?局里常有同志来,赶上什么就随便吃点什么……"可是庞其杉竟一径走到院门外了,张奇林只好同他握手告别:"我一定想办法弄到奈斯比特的书。欢迎你以后常来。回国后见!"庞其杉同张奇林握别后,头也不回地快步朝胡同外走去,心里忽然非常轻松,又非常充实……

张奇林转身回屋时,恰好遇上从偏院里出来的荀磊。荀磊一见他就笑了:"真巧!张叔叔,我正要去您家——"

张奇林忙说:"去吧去吧,今天秀藻在家,你们年轻人正好一块儿谈谈。"

荀磊却说:"我们家来客了。要不是有客来,我早给您送去了——"说着,递给张奇林一封信。

给张奇林的信件,一般总是寄到机关;给于大夫的一般也总是寄到医院;张秀藻现在也从学校那里收信。所以,这边的邮递员难得给他家送信——因为院里并没有信箱,邮递员来了,循例在门洞里大喊一声:"信——"(或者"报纸——!")于是要么是荀家,要么是澹台家,便出来个人,先接过去,然后义务地送往各家。

张奇林接过那封信,心里不禁有些纳闷,谁来的呢?除了前不久曾收到过一封刚送走的那位庞其杉的来信,他不记得近年来有谁往这个院里给他写过信。

张奇林回到家中,拆开那封信,一边吃肉末挂面,一边看信,只见信上写着:

张局长:

知道您很忙,但不得不打搅您。您局行政处处长傅善读,在分配统建房屋的过程中,用巧妙的"倒空"手段,卡掉了您局中年知识分子的居住面积,为并非您局的所谓"名画家"洛玑山提供了一套住房,此事不知是得您默许,还是他真的把您蒙在了鼓中?不过,有一点我们是很清楚的,就是您家的客厅中,现在也挂着洛玑山请您"雅正"的"杰作"——所画山水人物固然很美,但同样的构图,这位洛玑山起码已重复过十次;而该人用他的"名画"行贿所得的住房,据我们所知已有三处之多。恳盼您能以爱党之心,克服藏画之癖——自己洗手洗澡,并明察傅善读的所作所为。我们除向部纪律检查委员会揭露此事外,特再专门写信给您,希望您能以党性自律!

出于某种您能够理解的原因,我们在给部纪律检查委员会的信中,列举了具体证据,并署上了真实姓名,而给您的这封信,有关部分却暂付阙如。请相信我们的善意,并请海涵。

致
敬礼!

两个外单位群众
1982年12月11日

看完一遍,张奇林又看一遍。面条吃不下去了,他不由得朝壁上所挂的那幅画望去——那幅装裱得颇为精致的国画,画的是晚唐诗人于濆《山村晓思》的诗意,上面有画家草书的原诗:"开门省禾黍,邻翁水头住。今朝南涧波,昨夜西川雨。牧童披短蓑,腰笛期烟渚。"后面是措辞亲昵的题款:"壬戌晚春为奇林兄却乏走笔玑山抱惭敬请雅正",并在题款后和右下角"计白当黑"处各钤下一方形阴文章和一葫芦形阳文章。这幅画挂上的半年多来,张奇林确从有意无意的凝视中,收到过"却乏"的效果;不错,这幅画是老傅携来的,当时自己竟未能深想,展看之后,欣然地收下了。洛玑山是在宾馆中认识的,很自然地认识的——张奇林在宾馆中参加一个涉外会议,而洛玑山正应邀为宾馆作画——他俩的住房恰好挨在一起,在餐厅进餐时也常常同桌……当然,张奇林并未主动向他求过画,倒不是有什么顾忌,实在是心里并没产生过那样的想法,自己的客厅里挂不挂画本是无所谓的一件事;但老傅把画送来了,也就收下了,也就挂上了,也就时而看看……没想到这里面竟打着埋伏!

"咦,你怎么啦?怎么不吃面,在那儿发愣呀?"于大夫发现张奇林神色不对头,忙过去问,"都是刚才那个庞什么把你搅的吧?怎么又冒出来一封信?面条味道太淡了吧?要不要我给你加一点味精酱油?……"

"啊,不用。"张奇林赶忙把面条几下吃完,把信折起来,放进衣袋中。他镇静下来,换坐到沙发上,抽上一支烟,仰靠着沙发背,微合着眼皮。

"你干脆到床上靠靠。老傅不是两点钟来接你吗?我一点半叫你好了。"于大夫一边收拾碗筷一边说,"反正行李都收拾好了,也就是到时候换换衣服。"

"啊,不用。"张奇林睁开眼睛,振作起来。他和颜悦色地对爱人说:"到了飞机上,有的是时间养神。现在我不如抓紧读一点书。"他站起来,朝里屋走去,走到门边,扭回身来嘱咐说,"我走了以后,你让秀藻把那张画取下来吧,卷起来,暂且搁到柜子里。"

于大夫微微有点吃惊:"为什么?挂在那儿不是很好吗?你怕挂坏了?是听说洛玑山的画儿越来越值钱?可我们又不拿他这幅画儿当存款,挂旧了就挂旧了吧,怕什么?"

张奇林笑笑说:"他这画儿有什么价值!同样的构图,人家说他至少画过十回。你们就取下来吧,我自有道理。"说完,踱进里屋看书去了。

当然,他的心情并不能平静。他打开那本心理学著作,很难读下去。除了内在的原因,外在的环境也使他不能安心读书——院子里,办喜事的薛家那边,传来了一阵更其刺耳的喧哗声。

18. 农村姑娘和城里姑娘为什么谈不拢?

"吃饸饹!"

这顿午饭,在荀家引起了每个人不同的心理反应。反应虽然不同,其强烈的程度却是相差无几的。

郭杏儿到达荀家时,只有荀大妈一人在家。呈现在她眼前的一切,使她吃惊,使她惶惑。原来她朦胧地觉得,城里人一切方面都该比乡下人强;可是踏进荀大爷家门,定睛一看,他们住的房子竟如此狭小,不仅比为枣儿新盖的房子小,就是跟自己家的旧房子比,把里外两间搭上厨房全算上,也远顶不上它们一半大。小还不算,房子的走向也差劲。她不明白荀大爷他们为什么不把房门和窗户开在南墙上,直接通向胡同,使这房子变成北房。置身在城里大爷家的小屋子里,她感觉好多东西跟屋子的比例都不相称,这使她从心底浮上来一种由衷的自豪——所以跟荀大妈没说上十来句话,她就一个劲儿地邀请大爷跟大妈"到俺们家住一阵去"。但落座没有多久,当她观察得更加仔细时,她却又逐渐自卑起来了,因为这屋子虽小,里头的家具摆设,却似乎样样都比她以前所见过的同类东西精致美观。比如她所坐的那张长沙发,就功能、形状来说,对她固然算不上什么稀奇事,镇子上的农贸市场,如今就有人摆出这号"沙发折叠床"在那儿卖;可荀大爷家的这张沙发腿底下有比生核桃还大的电镀球,能毫不费力地拉过来推过去,这可就不一般了;再说沙发面的颜色就跟核桃仁外头那层膜儿似的,透着油亮,手摸着又软和又细腻,上头就跟钉着钉子似的,形成一个一个的窝儿,看着比平绷的面子新奇多了,四边、拐角的地方,全都那么匀称自然,一点不露缝缝钉钉的痕迹……枣儿结婚,闹着也要置沙发,看起来,要置就该置个这样的! 其余的家具,像大立柜、小衣柜、酒柜……也全都比杏儿以往看见过的做工细、模样俊;就连荀大妈用来给自己沏茶倒水的茶具,端过来、揭开盖让自己吃糖的糖盒……也都显得瓷儿细,画儿精,形状俏,色彩美。

"吃点这个糖吧——这叫酒心巧克力!"

接过荀大妈递到手里的糖,低下眼睛一看,分明是条金鱼儿;剥去那支棱着"鱼尾"的糖纸,没想到里头竟是酱黑的——杏儿只知道牛奶糖是最好的糖,好糖都是白色的,越白越好;酱黑就酱黑吧,大妈给的,要痛痛快快地吃——杏儿咬了一口,没想到舌尖上又甜又苦又辣,还滋出了一包子水来,洒在了她的衣服上。荀大妈笑了:"那外头是巧克力,里头是酒,洒出来点不要紧,酒不脏衣!"

杏儿觉得那糖不好吃。她问多少钱一斤,荀大妈告诉她:"四块八一斤。贵吧？你荀大爷跟我也嫌又贵又不中吃，还不又是你那磊子哥买的。你坐的这沙发也是他挑来的，比一般的贵好几十块哩——他如今除了工资，不也还有些个'外快'吗？他搞点子翻译，就是把那外国人写的东西，变成咱们中国字儿，他时不时能得着三十五十的，叫作'稿费'。他每月整份工资都交给我，稿费我就不要他的了；他可是有点大手大脚，自己花钱泼洒不算，家里要置东西，他总让置最好的。他说：贵出来的那部分由他补。他也真那么做了。你不看看他的窝儿么？"

荀大妈便带她去参观磊子哥的房间。推门一进去，杏儿就傻眼了。如果说外间屋给她的感觉，还只不过是比她自己家精致美观，这里间屋可就连比也不好比了，她由惊奇而不快，由陌生而鄙薄。屋子顶棚的犄角上，挂着两个黑匣子，说是什么"音箱"，任凭什么箱也不该那么怪里怪气地悬着呀，何况黢黑黢黑的，多丧气！墙上挂个盘子，已经让人觉着半疯，那盘子上画的也不知道是人是狗、是云是树，东一笔色儿，西一团线线，十足的胡闹！书橱占了一面墙，嚯，那么多书，中国书，洋书。书是好东西，看不懂也知道它们比金银珠宝还珍贵，可那些点缀在书橱里的摆设，可真让人皱眉发愣：一箍节树根，在俺们村只配捅到灶里烧火，磊子哥却把它摆在亮闪闪的玻璃门里，神码子似地供着；一些个石头子儿，俺们村东河滩上一捧一堆，磊子哥却也宝贝似的摆在那儿；还有几件瓷器，方脑袋的牛，怪模样的鹿，瞅上去还只不过是扎眼，那瓷夜猫子怎么能也搁书橱里呢？多不吉利、多不喜幸呀！……

"你猜咱们一会儿吃什么？"杏儿不知不觉之中，又随荀大妈来到了厨房。这厨房盖得倒挺大，而且从里外两间屋都有门通进去，厨房里不但有煤气罐、煤气灶以及做饭的全套家什，也还有地漏以及洗脸池子和洗衣机，并且当中支开了铺着白塑料桌布的圆饭桌，做得了饭可以就在那里吃。杏儿的眼光把整个厨房打量了一圈之后,最后随着荀大妈的声音落在了煤气灶一侧的小柜上——"咱们今儿个中午吃饸饹!专为你来才做的,是你大爷的主意!"

啊,在那小柜上,的确有一架饸饹床子——杏儿走过去一看,心里不由得惊疑慌乱起来。大爷为什么要让俺吃饸饹呢?说实在的,这几年日子越来越好,细米白面早不觉得金贵,棒子面窝头、贴饼子连吃上几顿,枣儿就要嚷嚷起来,娘便赶紧张罗着给他包韭菜鸡蛋馅饺子吃,谁还光吃那荞麦面、白薯面、红高粱面搅和着压出来的饸饹呢?杏儿家的饸饹床子早就撂在仓房旮旯里,几乎被人遗忘了,那铁皮打孔做成的漏子,怕已经生锈了吧?可眼巴巴地找到北京城,进了荀大爷家,他们给自己准备的头一顿饭,却是饸饹!

"你大爷他这是念旧。我跟磊子哥乍一听觉得可乐,细一想就明白了他的心思。他不光是要跟你一块吃饸饹,他也要你磊子哥……跟着吃。你琢磨他那个心劲儿吧……这饸饹床子,是他头几天现做的,你大爷别的优点没有,就有那么两条:心实,手巧……"说着,荀大妈便搁上一团酱色的面,压了起来,并且笑着对杏儿解释说:"不像,是吧?因为找不着白薯面、高粱面,就单用的荞麦面——粮店里买的,如今我们这儿的粮店也卖点杂粮,给居民们倒换口味。一会儿吃的时候,咱们不光拌上葱、醋、蒜……咱们还拌烤羊肉呢,哈……咱们吃荤饸饹!"

杏儿听完这番话,觉得自己一下子完全明白了荀大爷的心思,说到底,这不就是对待如同亲闺女般的儿媳妇的做派吗?疑云飘散,心里大畅,杏儿卷起袖子,挨过去说:"大妈,让俺来吧,俺压得比您好哩!"

荀大妈并不客气,她乐呵呵地说:"杏儿你压得准比我强,你先洗洗手,你就压吧,我再张罗别的去。"

杏儿正压着饸饹,荀师傅回来了。他今天本不想出摊,出了摊也心神不宁,早想收摊回家,可是头天有个顾客修的一双皮鞋,本来说好头天傍晚去取的,荀师傅等他等到天黑,他也没去;荀师傅心想今天是个星期日,人家肯定会去取的,自己要是不去,不把人家涮了吗?宁让别人对自己失约,自己可得对人守信,这是荀师傅做人的准则。于是他早上照常出摊了,十点来钟,那顾客果然来了——顾客喜出望外,并且对荀师傅的手艺连连赞美。他是中央民族乐团的器乐演员,他今晚便要随团外出演出,这双皮鞋他是打算穿到外地去的,现在整旧如新、交件及时,让他如何不高兴!他走了,荀师傅准备收摊,可是又来了一位女顾客,高跟皮鞋的跟扭掉了,能眼看着她一拐一拐地往北边另找修鞋的地方吗?荀师傅便又替她细心地修复加固了那只高跟……

杏儿听见了荀师傅推车进院的声音,她从厨房的玻璃窗往外一望,立即认出了那向往已久的荀大爷。她虽然仅仅从家里的旧相片上见过他,而且是二十几年前的他,可是如今呈现在她眼前的这位长辈,不但那通体的形象,就是一举手一投足,竟也同她在梦中、想象中见到的丝毫不差!她停止了压饸饹的动作,僵立在那里,她心里觉着应当飞跑出去,像叫亲爹那样地迎上去叫一声"大爷",可两条腿却如同灌了铅似的,挪动不开……

荀师傅一进屋,老伴就大声地向他报告说:"杏儿早到啦!你看,她心多实——听她娘说你爱喝酒,好酒一买就是四大瓶;听说我爱吃甜的,奶油蛋糕一买就是仨!还给咱们带来十盒鹌鹑蛋——是杏儿她弟弟枣儿养的鹌鹑下的……你怎么才收摊?快洗洗去吧!杏儿在厨房里压饸饹呢……杏儿呀,你大爷家来啦!"

杏儿这才从厨房里出来,站到了荀师傅面前。她满心满意要表达出最强烈最真切的感情来,事到临头却只是低着头,红着脸,怯怯地叫了声:"大爷!"

她荀大爷呢,本也满心满意要表达出最强烈最真切的感情来,待杏儿真的站在眼前了,却也只是憨憨地说了声:"好呀,杏儿你来啦!"便挪脚走进厨房,洗手洗脸去了。

荀大妈赶紧让杏儿再到沙发上坐下,让她喝茶、吃糖,自己走进厨房,来到正洗涮着的荀大爷身边。她就知道他会问,果然,老伴发话了:"磊子呢?磊子怎么不在家待着?"

荀大妈便压低声音告诉他:"出去啦。跟小冯一块儿出去啦。"

荀大爷知道小冯是什么时候来的。他没想到小冯一到便把磊子勾出去了。他有点生气。他不主张把真相瞒着杏儿,他觉得磊子和小冯应当大大方方地在家里等着接待杏儿。躲避杏儿,便也是看不起他,他容不得。

荀大妈从他脸上看出了他的心思,忙又低声解释说:"是我让他们先出去转转的,是我的主意——我让他们到'烤肉季'买点烤羊肉来,拌饸饹吃。我想着,还是咱们先把磊子有了对象的事,先跟杏儿说了,再让他们见面的好。要是杏儿一迈进咱们家门槛,就瞅见小冯跟磊子在一块儿,没个思想准备,该受刺激了……"

荀大爷便闷声不响,只管用毛巾重重地擦着脸。

当荀大爷在沙发对面的一把藤椅上坐定,点燃了烟袋锅,便同杏儿对谈起来。他们不善言辞,甚至也不善运用表情,倘若这时有一个不知底里的人在场旁听,甚至会纳闷:他们的一问一答何以会那么平淡无味,声调和节奏何以会那样平缓迟慢。然而他们双方的心都像熟透了的豆荚儿,一碰便无保留地裂开,迸出来的都是实实在在的奉献。

听到郭墩子在混乱的世事中病逝的情景,荀大爷的眼睛并未潮湿,只是嘬那烟嘴的时间明显地延长了,而发出一种异样的吧唧声,喷出的烟也似乎更稠更浓……杏儿觉得这比泪水和话语都更让她动心。听到如今杏儿一家的兴旺发达,荀大爷的笑容也仅是浅浅地浮在颜面的皱纹中,他先细细地询问枣儿的婚事到了怎么个眉目,然后,他嘬了好一阵烟嘴,终于下定决心对杏儿明说:"杏儿,好孩子,我对不起你爹,没照应你们。你来晚了点。你磊子哥他如今有了对象了。一会儿你能亲眼见着,你别在意。你就如同我跟你大妈的亲闺女,这儿就是你的家,什么都有你一份,你随便怎么着都成……"他说到这儿说不下去了,便光是吧唧吧唧地嘬烟,眼睛也不看着杏儿,而是望着墙上的年画《娃娃牵桃》。

杏儿的心里一下子沉重起来。她早有猜测,早有预感,并且当她进院时,她简直以为磊子哥今天正好结亲了,可是当她进到屋里,得到荀大妈的热诚欢迎时,当她向荀大妈问到"磊子哥不在家吗?"荀大妈乐呵呵地告诉她:"刚出去,一会儿就回来"时,她也确实又浮现了一些幻想,一些希望。现在,真情实况终于显现出来了,她的心确实有点装载不下。可是,难道她能眼见着面前的亲人,为她而感到罪过吗?她杏儿难道是红桃那样的小人,专算计着往高枝儿上飞吗?

杏儿迅速地镇定下来。她调动起全部的自尊、温情和理智,忽然语气活泼地对荀大爷说:"大爷,您说哪去了。过去俺们两家断了联系,那不是一因为穷二因为乱吗?这回娘让俺来北京,一是为了看望大爷大妈,姐姐哥哥们,二是为了给枣儿置办点鲜亮的家当。俺要不把您这儿当成自个儿家,俺早住店去了,能一下车就奔这儿来吗?磊子哥有了对象,太好了。不是说笑话,要搁在前几年,听见磊子哥成亲,俺们可啥也送不起;如今磊子哥要是办事儿呀,俺们可送得起重礼哩!就是不会挑样子,怕的是不合他的意……磊子哥啥时候办?俺把礼钱撂在这儿,让哥哥嫂子自己去买可心可意的东西吧！……"

　　杏儿的这种表现,倒让荀大爷吃了一惊。他这才把眼光投向杏儿,杏儿确实坦然地向他微笑着。不知怎么的,杏儿这一刹那的形象,映进他的心中,竟使他格外地感到遗憾——他的儿媳妇,本应当就是这样的相貌,这样的脾性,这般地厚道啊！

　　就在这时候,荀磊和冯婉姝双双回家来了。

　　冯婉姝一进屋,立即改变了荀家的气氛。不用别人介绍,她一见到杏儿,便爽朗地走过去,伸出右手说:"你就是郭杏儿吧？我是冯婉姝,见着你真高兴！"

　　杏儿赶紧从沙发上站起来,尽可能地表现得大方自然——可她毕竟不习惯握手,到头来还是冯婉姝主动抓过她的手去,紧紧地握住,摇了几摇。

　　冯婉姝十分放松而声音响亮地叫过了"大爷"和"大妈",便活泼地跑进了厨房,嘻嘻哈哈地从荀大妈手里接过了饸饹床子的压柄,快活地压了起来,一边尖声叫着:"吃饸饹喽！吃饸饹喽！"

　　荀大爷微微地皱着眉,噙着烟嘴。杏儿坐回沙发上,一时不知该干什么。冯婉姝的声音在他们听来,显然都觉着刺耳。突然,荀磊的屋子里传来了一种洪亮的音乐声,那是荀大爷所不喜欢、杏儿所不习惯的西洋管弦乐——俄罗斯作曲家鲍罗丁的名曲《弦乐队夜曲》。那是荀磊和冯婉姝出去前,冯婉姝利用录音机的电脑设备搞的定时选曲,此刻到时应验了,所以乐声大作。那录音机是荀磊从英国带回来的,所以具有那样的功能。乐曲刚一放送,便听到了冯婉姝拍掌欢呼的声音:"怎么样？我说咱们准能赶回来吧？"

　　忽然冯婉姝又跑进了外屋,主妇般地招呼着:"快去入座吧,今天中午可有好吃的！"没等荀大爷和杏儿站起来,她发现了酒柜上杏儿带来的东西,便走过去一一鉴赏。当她见到鹌鹑蛋时,高兴地欢呼起来:"呀!蛋中之王——营养第一!真好看,跟工艺品似的!"当她见到那三盒花蛋糕时,她不禁先倒吸了一口气,然后便一泻无余地高声评论说:"杏儿,杏儿,你的心真实在——城里人哪有这么送蛋糕的啊!这儿没冰箱,今天吃不完,搁着都要搁坏的!"

冯婉姝这时并没觉察到,她的这些言谈举动都让荀大爷不满、郭杏儿难堪。

大家围坐到厨房的圆桌四周了。荀大妈准备了几样下酒菜,可是荀大爷说:"晚上再喝吧。今天中午就吃饸饹好。"大家便都不喝酒,都吃刚从锅里捞出来的饸饹。荀磊要往父亲的碗里拨从"烤肉季"买来的烤羊肉,荀大爷把碗躲开,说:"我不要。我就这么吃,你给杏儿多拨点吧。"荀磊便给杏儿拨。杏儿不看荀磊,只是连说:"够了,够了,俺吃不多。"荀大妈问大家:"怎么样?像不像?好不好吃?"冯婉姝头一个回答,她用热烈的语气赞叹着:"好吃!真好吃!我真没想到会这么好吃!"

这时候那《弦乐队夜曲》才停了下来。荀大爷心里头不那么闹腾了,他只望着低头吃饸饹的杏儿,问她:"你们如今还兴吃棉花籽攥疙瘩①吗?"杏儿抬起头来,点了点下巴。冯婉姝好奇地问:"什么什么?棉花籽也能吃?"杏儿便告诉她:"咋不能吃?把棉花籽和玉米面合着,在锅里煮,煮的时候趁水还没热,用手把它们攥成一疙瘩一疙瘩的,这样煮得就有干有稀了,这就叫棉花籽攥疙瘩。头些年俺们总吃,如今粮食多了,没什么人吃它了。"冯婉姝又问:"好吃吗?"杏儿说:"咋不好吃?吃着挺香的。"冯婉姝还问:"吃着挺香,那干吗不吃了呢?"杏儿低头不答。冯婉姝又问了一遍,荀大妈忍不住了,便对冯婉姝说:"乡下人说香,是饿了找食儿,能进嘴填满

---

① 在这里"攥"要读成 zuǎn。

肚子就算香。那棉花籽攥疙瘩我也吃过,吃的时候倒真不难吃,可吃了它呀,拉不出屎来!"荀磊说:"妈,正吃饭呢,您偏提这个。"荀大妈笑笑说:"小冯偏打破砂锅问到底呗!"冯婉姝咯咯地笑出了声来。

荀大爷的心思却全在杏儿和杏儿她爹她娘身上。他问杏儿:"如今还有人攒树叶吃吗?"冯婉姝忍不住又插话:"树叶也能吃?"杏儿告诉大家:"也还有人攒树叶吃,可那样的人不多了。要吃就吃柳树叶,把柳树叶在缸里泡几个过儿,换它十来次水,去掉苦味儿,捞出来晒干了,存起来吃。吃的时候和在玉米面、白薯面里头,贴饼子、蒸窝窝头吃。粮食不够的时候,树叶也能顶点事儿。如今粮食不紧了,吃的人也少了。有人还吃,只是习惯问题,俭省惯了,苦惯了,舍不得吃净粮食。俺爹在的时候,俺们家就常吃。俺爹要还在,他准还得让俺们多少吃点……"

荀大爷听到这儿,周围的议论都进不去耳朵了。他眼前仿佛又站着当年的战友郭墩子。郭墩子打仗勇敢,可学习上实在迟笨。在识字班里他成绩最差,唱歌也五音不全。可是记得在土改一开始的时候,郭墩子默写那首《翻身歌》,却得了七十八分,错的字比哪回都少;而且,当他粗声粗气地唱着《翻身歌》时,尽管调门不准,听着你是不能不动心的:

> 边区的天是蓝蓝的天,
> 以后的生产大改变。
> 有了房子有了地,
> 吃的穿的不困难,
> 嘿!吃穿不困难!
> 人穷不是天行的穷,
> 清算总账挖穷根,

封建剥削铲除尽。
不要忘了共产党，
不要忘了救星毛泽东！

可是挖去了穷根并没能马上富裕起来。大家都经历了一番周折。荀师傅回想起一九五〇年，他和郭墩子在天安门东边劳动人民文化宫门口重逢的情景。他们都是因为家里劳力不够，又遇上旱灾，收成不好，才跑到北京来找工作的。那时候不少自流进京的农民在天安门广场等着人招雇，他和郭墩子都被在文化宫里举办的一个展览会招为了临时工，白天在文化宫里干活，晚上就睡在文化宫东门外不远的马噶喇庙里。那庙原是清朝的一座王府，后来改为佛寺，正名叫普庆寺。解放初，许多农村来的临时工，晚上就聚在那里住宿，大家你帮我，我帮你。荀兴旺和郭墩子没带被褥，每晚可都没冻着过，总有人主动让他们合睡在褥子上，合盖着棉被窝……后来，大量的农民被北京的工厂和建筑部门招为了正式工人，他们的生活有了一个很大的变化，但富裕的过程依旧还是缓慢的，反复难料的……他们所在的单位，时而扩展、合并、膨胀、跃进；时而收缩、精简、停滞、撤销……荀师傅不禁又回忆起一九六〇年，郭墩子在单位号召工人回乡的情况下，决定退职还乡以后，聚在他家喝酒的情景。那一晚下酒用的是伊拉克蜜枣，吃的是打卤面——那在当时算是盛宴了。关于磊子和杏儿的婚约，就是在那一晚议定的。郭墩子和他都很认真，他们觉得除了这样做，无法表达出他们互相间的兄弟情谊……没想到，自那一别之后，他们竟再也无法聚到一桌喝酒了，而生活在不知不觉之中，竟发生了那么多意想不到的变化……不管怎么说，如今两家人同千千万万家一样，总算也都富裕起来了……唉，郭墩子不该去啊，他要能看见今天的富裕日子，看见杏儿、枣儿如今出落得一表人才，该有多好！哥儿俩再聚在一块儿喝酒,桌上的酒菜,心里的话语,该比以往的滋味香,比以往的滋味醇!……

荀大妈发现老伴神色有点不对头,不由得问:"你怎么啦?"

荀大爷回过神来,淡淡地说:"胸口有点发闷。我歇歇去,你们慢慢吃吧。"他站起身来,特别嘱咐杏儿说:"家来了,你别外道。跟你磊子哥,还有小冯,你们年轻人,说说笑笑的多好。"

杏儿有点着急:"大爷您怎么了?碍事不碍事?"

荀大妈便对她说:"不要紧的。老毛病儿。头十来年前搞'战备劳动'的时候落下的。你大爷这人就是那么个实性子人。当时到火车站卸水泥,打车皮上往下卸的就两个人。在底下扛的倒有十好几个,人家那位卸的悠着劲干,你大爷可心急,他不歇气地一顿猛卸,不到最后一口袋不停手。他们四十五分钟卸了一整车皮的水泥,恰好是四十五吨,合算一分钟就卸了一吨。这么干了个把月,他就犯了胸痛,后来到医院去查,说是肌肉拉伤,治来治去,到今儿也不断根,时不时地发闷,一阵阵地抽搐着疼。他歇歇也就好点儿。"

大家吃完收拾好厨房里的一切,荀大妈便去外屋照顾荀大爷,荀磊遂把杏儿请到他屋里坐。杏儿随荀磊和冯婉姝进了里屋。荀磊请她和冯婉姝坐到单人沙发上,自己坐在一张折椅上。荀磊打开了电视机,为不影响隔壁屋的父亲歇息,他把音量调得很低。那一天的午间电视,正播放卫星传送的第三届世界俱乐部杯(即丰田杯)足球决赛:英格兰的阿斯顿·维拉队对乌拉圭的佩纳罗尔队。荀磊打开电视时,球赛已近尾声,场面显得极其激烈,不时展现的观众席,更像一锅煮沸的粥。

电视对杏儿已不是什么新奇的东西。枣儿就已经买了一台上海金星牌的十时黑白电视机,天天晚上娘和杏儿都到他屋里去看。

村里也已经有一家置备了十四吋的彩色电视机——就是红桃嫁过去的那家。不过,坐在这二十吋的大彩电面前,仔细地观看清晰艳丽的图像,对杏儿来说毕竟还是头一回——可惜那节目一点不合她的口味。她不理解,冯婉姝那么个姑娘,怎么会跟小伙子似的,迷什么足球比赛。瞧她那模样:随着球场上的争夺,她瞪圆了眼睛,双手捏在胸前,嘻开嘴巴,不时发出惊呼和叹息……磊子哥喜欢她,难道就是因为她能跟小伙子似地欣赏足球比赛吗?

节目不好,电视机显见不错。杏儿不由得问:"磊子哥,你这机子真好,是打百货大楼买的吗?"

荀磊便告诉她:"是我从英国带回来的。我工作以前,到英国学习了两年。"

杏儿恍然大悟:怪不得磊子哥这屋的东西,都有那么股子洋味儿。英国……杏儿努力地回忆着学过的地理知识,却怎么也想不出英国究竟在中国的哪边,是个什么样的形状,她单知道英国离中国很远很远。哎呀,磊子哥是出过洋的人了,自己更般配不上,别说人家有了这位对象,就是没有,自己也该收拾起那些个胡思乱想……杏儿生怕自己脸上露出了什么不对头的神色,她定定神,便说:"磊子哥,这英国机子不赖啊,瞅着又真又艳哩!"

冯婉姝插进来告诉她:"这不是英国货,这是'索尼'牌,日本货。"不待她反应过来,冯婉姝又议论道:"日本这个'经济动物'可真厉害!如今他们小汽车赛过了美国,手表赛过了瑞士,音响设备赛过了荷兰,光学器材赛过了西德……你看,到了英国,想买物美价廉的电视机,挑来挑去也还是东洋货!"说到这儿停顿一下,不待荀磊开口,却又指着电视屏幕继续议论说:"看,丰田汽车公司为了扩大他们的影响,舍得花大把的钱搞这么个'丰田杯足球赛'。从电视上看球赛,要是事先没听见解说,你很难判断出这球赛究竟是在哪国举行——因为球场周围的广告,不外总是什么丰田汽车、日立电器、佳能相机、富士胶片……他们的广告真是无孔不入!"

杏儿听了这番议论,不能消化。忽然冯婉姝关掉了电视,顺着刚才的议论说:"赛完啦!底下发奖,没看头——我才不给丰田汽车公司捧场呢!"说着站起来,对荀磊说,"听点好听的吧,声音放低点,别影响了你爸。"自己到厨房去了。

荀磊便开动录音机,用低音量放出了德彪西的曲子《海的素描》。杏儿这才体会到那吊在两个屋角的音箱的功能。不过她觉得这曲子要多难听有多难听。这一切,从录音机到音箱到曲子,肯定也是磊子哥从英国带回来的啦。她觉得磊子哥离自己更远了,因而心里反倒更加安定。

冯婉姝端来了两杯热腾腾的咖啡,她递给荀磊和杏儿各一杯。杏儿也不知那是什么喝的,只是客气着:"您喝吧!"冯婉姝朝厨房摆摆头说:"我也有。你接着吧。"

杏儿接过了咖啡,她不知那是什么东西。荀磊对她说:"这是咖啡,速溶咖啡。给你加好糖了,趁热喝吧。"

杏儿呷了一口。她皱起了眉头。同绝大多数头一回喝咖啡的中国人一样,她觉得不仅难喝,简直恶心。人干吗要喝这号苦水儿?

冯婉姝端来了自己的咖啡,并且端来了三牙切好的花蛋糕,她把装蛋糕的盘子送到杏儿面前,笑嘻嘻地说:"这是你请我们的客。正好用咖啡下着吃。"

杏儿拾起一牙花蛋糕,咬了一口,啊,真好吃!这花蛋糕她也是头一回吃,没想到竟如此好吃。她心里头不由发笑:洋人们也真叫逗,做出的糕点这么好,沏出的"茶"这么糟,怎么偏把这两样东西就合着吃呢!

冯婉姝并不知道荀磊和杏儿"指腹为婚"的事,荀磊打算杏儿走了以后再把这个"秘密"告诉她。冯婉姝因此只把杏儿当成荀家的一位乡下亲戚。一边喝着咖啡,冯婉姝一边建议说:"杏儿杏儿,你给我们讲讲你们村里的事吧。"她确实想通过杏儿知道一些农村里的情况。

杏儿不是不愿意讲,可她实在不会讲。打哪儿讲起呢?讲什么呢?她把咖啡搁在茶几上,红着脸,在腿缝上搓着一双粗大的手,仿佛一个没准备好功课的学生,遇到老师抽查的情景儿。

荀磊便引出话题:"农村实行责任制以后,情况究竟怎么样?"

杏儿一时也答不出来。她很不善于概括。

冯婉姝便快嘴快舌地说:"农民不愁吃穿了,一部分农民富起来,这我们都亲眼看见了——杏儿你们家就是个例子嘛。这方面一会儿再说。你给我们说说问题的一面吧……"

杏儿想了想,便说:"问题有呀。刚把责任田分下来的时候,俺们村就闹了矛盾嘛。有一户他分的地挨着井,他的地老得浇,庄稼长得壮,别人就嫉妒,后来,就有那赌气的人,半夜里跑去,把那口井给填了……"

冯婉姝惊讶得眉毛飞动起来,笑出了声:"啊,有这种事!那后来怎么办呢?井填了,不是大家都浇不成地了吗?"

杏儿告诉她:"是呀。大家伙就再想别的法子呗。这井如今也还没有淘出来。如今大家伙手里钱多了,要钱的也就多了……"

"要钱?"冯婉姝不懂。

"就是赌博。"荀磊帮杏儿解释,"迷信,赌博,这在农村都是难免的。农民手里越有钱,就越难避免——除非不仅让他们有钱,还让他们有文化……"

"对了,杏儿,我问你——"冯婉姝便认真地问,"我从报纸上,获得了两种不同的信息,一种是通讯报道,告诉我农村如今富裕了,农民渴求文化知识的愿望也增强了,他们纷纷把退了学的孩子又送回到了学校去;另一种是'读者来信',农村小学教师写的,他说如今又出现了农民让孩子退学,去抓现钱的动向,感到很着急……杏儿你们村究竟是怎么个情况呢?你给我们输送点第一手信息吧!"

杏儿听不大懂她的问题,她反问,"啥叫'信习'?"

"信息就是传播出来的知识,消息,信号……如今我们人类已经进入了信息社会——"冯婉姝热心地、滔滔不绝地向杏儿讲解起来。杏儿分明并不感到兴趣,只是低头,搓手,勉强地听着。

荀磊从一旁看着这两位同代的少女,心里不禁感慨起来。一个小时以前,他只感觉到她们外在的差异:都可以算是浓眉大眼,但杏儿在顾盼间的神情,总让你联想到农村那艳红的窗花;而冯婉姝的一颦一笑,却让你联想到贺绿汀的钢琴曲《牧童短笛》的旋律。她们的皮肤都偏黑,但杏儿的皮肤是黄中带黑,毛孔粗大,让人一见便意识到那是同农村的光照、沃土、劳作分不开的;冯婉姝的皮肤则是红中泛黑,细腻光润,让人一见便意识到那是得之于水上运动、野足登山……她们的衣着当然更展宽了她们气质上的差异。别的不用说了,就拿她们的毛线衣来说吧,杏儿的是洋红小开领的细线腈纶衫,胸口上有着黄线和绿线绣出的花儿叶儿;冯婉姝的却是紫罗兰掺麻灰、青黛的杂色拉毛高领衫,那高领又大又软,卷在她脖子下面,显得十分潇洒……半个小时以前,荀磊开始明确地意识到她们心理上的差异;而此刻,荀磊又观察出了她们在更深刻意义上的差别。这种差别,也许会酿成尖锐的矛盾……也许最终有一天会正面冲突起来?当然,那不仅是她和她,她们和她们……说到底,那也许是两种文化之间的矛盾和冲突?

的确是这样。冯婉姝尽管属于城市青年知识分子中最能接近低文化劳动群众的人,尽管她因热爱荀氏家庭而"爱屋及乌"地对杏儿充满了最大限度的善意,在眼下输出知识的尝试中却也不由得烦躁起来。她因为杏儿的摇头、咬嘴唇、发愣,而不得不一再地把自己所企图传播的知识范畴加以收缩、简化、浅退……然而,无论是"信息工具"还是"电子技术"这一类词汇,也无论是"比如这电视机就是一部信息接收器",还是"你们农村烧饭的柴禾便是一种能源"这类推衍,杏儿都全然不知究竟何意。冯婉姝的心理状态滑到了这样一种边缘:她究竟还值不值得尊重眼前的这位同代人?她对我们这个民族的未来究竟还该不该持有一种乐观的展望?杏儿呢?尽管杏儿已属于农村青年中最富自尊感和进取心的人,尽管她因热爱荀大爷荀大妈而兼及荀磊并惠及这位冯婉姝,在眼下冯婉姝那没完没了的灌输和时不时插入的"你明白了吗?""懂吗?""能理解吗?"这类逼问面前,她心底里却泛起了一种古老的、难以抑制的对占有知识优势的城里人的一种厌恶……乃至于仇恨。

当冯婉姝用急促的语气又一次提到"电脑"时,杏儿终于按捺不住了。她扬起头,突然截断冯婉姝说:"啥'电脑''猴脑'的!俺就吃过猪脑、羊脑。俺知道那'电脑'有啥用?俺就知道村外野地里还有叫涝稆的野菜,你吃过吗?赶明儿你吃吃去。告诉你吧,吃了涝稆肿脸!"

冯婉姝愕然。

在一旁静观的荀磊虽然有些思想准备,也没想到杏儿突然暴露出了一种村野式的蛮横无礼。

幸好这时候荀大妈走了进来,她招呼杏儿说:"杏儿呀,你累了吧?走,跟大妈那屋歇歇去。我都给你预备好啦!"

杏儿便随荀大妈到了外屋。原来荀大妈已经在屋当中拉了个挺像样的布帘儿,把屋子隔成了两间,那长沙发正好隔在外间,长沙发已被打开成了一张宽大的床,并且已经铺好了单子,搁上了枕头和被褥。荀大妈把杏儿引到沙发跟前,对她说:"杏儿,你睡一觉吧。睡醒了,咱们晚上包饺子吃——你大爷现在胸不疼了,正养神呢,他说晚上吃饺子,咱们今天吃一整天的家乡饭!"

杏儿躺下了。沙发床太软,她觉得不舒坦。荀大妈在枕巾上洒了花露水,她闻着也不习惯。她自己也说不出是为什么,进京的兴奋感突然消失了。她发痴地想念起娘和枣儿来。娘这时候在干啥呢?枣儿的鹌鹑没犯病吧?枣儿啊,你可别忘了给娘沏蜂蜜水儿喝,你可得提防红玉的纠缠……

第 五 章

未

(下午1时—3时)

19. 本书的一个大主角——四合院。

北京还有多少个大体完整的四合院？不知道哪个部门掌握着精确的数字。现在人们开始认识到保护野生动物的重要性，一九八〇年玉渊潭栖落过几只白天鹅，其中一只被路过的青年工人用汽枪击毙，曾引起过公众的广泛激愤。其实，国内野生天鹅的数字，大大高于明清以来建成的四合院的数字，但直到目前，对于粗暴地对待四合院的行为——毫不吝惜地加以阉割、毁损乃至拆除，除了少数研究古代建筑史的专家外，人们似乎大都心平气和。四合院，尤其北京市内的四合院，又尤其是明清建成的典型四合院，是中国封建文化烂熟阶段的产物，具有很高的文物价值。从某种意义上说，它是研究封建社会晚期市民社会的家庭结构、生活方式、审美意识、建筑艺术、民俗演变、心理沉淀、人际关系以及时代氛围的绝好资料。从改造北京城的总体趋向上看，拆毁改建一部分四合院是必不可免的，但一定要有意识地保留下一批尚属完整的四合院,有的四合院甚至还应当尽可能恢复其原来的面貌。如果能选择一些居民区,不仅保护好其中的四合院,而且能保护好相应的街道、胡同,使其成为依稀可辨当年北京风貌的"保留区",则我们那文化素养很高的后人,一定会无限感激我们这一代北京人的。

公元一千九百八十二年十二月十二日,其中薛家正举行婚礼的这个位于北京钟鼓楼附近的小院,便是一个虽经一定程度毁损,有所变形,然而仍堪称典型的一个四合院。

所谓四合院,顾名思义,就是由四组房屋以方形组合而成的院落。没有到过北京四合院的人,顾名思义之余往往会产生这样的想法:这样的院落有什么稀奇呢?岂不单调、寡味?

其实不然。它在方正之中又颇富于变化,在严谨寡淡之中又蕴含着丰富多彩。

即以我们已经迈入并且初步熟悉了的这个院落为例。它是坐北朝南的。这是四合院最理想、最正规的方位。当然,在东西走向的街道胡同中,胡同南面的四合院,不得不采取与它相反而对称的格局,为了使院内最深处的正房成为冬暖夏凉的北房,南墙上往往要开出一排南窗,因而正房后面必有一个窄长的小院;如果办不到这点,或只好以南房为正房,或将挨着院门的一溜北房作为正房,而改变进门以后的院落格局。总之,在东西走向的胡同中,路北的四合院一般总显得比路南的四合院优越。据说当年路北和路南的四合院之间的差价,有时会相当惊人。如果是在南北走向的街道胡同中,或走向不正的斜街中——如离钟鼓楼不远的大、小石碑胡同,白米斜街一类地方,则往往采取这样的盖造法:顺着街道胡同的走向设一个大门,进门以后,并不是四合院本身,等于留出一块"转身"的地方,然后再按东西走向街道胡同的格局,盖出院门朝南的四合院来,这样,里面的房屋便不至于也呈南北走向或斜向了;当然,也有按街道胡同走向盖的,这种四合院的价值,在当年不消说要等而下之了。

我们已经迈入其中的这个四合院不仅方位最为典型,其格局、布置也堪称楷模。如果说整个院落是一个正方形或准正方形,那么,四合院的院门绝不会开在正面的当中,它一般都开在其东南角(如果是与其相反而对称的那种四合院,则开在其西北角)。这院门的位置体现出封建社会中的标准家庭(一般是三世同堂)对内的严谨和对外的封闭。院门一般都是"悬山"式的高顶,顶脊两边翘出不加雕饰的"鸱吻"。地基一般都打得较高,从街面到院门,一般都设置三至五级的石阶,石阶终端是有着尺把高厚门槛的大门,双开厚木门的密合度极高,想透过门缝窥视里面,几乎是不可能的。当年门上都镌刻、漆饰着"忠厚传家久,诗书继世长"一类的门联。门上有门钹(类似民族乐器中的钹,故名。钹钮上挂着叶形的金属片,供来客叩击叫门)。门边往往有一对小石座,或下方上狮,或整个雕为圆鼓形。

明清之际的四合院,一般并不是贵族公卿的正式住宅;看过《红楼梦》就知道,贵族的府邸无论其规模、建制、格局都与一般单纯的四合院有极大的差别;只有当贾琏那样的贵公子要私纳尤二姐时,才会在花枝胡同(此胡同今天还在,距钟鼓楼不过数里)去找一个四合院暂住。一般说来,四合院是没有贵族身份的中层官吏、内务府当差的头面人物、商人、士绅、业主、名流,以及从平民中涌现的暴发户和从贵族社会中离析出来的破落户这类人物居住的地方。有时电影、戏剧和图画中把四合院的院门表现为顶上砌有琉璃瓦、门板上装有"铜钉"(即铜铸圆碗形门饰)、门上装的不是门钹而是狴犴含环,显然都是一种毫无根据的臆想。封建社会等级之森严,也反映在建筑格局的严格规定上,即使是贵族府邸,也不能乱用琉璃瓦和乱用门饰。以清朝为例,它的贵族有亲王、郡王、贝勒、贝子和公五等,而公又分为镇国公和辅国公,辅国公又分为"入八分辅国公"和"不入八分辅国公"。什么是"八分"呢? 就是八种特殊的标志:一、朱轮(所乘骡马车车轮可漆成红色);二、紫缰(所骑马匹可用紫色缰绳);三、宝石顶(官帽上可饰以宝石);四、双眼花翎(官帽上可饰此种花翎);五、牛角灯(可用此种灯照明);六、茶搭子(盛热水的器物,略同今日之暖瓶,可享用此物);七、马坐褥(乘马时可用此物);八、门钉(府门上可饰以"铜钉",而钉数又有细致的规定)。由此可见,并非贵族住宅(至少不是贵族正式住宅)的四合院,其院门上是绝不能饰以铜钉的。

推开四合院的院门以后,是一个门洞,门洞前方,是一道不可或缺的影壁,影壁既起着遮蔽视线的作用,又调剂着因门洞之幽暗、单调所形成的过于低沉、郁闷的气氛。影壁一般以浅色水磨青砖建成,承接着日光,显得明净雅致。影壁上方一定都仿照房屋加以"硬山"式长顶,顶脊两端也有向上翘起的"鸱吻"。影壁当中一般都有精致的砖雕,或松鹤延年,或和合万福(雕出两对蝙蝠张翅飞舞),或花开富贵,或刘海戏金蟾……有的不雕图像而雕题字,简单的就雕个"福"字,复杂点的一般也不超过四个字,而以两个字的居多,如"吉祥""如意""福禄"之类。除了壁心有砖雕,有的四角、底座还有细琐的雕饰,或回纹草,或莲花盏,与中心图案题字相呼应。有的还在影壁右侧种上藤萝或树木,春夏秋三季,或紫藤花开,或绿荫如盖,或秋叶殷红,使人一进院门便眼目为之一爽。

我们所迈进的这个四合院,如今门洞中堆着若干杂物,门洞顶上还吊着一对破旧的藤椅——这对藤椅前面已多次提到,下面还要提及它的主人;门洞前面的影壁,中心的砖雕已被毁损,不过影壁右侧的一株榉树还在，而且已经有水桶般粗、三层楼那般高。

在门洞和影壁的东边，有一道墙，墙上有很大一部分是门；那四扇屏门虽是对开的，但每扇又可折叠为对等的两半，关闭时，便呈现出四块门板的形象；可以辨认出来，当年门板漆的是豆绿色，而每块门板上方，各有一个红油"斗方"（即呈菱形状态的正方形），每个"斗方"上显然各有一字，四个字构成一个完整的意思——如今已无从稽考。从这道门进去，是一个附属性的小偏院，现在为荀兴旺师傅一家所住，南边是两间不大的屋子，北边是里院东屋的南墙，东边则是与别院界开的院墙。当年这个小偏院是供仆役居住的。标准的四合院，一般都少不了这样一个附属性的小院。而小院的院门，不知为什么，绝大多数都采取这样一种轻而薄且一分为四的样式——也许，是以此显示出它在全院中地位的低微，并便于仆役应主人召唤而随时奔出。

从影壁往西，是一个狭长的前院。南边有一溜房屋，一共是五间，但分成了两组，靠东的三间里边相通，现在为京剧演员澹台智珠一家居住，靠西的两间，现在住着另外一家——我们下面还要讲到他们——值得注意的是，有一道南北向的墙，又把那两间房屋及前面的空地隔成了另一个小院，与现在荀兴旺师傅家的小院遥相对应。不过，那墙上的门换了一种样式，现在我们看到的是月洞门（即正圆形的院门；有的四合院则是瓶形门、葫芦门）。这个小院，当年是为来访的亲友准备的，那两间南屋，一般都作为客房。而院内的厕所，当年也设在那个小院之中，一般是设在小院的西北角上。小院的北面是里院西屋的南墙，西面则是与邻院隔开的界墙。

外院澹台智珠所住的三间南屋，过去是作为外客厅和外书房使用的。民国以后，又常把最东头的一间隔出来，把门开在门洞中，并在靠近院门处开一个窗户，由男仆居住，构成"门房"（即传达室）。

里院外院之间，自然有墙界开，而当中的院门，则是所谓"垂花门"。它的样式，一反总院门的呆板严肃，而活泼俏丽到轻佻的地步——它的特点，是在"悬山"式的瓦顶之下，饰以倒垂式的雕花木罩，木罩左右两端的突伸处，精心雕出花瓣倒置的荷花或西番莲；整个木罩的雕刻、镶嵌极为精致，而又在不同部分饰以各种明艳暖嫩的油彩，并在可供绘画处精心绘制出各种花鸟虫鱼、亭台楼阁、瓶炉三事、人物典故……四合院中工艺水平最高、最富文物价值的部分，往往就是这座垂花门。可惜保护完好的高水平垂花门如今所存已经不多，而且仍在不断沦丧。我们所进到的这个四合院，垂花门尽管彩绘无存、油漆剥落，但大体上还是完好的，在相当大的程度上尚能传达出昔日的风韵。

垂花门所在的那堵界墙，原来下半截是灰色的水磨砖，上半截是雪白的粉墙，墙脊上还有精致的瓦饰；现在已经面目全非，不仅墙脊上的瓦饰早被人们拆去当作修造小厨房的材料，整堵墙比当年也矮了一尺还多——七十年代初搞"深挖洞"时，砌防空洞的砖头不够，居委会下命令让各院都拆去了一些这类界墙以作补充。讲究的四合院，这里外院的界墙上，往往还嵌着一些透景的变形窗，或扇面形，或仙桃形，或双菱连环，或石榴朝天……我们讲到的这个四合院，当年也还没有那么高级。

垂花门的门板早已无存——据说当年的垂花门一般也不上门板；垂花门两侧原来也有一对石座，今亦无存；垂花门里侧当年有四块木板构成的影壁（可装可卸），也早已不知踪影；进垂花门后原有"抄手游廊"，即由垂花门里面门洞通向东西厢房并最终合抱于北面正房的门廊——到过颐和园的乐寿堂两厢，便不难想象其面貌，当然，它绝不会有那般轩昂华丽——现在除了北面正房部分的门廊尚属完整外,其余部分仅留残迹,而南面垂花门两边部分连痕迹俱无——"深挖洞"时因烧砖缺乏木料,那部分走廊的木质部分已全部捐躯于砖窑的灶孔之中。

当年四合院的里院,才是封建家庭成员的正式住宅。现在张奇林一家所住的高大宽敞的三间北房,是当年封建家长的住处,当中一间是家长接受晚辈晨夕问安的地方,也是接待重要或亲密客人的内客厅,往往又兼全家共同进膳的餐厅;两边则是卧室。北房一般绝不止三间,我们所进入的这个四合院就有五间北房;不过另外两间一在东头一在西头,不仅比当中的三间较为低矮凹缩,而且由于已被东西厢房部分遮挡,所以采光也较差劲,这两间较小较暗的房屋叫"耳房";有的四合院"耳房"还向后面呈 L 形延伸过去,当年一般是作为封建家长的内书房、"清赏室"(从摩挲古玩到吸食鸦片都可使用)的;讲究一点的四合院,两边耳房外侧又有短垣与外面断开,墙上嵌月洞门或瓶形门,门上并有砖雕横匾,对应地题为"长乐未央,益寿延年"或"西园翰墨,东壁图书"。现在,东西耳房当然都与张奇林家隔断,并且居住着互有联系的一老一少——我们下面也要描述到他们那独特的存在。

一般四合院,也就到此为止了。需要补充的,不过是东西耳房一侧,往往还设置厨房和储藏室。有的较气派的四合院,正房和耳房后面尚有小小的花园,最后面不是以界墙与邻院隔断,而是有一排罩房代替界墙的作用。我们进入的这个四合院,并没有罩房,而且与邻院隔开的界墙,仅与正房相距二尺而已。

当年四合院的东西厢房,是供偏房,即姨太太或子女孙辈居住的。当儿孙辈绵绵孳生,一个四合院已居住不下时,则只好另置新院移出一房或几房儿孙,不然,只能把外院的南屋也统统辟为居室,将就着住了。四合院的所谓"合",实际上是院内东西南三面的晚辈,都服从侍奉于北面的家长这样的一种含义。它的格局处处体现出一种特定的秩序,安适的情调,排外的意识与封闭性的静态美。当年里院有大方砖砌出的十字形甬路,甬路切割出的四块土地上,有四株朱砂海棠——如今仅存一株,而且已大受损伤;不过,后来补种了一株枣树,现在倒长得有暖瓶般粗了。在正房的阶沿下,当年在石座上有两只巨大的陶盆,里面种着荷花。沿着"抄手游廊",点缀着些盆花,吊着些鸟笼。如今这类画面也都消逝殆尽了。

我们已经知道,如今西屋靠北头的两间,住着正在为小儿子办喜事的薛家,南头那一间呢?门时常锁着,那位女主人并不每天回来,她另有住处。而东屋北头的两间,住着那位说话永远聒噪夸张的詹丽颖。南头那间住着一对年轻的夫妇,他们都是工厂的工人,这天上早班去了,所以暂且锁着屋门。

为了获得一个对今日这个四合院更准确的印象,我得提醒读者,几乎每家都在原有房屋的前面,盖出了高低、大小、质量不同的小厨房;而所谓"小厨房",则不过是七十年代以来,北京市民对自盖小屋的一种约定俗成的称谓;它的功用,越到后来,便越超过了厨房的性能,而且有的家庭不断对其翻盖和扩展,有的"小屋"已全然并非厨房,面积竟超过了原有的正屋,但提及时仍说是"小厨房";因为从规定上说,市民们至今并无在房管部门出租的杂院中自由建造正式住房的权利,但在房管部门无力解决市民住房紧张的情势下,对于北京市民自六十年代末、七十年代初掀起的这股建造"小厨房"、并在七十年代末已基本使各个院落达到饱和程度的风潮,也只能是从睁一只眼闭一只眼到心平气和地默许。"小厨房"在北京各类合居院落(即"杂院",包括由大王府、旧官邸改成的多达几进的"大杂院"和由四合院构成的一般"杂院")雨后春笋般地出现,大大改变了北京旧式院落的社会生态景观。这是我们在想象今天北京的四合院面貌时,万万不能忽略的。

我们所进入的这个四合院,目前除了张奇林家通了自用的自来水管外,其余各家都还公用一个自来水管,它的位置,在垂花门外面的西侧。进入冬季以后,为了防止水管冻住,每次放水前,要先把水管附近的表井(安装水表的旱井)盖子打开,然后用一个长叉形的扳子,拧开下面的阀门,然后再放水;接完水后,如果天气尚暖,可暂不管,以便别家相继接水;到了傍晚,或天气甚为寒冷时,则必须"回水"——先用嘴含住放水管管口,用力吹气,把从管口到井下阀门之间的淤水,统统吹尽(使淤水泄入到旱井中),然后,再关上井下闸门,盖上井盖,这样,任凭天气再冷,水管也不会上冻了。对于当今这样用水的成千上万的北京杂院居民来说,这里所讲述的未免多余而琐屑,但是,几十年后的新一代北京居民们呢?如果我们不把今天人们如何生活的真实细节告知他们,他们能够自然而然地知道吗?即如仅仅是六十年前的北京,我们可以估计出来当时许多居民是买水吃的,但那卖水的情景究竟如何呢?可以方便查阅到的文字资料实在很少,我们往往需要通过老前辈的口传,才得以知晓其细节的。当年在北京卖水的大都是山东人,聚居于前门肉市街一带(那里的水井多且水质好),除了用小驴拉木质大水车往远处卖水外,还有用小木推车在近处卖水的。小推车两边各挂一只木桶,前面还有一副对联:"一轮明似月,两腿快如风。"最有趣的是横批:"借光二哥"。为什么不写"借光大哥"呢?因为都是山东人,忌讳"武大郎"。了解了这些细节,当年北京市民的生活图景,便凸现在我们眼前。我们从中所体味到的,绝不仅仅是当年人们的生活方式,而是一种特定的文化发展阶段的剖面观——是的,我们对"文化"这个词汇的理解应当超出狭义的规范,实际上，一定的生活方式，它所具有的所有细节，便构成一种特定的文化，不仅包括人们的文字著述、艺术创作，而且包括人们的衣、食、住、行乃至社会存在的各个方面。

现在我们走进了钟鼓楼附近的这个四合院，我们实际上就是面对着二十世纪八十年代初北京市民社会的特定文化景观。对于这个院落中的这些不同的人们的喜怒哀乐、生死歌哭，以及他们之间的矛盾差异、相激相荡，我们或许一时还不能洞察阐释、预测导引，然而在尽可能如实而细微的反映中，我们也许能有所领悟，并且至少可以为明天的北京人多多少少留下一点不拘一格的斑驳资料。

生活，在这个小院中毫无间断地流动着。一九八二年十二月十二日这一天已经进入了下午。我们已经认识的那些人物远未展示出他们的全部面目，而新的人物仍将陆续进入我们的视野。世界·生活·人。有待于我们了解和理解的真多啊！

20. 一位女士的罗曼司。她为什么向一位邮迷要走了一枚"小型张"？

詹丽颖怀着一种沾沾自喜的情绪，离开了她的住房。对面薛家又来了许多贺喜的人，屋里已经装不下，有的只能簇拥在门口，门内传出阵阵哄笑的声音。詹丽颖轻快地走出了院门，院门外，三轮摩托卡已经开走，但又架满了一溜自行车。詹丽颖朝胡同外走去，她往位于鼓楼前大街东侧的"春茗茶庄"而去，那茶庄在方砖胡同和帽儿胡同之间的街面上，紧挨着大华玻璃商店。詹丽颖说是去买茶叶，其实，那不过只是一个脱身的借口——她是有意让嵇志满和慕樱两个人单独在一起聊聊。

詹丽颖自摘掉"右派"帽子之后,早就时不时地自充"红娘",揽管这一类的闲事。有管成的例子,有先管成后闹散而管不起的例子。不管哪一例,在詹丽颖来说,都能从中获得一种心理上的满足——她不把自己那过热的心肠和过剩的精力投入到这类无私地为别人牵线或调解的活动之中,便简直活不下去。这也许是她的一种天性。

给嵇志满介绍对象,对她来说可绝非"管闲事"的性质。嵇志满是她大学时的同学,虽然不是一个系的,但在周末舞会上一起跳过舞,颇为熟识。嵇志满毕业后分配工作不佳——到中学当了一名数学教员。后来他们各有各的命运,双方近乎相互忘却。这两年他们才又挂上了钩——詹丽颖找他,原是为爱人调动的事,找他打听一下北京中学里是否确实缺乏外语师资;嵇志满对詹丽颖的出现淡然处之,詹丽颖却对嵇志满仍旧独身无家的境况大为惋叹,于是她不管嵇志满主观上是否有那种要求,热情得有如"东来顺"里涮羊肉的特号火锅,积极地给他介绍起对象来。她很快便发现,前些时换房换到这院西屋的那位慕樱女士,便是最值得与嵇志满撮合的理想伴侣——尽管慕樱离过婚,但她并无老人、孩子的牵挂,本人也是受过高等教育的知识分子,目前在一个国家机关的医务室当大夫;看上去那形象颇有点像当年的电影明星王丹凤,穿着极为雅洁脱俗,稍加接触,便觉得她性格也温柔可爱;她因现在独身一人,不愿为生火做饭浪费光阴精力,所以时常就在单位食堂就餐,在医务室中就宿,她在这院里的那间西屋,经常是"铁将军"把门;她既是新近迁来,又不常回家,所以院里的人们对她几乎都不熟识,惟独号称"见面熟"的詹丽颖,不仅当人家回家时毫不客气地跑去串门,更几次把人家生拉硬拽到自己家中作客,结果在詹丽颖的主观意识上,她与慕樱已堪称"一见如故"。

当她兴冲冲地找到荀志满,不歇气地一连鼓吹了半个小时的慕樱,终于因口干舌燥而停下喝茶时,荀志满不由得一边握着圆形梳子梳理着稀疏的头发,一边提出了一系列问题。他提问的语气和节奏是平缓迟慢的,詹丽颖的驳辩却激昂急促——

"你说她那个姓,不是穆桂英的穆,而是羡慕的慕,怎么姓得这么怪?她要姓慕容,叫慕容樱,倒还可以理解,《百家姓》上有慕容这么个复姓……"

"唉呀,姓名不过就是个符号嘛。坐标系的横轴为什么非叫XX′,竖轴非叫YY′呢?"

"她为什么同她那丈夫离婚呢?她原来那丈夫,是干什么的?"

"据她自己说,确实是因为双方性格不合——那是个狂躁型,打过她的。明白了吗?打人的!她那原来的丈夫在一个街道医院的药房里管发药。他俩是好说好散的,孩子她让给了男方。"

"这位慕樱女士一定是位眼光很高的人物。我不过是个穷酸的中学教师,怕很难进入她的视野。"

"你干什么妄自菲薄?你现在已经是名牌中学的三级教师,怎么还说穷酸?而且,财经学院不是还要调你去吗?你去了,只要开课,把课时上满,评个副教授还不是易如反掌?"

"你知道这件事上我自己兴趣并不大,我在中学待惯了。这间宿舍也住惯了。而且,说到底,我一个人过,也过惯了。"

"可你将来老了怎么办?就退休在这间屋里?!你该找个伴儿了,慕樱是个多么理想的伴侣啊!"

"听你的形容,她漂亮得就跟王丹凤似的……这屋里有镜子,我常照,我知道我自己什么模样……"

"嘿呀!你还不知道我这个人吗?我形容起什么事来,总是夸张的嘛！她哪里真有王丹凤那个水平呢？她只不过是会打扮,头发做得好,另外,眼睛比较大,嘴唇比较富于表情,有那么点神韵罢了！其实就她的个头来说,还有点偏矮呢！再说,你哪里懂得我们女人家看男人的眼光,那种油头粉面的'奶油小生',没有几个女人喜欢！像你这样,个头一米八〇,肩膀宽宽的,脸上有棱有角,男子汉气概十足,就算有点谢顶,才不难看哩！我就知道慕樱她心目中所渴求的,恰恰是你这样的富有成熟感的男子汉……"

"啊呀,你这不又夸张了吗？要是我真那么可爱,你不先要来追求我了吗？你爱人在四川知道了,不得跑来找我决斗吗？"

"你这个人呀,急死人！我不跟你废话了。你说吧,见不见？"

"我想,还是不见的好。"

詹丽颖听到这儿,真的生了气,一摔门走了。

但这只是她头一回去动员的情景。她这个人其实是最不记仇的——何况对于嵇志满也无仇可记。嵇志满不仅于她无仇,而且于她有恩——她爱人调动的事,由于有嵇志满从中活动,越来越有眉目,嵇志满所在的那所中学,数学教员有余而英语教员紧缺,因此同意上面教育部门将嵇志满调到财经学院而接收詹丽颖爱人……原有的热心加上报答的情绪,詹丽颖一而再、再而三地去动员嵇志满,最后嵇志满总算答应下来——这个星期日中午到她家,与慕樱见上一见。

其实,推动嵇志满去见上一见的"原动力",是詹丽颖偶然提及的一个情况:慕樱也是个集邮爱好者。在嵇志满的精神生活中,集邮已经成了极其重要的一块美妙园地。不懂得集邮的人,是很难理解这一点的。

因此,按事先的约定,他到詹丽颖家时,是带着两本集邮册去的——那当然只占他全部收藏的十分之一。那是两本"机动册"——即专门用来与别的爱好者交流的。一册插着挑出来供鉴赏的邮票,另一册插着专供与别人交换的邮票。

詹丽颖为组织这次会见,头一天便去西单绒线胡同的四川饭店装回了一只樟茶鸭子,储入了冰箱,并制成了一大钵火腿沙拉。她为这天的午餐,拟定了一个"中西合璧"的食谱:先上一道奶油番茄汤,她冰箱中有奶油粉和番茄酱,到时候一调一烹即成;随后上火腿沙拉,大家喝"味美思"酒;然后上热好的樟茶鸭子,用盘子上米饭,叉筷并用;最后,她还每人供应一份自制的水果冰激凌。因为这一餐菜肴大都早已是成品和半成品,所以她早上得以"懒起画蛾眉,弄妆梳洗迟",并且还有参与薛家迎亲事宜的闲心。当嵇志满和慕樱二人先后悄悄来到她家以后,她手脚麻利地几下就开出这顿别具风味的午餐——当中她还点缀以泡菜,并且更以多余的热情和精力,端出一盘跑到对门婚宴上去增添了一点花絮。

席间嵇志满和慕樱都由衷地赞美詹丽颖对这一餐的精心设计。慕樱由樟茶鸭子说到饮食疗法,提及前些时在崇文门大街"蜀乡餐厅"新添的滋补膳食,所谓"食借药力,药助食威";她极为内行地闲闲道及了诸如白果排骨、杜仲腰花、枸杞雪花鸡、香砂牛肉丝……的滋补对症;嵇志满则由广东人入席也先喝汤后吃菜、与西餐程序相靠,说到近代史上西方生活方式——实质上也就是西方文明——的逐步渗入,由此又论及所谓"西学东渐"所遇到的"合理反抗"和"无形消融",以及通过大胆、主动吸收西方文明的精华,在强健、发展我们民族固有文明的基础之上,出现一种崭新的中华文明的可能性……詹丽颖看着、听着、张罗着,心想:"这不是最最理想的一对么?真是天作之合!"及至餐后喝咖啡时,不用她引导,嵇志满便与慕樱坐拢一处共同鉴赏议论邮票的情景一出现,她便借口家中没有茶叶了,需要立即外出采购,飘然引去。

其实詹丽颖所获得的印象,全是错觉。她这人一生不能知己,更不能知人。

她对慕樱的了解,严格来说,几乎等于零。

慕樱是怎样一个人呢?

凡知道慕樱底里的人,大率分成尖锐对立的两派,一派视慕樱为时代潮流的峰尖人物,觉得她的头上几乎有着一个灿烂的光环;另一派则视慕樱为不齿于人类的狗屎堆,一提及她的事情,便怒不可遏。

慕樱的出现,以及知情者围绕她所产生的激烈争论,的确是北京当代社会生态景观中万万不可忽视的一隅。

也许将来的北京人,对她这样的人物不会觉得有什么新意,并且丧失了争论的兴致和必要;但是,他们至少应当知道,这一切究竟是怎么曾经从波层下面,涌升到浪尖之上的。

慕樱原来不叫这个名字。她出生在南方一个僻远的小镇上。一九五八年春天,正当她即将中学毕业的时候,她在报上读到一篇几乎占据一整版的通讯。通讯介绍了一位那个时代的英雄人物——抗美援朝战争中的残废军人,拿出自己的全部复员费,白手起家,在北京一条胡同中办起了一个街道工厂。他领导着一群原来的家庭妇女,和一些街道上的残疾人,生产出了极其有价值的产品,放了"卫星"。慕樱永远记得她头一回读到这篇通讯的情景,那是午休的时候,在校园中的一株老桑树下,熟透了的桑葚偶尔落到报纸上,留下一些殷紫的印迹。通讯写得好极了,用了散文诗般的语言。配合通讯,登出了那位英雄的照片。慕樱久久地望着那张照片,她毫不犹豫地生出热烈恋慕之心。她是校广播站的广播员。下午两节课后的"听广播时间"里,她向全校师生朗读了那篇通讯,朗读中她的眼泪几次落到报纸上,与那桑葚的印迹混在一起。她那天的声音特别富于感情,通过她的声音,这篇通讯使不少师生双眼潮湿,深受感染。

那是一个真诚的时代。至今回忆往事,慕樱仍旧寻觅不出自己内心中哪怕是一丝一毫的虚伪。她当晚就给北京的英雄写了一封长信。她先打一遍草稿,修改后又工楷誊抄,临到落款的时候,她署上了"慕英"两个字。第二天早晨上学的路上,她郑重地把这封信投入了供销社门口悬挂的绿色邮箱中。她记得很清楚,因为她那封信太厚了,以至往里投放时不那么顺畅。细细考究起来,她那封信其实是超重的,她没有贴足邮票——然而邮局并未退还给她……她一生的命运,竟从此出现了一个巨大的转折。

十天后她收到了英雄的来信。信很短,但内容非常扎实。体现出了英雄的谦逊热诚以及对中学生们的关怀鼓励。因为她去信时在信封上写下了自己家庭的住址,所以这封寄给"慕英同学"的回信准确无误地到达了她的手中。她立即把信拿到了学校——她记得,跑向学校的中途,她因为过于激动,竟摔了一跤。英雄的回信当天便被公布在了黑板报上,构成她家乡那所中学历史上最为轰动的一件事。

由此她同北京的英雄保持了通信联系。不久,报纸上登出了关于那位英雄的第二篇通讯。还是原来那位记者写的。依旧是散文诗般的语言,但更细腻也更动人——大约因为英雄的主要业绩上次已经写完,这回主要是写他如何克服个人生活上的困难。尽管通讯也写到周围人们对他的关怀照顾,但给慕樱印象最深的,却是他晚上回到家里,自己给自己缝补衣衫的细节——因为他左眼残废,右眼视力也不佳,引线穿针常常要重复几十次上百次才能成功……仅仅这一个细节,就足令慕樱时时在眼前幻化出英雄那既令人崇拜又令人怜惜的形象,她自然而然地在下一封信中向英雄表示：她愿飞向他的身边，照顾他的生活，并贡献出她的一切。

她没有想到英雄会很快地给了她那样一封回信——约她到北京见面。她吃了一惊，因为她本以为自己不配。绝对不配。然而她去了。家里人和母校的代表把她一直送到了百里以外的火车站，在一种腾云驾雾般的感觉里，她抵达了北京前门火车站，在站台上等着她的是报社的编辑和那位写通讯的记者。她最早的一封信本是寄给报社，由报社转给英雄的。现在英雄把接待她的事宜也委托给了报社。

她觉得自己在幸福的海洋中游泳。绚丽的印象纷至沓来。住招待所，瞻仰天安门，参观那家出名的街道工厂，出席"城市人民公社"的一个赛诗会……对她来说都是崭新的人生体验。当然，最高潮是与英雄的会见。英雄对她一见钟情。尽管她刚刚十八岁，尽管她户口还在外地，尽管英雄比她大了整整十二岁……英雄向她正式求婚，她毫不犹豫地应允。于是，一路绿灯——房管所立即给英雄换了最好的房子，她的户口顺利地转到了北京，报社和工厂联合为他们举办了隆重而光彩的婚礼；而婚礼后的第八天，报纸上便登出了那位记者所写的第三篇通讯，散文诗般的语言传达出更能撩人心弦的魅力，这回配发的照片上，是她正在英雄身边为英雄缝补衣衫。

她死心塌地地跟英雄过。她感到满足。开头，一些单位请英雄做报告，她陪着他去。她分享着他的荣誉。后来，英雄身上未除净的弹片引起了胸膜炎，住院治疗，她在陪住照料之余，只身应邀到幼儿园、小学校一类单位，代替英雄做报告，她简直是独享了他的荣誉。英雄得到了最好的治疗，康复回家了。英雄虽然一目失明、身有残存弹片，并且一条腿稍跛，但体质仍然相当健壮。不久他们有了儿子。国家进入了三年困难时期，相对来说，他们并不怎么困难。他们享受着一定的特殊照顾。生活好像永远会那么幸福而平静地流淌过去。

但是,她逐渐产生了继续学习的想法。英雄真诚地支持她。孩子送进了街道托儿所,破格地提前享受了全托。她被保送到了医学院。然而,万没有想到,在医学院里,她的生活由渐变到突变,又有了一个惊人的转折。

回首往事,她感慨万端。最初,她是学校里最老实、最用功也最受尊敬的学生。她本不是正式考入的,底子薄,理解力一时跟不上,学习非常吃力。在学校里,除了课堂、实验室、图书馆、宿舍,她几乎哪儿也不去。一到星期六下午,她便回家。星期日她准时返校上晚自习。一板一眼,丝毫不乱。

但她终于有了变化。从哪一天、从什么事情上变起的?说不清。或许一切都是从那件紫罗兰色的布拉吉引起的?同宿舍的金鹏鸣,是个上海人,聪敏伶俐,精力过剩。有一天她自己缝制成了一件紫罗兰色的布拉吉,请慕樱替她试穿一下,她好从旁观察,以便进一步加以改进。她俩身高、体态相差不多。慕樱手里拿着讲义,温驯地穿上了,继续背讲义,而金鹏鸣把她转来扭去,不时用别针别住这里、那里。突然,金鹏鸣走远几步,双手在胸前一握,惊叫起来:"慕英——天哪!"慕樱吓了一跳,讲义掉到了地下。莫名其妙之中,金鹏鸣已经把她拉出了屋子,一直拉到楼门口的大镜子面前,激动地朝镜子里指去——慕樱永生永世难忘那关键的一瞥:那是一次震撼、一次启蒙、一次"创世记"、一次"失乐园"——她第一回发现了一个原来隐蔽着的自己!她原来竟可以显得那么婀娜多姿,那么光彩照人!偏巧一些路过的同学好奇地围了过来。金鹏鸣爽性进一步为慕樱调整了短发的样式,并且当场让另一位同学脱下了半高跟皮鞋,让慕樱换上——周围的同学们不约而同地爆发出了一阵欢呼和惊叹……

对于金鹏鸣她们来说,这个晚上一过,这件事便也撂到脑后了。慕樱呢?她似乎也撂在了脑后。她依旧穿她的短衫、长裤、她的带扣襻的布鞋。但她心上却仿佛蹿出了一片春草,那是原来所没有的。回到家里,当她意识到自己在大衣柜的穿衣镜面前有较长的停留时,她脸红了。

隔了很久她才穿上了第一件自己的布拉吉。英雄毫无反应——既没有赞赏也没有皱眉。金鹏鸣为她的那件布拉吉进行了细致的加工。慕樱像小偷一样,跑到楼门口的大镜子面前,左觑右望,证实无人,这才匆匆然而又死死地照了一会儿镜子。

她依然非常用功。同学们也依然把她视为一位特别值得尊敬的同学。

又是一个星期六,金鹏鸣拉她去看一个画展,她犹豫了一下,跟着去了。在美术馆里她和金鹏鸣走散了。她竟颇为惶惑。结果遇上了葛尊志。她当然认识他——他是系团总支书记,经常在系里的团员大会上作鼓动性的发言。他自然也认识她,并且首先表现出对她的尊敬和关怀——他发现她似乎对造型艺术非常隔膜,便陪着她从一个厅到另一个厅细细地参观,结合着对一些重点画幅的讲解,巧妙地向她灌输了一整套的美术知识。出了美术馆,他耐心地把她送到了电车站,并一直看着她上了车,这才离去。

她一幅画也没有记住,却记住了他那天的言谈风貌。

从外人看来,一切都变化得很快。从她自己来说,一切变化都是极其缓慢的、不知不觉的。她有一天在家里,惊讶地发觉,她头一回受不了英雄嘴里的蒜味,而他从来都是每餐必吃生蒜的呀。她劝他不仅每天早晨要刷牙,每天临睡时也要刷牙。不知为什么她的语气反常地强硬起来,而他头一回同她有了争吵。有一个星期六她没有回家。金鹏鸣劝她参加学校里的周末舞会——其实以前金鹏鸣也劝过,而这一回只不过是重复以前的话语,并没有采取什么特殊的"勾引"手段,慕樱竟破例地穿着布拉吉去了。她本来对自己说:我坐坐、看看就走。可是她一坐便坐了很久。她为自己以前从不参加这种活动而感到惊奇。当她看到葛尊志彬彬有礼地邀请别的女同学当舞伴,并同那女同学游云般地飘动在舞池中时,她心上生出了一种过去没有体味到的心理。后来她才知道,那就是嫉妒。外系的男同学走过来邀她跳舞,她生硬地加以拒绝,同时感到羞愧。

又一次期考过去,她成绩中平。金鹏鸣塞给她一本美国小说《红字》,劝她"松弛一下"。她一口气读完,不禁格外紧张。她开始自己到图书馆借阅小说。读了《青春之歌》,她再看见葛尊志,总觉得他就是卢嘉川。

回到家里,她感到气闷。她讲的,他不感觉兴趣。他讲的,她也不感觉兴趣。那位记者当年所写的三篇通讯,早已被广大读者忘怀。新的英雄层出不穷。而她丈夫所领导的那家街道工厂,因为产品已无销路,又逢精减潮流,并入了另一家街道工厂,丈夫担任了那个厂子的副厂长,刚一去,就与正厂长闹上了矛盾。

正当她的视野迅猛扩展时,他的光彩却急剧暗淡下来。不是他们自己,而首先是邻居们,开始提出了这样的问题:他们是否般配?他们是否能够长久?

后来爆发了第一次伤感情的争吵。导火线是一桩琐屑而无聊的事。

她故意连续两个星期六都没有回家。她开始觉得往昔的荒唐。她竟愚昧到不能区分崇拜和恋爱,献身精神和满足情欲,阶级情谊和夫妇之乐。她可以让一个思想品质高尚的英雄支配她的精神,她凭什么非得让一个独眼跛腿的粗笨男子占有她的身体?

她在大食堂里勇敢地凑到了葛尊志身边,并且以必被羞辱而不悔的气概,请他陪自己参观一个新的美术展览会。对方既非受宠若惊,也未怫然拒绝,而是近乎漫不经心地应允了。

她同葛尊志来往渐渐频密。她实实在在地爱上了他。

有一天傍晚,她从图书馆出来,突然看见葛尊志同另一位女同学颇为亲密地走在一起,并且顺着甬路朝小树林那边缓缓而去。她的心仿佛被揪了一下。她本能地转到一株大树后面,佯装在那里默诵外语,其实是监视着葛尊志和那位女同学的行动。葛尊志倒背着手,那位女同学手里摆弄着一权树叶,在小树林边上走过去绕过来。似乎谈得十分惬意,那景象在她心中煽起越冒越高的火苗。夜色苍茫中,葛尊志同那女同学终于顺着甬路走了回来,并且在一个小岔道上分了手。她不记得自己是怎样地走到了葛尊志的面前,发出了怎样的质问,并且也不记得葛尊志是如何向她解释的——单记得葛尊志脸上那惊诧莫名的表情,那表情犹如一面雪亮的镜子,照出了她非破釜沉舟不可的处境……她也不记得是怎样把葛尊志引回了小树林,走入了小树林深处,单记得他们两个面对面愣愣地站定后,葛尊志问她:"慕英同志,你怎么了?"她竟陡地扑上去搂定了他,歇斯底里地说:"我要你爱我!我要我要我要……"葛尊志先像化石般僵住,随后便把她的胳膊解开,让她站回去,声音颤抖地说:"那怎么行!那怎么行!"可是,当他们四目电光般交击后,葛尊志却又陡然扑过去搂住了她,吻着她的额头,喃喃地说:"行行行行……"

事情败露了。葛尊志被开除出党,自然不仅革除了团总支书记职务,而且从此中止了他那原本颇为辉煌的前程。甚至还株连到金鹏鸣——她受到团内警告的处分。系里乃至院里的领导轮番找慕英谈话,指出她是受到了腐蚀,她应当立即从迷误中醒悟过来,并使她同英雄的感情"恢复到历史上最高水平"。

这时候已面临毕业分配。突然出现了校方未预料到的局面,英雄主动提出来同慕英离婚——这恰恰是她提出过而校方根本不予支持的请求。英雄毕竟是英雄。至今慕樱还感念他这一点。她不爱他,但她永远尊敬他。是他给了她一个进入更广阔的天地的机会。他们好说好散,孩子给了英雄,她不要。她什么也不要。

葛尊志分了一个最坏的工作——到一家街道医院药房管配药和发药。她分的也好不了多少——到另一家街道医院看门诊。

他们在一片舆论谴责中结合了。她改名为慕樱。他们只有一间小小的住房,经济上相当拮据。但在她来说,失去的毋宁说是沉重的包袱,获得的分明是情爱的满足。不久便开始了"文化大革命"。他们这只小小的爱情航船,客观上不在漩涡的中心,主观上又格外小心地回避,得以较为平稳地向前浮动。他们有了一个女儿。虽说是"贫贱夫妻百事哀",倒也还能不断地"柳暗花明又一村"。葛尊志自己动手,盖起了"小厨房",又打出了满堂的家具。他的那些美术知识,点点滴滴地溶解在了建设小家庭的事业中。邻居们谁也想象不到,他当年曾是大学一个系里的团总支书记,能够坐在麦克风前面,用江河奔腾般的话语,把一年级新生的双眼逼湿。邻居们都说他是"家庭妇男"——连饭也基本上由他来做。慕樱得以有大量的时间读书——都是从熟识的患者那里借来的,当时违禁的西洋古典小说。当葛尊志在院子里为新打成的酒柜上漆时,她也许正坐在躺椅上读没有封皮的《简·爱》;当葛尊志正在厨房中照着菜谱炒鱼香肉丝时,她也许正仰靠在沙发上,手里捏着一本刚读完的《娜娜》,闭目冥思……她确实非常满足,而且是一种开化的满足——包括性生活的满足。慕樱再回想起同英雄度过的那些夜晚,不禁毛骨悚然。谢天谢地,她斩断了应当斩断的,拴系了应当拴系的。

记得是一九七五年初冬的一天上午,慕樱懒洋洋地应付着门诊,当她叫到齐壮思这个名字以后,从门外走进来一个人——她第一眼看到他,便不由眼睛一亮。她过眼的人多矣,而像齐壮思这样的人,还是头一回置身于她视野的最前方。

这是一位六十来岁的男子汉。身材魁梧,五官充满阳刚之气,这倒也还不算什么,最让慕樱一下子产生类似触电那种反应的,是他体态、气度中所体现出的一种尊贵的威严。那是无论那位独眼的英雄,还是葛尊志,以及她所接触过的其他男人,都不具备的。她本能地感觉到,这是一位有着特殊身份的人物——他按说是不应当到这湫隘简陋的街道医院来就诊的……

慕樱早就习惯于那样工作:连头也不抬地问一声:"你怎么啦?"患者还没说完,她便不耐烦地命令:"把衣服解开!"给患者前胸后背潦草地听诊了不足一分钟,不容患者把向她提出的问题说出口,便从消毒杯中取出压舌板,命令患者:"把嘴张开!"然后把压舌板惩罚式地往患者舌头上一压,潦草地用手电筒照照、望望;然后,不管患者是继续自述病情也好,向她询问自己的病究竟是怎么回事也好,求她开出某几种想要的药也好……她一概不听不管,刷刷刷地开上了处方,并且签上了可以猜测为任何符号的名字,"嗤啦"一声撕下来,递给患者;然后无情地对门外呼唤:"五十四号——×××!"

面对着齐壮思,她不由得自觉自愿地改变了既往的作风。她详尽地询问、仔细地听诊,还让他躺到高脚床上——再叩按他的肝脾……并且给他开了各个项目的化验单。

临末了她对齐壮思说:"眼下看来您只是上呼吸道感染……"

齐壮思抬起一双浓眉,问:"还没有转成肺炎吗?"

她肯定地说:"没有。不要紧的。您来得及时。再拖一拖就难说了。"

齐壮思沉稳地向她道谢,出去了……

中午吃饭的时候,她打听出来,齐壮思没有作任何一项化验,他只是取了处方上的药,便离开了医院,而且,他没有公费医疗的"三联单",他是自费来看病的。

她朦胧地期望着他再来看病,他却一直没有再来。然而她终于打探到了他的身份——他是一个经历多次批斗的"走资派",现在还"挂着",目前住在附近他大女儿家中,因为已不能享受医疗上的特殊照顾,也不愿到公费医疗关系的医院露面,所以有了病便抗,抗不过便自己到药房买药吃,实在觉得有可能转成大症了,这才跑到街道医院来自费门诊……

既然他就住在街道医院附近,总该能够遇上他的……在有意与无意之间,一个晴和的冬日里,她果然在一处街角的人行道上与他迎面相遇。齐壮思穿着一件旧损了的黑呢子大衣,脖子上围了一条又厚又长的灰蓝色毛线围巾,仿佛正在无目的地散步……慕樱主动叫住了他,他先是一愣,然后认出了她来。她询问了他的身体状况,劝他还是去进行各项化验,并且关心到他的饮食起居……末了她问他住在哪里,表示自己可以义务地到他家里为他定期进行检查。他蔼然地婉谢了——没有告诉她他的住处,他们便分手了。他们其实什么正经话也没说,但不知为什么,这次邂逅给慕樱留下了不可磨灭的印象。后来回味起来,她竟觉得他们似乎谈了很多很多……

几个月后,出现了"天安门事件"。起初,仅仅是出于好奇,她同葛尊志去天安门观览了那壮丽的场面——他们头一回去时,看到的还仅仅是各种各样的花圈挽幛,还没有出现单纯的诗词。他们的感情与广场上的气氛相共鸣。后来,慕樱自己去了两次。开始出现诗词了,头一批诗词紧扣悼念周总理这个题目,文句上推敲得也比较仔细,看见别人拿着小本抄,慕樱自己也忍不住掏出纸笔,抄录了几首读来最能动情的。她回到家里,把抄来的诗词读给葛尊志听,葛尊志说好。但广场的诗词在那几天里不仅以几何级数增加着,而且迅速溢出了单纯悼念周总理的范畴,开始有越来越露骨地抨击江青、张春桥之流的文字——有的出于激愤难遏,已完全谈不到是诗词,而成为赤裸裸的诅咒。按系统下达了上面的指示——不要再到天安门广场去。葛尊志是出于怯懦?出于麻木?他不再去。慕樱是出于勇敢?出于激愤?她照常去。在这场人民悼念周总理的活动被镇压的前两天,慕樱在天安门广场的人丛中遇到了齐壮思。她点头招呼了他。他便也点头招呼了她。他们不即不离地在广场上转了一周。后来,齐壮思顺着东单方向走去,慕樱尾随着他。当齐壮思拐进正义路街心绿地时,慕樱快步撵上了他。齐壮思微笑地望着慕樱,两眼闪着锐利的光,仿佛要穿透她的心肺。

慕樱把自己抄录的一整册天安门诗词递到他的手中,对他说:"我知道您怕有人专门盯着您,您活动不像我这么方便——您没抄,我差不多好的全抄了,您拿回家看去吧!"

齐壮思接过了她的那个红皮笔记本,坐到旁边的石凳上,从怀里取出老花镜戴上,立即展读起来。她听见他喃喃地赞叹说:"人民!人民!"

可是齐壮思没有读完,便把那个本子还给了她,对她说:"谢谢你——你留着吧。我儿孙们也抄了,也会给我看的。"

齐壮思摘下眼镜,收进怀里,沉思着。

慕樱问他:"可是他们眼里根本没有人民——人民又能怎么样呢?"

齐壮思站起来,依旧沉默着。后来她才理解,正义路边上就是公安部。

齐壮思继续朝东单走去,她随他朝前走,齐壮思终于打开了话匣子。他给她讲哲学,讲历史唯物主义。他的话言简意赅,鞭辟入里,虽然没有实指,却句句都有最具体的针对性。末了他对她说:"不管出现多少艰难曲折,归根到底,决定历史发展趋向的,还是人心的向背。春天到了,花总要开的。"

她怀着昂奋的心情回到家里,葛尊志正在擦他的皮鞋,满屋子弥漫着一股浓烈的鞋油气味。那双皮鞋是他们结婚时购置的,全牛皮,三接头,葛尊志几乎每个星期总要细心地擦拭一番——不管是穿了,还是没穿。明明已经擦得很光很亮,葛尊志却还要一再地用一块不知从哪儿找来的麂皮,细细地一分一分地挪动着揉擦。这情景往日慕樱都能忍受,这天却突然觉得触目惊心,她不由得一进门就责备他:"你怎么搞的?你就没有别的事可干吗?——你知道天安门广场那儿有多少人在忧国忧民,在勇敢抗争吗?你怎么这么麻木,这么庸俗!"葛尊志仍旧耐心地擦拭着,淡然地说:"我怎么不知道。可那又有什么用呢?不是已经通知不让去了吗?你也少去惹麻烦吧!"慕樱激动得一把从他手中抢过了皮鞋,猛地朝屋角拽去……

但是他们没有就那么破裂。个人生活在接踵而来的大起大落、大转大折的社会变化中匆匆流逝……

回顾这以后的那段生活,慕樱越发觉得自己问心无愧。同许多人抨击她道德上堕落相反,她觉得她自己在感情上已完全成熟。

如今她不相信简单的直线式的因果论。一个人是不可能事先拟定好一个既定目标,然后沿着一条直线达到目标的。人们所达到的目标,往往并非他的初衷。决定一个人命运走向的,往往是一批复杂的矩阵因素。混乱中产生出秩序,不自觉中升华出悟性。

粉碎"四人帮"以后,一个炎热的夏日,她匆匆地到王府井大街"中央普兰德"洗染店去取一套衣服。隔着玻璃门,她忽然在人丛中看见了那位英雄,以及他和她的已经长大的儿子,还有一位肥硕的妇女——从三个人一同前行的姿态上,不难判断出她是何人——慕樱心里一阵悸动。多少往事涌回了心头。她热爱过那位英雄,那位独眼、跛腿的英雄。现在他戴着一副墨镜,似乎干缩、伛偻了,走路也更加吃力。她回想起那张使她认识他的报纸,那个历史性的中午,以及那棵大桑树和桑葚在报纸上染出的殷紫的印迹。他们两个谁捉弄了谁呢?……她更久久地注视着她的儿子,我的天,马上就要高中毕业了吧?她竟会有那么大的一个儿子!……都说她心狠,她自己也承认:她似乎缺乏妇女应有的天性——母爱,然而缺乏并不等于没有。她望着那五官酷似英雄的儿子,眼里涌出了泪水。

又有一天,已经入秋了,那时候盒式录音带刚刚流行,街上常有年轻人提着录音机,哇啦哇啦地一路响过来。邓丽君的流行曲,"阿波罗"的电子乐,气声演唱法,电子震荡形成的蛙音……构成了那一阶段的特定气氛。就在那样一种气氛中,慕樱在前门外新大北照相馆门口遇上了多年不见的金鹏鸣。金鹏鸣首先尖叫起来,然后搂住她在人行道上转了一圈。她心里一阵内疚,金鹏鸣为她受过处分,而且影响到后来的分配——可是她还没有开口说出致歉的话,金鹏鸣却已经挽住她的胳膊滔滔不绝地同她叙起了旧来。金鹏鸣把她拉到了"老正兴"饭馆,登上二楼,点了两个上海风味的名菜,同她边吃边聊。原来金鹏鸣现在根本不认为当年出现的事态是灾难与不幸——她笑嘻嘻地说:"对于我来说,他们是把鱼儿扔进了水里!"金鹏鸣毕业后被分到了一个部里的医务室当大夫,这虽然断绝了她医学事业上的前程,却使她获得了相对的清闲与舒适。现在她就要调回上海,与她的爱人和孩子团聚——而且,她父亲,一位上海知名的工商业者,政策得到了落实,她家将重新享有一栋花园洋房,并且已经领到了一大笔"退赔"……她对现实心满意足。她邀请慕樱到上海去玩,全家都去,就住到她们家中,她将在著名的"红房子"西餐馆,请慕樱全家吃番茄葡国鸡与法式烤大虾。她们快活地回忆起大学生活中那些有趣的细节,回忆到那件紫罗兰色的布拉吉,以及金鹏鸣拉着她跑到楼门口去照大镜子的场面……唉,生活啊生活,倘若当年没有那一些偶然的、琐屑的事件,慕樱的性格、心理、情思、向往……是不是会朝着另外的方向发展、变化呢?谁能说清!谁能?

这次重逢的结果,是金鹏鸣帮慕樱调到了那个部里的医务室,由她取代了金鹏鸣的角色。慕樱去报到不久,齐壮思便被任命为那个部的负责人之一。

现在指责慕樱的人,把她形容为一个阴谋家,硬说她之所以"混"入部医务室,是勾引齐壮思的计策之一。实际上确实不是那么回事。然而,慕樱却也认为,就算她确实是冲着齐壮思而去的,又怎么样呢?

一天,晚饭后,女儿到胡同里跟小朋友跳"猴皮筋"去了,慕樱本着上述原则,冷静地招呼葛尊志说:"你坐下,我要好好地跟你谈一谈。"

葛尊志正在收拾碗筷,不经意地说:"谈什么?再说吧——我先把碗洗了。"

"你搁下,一会儿我来洗。"慕樱的表情声调令葛尊志吃了一惊,"你坐下,我觉得不能不直截了当地跟你谈谈了……"

葛尊志坐到她对面,事到临头竟然还懵懵懂懂。

慕樱觉得她自己心里充满了最圣洁最高尚的悟性。她平静而庄重地对葛尊志说:"我不爱你了。我曾经爱过你,我感谢你承受过我也许是过分热烈的爱,而且我永远不会忘记你为我做出的重大牺牲。可是,我现在不爱你了,一点爱情也没有了——"

葛尊志瞪圆了眼睛。这突如其来的打击令他目眩神昏。

"我知道你听见了我这些话,心里一定会很痛苦。可是我要是向你隐瞒这一切,那我就是不道德的……"

葛尊志嚷了起来:"你怎么回事?我怎么你啦?"

慕樱冷静到残酷的地步,继续往下说:"我们都应该冷静地面对现实。现实就是这样:我不爱你了,我爱上了另一个人,非常、非常热烈地爱上了另一个人……"

"你怎么可以?!"葛尊志仿佛被她当胸刺进了一刀,"你怎么干得出来?!你——"

"现在不是可以不可以的问题,而是面对着这个事实,我们应该怎么办?……"

葛尊志粗暴地大吼一声:"婊子!"他的脸先涨得通红,尔后变得煞白煞白,他激动地拍着桌子问:"他是谁?什么人?"

她便冷静地告诉他,是齐壮思。她扼要地把从几年前初次接触起,她对齐壮思的爱情的萌生、发展和达到炽烈的过程,讲了一遍。

葛尊志不能接受这个事实。他像发疟疾般浑身打颤。这几年他感觉到了她对他的情意的衰退,包括她在他怀抱中的性冷感,但是他万没有想到她是在另外爱着一位部长级干部!

"你跟他……上过床啦?"葛尊志瞪视着慕樱,喘着粗气问。

慕樱却从容不迫地回答说:"还没有。我其至还没有正式向他表示。可是我相信他会爱我。你不要那么激动。你要懂得,我对他的爱,主要是一种精神上的爱,超出了一般的情欲,超出了生儿育女,安家过日子……"

葛尊志不等她说完,便伸出手去,重重地打了她一记耳光,并且咬牙切齿地咒骂她:"不要脸!贱货!"

她高姿态地冷笑着,立即站起来收拾手提箱。葛尊志突然扑在桌上痛哭失声。

邻居们闻声赶来,乱哄哄地询问着、劝说着。慕樱觉得这些芸芸众生何足道哉,只是坐着冷笑。葛尊志被人扶着靠到沙发上,只是一阵阵咬牙,羞于如实讲出刚才所发生的事。女儿突然回到家里,看到这意外的景象,"哇"的一声哭了起来。慕樱把女儿揽过去。当她抚摸着女儿头发时,心忽然软了下来——多亏了女儿这根线的维系,她当天没有出走。当晚她支开折叠床,睡在了厨房。第二天她委托同院的一位大妈多多看顾女儿,提着手提箱进驻了部里的医务室。

她在生活中又一次破釜沉舟。这一次她更坚决、更果敢也更无畏。当晚她敲响了齐壮思的家门。齐壮思新搬进那一套住房不久。他十年前就逝去了妻子。他的大女儿一家同他合住。保姆来开的门,慕樱被直接引进了齐壮思的房间,其余的人都没有注意她——几乎每天晚上都有这样或那样的人来找齐壮思,他们无法也无必要一一加以注意。

齐壮思对于她的到来,略略有些吃惊。但他心里还是欢迎的。齐壮思一上任就发现慕樱调到了部机关的医务室工作,他去取过药,随便地坐着聊过十分钟、一刻钟——主要是了解她本人以及她所听到的关于部党组工作的反应,也兼及一些临时想到的话题,如窗台上的蟹爪莲为什么开得不旺？慕樱家里都养了些什么花？等等。有一回部里在外地召开一个大型的会议,他点名让慕樱带着医疗箱也去了。慕樱几乎每天都要到他住房中为他量一次血压——当然也为别的老同志量,但给他量完后,慕樱总要多坐上一会儿,他也喜欢她多坐上一会儿。他觉得她提出的一些意见、建议颇有见地;她欣地捕捉着他言谈话语中那些闪光的哲理……她已经如痴如醉地爱上了他。他呢？他在搞改革,他的精神承载着太重的负荷,他没有时间和精力恋爱……因此也就没有察觉出她那蘑菇云般升腾膨胀的爱情。

然而齐壮思是一个七情六欲都很健全的人,他是一员"儒将"。他的文化修养很高。那晚慕樱走进他的屋子时,他正坐在案前鉴赏邮票!

慕樱难忘那晚陡然闪进她眼帘的镜头:微俯的头颅、浓密的灰发、宽阔的前额、斜柄长方形的放大镜、闪光的镊子、摊开的集邮册……

他请她坐,很自然地请她看他的藏票——她才知道,他早在解放区时就集邮,直到一九六六年上半年以前,大体上没有中断过。但"文革"中抄家时把他的集邮册也一起抄走了,粉碎了"四人帮"后他已将此事淡忘,前些天却突然辗转归还了他的四大本集邮册,这天晚上他还是第一次忙中偷闲地"重温旧梦"。

"小慕你运气真好。你一来就赶上了眼福,"齐壮思慈蔼地对她说,"我这里有的收藏,海内外的集邮迷们都是巴不得坐飞机来望上一眼的……"

慕樱本已觉得齐壮思代表着一个更广阔、更深邃、更丰富、更诱人的世界,在这集邮册面前,她更坚定了这样的信念:她必须进入这个世界、享用这个世界……

她本聪慧，又有爱情作为海绵，短短的一个多小时里，问答谈话之中，她便吸收了大量的集邮知识。

她明白了什么叫盖销票、大全张、小本票、四联票、对开票、小型张、首日封、实际封……

齐壮思原来藏有数张光绪四年中国第一次发行的邮票——"大龙票"，现在集邮册里没有了。显然，是检查者认为"反动"抽出销毁了……她很快理解了齐壮思为什么会频频叹息。

她翻过一通以后，便懂得了什么叫专题集邮——齐壮思所列的专题真有意思，首先，有"艰辛的历程"，用一张张各个解放区的邮票，配合以解放后发行的涉及革命历程和革命圣地的邮票，展示了从太平天国起义到中华人民共和国成立的全过程；其次，有"壮丽山河""艺术瑰宝""体育之光""五彩缤纷"……

她一页页翻着，一枚枚赏着，竟忘了所为何来。

电话铃响了。齐壮思拿起电话，他几分钟后便回到了改革的潮峰之中，搁下电话，他问慕樱："你来，有什么事吗？"

"我要离婚了——"慕樱对他说。

齐壮思不解地望着她。他进入不了情况。部里的工作人员离婚的事他不管。他只是本能地问："为什么？"

慕樱便直望着他，干脆地说："因为我不爱我丈夫了。我爱你。随你把我怎么样，反正我爱你。"

齐壮思明显地一惊，但那只是一种受到意外干扰的反应。他依然不失其固有的沉稳与威严。慕樱爱的就是这种气魄和风度。她恨不得立即把她的嘴唇贴到他的手背——其时齐壮思那只汗毛颇重的、肥实厚重的右手正搁在案子上；他用那只手的手指敲了敲案子，冷静地望着慕樱说："原来是这样。你回去吧。我没有时间和精力卷入这类的事情。请你务必克制一下，不要打扰我。"

慕樱从齐壮思家里出来以后,没有坐车,顶风一直走回了部里。她感激齐壮思的坦率。她理解他的处境。她并不企望他马上做出反应。她跟所爱的和所不爱的都说清楚了,她沉浸在一种自我道德完善的快感中。

几天后部机关里便传开了慕樱闹离婚的事,人们到医务室来看病取药时,表情大都十分不自然。有的女同志竟不但背后戳她的脊梁骨,还当面给她冷面白眼,她却安之若素,服务态度比往常更好。

最后她终于又一次离成了婚。她表示什么也不要。葛尊志倒主动去换房站,用他们那两间房(其中一间是葛尊志找人帮着盖起来的),换成了两处单间的房屋,她选择了现在这个四合院的那间西屋。她觉得自己又一次获得了解放,赢得了自由。

针对单位里许多人对她的訾议,她爽性利用一家刊物组织问题讨论的机会,寄去了一篇系统地阐述她的观点的文章。她坚定地认为:婚外爱情是合理的,爱情的多变性是由爱情这种东西的本质决定的;如果爱情消失了,那么再维系婚姻关系便是虚伪,是真正地不道德;要求爱情专一,是要求"从一而终"的封建礼教的陈腐观念;最严肃、最纯真、最道德的爱情,便是敢于爱自己真爱的,敢于对曾经爱过现在不爱的坦率地说出"不爱",乐于迅速及时地脱离已经没有爱的关系;只要不是强迫性的感情关系,都是合理的,因而也都是道德的;离婚率与再婚率的上升,同居关系的公开化,不但不是"世风日下"的表现,恰恰是文明程度的提高……那篇文章被删去了一半,并显然是作为一种非正确意见"聊备一格"地刊登了出来;她因此收到了上百封读者来信,有一小半是骂她的,其余的都是声援与赞扬。

她在那篇文章里说:"责备爱情的多变,就如同责备世界本身丰富多彩一样。一个关在屋子里不出去的人,他自然只能从狭小的天地去发现可爱的对象;一旦他走出了屋子,来到了田野,他必定会发现更加可爱的东西;而一旦他从平原登上了山岗,视野进一步得到拓展,他又必定会发现更高一级的美……随着视野的扩大、选择机会的增多,人们不断升华着自己的爱情,这是再自然不过的事。问题不在爱情的多变,而在对所爱的对象是否采取了胁迫的获取方式,对所不爱的妻子或丈夫是否能在尊重人格的基础上妥善地解除法律关系……"

慕樱离婚以后,她既不回避齐壮思,也不干扰齐壮思。她知道,过不了多久,齐壮思便会离休退居第二线。经历过对独眼英雄的盲目热爱、对葛尊志的世俗情爱,她升华到了对齐壮思的超凡的精神恋爱。她等着他。她觉得,他其实也在等着她。

她以积极认真的工作,蔼然可亲的态度,不计诉骂的大度,又渐渐中和了一部分人对她的厌恶。她觉得自己是一只凤凰,正在圣洁的爱情之火中涅槃。

她开始集邮。她特别注意搜集"文革票"和新票。对"文革"前的旧票她采取慎重的态度。曾有人想以十八张一套的特S44"菊花"票,换取她搞到的一张W2"毛主席万岁"票,被她拒绝了。对方很是吃惊,因为W2票并不是什么不得了的奇货,而凑齐一套S44"菊花"票谈何容易!她不收"菊花"票的道理其实很简单,因为她记得很清楚——他有。

尽管她很少回到小院那间西屋去住,并且尽量少同院里邻居们接触,结果还是逃不过詹丽颖的纠缠。既然詹丽颖并没有读过她发表的那篇文章,也不知道她的历史,更不真正了解她的现状,她好像也不必把自己的一切向詹丽颖公开——兼之詹丽颖跟她说,嵇志满这个人是个集邮迷,他们两人至少可以有集邮方面的共同语言,谈不成对象还可以交换邮票嘛,她才勉强答应了同嵇志满见一见的安排。说实在的,她不能同詹丽颖搞得太僵,毕竟她们现在是门对门的邻居。

詹丽颖买茶叶去了。慕樱相当内行地鉴赏着嵇志满带来的邮票,她对嵇志满带来的一套特S15"首都名胜票"大加赞赏,特别是嵇志满有一张异版天安门票,与一般的天安门票明显不同——它的画面上,天际有被晨光穿透的霞云。慕樱用嵇志满带来的放大镜对着那张异版天安门票看了半天。她微笑着对嵇志满说:"去年这张票的国际价格已经达到了两千五百美元。"嵇志满吃了一惊:"是呀,这一套的各张,包括一般的天安门票,始终都只是六美元一张。你也有国外出的邮票目录?你都有哪几种?"慕樱有,是她求金鹏鸣给她弄来的,金鹏鸣的弟弟已经去了美国,继承他们叔父的遗产。她微笑着告诉嵇志满:"英国特威尔和铁尔雷尔编的世界邮票目录,美国斯克托编的中国邮票目录,港版杨乃强编的中华人民共和国邮票图鉴,我都有,所以知道一点。"嵇志满不由得油然生羡,他只有日本出版的一本,而且版本旧了一点。

慕樱姿态优雅地继续欣赏着嵇志满的藏票,轻声曼语地议论说:"我们这样的人,集邮自然不是为了谋利;但是知道一下邮票市场的动态,倒也可以增加一点对政治经济学的领悟……"忽然她翻到了一整套C94"梅兰芳的舞台艺术",不禁怦然心动。这一套包括面值4分的梅兰芳便装照,面值8分的《战金山》和《游园惊梦》,面值10分的《霸王别姬》,面值20分的《穆桂英挂帅》,面值22分的《天女散花》,面值30分的《生死恨》,面值50分的《宇宙锋》,以及一枚面值三元的小型张《贵妃醉酒》。慕樱清清楚楚地记得,齐壮思偏偏没有那枚小型张,并且跟她叹息过:"当年不知怎么搞得漏收了,将来离休后,一定要想方设法寻访出一枚来,哪怕忍痛用全套十五张的'牡丹'去换……"后来慕樱查过国外出的邮票目录，前两年这枚小型张在国际市场上已升值到五百美元，而全套"牡丹"也不过才一百多美元；价高还在其次，你根本就难得见到，没想到这位嵇志满却有保护得极完好的一枚……

慕樱禁不住用放大镜对着那枚小型张出神。嵇志满从旁望去，颇有巧遇知音之感——詹丽颖也翻过他的集邮册，就全无此种内行眼光；他渐渐对慕樱生出更多的好感来，看来她这人确实不俗，知识颇为丰富，鉴赏力颇高，说话得体，举止娴雅……他开始有了进一步了解她的欲望，便问道："您的姓氏比较少见，您祖上就姓这个慕么？"

慕樱回过神来，敷衍地答道："啊，不，这名字是我上大学的时候乱取的……一时的兴致……"

嵇志满问："您能不能把您藏品中的精华，也让我饱饱眼福呢？"

慕樱笑了："光您这么一小点藏品，就把我那所有的全给扫荡了；我其实刚开始集邮不久，主要是新票，一点稀奇的没有……不过，冒昧地问一句，如果您愿出让这枚《贵妃醉酒》小型张，别人得拿什么样的票给您，您才肯呢？"

嵇志满应声答道："这一张我是无论如何不肯割爱的！"

慕樱那两根细长黑亮的眉毛往上一弓，活泼地说："如果我非要呢？"

嵇志满望着她，愣住了。他没有想到她会有这种要求、这种态度、这种表情、这种声调……啊呀，据詹丽颖说，慕樱已经年过四十，可从她的外貌上看，顶多不过三十岁，而从她这种娇憨、妩媚的做派上看，她就活像刚刚二十几岁的女大学生！嵇志满的心乱了。难道他今天会以柳下惠的气概而来，以罗米欧的柔肠而归了么？

慕樱两眼亮星似的,闪闪望定他,重复地以半天真半挑逗的语气问:"是呀,如果我非要呢?"

嵇志满的心更乱了。刚才她说:"别人得拿什么样的票给您……"现在她重复地说:"如果我非要……"是呀,她要,性质似乎就不同了;不过,哎呀,要好好想想,如果她真的愿意跟自己好下去,那么,他们有什么必要互相交换、馈赠邮票呢?他们的藏票,归根结蒂不是会集中到一起的么?……那么,她这是索取信物的表示?她的感情,发展得岂不又太快?当然,更大的可能,她这只不过是开个玩笑罢了,一个爱开点文雅的玩笑的女人!但在生活中,遇上如此有趣的女性的几率并不高啊……嵇志满曾自认为具有"历史的眼光",可在这小小的现实面前,他的眼光却缺乏足够的穿透力!

"啊,既然你那么喜欢,那,我就让给你吧——"嵇志满挺起胸,赴汤蹈火般地说。他有意没有再称她为"您",而称了"你"。

"真的吗?太感谢您了!"慕樱当真用镊子取出了那张《贵妃醉酒》,并且激动得声音微微打颤地说:"我当然不能白白拿走……您说吧,我是给您一套'文革'盖销'语录'票,还是给您一张一九四九年的纪C3A——东北地区贴用的'世界工联亚洲澳洲工会会议纪念'票?或者,您都拿走……"

当詹丽颖拿着茶叶回来,未进家门,先隔窗窥望时,她觉得她所看到的情景,已经充分地说明——"啊哟,太好啦,一见钟情啰!"

21. 不需要排演《铸钟记》,而需要立即干点别的……

午后的鼓楼前大街,显得格外热闹。

这条大街，如今的正式名称是"地安门外大街"。因为地安门早在解放初便已拆除，不成其为一个标志，而巍峨的鼓楼至今仍屹立在这条街北边，并且今后一定会当作珍贵的文物保留下去，所以，这条街其实不如还是叫"鼓楼前大街"的好。地安门的拆除是不足惜的。不熟悉旧日北京的人，也许会产生一种误会，以为地安门也是一座像天安门或者前门箭楼那样的建筑。不是的。它是一座单层的三拱门庑殿顶式的建筑，无甚特色。现在在北京的各个"坛"——如天坛、地坛、日坛、月坛……还都保留着这种样式的门，当年的地安门只不过是比它们体积更大罢了。

大约下午一点多钟的时候，澹台智珠出现在这条大街的最北头——也就是钟鼓楼脚下。她两眼充满一种怨怒、焦急、惶乱、迷惘交织的神情。

昨晚丈夫李铠同她的厮闹，本已使她精疲力尽，谁想到一大早又得到了给她操京胡的老赵和司板鼓的老佟双双"叛变"的消息；她本是要在中午请包括老赵、老佟在内的整个伴奏乐队在家里吃"团结餐"的，结果这一顿午饭却成了地地道道的"分裂餐"！

濮阳荪当然是个致乱的因素。尽管这人品质不一定坏，而且今天来找她的确是出于一片好心，可也难怪李铠眼皮夹不下他。

……经过一番混乱，误会本已消除，十一点左右，大家围桌坐定，边吃边议：如何方能战胜澹台智珠的那位"师姐"，让老赵和老佟"幡然悔悟"？连李铠似乎也已经"进入情况"，理解了明晚在"萃华楼""出血"的必要性和迫切性；谁知濮阳荪几杯汾酒下肚，竟渐渐胡言乱语起来！……

……一开始，濮阳荪还只不过是语句酸腐，他想出的那个点子，倒也无妨存以备用："咱们拉回了佟、赵二位，大家更要鼓舞起来。《木兰从军》的成绩当更巩固，《卓文君》一炮打红自不待言，此外还可再接再厉,另排新戏。今天路过钟楼,倒勾起我一段回忆。鄙人当年在辅仁大学就读,辅大校址,离此不远——就在什刹海前海西边的定阜大街。什刹海前海北沿,昔日有'会贤楼'饭庄,我少不得常去随意便酌。在那饭桌之上,听得一段'铸钟娘娘'的故事,煞是动人。话说乾隆年间,重修钟楼之际,铸钟匠姓邓名金寿,有女杏花,年方二八,窈窕聪慧,侠骨香风。金寿连铸数钟,皆不理想,眼看期限将近,一筹莫展。杏花怕父亲误期获罪,奋身投炉,遂得精铜,铸出一钟,声洪音清。投炉时其父阻拦未成,只捉得绣花鞋一只。乾隆得知此事,敕封杏花为'金炉圣母',民众遂在铸钟厂前建庙,叫她为'铸钟娘娘'。传说昔日每晚鸣钟时,阖城母亲尽对小儿女说:'睡吧睡吧,钟楼敲钟啦,铸钟娘娘要她那只绣花鞋啦……'智珠,你看拿这故事,编上一出《铸钟记》,你饰杏花,岂不妙哉?……"

当时拉二胡的和弹阮的二位,不禁哄然叫好。连澹台智珠的公公也说:"确有这么一个传说。现在鼓楼西大街上,不还有铸钟胡同吗?鼓楼后身,还有钟库胡同。现在鼓楼后墙根下,还放着一口废弃的大铁钟,更可见那好钟非一次铸成。对了,鼓楼前大街上,后门桥往南,路东天汇大院和拐棒胡同当间,现在不还有条小小的死胡同,叫'杏花天胡同'吗?莫不是那杏花归天以后,存灵彼处?"

澹台智珠听了,虽然觉得不无可供考虑的余地,但兴致毕竟不高。她淡淡地说:"说起来容易,编排起来可就不那么简单了。比如'杏花投炉'一场,唱腔身段谁给设计?"

濮阳苏却兴致勃勃,他手舞足蹈地说:"唱腔你自创嘛!身段包在我的身上。这'投炉'一场,你要边唱边舞,边舞边唱,幽咽婉转,满台扑跌。啊,清朝故事,水袖难用——我倒心生一计,何不学吾师筱翠花于老板,踩跷出场?想我当年,仿吾师筱翠花于老板出演《海慧寺》,过足了踩跷之瘾,博得了满堂彩声……如今我虽人老珠黄,少不得重作冯妇——智珠,我来教你跷功,你只要拜我为师,我是毫无保留,把手传技,包你一月速成!……"

濮阳荪说到这儿,李铠已经明显愠怒,一个人仰脖干了一杯白酒,布着血丝的双眼瞪着濮阳荪,仿佛随时都要爆发。别人都只望濮阳荪,没有发觉这个"险情",惟有澹台智珠仅用双眼余光一瞥,便已亮然于心。她便正色对濮阳荪说:"算了,别瞎扯了。这戏我是演不了的。你自己去演那杏花吧。"

濮阳荪毫不知趣,仍旧滔滔不绝:"退回二十年去,我怕真还当仁不让。如今我甘拜下风,权作绿叶。你既饰那邓杏花,我便饰一穷书生,两人自然青梅竹马,两小无猜,早定姻缘,只待花烛……谁知杏花决意投炉,书生劝阻无效——呀,那'投炉'一场,可效'梁祝化蝶',来个双人舞蹈,岂不令观众神迷心醉?……"

李铠忽然站起来,一下子走出了房门。澹台智珠忍不住想大声唤住他——但又不能断定:他是不是仅仅出去方便一下?何况李铠这一回的动作,竟毫无声响,饭桌边的其他人,因为都被濮阳荪的高谈阔论吸引住了,暂时谁也没有发觉……

澹台智珠咽回了对李铠的呼唤,冷冷地截断了濮阳荪的谈话,劝大家多喝一点鸡汤……

李铠竟一去不返。连濮阳荪也觉察出气氛不对。二胡和大阮知趣地站起来道谢,濮阳荪方知自己酒后失态。他们草草地告辞而去。临出门前,濮阳荪提醒澹台智珠:"明儿个下午,一准'萃华楼'会齐,不见不散啊!"

客人们走后,澹台智珠瘫在沙发上,仿佛不仅骨头散了架,灵魂也散了架。

公公耐心地收拾残局,又让小竹到胡同里去找他爸爸,却并不惊动澹台智珠——既不劝她回屋靠靠,也不对她说几句宽慰的话。他知道眼前最好是让媳妇自便。澹台智珠仰靠在沙发上,微闭双目,似睡非睡,就那样呆了好久……

当公公洗刷完全部碗筷,蹑手蹑脚地回到自己那间屋里,倚在床上歇息时,澹台智珠却忽然站了起来,她几下围好那条鹅黄色的拉毛加长大围巾,急促地走出了屋门,跑出了院子……

她倚靠在沙发上的那段时间,大脑非但没有休息,反而好像一张同时放映着几部影片的银幕,往事今景,杂沓相叠;又如同公园中越转越快的大型电动"登月火箭"游戏机,幻化出许多"救急解危"的场面,轮番比较,莫衷一是……

她不能坐待凋敝,她必须采取行动!

冲到了胡同里,她忽然又闹不清自己究竟是要采取什么行动。

李铠何在?薄幸郎!难道现在要做的事情,是去找他?真是冤家对头,管他作甚!……那么,自己刚才想到的顶顶要紧的,究竟是干什么呢?啊,对了,打电话!事不宜迟,这就去打……

澹台智珠朝胡同里的公用电话快步走去。公用电话在一个副食代销店里,她推门进去,只见一个小伙子正打着,一个大姑娘和一个半老头正等着,便站也没站,转身出来。她走出胡同,另觅公用电话,于是不知不觉地来到了鼓楼脚下。鼓楼斜对面,鼓楼西大街路南把口的地方,立着好大好高一幅宣传画,下面写着一行脸盆那么大的字:"为了幸福的今天和美好的明天……"澹台智珠虽然常从那里经过,以往却从未注意过这幅宣传画,现在猛地扑入她的眼帘,使她陡然一惊……"幸福的今天和美好的明天"?这对她不啻是一个辛辣的讽刺!她再定一定神,才发现那幅宣传画的主题不过是"一对夫妇只生一个好"。她苦笑了。

"哟,这不是智珠吗?你这是到哪儿去呀!"她听见一个声音呼唤着她,偏过身一看,原来是同院的邻居海老太太。海老太太住在院内北边的西耳房中,她过继的一个孙子海西宾住院内北边的东耳房中,祖孙二人相依为命。海老太太彼时正坐着自带的小马扎,在鼓楼墙根下晒太阳。那里每到晴和的冬日午后,便有住在附近的一些老人聚在一起晒太阳。老头子居多,老太太较少,他们一般都自带坐具。有的还带着鸟笼,没有地方悬挂,便托在手中,累了,便站起来,垂下鸟笼前后晃动,原地"遛鸟"。也有带象棋来的,棋盘往地下一铺,便俯首鏖战起来,不仅交战双方聚精会神,就是观战的,也完全忘却了身后大街上的车水马龙。更多的自然是有一搭没一搭地扯闲篇,也有兴致高起来,或扬声侃侃而谈,或执意抬杠不止的。在北京的许多街道上,都有这种老人聚会的角落,类似西方的"老人俱乐部",或"老人公寓"中的"公共起坐间"。他们构成了一个个相对独立、也相对稳定的"社会生态岛"。没有进入他们行列的壮年、青年、少年、儿童,虽然时常从他们的"岛屿"边缘驶过自己的"生命之船",对他们却大都视而不见、听而不闻。比如澹台智珠,就始终没有意识到这个鼓楼根下,有着这样一个定时浮现的"人海孤岛"。

"老人岛"上的老人,一般是不主动招惹周围人海中的过客的,即便是路经的邻居;偶尔招呼,他们也并不改变原有的姿势,因为被招呼者大都比他们辈分小。但这天海老太太却不但热情地招呼着澹台智珠,更破格地从马扎上站了起来。

澹台智珠只得打叠起精神,勉强微笑着应答说:"海奶奶,您在这儿歇歇?"

海老太太先不跟她对话,而是招呼一旁的一位干瘦老头说:"老胡,这不就是澹台智珠吗?"

那老头在海老太太招呼澹台智珠时已然从小凳上站了起来,听了这话,忙凑拢澹台智珠身前,激动地说:"咱们就住一条胡同,可难得见着你呀——又上什么新戏码呢?昨儿个我还跟'匣子里'听您的《木兰从军》来着,嗓音真脆!真有点子当年尚小云的味道!"

海老太太对澹台智珠说:"这老爷子是咱们胡同7号大院里的老胡,孩子们都管他叫胡爷爷……刚才我们扯闲篇还提到你呢……老胡当年不光听过尚老板的戏,还听过绿牡丹、芙蓉草的戏哩!都是在烟袋斜街口外头那儿听的。当年那地方叫'北城游艺园',早先光有单弦、大鼓、相声什么的,曹宝禄、魏喜奎、王佩臣……都跟那儿唱过。王佩臣的'醋熘大鼓',听着真跟吃'八达杏'似的……后来才有戏班子偶尔来露露。对了,于连泉于老板——筱翠花,当年也跟这儿露过;也有次一路的,像梁小鸾、黄玉华……咳呀,瞧我,一扯就扯个老远,成了'十八扯'了!"海老太太说话一贯虚虚实实,没准谱儿,这澹台智珠是知道的,她只"嗯""哈"地敷衍着。谁知海老太太意犹未尽,又冲着胡爷爷自豪地说:"智珠在我们院最仁义了,别看是个名角儿,一点儿也不拿大①;你以后想看智珠的什么戏,甭客气,给我递个话,我去找智珠,她一准儿不驳我的面子,准有你的票!……"说到这儿又转过头来向澹台智珠:"智珠,是不是呀?"

澹台智珠便对胡爷爷说:"您别客气,您想看就让海奶奶带话儿……您看了多给提意见!"

胡爷爷感激几至于涕零:"哟,那可——让我怎么说好呢?算我福气,遇上好人了呗!"

---

① 摆架子叫"拿大","不拿大"就是没架子。

海老太太还要叨唠什么,澹台智珠忙对他们说:"我得赶着办点事儿去,改日再聊吧!您二位歇着,歇着!"

两位老人频频向她哈腰点头:"你忙吧,忙吧!慢走,慢走!"

澹台智珠便横穿过马路,朝前走去。她估计那二位老人一定还望着她的背影,便加快了脚步。

这场遭遇,冲淡了澹台智珠原来的烦恼。她边走边想:自己有一天,不也会老的吗?你看海老太太如今一张脸就像核桃壳儿,瘪着个嘴说话,实在难看;可是她也一定有过二八青春,也想必有过引以为豪的年月……但今天这一切都成为了过去,她只能倚仗着回忆,倚仗着从我澹台智珠身上"借光",才能使自己和别人确定她的价值……人生都有个从盛到衰的过程,谁能永远处在峰尖上?自己已经年过四十,还能蹦跶几天?何必把眼前的事情看得那么了不起?……她又想:人老了,退出竞争了,倒也是件好事。那胡爷爷,不就是经常在胡同里翻垃圾桶、捡废纸的那个老头吗?他捡了好多年了,听说他就靠卖那捡来的废纸为生——对了,听同院詹丽颖说过,他有儿子,但儿子儿媳妇对他都不好,让他一个人住在一间只有四平方米大的小屋里;儿子屋里有电视,却不欢迎他去看,嫌他身上有味儿,只给了他一个早该淘汰的小半导体收音机,电池还得他自己掏钱买,怪不得他只听过我的唱,而没从电视上看见过我的演出呢……詹丽颖这人真活跃,其实她搬到这儿比我还晚几年,怎么就知道胡同里那么多的事儿!……不过,胡爷爷一到那鼓楼根下,到了老人堆中,看来也就同别的老人平起平坐;对了,刚才一瞥之中,不是看到吴局长了吗?他正跟人杀象棋呢。吴局长现在不是局长了,他离休了,就住在隔壁院里;他还当着区商业局局长时,不还来找过我,请我到他们局的先进工作者发奖会上清唱吗?后来我把整个剧组都带去了,给他们演了出《柜中缘》,那时候他主持大会,好神气啊!可现在他也加入了这个"老头会",跟卖过菜的、蹬过三轮的、糊过顶棚的……乃至于还捡着烂纸的胡爷爷一起晒太阳、聊天、下棋!……人生也真有意思,没长大的时候,大家都差不多,一块儿玩,一块儿闹;越往大长,差别就越显,人跟人就竞争上了;可到老了的时候,瞧,就又能差不多了,又一块儿玩,一块儿聊……

澹台智珠这么胡思乱想着,走过了"马凯餐厅",走过了烟袋斜街街口,走过了百货商场,一直走到义溜胡同边上了,才猛地清醒过来——啊,我是来找公用电话的啊,怎么竟把自己火烧眉毛的事情撂一边去了!

义溜胡同旁边,是地安门邮局的报刊杂志门市部,也兼卖供应集邮爱好者的成套邮票。澹台智珠发现自己陷在了一群青少年居多的"邮迷"中。她早听说这二年兴起了"集邮热",几乎每发行一套新票,人们都要抢购一通。老实人天不亮就到邮票发售处排长队,刁钻鬼想出许多种办法"捷足先登",竟有一买就买几十元上百元的,据说有的十几岁的中学生,也一买就至少是一个"大全张";跟邮局里的营业员熟识时,买零票能得着"边票"(带印张边缘部分的邮票),"边票"当中又有什么"色谱边票""署名边票""编号边票"……也不知道都图的是什么?难道真是为了欣赏吗?为了艺术吗?看来不少人是把邮票当成了"不会贬值的信用券""利息最高的储蓄单",有的人简直就是为了倒买倒卖,从中渔利。一张刚从门里面买下的新票,一出门就能八分的卖一毛五,一毛的卖三毛——因为外面总有懒得排队而获票心切的"邮迷"。真不像话!听詹丽颖说,同院那位不常回家的慕大夫,也是个"邮迷"呢,难道她也会拿着个集邮本儿,站到这种人群当中,从事"现场交易"吗?想来不至于吧?她那么一个文文静静的女同志,搞医务的,怎么也迷上了邮票呢？世界上的事情，就总这么新鲜！……

一个把头发烫得全是波浪的小伙子，凑到澹台智珠面前，眨眨眼问："您有'猴票'吗？出不出？……"

澹台智珠慌忙躲开了："我可不集邮，我是过路的！"

她想：真讨厌！想办件事就这么难——总有人打岔！她本能地横穿过马路，来到大街东面，啊，邮局！正好——她推门走了进去。太好了！玻璃隔音间里的公用电话正好闲着，总算是吉人自有天相！

走进隔音间，她从衣兜里掏出小小的通讯录，立即查到了她们团长家里的电话号码。

其实她早该来打这个电话。尽管团长一贯宠着"师姐"，毕竟他得秉公办事；倘若容忍"师姐"这种"挖墙脚"的卑劣行为，看吧，不要多久，团里肯定大乱！

她怕占线。团长家电话十打九占，咦，这回倒一打就通了。她听见那边问："哪一位呀？"

她仿佛不是在打电话，而是面对着团长本人，晃着脑袋，娇嗔地说："我呀！您连我的嗓音都听不出来了吗？我还没'塌中'哪！"

也许是那边电话线出了毛病，团长竟一个劲儿地问："谁？我听不真——哪一位？"

"哟！"澹台智珠嗲声嗲气地说，"您真听不出来吗？奴家澹台智珠是也！"

"啊啊——"对方告诉她，"你找你们团长吧？他不在呀，他出去了——我是他家里人。你晚上再来电话吧！"

对方"夸搭"把电话挂断了。澹台智珠不觉一愣。细一想，那声音也确乎不是团长。自己竟没弄清接电话的是谁就撒上了娇！她回忆到自己刚才的声音，想象出自己刚才的贱相，蓦地脸红了。

她曾经反省过她们——不仅她一个,包括几乎所有戏校毕业出来的女孩子们——在领导面前的这种娇态。当她们刚毕业的时候,才十九二十岁。当她们初放光华的时候,也不过二十出头,那时候在领导面前说话嗲气一点,做派佻侻一点,似乎还情有可原——年纪既轻,且又是唱戏的职业……可是,很奇怪,当她们已经三十几四十岁以后,不少人却还时时不自觉地延续着这种在领导面前的撒娇做派,她本以为自己算其中较为清醒的,没曾想临到打这个电话,却把劣根性暴露无遗!呸!贱相,真是何苦!真是丢人!

……团长不在家,怎么办呢?……干脆,直接给那"师姐"打个电话,她家楼下就有公用电话,自己的通讯录上有她的电话号码,直截了当地向她发出质问,看她怎么回答!

一不做,二不休,打!她拨通了电话,让传呼者去叫"师姐"。传呼者非要她说出她这里的电话号码,让她先挂上,等"师姐"来了再打给她,她只好照办。

她站在电话隔音间里,等"师姐"给她回电话。时间过得真慢。她既盼那电话快点打来,又怕电话铃过早地响起来——即将要"短兵相接"了,她的战略战术却还没有确定!

她听见一阵响声。偏头一看,原来是隔音间外面有人等着打电话,嫌她站在里头发呆,敲那玻璃门催她要打快打。

她心里更加烦乱起来。她忽然悟出——"师姐"是不会给她回电话的,"师姐"哪会那么愚蠢呢?她刚才要不挂断电话,拿着话筒让传呼的人去把"师姐"叫下来,那倒还可能让"师姐"上当……现在怎么办呢?

她盲目地翻动着通讯录,忽然,她心头一动——她立即拿起电话,拨了一个号码。当她在家里仰靠在沙发上时,她也闪过这个念头:给一位著名的评论家打电话。这位评论家曾经写过关于京剧旦角表演艺术的评论,对她也有所提及,并且他们在戏曲界的一些座谈会、茶话会上多次聚谈过,对她很是关怀,很有鼓励……她想,也许到头来这位有着相当权威性的评论家,在这关键时刻能给予她宝贵的帮助?……

电话一打就通了。评论家的女儿接的电话,说她父亲刚刚开始午睡。

澹台智珠顾不得许多了,她恳求地说:"如果他还没睡着,劳驾你给请一下……我实实在在是有急事!"

那女儿叫去了。评论家真是个好人,他很快便来同澹台智珠通话。

澹台智珠激动地把整个情况讲了一遍,倾诉出了自己的全部苦恼和困惑:"……我该怎么办呢?是认倒霉,听凭团里随便再给我拨个京胡和小鼓来,凑合着演呢?还是跟那没良心的冤家争夺到底,把那老赵和老佟拢住?还是干脆撂挑子,吹灯拔蜡?……跟您说实在的吧,出现这号情况,我认为不是偶然的。我的思想全乱了,也不知道该怎么认识!您看,我把难题出给您了,我知道您本来是只管就戏论戏,不管搭班子这些个机构问题……可我实在是没辙了,万般无奈,求您给我捋捋思路,想想辙……"

评论家坦率地在那边说:"哎呀,这倒真是个原来没有接触过的新问题呢。现在改革之风吹遍了各个角落,你们团的这种动向,我看也是无风不起浪啊!究竟该怎么组织艺术生产?怎么既鼓励志同道合的艺术追求,又防止相互拆台?怎么既打破平均主义的'大锅饭',又保证年轻的艺术家有一定的经济上的竞争能力?怎么确定合理竞争的起跑线?……确确实实都很需要仔仔细细地研究讨论!不过,澹台智珠同志,我以为你倒也不必这么苦恼,这么慌乱,更不必悲观。我以为波动一下是好事,听说你们团这些年年年亏损——"

"可不是,"澹台智珠证实说,"年年月月要国家补贴!"

"所以说,不搞体制改革不得了啊!"评论家对她说,"你应当站得高一点,看得远一点,想得深一点。'挖墙脚'当然是不对的。'不辞而别,另上别船'确实也让人恼火。可是这种波动也恰恰说明,原来的体制是脆弱的,经不起风吹雨打的……当然,我一下子也还想不清楚,或者,我们当面细谈谈?"

澹台智珠高兴而且感激,她说她巴不得现在就去拜访,评论家表示欢迎。打完电话出来,澹台智珠几乎忘记交费。

可是,当她走出邮局,来到喧闹的街头时,她的心情又灰暗下来了。评论家的那些话语,当时听着,颇有顿开茅塞的感觉,但此刻一想到"师姐"那傲慢的嘴脸,心里又堵上了石头。改革团里的弊端,让"波动"朝着健康的方向发展,谈何容易!

评论家住得离鼓楼很远,需要乘坐公共汽车,澹台智珠朝汽车站走去。蓦地,她想到了李铠。李铠回家了吗?如果他仍旧没有回家,会在哪里?在干什么?天哪,他会不会干出荒唐事来?小竹呢?怎么刚才跑出家来的时候,没看看小竹在不在他姥爷屋里;小竹该不会找不到爸爸,倒把自己弄丢了吧?唉,事业,生活,你们可真太沉重了,让我怎么禁受得起!

一阵风迎面吹来。澹台智珠把围巾围得更紧。她走到了车站。

22. 一位编辑遇上了一个文学青年。

一九八二年十二月十二日那天的《北京日报》第四版广告栏中,有这样一则广告:

> **寻　人**
>
> 苏德佑,男,36岁,身高1.60米左右,辽宁鞍山人。身穿青布棉袄,劳动布工作裤,脚穿黑胶靴,挎黄帆布包,精神不正常,于11月14日离家赴京并带大量自写诗稿,至今无音讯。如有见到者请通知鞍山大孤山矿选矿厂苏德华。

当天《北京日报》的读者中,大约很少有注意到这则广告的,读到而产生出一种惶恐感的,更绝无仅有——那仅有的一位,便住在我们已经相当熟悉的那个钟鼓楼附近的小四合院中。

前面我们介绍这个四合院时,提到在前院的西边,有个用带月洞门的短墙另隔出来的小院。那小院里住着一对中年夫妇,男的叫韩一潭,是个有着三十年经验的诗歌编辑,女的叫葛萍,是个有着二十七年教龄的小学教师。他们的独生女儿韩向红已经三十岁出头,早已结婚另过,外孙子都快满五周岁了。

由于韩一潭夫妇那住房的位置,位于这个四合院的"死角",且又有一道短墙将他们的居住区与其余部分隔开,加上他们生性不喜交际,所以尽管他们一结婚就住进了这个小院,却始终未与院里其他住户打成一片。一九八二年年初,住里院北屋的张奇林晚饭后翻阅《光明日报》时,看到一篇揄扬优秀编辑的文章。那篇文章里介绍到"辛勤的淘金者韩一潭",说韩一潭每天要审阅近千首自发投诗,大都味同嚼蜡,毫无新意,但他坚持一首首认真地读下去,偶尔发现一首闪光的好诗,他便高兴得情不自禁,立即报送主编,予以扶持……有一回他刚读完一首只有十二行的好诗,便被叫走开会去了,开完会回来,他发现办公桌被好心的同事整理了一番——因为窗外的风把他满桌散乱的纸张刮到了地下,人家便为他拾起垛齐;他从那垛齐的稿堆中再寻那首好诗,怎么也找不着了,非常懊丧,有人劝他不要找了,因为来稿者不过是无名小卒,其诗文只有十二行,按编辑部规定是可以不予回音、不予退稿的;他却不能忘怀,他费时一下午,翻遍桌上、抽屉中所有的纸片,去寻觅那首小诗,竟毫无踪影……第二天,他下了更大的决心,甚至趴到地上,搜寻柜橱下面,终于从柜橱下蛛网密布的角落里,找到了那首小诗。最后那首小诗被发表了出来,给作者极大的鼓舞,在首次成功的激励下,那作者的创作热情一发不可收拾,后来又陆续发出了许多短诗、组诗,目前竟俨然成为所在省份的一颗文学新星。当记者问到韩一潭从这桩事中总结出什么经验时,韩一潭风趣地说:"我的经验教训是——必须去买一方镇纸,压住我桌上的每一篇稿纸,不让它们被风刮跑。"他那办公桌上,后来果真出现了一方铜制镇纸……张奇林读完有关韩一潭的报道,不禁感叹地说:"各行各业都需要韩一潭这种伯乐啊,我们局里要多几个韩一潭,事情就好办多了嘛!"当时他的女儿张秀藻在一旁咯咯咯地笑了:"爸,您知道吗?韩一潭就住在咱们院里!"张奇林吃了一惊:"邻居?"张秀藻笑得更凶了:"爸,您的官僚主义真够可以的! 韩一潭就住咱们前边西小院里,您到现在才知道!"

那篇报道的功效,首先是编辑部每天的诗稿暴增,而且来稿要么在信封上就写明是寄"韩一潭同志亲收",要么就在里面附上给韩一潭的信;其实报道见报前,韩一潭已经不看自发来稿了,编辑部新分来了两个"工农兵学员",自发来稿后来由他们处理——他们却聪敏地把所有附有写给"敬爱的韩老师"信件的诗稿,看也不看地都送到韩一潭的案头,用那镇纸镇住;而当韩一潭把径寄他而实在无暇过目的诗稿转给他们时,他们又总是任其积压,因为编辑部早就对作者声明了嘛——"来稿勿寄私人,以免延误"。这话换个角度说,就是"凡寄私人,延误勿赦"。这种情况,自然是成百上千纯朴的自发投稿者们想象不到的。

那篇报道的功效还不止于此。报道发表后的半个月,一天傍晚,韩一潭同葛萍正在吃晚饭,忽然澹台智珠的公公把一个年轻人带到他们那里,对他们说:"韩编辑,葛老师,你们的亲戚打东北来啦!"

他俩朝那年轻人望去,大吃一惊——他们并无那样一位亲戚。后来他们弄清楚了,那年轻人并未自称是他们的亲戚,只是说他要找"韩伯伯",澹台智珠的公公看那年轻人带着行李,说话带东北口音,遂误以为他是他们家从东北来的亲戚。

韩一潭忙撂下饭碗,迎上去问那年轻人:"你找我吗?"

年轻人反问:"您是韩一潭韩伯伯吗?"

韩一潭点头:"对,我就是。"

年轻人把手里提的旅行包一撂,伸出两只手来,抓住韩一潭的右手,紧紧握住,眼里竟涌出了泪花:"韩伯伯,我可找着您了!"

韩一潭有所憬悟,他忙问:"你从哪儿来? 你找我有什么事?"

就是一般的亲戚,见着韩一潭也不会那般亲热,年轻人弯腰拉开旅行包的拉锁,取出了一个大塑料包来,透过包装,可以看出里头全是又大又整的干蘑菇。他把那一大口袋干蘑菇搁到饭桌上,就毕恭毕敬地招呼葛萍说:"您是师母吧?师母您受累啦!"

葛萍还没明白这是怎么回事,她只是发愣。

韩一潭心里说不出来是高兴还是恼怒,他对这事态还缺乏足够的思想准备。他不由得再一连串地问:"你是文学青年吧?你是怎么找到我这来的?你从哪儿得着我家地址的?你是不是想请我给你看稿子?……"

不一会儿也便全都弄清。他是东北一个县里的文学青年。他酷爱诗歌。他自然早就尝试着给报刊投稿,从《诗刊》和《人民日报》的副刊,到他们地区的刊物和报纸副刊,全都投过,但一首也未被刊登,并且几乎一律石沉大海……关于韩一潭的那篇报道自然给予了他极大的鼓舞,他说他读时流出了热泪——看来绝不是说谎,他感到他在"黑暗王国"中看到了"一线光明",所以毅然投奔韩一潭来了。下了火车,他先找到编辑部,传达室告诉他编辑部的人这天都外出听报告去了——这也是事实;他便要求传达室的人告诉他韩一潭的家庭地址,传达室的人犹豫了好久,经不住他一再恳求,最后告诉了他,所以他现在才好不容易地找了来……

葛萍出于一种女性的同情心,问他:"你还没吃晚饭吧?"

他坦率地说:"找不着韩伯伯,我什么也吃不下呀。"

葛萍便请他吃饭,菜不够了,便下厨房为他去现炒了一大碟鸡蛋。

韩一潭请他坐到茶几边的沙发上,问他:"你带了些作品来吧?"

那年轻人便拖过他那沉甸甸的旅行袋来,"嗤溜"一声拉开整个拉锁,从里面取出了一叠又一叠的诗稿来,一边往茶几上放,一边介绍他的创作说:"这是我的《抒情诗一百首》,这是我的组诗《泥土的爱》,这是我的抒情长诗《天空颂》,这是我的叙事诗《草原上的普罗米修斯》的第一部,这是我的诗剧《爱琴海的波涛》……"

全部取出以后,他那诗稿足有一尺来高。

韩一潭望着那一尺来高的诗稿,仿佛自己被宣判了重刑,惊惶得说不出话来。

"韩伯伯,您一定要给我审阅,给我发表!您一定要指导我,扶植我!"年轻人恳挚地呼吁着。

葛萍端来了炒好的鸡蛋,请年轻人坐到饭桌那里去吃晚饭。年轻人并不推辞,坐过去吃了,他显然非常之饿,吃得狼吞虎咽。

葛萍对那一尺来高的诗稿,一时倒没大注意,她对年轻人说:"你慢慢吃。不够还可以来点方便面。"又趁便问:"你北京都有什么亲戚呀?"

年轻人边吃边答:"除了韩伯伯和您,我在北京没亲戚啊。"

韩一潭心往下一沉,葛萍还没大明白,她又问:"那你这回是干什么来呀?出差办事吗?你住哪个招待所呢?"

年轻人反倒露出吃惊的神色,他宣布说:"我就是找韩伯伯来的呀。我打算先在这儿住一个月,然后……"

葛萍这才感到事态严重,她慌忙再问:"你有工作吗?你哪个单位的?"

年轻人若无其事地说:"有哇。我是县农机局修建队的。我们那单位的领导全是些个'土老帽儿',懂个啥呀?他们不支持我搞文学创作,还打击我——"

韩一潭忍不住跟上去问:"你来北京,跟单位里请假了吗?"

年轻人把嘴一撇:"请假?我根本不'勒'(理)他们!"

葛萍着起急来:"你这怎么行呢?你这不成了'盲流'了吗?"

年轻人吃完最后一口饭,用手背抹抹嘴唇说:"我不发表出作品来,绝不回去!"

韩一潭心里长毛,一时不知该怎么把这位闯入者打发出去。

葛萍又问:"你家里知道你来北京的事吗?"

年轻人说:"咋不知道。我吵了一架才出来的。"

葛萍责备他说:"你怎么能这样?你爸你妈现在该多着急啊!"

年轻人笑了:"我爸我妈?我爸我妈早就没啦!"

葛萍愕然:"那你跟家里什么人吵?"

年轻人忽然激动起来:"跟谁?跟我老婆!她是个庸俗不堪的小市民!对诗歌简直一窍不通!诗盲!典型的诗盲!我跟她现在完完全全没有一丝一毫的共同语言!我早就提出来跟她离婚,她死不答应,简直是我的一副镣铐!韩伯伯,您想想,带着镣铐跳舞,该有多难?我写出这些诗来,容易吗?每一行,每一字,都是我红玛瑙般的血、白铱金般的汗啊!现在我算痛快了,让她在那发散着酸白菜气息的小窝里哭泣吧!'仰天大笑出门去,我辈岂是蓬蒿人!'……"

葛萍连连摇头:"啧啧啧……你怎么能这样!你们有了孩子啦吧?"

年轻人昂起下巴:"孩子?谁是我的孩子?"说着朝茶几上一尺来高的诗稿一指:"这才是我的孩子!她也给我生了一个女儿,那是肉,我要的是灵——是诗!我后悔当年不该结婚,不该要所谓的孩子。从文学史上看,多少诗人因为结婚形成悲剧啊,普希金,陆游……我一定要砸烂那世俗的镣铐,做一个插翅飞翔的自由自在的缪斯!……"

韩一潭、葛萍面面相觑。这一对老老实实、本本分分的知识分子,在家中还没遇上过如此棘手的局面。

韩一潭只好冒着惹怒对方、招来不测的风险,严肃到紧张地步地说:"年轻人,你这种不跟单位请假就擅离职守的行为,我们不能支持。你应当赶快回去。我们屋子很小,而且我们也不留人住宿,所以,你今晚还是另找地方去住吧——我们附近有个鑫园浴池,晚上接待过夜的旅客,你如果钱不够,我们可以负担。你最好明天一早就坐火车回去——"

那年轻人简直不能相信自己的耳朵,不能相信自己的处境,他瞪圆了眼睛,气冲冲地问韩一潭:"你是韩一潭?!"

韩一潭愣了一愣:"怎么了?"

"你原来是这么个人!"年轻人气愤地说,"报上把你吹成一朵花!原来你这么粪①!什么伯乐!什么'沙里淘金不惮烦'!骗人!伪君子!"他确实感到上当受骗了,这个世界,怎么充满了如此多的陷阱!他激动地拍着桌子说:"这是怎么搞的? 如果你们根本不想发现千里马,那干什么登那狗屁文章骗人?!"

葛萍吓坏了。她觉得家里来了个精神病患者。她家从来是安谧、宁静的。她家从无逸出常轨的事。今天怎么竟出现了这种局面!

韩一潭很狼狈,他简直不知道该怎么跟眼前这位年轻人从ABC说起。他一时竟口吃起来:"你你你怎么这样不冷静! 你冷冷冷静一点! 你应该懂得,文学创作并不像你想象的那么简单……无论如何,你不应擅离职守,抛弃家室,这么样地跑到北京来……而且,就算你有的作品达到发表水平,也不可能马上给你刊登出来。你知道吗,一般的文学刊物,周期都是很长的,拿月刊来说,现

---

① 假货,不中用的意思。

在是三月,这一期一月里就把稿子发到工厂去了;这一期印出来的时候,四月那一期已经看校样了,五月的那一期稿子已经发去排字了,六月的大体上已经编好了,七月的已经开始着手编了……你的稿子以最快的速度录用,编进六月那一期的可能性也不大,恐怕最早也要七月那一期才能刊用了;你看,即使能用,最快也还要等三四个月,你难道真的就在北京那么等着吗?如果要印成诗集,出单本的长诗,那至少要等一年以上才能见书……这还说的是马上录用,如果你达不到水平,那就等多久也没用……你还是回去吧!"

年轻人万万没想到他所面临的世界是这般冷酷,他陷入了深深的痛苦之中,但他丝毫不减自信,他宣誓般地说:"我选择的这条道路,我走完了!三四个月怕什么?一年两年怕什么?我就是不发出作品不罢休!我向诗坛宣战!不登上诗坛,我死不瞑目!"

韩一潭目瞪口呆,不由问:"那你怎么生活呢?在北京你住哪儿呢?钱花完了你拿什么吃饭呢?何况北京市也不允许'盲流'的人在这里待着不走……"

"怎么生活?"年轻人突然爆发出一阵轻蔑的笑声,"我来找'辛勤的淘金者',我以为他关心的是金子,闹半天他满脑子庸俗的垃圾——'怎么生活?'对于诗人来说,除了作诗,还有什么生活可言呢?我宁愿流浪街头,拣香烟盒子当纸,拣火柴棍当笔,也要写诗。我是决不再回那个让我想起来就作呕的单位,再不进那个充满酸白菜气味的小窝了!啊啊啊——你别再问我,我告诉你吧,我能在北京生活下去,我知道你所说的那个生活的意思——你的意思不就是挣钱吗?在你们看来,挣钱,吃饭就是生活;那么,好,我告诉你,我会理发,我可以买一套理发的工具——那点钱我还有,我每天到自由市场去,给那些摆摊的农民理发,我不但能挣出吃饭的钱来,我还能挣出买稿纸的钱来的。韩编辑!你别那么看着我,我不会向你借钱的！告诉你吧，没有你，我照样能发表作品，能出名，咱们走着瞧吧！"

局面僵在了那里。韩一潭毕竟心软，他望望那一尺来高的诗稿，叹口气说："你既然找到我这里来了，我就挑着看看吧——其实我并没有什么水平，而且，文学这个东西，又尤其是诗，究竟怎么算好，怎么算坏，其实是很难说的……另外，希望你一定谅解我，你拿来这么多诗，我实在是无法一一拜读的。我每天都要上班，编辑部里做不完的事，常常还要带回家里，用业余时间做……"

年轻人看韩一潭拿起了他的诗稿，打算看，气平了一点，便说："行行行，您忙，我谅解。您挑着看看吧！"

韩一潭摘下眼镜，凑拢年轻人的稿子，仔细一看，心里不禁一动。那叠稿子装订得极其工美，光封面上的美术字标题就一定耗费了不少精力，里面的诗一行行全用印刷体书写，一点涂改也没有。的的确确，那诗稿凝聚着年轻人"红玛瑙般的血"和"白铱金般的汗"。但是他首先读到的那个诗剧《爱琴海的波涛》，"序诗"的一开头四行就让他莫名其妙：

　　当巴黎圣母院的钟声，
　　把恺撒大将从睡梦中惊醒，
　　当飘忽、氤氲、瑷瑷的狂飙，
　　把爱琴海从摇篮中震惊……

韩一潭不禁皱眉对年轻人说："你怎么可以这样写呢？罗马大将恺撒，是纪元前的人物，而巴黎圣母院好像是纪元后十二世纪才有的，前后差了一千多年，那钟声怎么可能听见？更何况一个在西欧，一个在南欧……既然'飘忽'，怎么可能是'狂飙'？而且，'氤氲''瑷瑷'这些词太生僻，更不必堆砌……"

年轻人不以为然:"我写的是诗,又不是历史,又不是中学的作文考卷,我怎么不能这样抒发我的感情?"

韩一潭放下这一叠,取出另一叠,一边说:"写诗,也要从你熟悉的生活出发,你长期生活在中国的一个县城,何必非去写希腊、罗马呢?"

年轻人忙指着他手里的那一叠说:"这就是写我熟悉的生活嘛,我在内蒙插过队!"

韩一潭一看,这回是叙事长诗《草原上的普罗米修斯》。前面是长诗的目录,第一章是"月夜的维纳斯",第二章是"山谷中的阿波罗",第三章是"毡房中的安娜·卡列尼娜",而第四章竟是"马背上的阿童木"!他没敢把目录看完,更不敢往里翻——他过目的荒唐之作多矣,但这位年轻人的大作,真可谓"更向荒唐演大荒"!

"韩伯伯,"年轻人对他恢复了尊称,期望地盯住他,恳求地说,"您给提出不足之处吧,意见越尖锐越好!"

韩一潭真不知该说什么才好。他只好搁回这一叠,再抽出那最底下的一叠来,这回的这一叠是《抒情诗一百首》,他随便翻到一页,阿弥陀佛,这回总算摆脱了洋神洋人的纠缠,诗句颇为晓顺流畅……但是,啊呀,怎么似曾相识?头两句好像是李瑛的,中间几句好像是艾青的,末尾两句又好像是舒婷的……

正当韩一潭一筹莫展时,葛萍和詹丽颖进屋来了。葛萍感到事情不对头以后,便盘算着怎么才能打发走这个半疯的文学青年。去报告派出所,似乎还不值当,找居委会,恐怕一时又说不清,想来想去,还是只得求邻居协助;但全院除了收房租水电费而来他们家串过门的,似乎仅有詹丽颖一人。于是,当年轻人还在发泄他的不满时,葛萍便溜出了屋子,去找詹丽颖,求她来想法子把那年轻人打发掉。詹丽颖一听葛萍的描述,立即甩着大嗓门说:"这还得了?

一分钟也不能让他在你们那里待下去！你们太善良了,你们准知道他就是个写诗的吗？现在什么怪事没有！搞不好他是个诈骗犯、抢劫犯、流窜犯！你们一对书生,他要真的下手作案,你们手无缚鸡之力,岂不遭殃！走！我去帮你们轰走他！"说着便站起来随同葛萍直奔他们家。

詹丽颖一进屋,还没把那年轻人打量清楚,便粗声大气地说："嘿！小伙子,你哪来的？这么晚了,原来根本不认识,你怎么能总在这儿呆着？你知道这是哪儿吗？这是首都北京,治安是抓得最紧的。行啦,你快走吧,要不,等派出所民警来了,那你可就想走也走不了啦！"

年轻人被詹丽颖的气派震慑住了。他也搞不清她是什么人,见她那阵式,只感到恐慌。于是他便主动把所有诗稿都放回他那只旅行包,拉上拉锁,气急败坏地说："我走我走。我现在总算知道北京,知道诗坛,知道所谓的'淘金者'是什么玩意儿了！"他一跺脚,很快地出了屋,并且出了院。

韩一潭、葛萍还没回过劲来时,詹丽颖却自得其乐地拊掌哈哈大笑起来。

从这以后,韩一潭回到家中,一听见脚步声朝他家那个小偏院走来,便如同惊弓之鸟。他嘱告单位传达室的同志,务必不要再把他家的地址,随便告诉来访的人。甚至每接到一个陌生人打来的电话,他也变得敏感而紧张,常常通话好一阵了,确证对方的身份并非文学青年,这才承认自己就是韩一潭。

再过一阵,他开始接到骂他的信。来信的文学青年质问他为什么不但不给回信,而且还"贪污"了他们的诗稿？其实他一开始是尽量回信的,但后来回不胜回,即使他每天二十四小时不吃不睡不做任何别的事,他也回不完每天接到的雪片般的来信。开头凡寄给他个人的诗稿,他都自费给作者寄回,后来形势发展到他实在无力负担,如果一律自费退回,那他每月的伙食费全部用上也还不够。后来他把寄给他私人的诗稿也混在编辑部的退稿中,由公家"邮资总付",尽管编辑部里并没有人发出微词,他自己却总觉得不好意思;再以后,他才任寄给他个人的信稿积压起来,结果就招来了怨恨和辱骂。

记者又一次来找他,说要专为他写篇"淘金者续篇",把他吓坏了。他哀求那位记者万万不要再给他增添烦恼和恐惧。

到了秋天以后,寄到编辑部让他"亲收"的稿件和附有写给"敬爱的韩老师"信件的稿件,才渐渐少了起来。

有一个星期天,女儿女婿带了外孙子来,大家聚餐,葛萍烧出的一盘菜很受欢迎,女儿挟起菜里的大蘑菇问:"妈,这蘑菇哪儿买的?真好!"葛萍说:"咳,春天那会儿,一个年轻的诗歌作者硬搁在咱们家的……"

韩一潭一听,只觉得嗓子眼里发噎,他埋怨道:"原来你让我们吃的是这个——我怎么能收他的东西!"

葛萍辩解说:"谁愿意要他的东西呀!那天他走的时候,咱们不是都忘了把这包蘑菇退还给他了吗?他走了以后,我把这包蘑菇往碗柜里一扔,后来简直忘得一干二净,前几天收拾碗柜,才又发现。我倒也想过,该给他退回去,可他地址呢?你记得吗?我总不能把它扔了吧,上好的蘑菇,扔了让邻居发现,不得说咱们家抽风?再说,确实是他自愿送的,你毕竟也还给他看了几首诗,提了点意见嘛……"

韩一潭摇头说:"你当教师的人,怎么说出这么没原则的话来?看过人家的诗,提过意见,就该受礼吗?何况他那个人根本不正常,无论如何你不该让我们吃他这蘑菇的……"

葛萍心想自己操劳半天,好容易烧出这么个菜来,却遭此批评,实在扫兴,便赌气地说:"你坚持原则,你别吃!"

女儿便插话说:"爸,你行了!你坚持原则,我见识过!你就一辈子那么坚持原则吧!"说完挟了一个蘑菇,喂到儿子嘴中:"来,吃蘑菇!蘑菇好吃!"

女儿的脸色很难看。韩一潭低下头,心里发堵。他的脸不由得变成了猪肝般颜色。

"你坚持原则,我见识过!"女儿这话,像锥子一样刺伤了他的灵魂。

……那是一九六八年。女儿十七岁,临高中毕业,赶上了"文化大革命"。

在那"红色风暴"之中,他们一家三口全都迷迷瞪瞪。韩一潭诚惶诚恐,惟求自保。葛萍庆幸自己教的只是一、二年级的学生,免受五、六年级学生的胡闹式"冲击"。女儿不是"红卫兵",却也还算不上"黑崽子",又不敢当"逍遥派",每天到学校里去参加运动,完全是随波逐流。但毕竟年轻幼稚,"近朱者则言赤,近墨者则道黑"……有一天中午,女儿回到家中,大家围桌吃饭时,忽然散布了一些听来的关于江青的传闻和坏话。韩一潭和葛萍都吓坏了,两人异口同声,严厉地斥责了女儿一番,弄得三个人全都没吃饭就丧失了食欲。葛萍那天要参加一个区里的批斗会,提前走了,剩下韩一潭和女儿两人。韩一潭不知怎么的,心里越想越发毛。那时候他家隔壁住的还不是澹台智珠一家,而是一个工厂里的"造反派"头头,韩一潭总觉得女儿的"恶攻"一定已被隔壁听去。况且他心里也确实感到女儿的"恶攻"罪孽深重,万万不能容忍。他想出路只有一条——争取"坦白从宽"。于是乎……他竟带着哭哭啼啼的女儿,去到派出所"自首"!

现在连他回想起来,也觉得简直不像人世间能有的事!倘若这事发生在别人身上,如今写成小说,写成叙事诗,写成回忆录,把稿子交给他看,他一定会提出意见:"请不要胡编乱造!你这情节缺乏合理性!"

然而,那竟的的确确是真的!

而且,还有更加令人难以相信的细节——他是骑着自行车,把女儿驮在车后,去到派出所的。他骑着车,女儿坐在后头!他为什么要骑车去?为的是快一点到达派出所?快一点葬送女儿?女儿当时怎么不逃走?怎么竟顺从地坐到了车架子上?怎么虽然呜呜咽咽感到万分委屈,却又跟他一起到了那派出所?

一九六八年。记住那一年。确确实实出现了那么一件极其怪诞、极其荒谬的事。他,和他亲生的、惟一的女儿。那一年他已经三十九岁,而女儿才刚刚十七。

那时候的派出所是什么状况?一百个派出所可能出现一百种状况。"砸烂公检法"嘛。原有的政策可以完全抛到一边。他的女儿进入派出所以后,会是什么命运?从逮捕法办到交给革命群众"游斗",从被活活打死到被迫自尽,全都可能!当然,韩一潭把女儿主动送去,心里想的确实是哀求"从宽",能不能训斥一顿便罢?能不能开一两次批判会便放她"过关"?能不能只是"文斗"而不要"武斗"?……

真像做梦一样。偏他们去的那个派出所里净是好人。当时派出所似乎军管了。在一间接待室里,有两个穿军装的人。他们不动声色地听完满头流汗的父亲那语无伦次的"自首",不动声色地望着抖成一团的犯有"恶攻"罪的女儿,最后竟连一句训斥也没有,只是互相对望了一眼以后,一前一后地说:"行啦行啦,回去吧,回去吧,以后注意就行啦!""去吧去吧,别来啦,别来啦!"

事情出乎韩一潭意料,就那么了结了。他再用自行车把女儿驮回了家中。他望着与邻居相隔的那一堵墙壁,心里踏实了许多。女儿却哭得喘不过气来,她到这时才体会到刚才所发生的一切所包含着的凶险。她之所以得以逢凶化吉,完完全全是出于一种不近当时情理的偶然。

从此女儿对韩一潭失却了敬爱。而且这种感情与年龄的增长恰成正比。早在"四人帮"倒台前韩一潭就恳求过女儿的宽恕,女儿在一定程度上也确实宽宥了他,但要想使女儿像对母亲那样地对他微笑、注目、说话、扶持……却不再可能了。甚至当他五十岁那年因病住院,女儿来医院探望时,也只是例行公事般地问问他:"好点吗?吃什么药?打什么针?伙食还好吗?"全无一点亲热感,就仿佛她是受什么人委托,而不得不来应付差事的一个原本毫不相干的人。

大悲哀。这种大悲哀只有他自己才能真正体味到。这是由他的生活道路所决定的。

他一九二九年出生在一个破落的官僚家庭。他父亲是个沉浸在往昔的"故都春梦"之中,而实际上却"劫后桃花"般凋敝沉沦的小职员;祖父一死,大家庭分崩离析,父亲更其潦倒——因此他高中未及毕业,便去当了一名文书。解放后,他报考了华北革命大学,那实际上是个短训班性质的学校。当时各行各业急需干部,"革大"及时地把各种各样的干部输送到有关的部门,韩一潭被分配来当了一名编辑。他一当便是三十年,编辑部的头头换了好几茬儿,他却在历次的"改朝换代"中都被留用了下来。

他成了编辑部里资历最深的编辑,主要的原因,在于温驯。听命于领导,一丝不苟地照办,开头似乎还不过是出于他的天性;后来,经过目睹一个个"带刺儿的""搞独创"的同事在政治运动中被打下去,他的驯顺无争更大程度是基于人生经验的宝贵积累。领导要发配合"三反""五反"的诗,他便去挑这方面的诗;领导急需补发几首配合"肃反"的诗,他便连夜去组稿,并且不仅组来了诗,还组来了相应的漫画;领导说可以根据上面的精神,显示一下他们"鸣放"的姿态,他便挑出几首颇具"大鸣大放"气派的来稿,请领导审处;领导说现在要"吹响'反右'的号角了",他便很快组来了"反右"的"阶梯诗";领导说该赶快出一个"大跃进民歌专辑",他便一口气读了六千首,精选出三十首;后来到了"三年困难时期",领导说现在大家生活艰苦,诗歌无妨轻松一点,他便组编了《夏夜圆舞曲》《欢快的溪流》《红叶,红叶,你真美》《山村闻笛》等一批颇让读者耳目一新的短诗、组诗,有的还被作曲家谱曲,广泛流布;再后来领导说"不能任修正主义文艺思潮泛滥了",他便退回上述诗歌作者的无数来稿,写信恳劝他们"跟上时代的步伐",于是他又发现了一批更新的作者,发表了他们一系列的"革命化"作品;一直到一九六六年七月,整个编辑部彻底垮台前夕,他还编发了一首工人业余作者所写的《铁帚横扫"三家村"》。经过两年左右的"斗、批、改",三年左右的"干校"生活,一九七三年编辑部一恢复,新领导首批调回的老编辑里,便有他在内。为什么?除了知道他好使用外,也看重他对情况的熟悉——某个作者是怎么个来历,过去曾出现过哪些作品,引起过何种反应,编辑部遇到某种情况过去是怎么处理的……诸如此类的问题,领导只要提出,他便可以立即答复,犹如一具活的资料库。从那以后到一九七八年,他编的诗歌从内容上看,可以说几乎在不断地拐直角:抒发"同党内走资派斗争到底"的"战斗豪情";颂扬工人民兵在"四·五"事件中"打得好";讴歌"无产阶级文化大革命就是好来就是好";鼓吹"亿万人民奋起反击'右倾翻案风'";欢呼"大快人心事,粉碎'四人帮'";"缅怀革命老前辈,丰功伟绩永不忘";在"四·五精神"的召唤下,展望光辉灿烂的未来;为"十来个大庆"而"百灵般欢唱";宣布"'凡是',这不是唯物论者的语言";欢唱"喜迎'老包'到垅头";隆重推出《爱富歌》……

主编更迭,人事沧桑,有的撤职流放,有的抱惭而退,有的去而不返,有的转一圈却又回来……周围的同事也常常来来去去,然而总有那么几个老编辑"江流石不转",长满青苔般地锈在那里,韩一潭便是其中之一。

除了听话、驯服,可充"活资料库",他业务上内行、熟稔,也是公认的。说句公道话,他是颇具艺术眼光的。同一内容的诗歌,他总能精筛细选,严格地淘汰掉那些缺乏艺术气息的,辛苦地淘沥出那些艺术性较高的;并且极善于加工,有时让他缩一句、换一字,便立奏点铁成金的奇效,作者佩服,主编满意,他自己也引以为豪。

但是他自己却从不写诗。他甘当一个实实在在的编辑。对于那些当着编辑,却醉心于写诗,想把编辑这个岗位当块跳板,伺机跳入专业诗人圈子的同事,他内心里是很不以为然的。他可以容忍猫头鹰,容忍豚鼠,却不能容忍蝙蝠。

不知不觉之中,他已两鬓苍苍。"敢将十指夸针巧,不把双眉斗画长。"他已经习惯了一种恬淡平和、有所遵循的生活。过去他自然也有过惶恐,有过游移,有过失落感,但那都只是暂时的。比如"文化大革命"风暴袭来的头两个月,忽而"造反派""揭竿而起",昔日的领导威风扫地,令他不知该皈依"叛军"还是该奋起"保皇";忽而又进驻了"工作队"使他庆幸自己未随"游鱼"也未近"走资派";忽而"工作队"又被押上了批斗台而"造反派"又"一分为二",你砸我打,惊心动魄……但好在这一切都不过有如疾风过境,很快形势也就明朗:"中央文革"是最高权威,紧跟"两报一刊社论"

便无差池,他觉得自己又有所遵循了,便兢兢业业地当起"顺民"来。那一时期他所订阅的《红旗》杂志上,划满了他悉心捧读留下的一道道红线……

不知怎么搞的,这几年他内心里却又浮起了惶恐和失落感,冷静想来,实在是因为这几年涌现在他眼前的斑驳世态,撞击着他心扉的汹涌思潮,令他实在应接不暇,难以消化,而又无所遵循……

一个年龄既轻、资历既浅的作者,居然可以出版《×××选集》,而且在扉页上登出照片、手迹,这是"文革"前所不可想象的,当年知名如秦牧、杨沫、郭小川、杜鹏程……谁能这样出书呢?哪里印过他们的照片呢?并且,这种年、资两匮的作者,居然还被各地请来请去,坐飞机,住宾馆,发表演说,游山逛水,甚而派往国外,扬名他洲……入情吗?合理吗?

录音机,流行曲;李谷一,苏小明;喇叭裤,登山楼;男高跟,披肩发;铁臂阿童木,银耳珍珠霜;白兰牌洗衣机,雪花牌电冰箱;"我是日立宝宝","领导世界新潮流";"胡风同志作了书面发言",《西方现代派文学作品选》;落地式定时十六时电风扇,梅花形淡红色镶花大吊灯;大型明星"美人头"挂历,精印法国印象派画家画集;"万元户"买汽车,"个体户"雇工人;梅花鹤翔桩,海灯二指禅;"深圳最新豪华住宅——高嘉花园——即日开始发售……可迁移内地亲属入住……","樋屋奇应丸——主要成分:人参、牛黄、麝香、熊胆——功效卓著,群众信赖……香港付款,内地取货……"唉,真是"信息大爆炸",可让韩一潭如何禁受得起!什么对?什么错?什么好?什么坏?什么只能一时?什么能够长久?什么沾而无碍?什么务必远离?

天下从此多事。韩一潭从此多忧。而对这种世态,夜深人静时,辗转反侧中,他心头竟时时泛起一种酽酽的怀旧情绪……

可是生活毕竟还是安定的,而且他家同别的家庭一样,近一二年也开始走向了"电气化"。一九八二年十二月十二日那天下午,当他坐在沙发上翻阅当天的《北京日报》时,他的爱人葛萍便在厨房中开动洗衣机洗衣服。洗衣机开动后的声响固然大了一点,但听来也还是愉快的。葛萍开了洗衣机,回到屋中,坐到案前批改学生的作文,心情也颇为怡悦。

韩一潭读报读到了广告栏中的那一则"寻人启事",不由惶惑起来——又是一个东北青年,"离家赴京并带大量自写诗稿",奔谁而来?真令人不寒而栗。

他不禁呼唤爱人:"葛萍,糟糕,咱们一定得注意——"

葛萍只顾批改作文,并不搭理他。

韩一潭便大声地读出那"寻人启事"来,把其中最富威胁性的句子,重复了两遍。

葛萍这下紧张了:"是么?怎么好呢?这回,咱们无论如何不能让他进到屋里!"

"是呀,是呀,"韩一潭说,"他要再拿出蘑菇什么的,咱们一定要马上退还他,坚决不能让他往咱们桌子上搁!往窗台上搁也不行!"

两个人议论了一阵,有备无患,以逸待劳,总算渐渐松弛了下来。

葛萍改出了三四本作文,韩一潭连当晚东铁匠营俱乐部由中国评剧院一团戴月琴、李德琪主演《狐仙小翠》的广告也浏览到了,厨房中的洗衣机也停了下来。这时,忽然有人用手指敲着他们屋门上的玻璃。

两口子不由得惊悚地朝门外望去,依稀是个男子汉的身影,心里便一齐发出悲鸣:"糟糕!果然来了!"

可怎么办呢？

23. 一个小流氓朝钟鼓楼下走来。凶多吉少。

"无产阶级文化大革命"，对于许多成年人来说，仿佛不过是昨天的事。由于这场长达十年的动乱扭转，切断了大量过去正在发展中的事态，所以，当动乱过去，人们在"拨乱反正"的过程中接续以往的线索时，往往不得不把这十年暂时当作一个空白，就仿佛时间到了一九六六年夏天突然冻结，而到了一九七六年秋天，才又复苏似的。前几年报纸上时常把实际早已超过三十五岁乃至逼近五十岁的作家称作"青年作家"，便是一例。因为人们——包括他们自己——都觉得他们的实际生命，需要从实际年龄中扣除掉一个"十"。

可是在"文化大革命"爆发的那一年出生的人，到一九八二年却已经整整十六岁，并且经历了他个人生活史中的幼年、童年、少年等阶段，而开始向青年时代演进。他们静悄悄地生长着。

现在那其中的一个，便在鼓楼前的大街上从南朝北走。

他的名字叫姚向东。和他同龄的人之中，有许许多多的向东，卫东、立东、颂东（还有卫彪、学青之类，不过都迅即改掉了）……在他们上幼儿园的时候，阿姨教给他们"打倒叛徒内奸大工贼"的歌谣；在他们小学快毕业的时候，老师又给他们讲刘少奇爷爷的丰功伟绩。在"开门办学"的日子里，他们参加"迈社会主义步，堵资本主义路"的活动，老师为提高他们的觉悟，组织他们看电影《青松岭》，回来开会批判电影中那个搞"自楼"的钱广；而在初中毕业的前夕，"分数挂帅"的浪潮汹涌澎湃，老师为了让他们尽可能考上

"重点高中",锻炼作文的能力,又组织他们看了电影《柳暗花明》,回来写观后感,批判极"左"路线对农民合理愿望的粗暴践踏……原来社会向他们灌输"爱情"和"金钱"是羞耻的观念;如今社会上充斥着无处不见的"爱情",并且通过对"万元户"的宣传,使他们懂得了钱越多越光荣的道理……小小的年龄,贫乏的经验,尚未发育完全的中枢神经系统,承受如此巨大的、频密的、戏剧性的大转折,他们会产生一些什么问题,出现一些什么心态,导致一些什么后果?似乎我们的教育学家、社会学家、心理学家……一时都还来不及进行细致的专题研究。在我们的社会生态群落中,不管你对他们这一茬人忽视还是重视,反正他们无止息地生长着、活动着。

话说姚向东穿着一件米黄色的羽绒登山服,双手插在登山服的斜兜里,咽着唾沫,百无聊赖地从南往北走。

他是被从家里轰出来的。起因,便是他穿在身上的那件登山服。

姚向东的父亲,六十年代末从部队转业到区级机关当保卫干部,对姚向东一向是管束得很严的。在姚向东四五岁的时候,父亲就向他灌输着"长大参军当兵"的意识;母亲是机关的打字员,自然也盼着姚向东快快长大,快快入伍,她为姚向东缝制了仿国防绿的小军装,衣领上还缀以红布仿制的领章,自然还有小小的军帽,帽子上别着真正的红五星帽徽——是姚向东父亲从老战友那里,特意为儿子要来的。一直到十来岁左右,姚向东内心里充盈着这样的优越感、自豪感和自信心——"我爸当过解放军,我长大了也要当解放军!我爸有的是老战友,只要我长大,我爸一句话,我就能当上兵!"

姚向东刚上小学的时候,放学的路上,遇见过小流氓抢帽子的场面——一个戴着国防绿军帽的中学生在人行道上走着,突然一个小伙子骑着车飞快地窜来,经过那中学生身边的一瞬间,伸手抓走了他头上的绿军帽;中学生叫喊时,骑车的人已然拐进了前面的街巷中,不见踪影。这惊心动魄的场面,即使姚向东隐隐觉得抢帽子的人真"盖"①,又使他进一步意识到一切与"国防绿"有关的东西的珍贵。

可是姚向东上到小学四年级以后,周围的社会生活发生了很大的变化。小流氓们不再抢国防绿军帽了,并且中学生们也都渐渐不以穿绿军制服、戴绿军帽为时髦。少年儿童们不知从什么时候起又流行穿一身蓝——蓝制服、蓝裤子,配一双雪白的球鞋,仿佛那便是"帅"字的体现。冬天,开始时兴戴栽绒帽子,穿皮夹克——没有真皮的,人造革的也凑合。小流氓们又抢开了栽绒帽子。又一个冬天,栽绒帽子过时了,剪羊绒帽子方兴未艾,小流氓们的抢劫目标又一次转换。到一九八二年的这个冬天,登山服开始流行。似乎再没有人盼望着参军当兵。功课上有点希望的,盼望着考上大学。像姚向东这号小学毕业后没能考上重点中学,初中毕业后又没能考上重点高中,而功课又越来越差的少年,既不再艳羡入伍当兵,考大学又明摆着毫无希望,毕业后更势必要待业家中,心中便不免茫茫然,没着没落。

对于儿子的管教,姚向东父母倒也一直没有放松。尤其是父亲,见到儿子不争气的表现,除了一顿急风暴雨般训斥,气急之时,甚至脱下鞋子,用鞋底乱抽乱打——往往要做母亲的一边遮拦,一边哭喊,方才罢休。教子无效,方法不妥固然是一个因素,而本身对迅速变化的社会生活的不理解不适应,牢骚满腹,苦闷难遣,当着儿子讲怪话,却又不许儿子说怪话;儿子提出问题,回答不了,便

---

① "盖""盖了""盖帽""盖了帽啦",都是了不起的意思。

拿儿子撒气;对儿子讲的道理越来越抽象、干瘪……是令儿子不服管教的更主要的因素。儿子在父母的面前,渐渐变得虚伪。

姚向东所在的那个学校,是所"非重点"中学,老师们——尤其是班主任——工作还是相当努力的。一方面,他们花大力气把一部分尚有学习积极性的学生调动起来,让这些学生在题海中苦航,争取能爆出冷门——考上大学,既为学生们自己争气,也为学校争光,倘若这样的学生逐年增多,那么,他们这所中学便有希望进入"重点"的行列;另一方面,他们也想尽各种办法把姚向东这号的"后进生"管束起来,让他们在校内不至于吵闹,在校外不至于被派出所拘留。不过,由于教育从来不是万能的,而他们对姚向东这号学生的管教又未免失之于粗糙,姚向东在老师们面前,也渐渐变得虚伪。

这天中午,临到吃饭的时候,姚向东母亲才发现,儿子身上穿的那件登山服,并不是她给他买的那件腈纶棉的,而俨然是羽绒的——尽管颜色很相近,衣兜和风帽的样式也相差不多。她不禁问道:"怎么回事?你这衣服哪儿来的?"

姚向东满不在乎地说:"跟同学换着穿的。"

母亲训斥说:"哪有换着穿的道理?人家这件是羽绒的,比你那个贵上一半,你给人家穿坏了,咱们怎么个赔法?你那件腈纶棉的穿着不是一样暖和?干吗非追求时髦?"

偏这时候姚向东父亲从里屋走了出来,一听,一看,不禁怒火中烧。姚向东原有一件棉袄,是用父亲过去的军棉袄拆洗改做的,姚向东套着蓝制服穿了几天,便吵着要换件登山服,说什么:"现在谁穿这样的破棉袄?我们同学个个都有登山服!"当时虽然生气,倒也没有发作。确实,如今中小学生穿登山服的很多,家长们似乎都挺有钱,有的更给孩子买真正的皮夹克穿。比起来,自己和姚向东他妈大概是家长中最穷酸的——两人都在事业单位,干拿工资,没有一点外快,负担又重——双方都得按月给老人寄钱,姚向东的姐姐刚从幼儿师范毕业,分到幼儿园工作,还没转正,仅能自给自足;这么个经济情况,姚向东吵闹着要买登山服,他母亲自然只能是给他去买件腈纶棉的,没想到这小子现在越来越不知足,竟把同学的羽绒登山服弄来穿在自己身上,这简直是贪得无厌!

姚向东父亲一见姚向东穿着别人登山服的那副赖相,便忍不住大喝一声:"不要脸!你给我脱了!"

母亲忙上去拦住他,劝慰说:"你的血压!你先别急,慢慢给他讲道理!"又扭头冲着姚向东说:"还不快跟你爸认错!吃完饭,你就去跟人家换去。听见了吗?"

姚向东觉得母亲是在护着自己,有恃无恐地坐到饭桌前,嘟囔着说:"什么不得了的!我们净换着穿。"说着便拿起了筷子……

父亲一见,越发怒不可遏,使劲一顿脚,宣布说:"你别吃饭!我这个家不养你这号少爷!你滚!"

姚向东便站起来,耸耸肩膀,转身走出了家门,对于背后传来的父亲和母亲那纠缠在一起的喊叫声,几乎是完全无动于衷。

姚向东一通儿瞎转悠。在什刹海前海小花园里,他挤到亭子边听了听戏——那里常有一些市民聚集清唱京剧,姚向东感兴趣的自然不是京剧本身,而是那些拉琴、唱戏的人那种逗哏的模样;又到什刹海前海的冰面上,霸道地"借"一个同龄人的冰鞋,溜了一阵野冰;忽然感觉饿得难受,便下意识地来到了鼓楼前的大街上。

鼓楼前的大街,即地安门外大街,从南到北分布着不少的饭馆。从历史上看,北京著名的饭馆,大部分分布在南城,又尤其是前门外一带,除所谓"四大兴"——"福兴居""万兴居""同兴居""东兴居"——而外,如煤市街的"致美斋",大栅栏的"厚德福",陕西巷的"醉琼林",韩家潭的"杏花春"等等,也都颇为著名;当然西城、东城也有一些数得上的饭馆,西单一带曾有包括"大陆春""新陆春""同春园""淮阳春""庆林春""鹿鸣春""四如春""方壶春"在内的所谓"八大春";西四南有"同和居",西华门外有"万福楼",东城隆福寺街有"福全馆",东四北有"同和楼";北城一带,据说清末民初烟袋斜街内的"庆云楼",白米斜街内的"庆和堂",什刹海畔的"会贤楼",都曾盛极一时。到了一九八二年年末,南城、西城、东城的饭馆虽有不少变化,一流的大饭馆仍保留了不少,而北城,又特别是钟鼓楼一带,除鼓楼边上的"马凯餐厅"和银锭桥头的"烤肉季"较为著名而外,大都沦为一般。不过,虽然如此,那鼓楼前大街上饭馆的种类却颇为齐全。过去有人把本世纪初的北京饭馆分成几类:只卖包子、饺子、馄饨、馅饼、米粥之类的切面铺;只卖猪肉、羊肉菜肴的"二荤铺";标榜"应时小卖,随意便酌,四时佳肴,南北名点"的小馆子;供应小型宴饮的中等饭庄;饭店、酒楼、会堂合为一体的大饭庄;经营西餐的"番菜馆";总计七种。除后两种暂付阙如外,前五种在如今的鼓楼前大街上都还存在,并且每种之内又还有所变化。

十六岁的姚向东自然绝不会知道,也不会探究鼓楼前大街上饭馆的盛衰增减,但是,由于他感到饿了,所以,当他无目的地从街南朝街北走去时,他的嗅觉却有意识地捕捉着从那些饭馆中逸出的气息。

在这条大街最南头,马路东边十字路口拐角处,有一家门面颇大,品种颇全的国营小吃店,还有一家门面极小、专卖"褡裢火烧"的个体小吃店。按说姚向东既然肚子饿了,搜索出他衣裤兜里的所有"钢镚儿"[①]来,还是能从那两家买到足以果腹的食品的,但姚

---

① 金属分币。

向东此刻却没注意到它们——他走在大街西边,西边十字路口拐角处是新开张不久的"天津狗不理包子铺",大约刚有一屉三鲜馅包子出笼,从那包子铺里飘散出好一股诱人的暖烘烘的香气。姚向东不由得登上包子铺面前的台阶,隔着门玻璃朝里面望去。嘀,怎么那么多的人,坐着的还没吃上,背后已经站着等座儿的人,饭桌上堆满盘子、筷子,也没人及时地收拾。从饭堂深处飘出一阵阵像雾一样的白气,好闻真是好闻,可谁有耐心进去排队买票、等座儿?何况把兜里的钱全掏出来,说不定还买不下二两——姚向东想到这儿,叹了口气,跳下台阶,继续朝前走。

往前,过了"光明药店"和"长青轻纺服务部",有个"露明园馄饨馆",里头人倒不多,姚向东却吹着口哨管自走了过去。他可不稀罕馄饨。他想吃正经的炒菜。怎么才能弄到一张"钢铁"①呢?如果能弄到一张"团结"②,那就更"盖帽儿了"。不知不觉他已经走过了白米斜街,走过了"虹光服装店"和"北京文物商店收购部",并且走过了后门桥,来到了"合义斋"饭馆门前。正当他朝饭馆大门走去时,忽然传来了一声尖脆的呼唤:"小拽子!"③

那自然是叫他。姚向东扭过头去一看,原来是同班同学,外号叫"阿臭"的,骑着辆亮闪闪的二六小女车,捏闸停在了马路边。

姚向东便走拢去同阿臭搭话。

阿臭是个圆脑袋、圆身子的胖小子,戴着一顶剪绒帽子,穿着一件式样新颖的皮夹克。他咧开大嘴,依旧尖脆地问:"小拽子!你他妈的跟这儿踅磨什么啦?"

"小拽子"即姚向东,一把抢过阿臭的剪绒帽子扣到自己头上,

---

① "钢铁",指印有钢铁工人形象的五元人民币。
② "团结",指印有各民族大团结图画的十元人民币。
③ 在这里"拽"要读 zhuāi;"子"读如英文字母"Z"。

喜出望外地说："你丫挺的,管他妈什么闲事!你这他妈是到哪儿'拍婆子'去?"

阿臭伸手去够小拽子头上的帽子,小拽子躲闪着。阿臭不满地说:"你他妈的骗了'小羊子'的这身衣服还不够,又他妈的跟我犯贱来了,还我!我他妈的还有事呢!"

小拽子便趁机要挟说:"我他妈的还没吃饭呢,你丫挺的管我饭钱,我就还你帽子!"

两人的对话实在不雅,略作记录,以存资料,兹不再赘。总之,在一种既粗野又亲昵、既蛮横又义气的交谈授受之中,小拽子终于归还了阿臭的帽子,而阿臭也终于借给了小拽子一元钱。

阿臭这绰号的来历,是因为其人爱放屁。小拽子呢?所谓"拽子",是北京新俚语中,对一手一足萎缩的小儿麻痹后遗症患者的称谓。早在小学时,姚向东因为曾跟在一位这样的残废人身后,把那人走动的姿势模仿得惟妙惟肖,故而在一群男同学的哄笑声中,获得了小拽子的绰号,后来竟一直沿用到高中。

对于当代青少年中污言秽语的消除清扫问题,人们很少作过专题研究。大都采取了两种简单的办法,一是对污秽鄙下的语言实行回避和禁止,一是灌输以规范化的文明语言。这当然也能取得一些表面效果,但究竟不是治本之方。

姚向东上小学的时候,原是很听老师和家长的话,不骂人,不说脏话的。但儿童在成长期中,对于语言本身,也有一种游戏的兴趣。姚向东记得,他上一年级时,同学之间私下里就流行着这样一首"歌谣":

> 结巴磕子赶大车,
> 一赶赶到核特哥,

　　　　核特哥,是你哥,
　　　　你哥是我大拇哥!

　　"结巴磕子"是"口吃者"的意思,"结巴磕子赶大车"这一句还勉强有讲,其余几句完全没有意义,不过是追求一种节奏和音韵上的快感。本来,儿童文学工作者,以及老师和家长,是应当抓住儿童们的这个特点,因势利导,编出内容优美生动而又朗朗上口的歌谣,以满足孩子们的这种快感的;不幸的是,姚向东上小学的时候,老师净教他们一些政治性极强而念起来索然无味的"革命儿歌",其结果是,孩子们因厌弃课堂上强灌的,便在课下"反其道而行之",自编自诵起越来越多的"地下儿歌"。开始,这类"地下儿歌"还只不过是单纯的音节和韵脚游戏,如:

　　　　biāji biāji biā,
　　　　摔个大马趴①!
　　　　马趴没摔好,
　　　　摔个仰巴脚②!
　　　　医生来看病,
　　　　真是不高兴,
　　　　打了biāji针,
　　　　吃了biāji药——
　　　　看你以后还闹不闹!

　　后来,由于社会上庸俗因素的渗入,这类"地下儿歌"便渐渐糟糕起来,而老师、家长们往往满足于儿童和少年表面的听话,驯服,对于存在着另一个儿童和少年们独自相处的世界,以及在那一世

---

① "马趴"是脸朝下摔倒。
② "仰巴脚"是屁股着地摔倒。

界中存在着另一套语言和另一套做派,长期予以漠视。结果,当少年人肩膀渐渐展宽,嗓音渐渐变粗,胆量也渐渐变大,开始公然当着大人们"撒野"时,老师和家长才慌了神儿,可是到那时候再来扭转,分明已属"亡羊补牢"。

　　语言不美的另一个心理根源,便是自尊心的匮乏。姚向东从小就看惯了戴高帽子游街一类的"揪斗"场面,被"揪斗"者的尊严自然扫地委尘,那些气势汹汹的斗人者在他眼中也并无尊严可言——龇牙咧嘴,声嘶力竭,粗暴蛮横,不顾体统……姚向东那颗小小的心不禁暗暗自问:我长大了,是当被斗的,还是当斗人的呢?当然要当那斗人的!为实践这个愿望,在小学三年级时,就曾在一次"批斗大会"的游戏中,让同伴们"把三反分子阿臭押上来";然后他便撸袖伸拳,模仿着斗人的"造反派"头头那架势,把"阿臭"一顿乱斗,最后横眉立目地宣布:"……现行反革命,帽子拿在群众手中!"一九七六年以后,家长、老师本应在重建孩子的自尊心方面花大力气,但在时代的大转折中,姚向东的父亲尚不能使自己的心理保持平衡,又哪能去顾及孩子的心理卫生?而对孩子的点滴咎错也暴跳如雷,乃至连骂带打,只能是使姚向东原已十分脆弱的自尊堤防,全然崩塌。老师在考试制度的重大变化面前,不得不把分数和升学率当作一个最实际的追求目标,逢到姚向东这号学生的粗言秽语和调皮捣蛋,便也只是简单地予以弹压,而在情急之中,又难免施以讽刺——"瞧你那副小流氓样儿!"焉知这样一来,姚向东的自尊不但更荡然无存,还增添了一种"心理反馈"——"小流氓就小流氓,真当给你们看看,怎么着?!"

　　结识小流氓,原是容易的事。公共厕所、溜冰场、游泳池、邮局门口倒换邮票的人群,足球场入口外等候退票的人丛……都是小流氓们经常麇集出没的所在。姚向东的堕落,便开始于厕所中递来的一支烟、溜冰场上的一次蓄意冲撞、游泳池畔的借用"鸭蹼"……而他最初的不法行为,也便是跟着"哥儿们"到邮局门口和足球场外,用"花纸头"①和废球票骗取了一块钱以内的"赚头",然后一气吃了五个冰激凌,闹了两天肚子。

就在这一九八二年的夏天,他曾混进一个小院,捧出一盆碧绿青翠、两尺来高的山影,一溜烟地跑到什刹海后海边上,将那盆山影"咕咚"一声抛入了水中。他并不需要那盆山影,他毁灭一个美好的事物,仅仅是为了赢得"哥儿们"的喝彩。

……此刻他拿着"阿臭"给他的一元钱,晃着肩膀进到了"合义斋"。照例是客满,不过等座的还不算多。他一眼望到了最近那张桌子当中的一个热气腾腾的砂锅,浮面上漂着一簇簇油星,露出一些豆腐块的棱角。他想自己就该买那样一个砂锅来吃。但随即他也就发现,围在那桌旁吃饭的,不是别人,竟是班主任王老师一家!没错,那年纪大的娘儿们准是王老师的老婆,那两个学生模样的一男一女,准是王老师的儿子女儿。他们倒都挺美的,正用瓷勺儿舀那砂锅里的热汤喝……

他的眼光同王老师的眼光接触上了。王老师比他还要尴尬。老师最怕学生看见自己吃、喝、拉、撒、睡。而姚向东对老师的神圣感的第一次幻灭,便是二年级时他的班主任老师有一天突然当众到痰盂边呕吐——原来老师也会肚子疼,也会生病,也会呕吐,也会出丑……

"王老师!"姚向东富于挑逗性地率先招呼了老师。

王老师仍旧尴尬,脸涨得通红,仿佛一个当众被人抓住的小偷。姚向东觉得很吃惊,也觉得很有趣。在他呼唤了王老师以后,

---

① 假邮票。

王老师的老婆孩子全都扭过脖子来望着他,目光里全带出老大的不愉快。王老师迟疑了几秒钟,才点点头呼应说:"姚向东啊!你……来吃饭哪?"

"不,"姚向东乖巧地回答,"我家来了客啦,我妈让我来买点下酒菜回去……"

"啊,那好,你买吧,买吧,买吧……"王老师满脸笑容,格外亲热地说。

其实在这个地方,姚向东买什么本用不着他的批准,可是不知怎么搞的,姚向东格外谦恭起来。他对王老师连连点头,这才朝买酒菜的柜台走去。

王老师的爱人一边咀嚼着,一边对王老师夸赞说:"你这学生还很懂礼貌嘛!"

王老师伸手去挟菜,自得地说:"其实,这还是个后进的哩……"

姚向东并没听见这两句话,可他总觉得王老师在扭头望着自己。他本不需要什么酒菜,可是他还是花八毛钱买了一个小拼盘,申明"带走",让服务员给他包了起来。

出得饭馆,姚向东才感到后悔。他需要的是砂锅豆腐,而不是什么干巴巴的下酒菜!他信步穿过了马路,在后门桥东南侧,有一家没写字号的饭馆,他推门走了进去,那里正卖牛肉汤面。姚向东肚子里咕咕直叫,顾不得再加挑拣,他搜索出衣袋里的全部零钱,买了一碗牛肉汤面,然后把那包"下酒菜"一股脑儿全扣在了面条上;其实那"下酒菜"也不过是些牛肉片儿,还有一撮煮花生。他呼噜呼噜吃得飞快。因为碗里堆的东西太多,面汤溢了出来,顺着塑料桌布流下了一道小小的瀑布,待他发觉,已经为时过晚——牛肉汤把他身上那件羽绒登山服下摆污染了一大片。姚向东于惊讶痛惜中骂出声来。

这件羽绒登山服，是班上的班主席杨强强的。说来也怪，姚向东这么个后进生，偏跟杨强强那么个共青团员混得不错。杨强强父母都是中央实验话剧院的演员。杨强强初中时功课本来不错，谁想考高中时作文跑了题，没能考上重点学校，倒成了姚向东者流的同学。王老师把杨强强跟姚向东安排到一个座位，原是让杨强强帮助姚向东，可姚向东并没感觉到杨强强对他有什么帮助。杨强强只是劝他看一些课外书。姚向东看不下去。杨强强借他的那本《卓娅和舒拉的故事》，他还没看到卫国战争爆发，就再也看不动了。杨强强借他《三国演义》，他看着吃力，坦率地说："看这字书，不如看小人书。"杨强强便对他说："我有全套《三国演义》小人书，四十八本。"姚向东要看，杨强强说："不外借。要看，跟我到家坐着看。"姚向东跟着去了杨强强家，杨强强端出个纸匣子来，果然是全套"三国"小人书，那还是杨强强的父母"文革"前给他哥哥买的，一直珍藏到如今。姚向东每次去看两三本，看得津津有味。杨强强是惟一几乎不叫姚向东外号的男生。跟姚向东他们一块儿聊天时，杨强强自己不带脏字，但对姚向东他们嘴里的"他妈的""丫挺的"，却也从不指摘。老师管束姚向东时，总说："不许你这样！""不准你那样！"老师让杨强强帮助姚向东，杨强强总从正面说："你干吗不这样呢？""你那样不好吗？"比如在杨强强家看小人书看得入迷了，杨强强便会说："你歇会儿不好吗？""你干吗不作几道几何题呢？"姚向东非要抄杨强强的作业，杨强强也就让他抄，只是说："你至少弄懂一道，不也好吗？"便不多不少只给姚向东讲上一道。杨强强真随和，真不让人讨厌。班上选班主席的时候，王老师看上的本是一位女生，结果姚向东突然积极为杨强强竞选，全部男生都投了杨强强的票，加上一部分女生也拥护杨强强，杨强强便当上了班主席。

姚向东的父母或许会以为,今天姚向东穿在身上的这件羽绒登山服,是姚向东诈骗来的。真的不是。昨天放学后去杨强强家,姚向东跟他杀了一盘军棋,玩得挺痛快;临走的时候,姚向东实在觉得杨强强这件登山服比自己那件帅,心里痒痒,便提出来:"咱们换着穿一天吧!"杨强强也就点头答应了。就这么穿回了家。有什么大惊小怪的?

可是这件登山服让"丫挺的"牛肉汤给染了。真熬淘①!要是别人的,也就管他去,可杨强强对自个儿真不错,起码,那四十八本的"三国"小人书,别人舍得拿出来让你看个够吗?

姚向东出了清真面馆,心情要多坏有多坏。真想跟迎面走来的人吵上一架。吵架有的是理由,"你他妈干吗照②我?"这就可以纠缠到底。可迎面来的是个解放军,四个衣兜的。团级?师级?红帽徽,红领章,那曾是姚向东小小心灵朝夕向往的。现在当军官得先上军官学校,又得凭"分"。"分儿,分儿,学生的命根儿。"姚向东没这个命根儿,他真倒霉!

清真面馆旁边是个信托商店——"益民信托商店"。它如今在北京市越来越有名气,快跟东华门大街的"中昌信托商店"齐名了。姚向东盲目地钻了进去。这里卖各种家具,堆着好多弹簧床和双人折叠沙发床。新来了一批电镀衣架,衣架顶上可以安灯泡,兼当落地灯。姚向东对这些东西自然毫无兴趣。啊,也卖衣物——登山服!羽绒的!衣袖上还有带拉链的小兜!真帅!那兜是装什么玩意的?还有黑底金字的标签,都是英文字母,也不知啥意思,也

---

① "熬淘",读作 āo tao,败兴、倒霉的意思。
② "照",就是拿眼睛看(带有挑衅)的意思。

许杨强强认得出来,他英文行……哎呀,四十五块钱一件!够贵的!要是能有那么一笔钱,把它买下来,那就好了,可以拿着去找杨强强,"哥儿们!我把你的登山服弄脏了,咱们好汉做事好汉当!睬兮睬兮①——赔你的!比你那还帅!怎么着?'官盖了'②吧?"

姚向东在一种难以譬喻的惆怅心情中出了信托商店,继续朝北走去。啊,帽儿胡同。杨强强就住在帽儿胡同里——那里有一片文化部盖的宿舍楼,中央实验话剧院的人分了不少单元。去找杨强强吗?就这么着去?那多丢人现眼!姚向东边想边横穿过了马路。先离帽儿胡同越远越好!就这样,他懵懵懂懂地走拢了位于这条街尽西北角的"马凯餐厅"。餐厅里窜出一股奇特的香味。姚向东痛感自己并没有吃饱,他下意识地推门走了进去。楼下只卖快餐,楼上有雅座卖炒菜。他在楼梯口看了下菜牌,那些菜肴尽管他几乎都没尝过,但光看名目也就足令他流涎三尺:

  去骨东安鸡　　　油焖大虾

  炸黄雀肉片　　　松鼠鱼

  红烧海参　　　　红烧狗肉

  酸辣鱿鱼片　　　熘嫩鳝丝

  …………

他更感到——如果兜里有张"钢铁"或"团结"该有多好。但他现在已经几乎一文不名。他拖着脚步走出了"马凯餐厅",一口接一口地咽着唾沫。

他朝钟鼓楼跟前走去。他也不知道自己目的何在。他脑中浮

---

① 瞧一瞧。这其实是外来语。民国初年,一些北京市民模仿英美人说 look,后又由"睬客睬客"转音"睬兮睬兮"。

② "官盖了"是"盖了帽了"的最高形容格。

现出了那盆碧绿的山影。

24. 婚宴上也会有惊险场面。信不信由你。

第三轮热菜端上来了。

一盘桃仁鸡丁,是按"仿膳"的规格烹制的——路喜纯怕薛家一时找不到核桃,自己特意用塑料袋装来了三两核桃仁——搁到桌上时,热油还在滋滋地响;一盘香酥鸭,在鸭嘴里,路喜纯还插上了一朵用胡萝卜刻出的玫瑰花,并且陪衬上了几片芹菜叶;一盘松鼠鱼,鱼虽然不算太大,但鱼背上的刀口和浇汁都足以证明制作的"地道";一盘栗子白菜,栗子大而黄,白菜肥而青,与前三样相配,虽素净而照样引人流涎。

这四盘一定定,本是专门来挑眼的七姑反倒头一个发出了由衷的赞叹:"哟——多气派,多喜幸,我们秀丫一进门就遇上这么个'红案',真是福气不浅哪!"

薛师傅听了这话,心里高兴。他望着那条色、香、味俱佳的松鼠鱼,更是感慨万千。他想起小的时候,家里过年,桌子当中也有一条鱼,也浇着热腾腾的汁液——不过那鱼本身只是一条不能吃的木头鱼!家里穷哇,买不起鱼,却又不愿失去"年年有余"的吉兆,所以就用了那么个法子。当时周围的穷邻居们,几乎家家都那么"吃鱼",据说是从江浙一带传来的习俗。木鱼当年"吃"过后,洗刷干净,挂起来,第二年春节时还用。薛师傅当年"吃"过的那一条,在他出生之前便已存在,直到他进隆福寺当了喇嘛,才不再"吃"它。后来那木鱼不知被家里哪位兄姊弟妹继承了,想必不会保留至今……薛师傅忽然想问问薛纪跃的大姑妈,大姑妈不在眼前——她仍在隔壁屋中主持那边的婚宴;而薛纪跃大姑妈的二闺女和女婿,已然带着两个孩子告辞而去,虽经薛师傅和薛大娘一再挽留,由于那女婿态度格外坚决,到底还是先走了,连这难得的松鼠鱼也没来得及尝上一尝……薛师傅只听得耳边新媳妇甜甜地召唤:"爸,您吃这鱼!"他挟起一块腮边肉,郑重地搁进嘴里,细细地咀嚼中,品味出了人生那最微妙的滋味……

潘秀娅在这闹嚷嚷的婚宴上尽管感到头脑有点发闷,心里倒一直满溢着幸福与自豪。特别是她所在的那个照相馆的同事们曾一度到场致贺——他们强调刚吃过饭,肚子里再装不下东西,虽经主人一再劝让,只是每人喝了一盅喜酒,或坐或立地嬉闹了一阵,便告辞而去——那位如今以"开眼技术"高超而在照相业当中小有名气的教授之子,也随同到场。潘秀娅想起自己对他曾经存在过的想法,想起他和他那知识分子家庭对自己的客气的拒绝,想到他的婚事至今似乎仍然没有着落……不知怎的,竟当着众人,端起一杯白酒,扬着嗓子对他说:"来,咱俩干上一杯!"他慌了,失去了平时的气派,连连摆手讨饶:"白酒可不行,我一点儿也不行……我喝葡萄酒吧!"周围的人一齐起哄,哪容他弃白就红?到底逼得他紧眨眼、慢皱鼻地同潘秀娅对干了一杯白酒。潘秀娅从中得到了一种极大的满足,她差一点把心里的这个想法说出来——"你是该开开眼喽……"

第三轮热菜消耗得也很快。卢宝桑刚嚼完一大块香酥鸭腿,又集中全力向松鼠鱼进攻。潘秀娅发现身边的薛纪跃吃得很少,而且根本不往鱼盘子伸筷子,以为他是觉着鱼少,善意地留给别人吃,便主动给他挟了一大块鱼肉,放入他面前的盘中,劝他说:"你也吃点,味儿真叫不错!"这镜头落入卢宝桑眼中,卢宝桑赶紧用胳膊肘一捅汗淋淋的王经理,冲王经理挤挤眼,用当年庙会上"拉洋片儿"的腔调唱着说:"你往那边瞧来往那边看,那边的小两口真不善——"

薛纪跃在那盘松鼠鱼端上桌时,便禁不住从胃中泛出一阵阵恶心。那松鼠鱼的头被炸得焦褐油亮,鱼眼暴突,鱼嘴微张,使他蓦地联想到当年在兵团中当炊事员时,为那水泡子中捞起的鱼剖肚的情景——那些鱼从口腔到肛门,贯穿整个鱼肠,全长着整条的寄生虫……他真希望那盘松鼠鱼快一点让大家收拾干净,眼光尽量不去同它接触。谁知潘秀娅竟偏偏把他回避不及的东西,巴巴地挟进了他鼻下的盘中。他本能地一惊,身子往后一仰,胃里头翻江倒海,恶浪直往食管里涌,耳边再听见卢宝桑那浪声浪气的聒噪,加以已然半醉的王经理随之发出的嘎哑粗鲁的笑声,便顿失控制,"哇"的一声呕吐起来……

这一吐,破坏了整个婚宴的气氛,引起了一场可想而知的混乱。最感到刺心的是薛大娘。她从潘秀娅惊诧的表情,七姑责难的眼光,以及与宴诸亲友扫兴的反应中,感受到一种奇耻大辱。她一面慌忙让大侄子薛纪奎把薛纪跃扶出去刷衣、漱口,一面朝每一个人急促地解释着:"我们跃子原没这个毛病,他可是万年没往外吐过东西,他兴许是稍微有点儿醉了。往常喝酒他可从没出过这号事儿,这可真是一时的岔子……"虽然她一再地解释,七姑却耸起眉毛,当着众人质问起潘秀娅来:"他以前跟你说过,他那胃有毛病吗?你们登记之前,检查过身体吗?他那胃怕得照个片子,检查一下吧?你原来真是一点儿也不清楚他那胃有毛病?"这串问题一出来,薛师傅和薛大娘忙在一旁作答:"跃子胃蒂根①没有毛病啊!他这可真是一时吃岔了……"婚宴上的气氛,竟突然紧张起来。

———————

① 蒂根,与"𣎴根"一样都是根本的意思。

潘秀娅倒没把薛纪跃的突然呕吐看得那么严重,她不认为他的胃一定有什么毛病。她低头检查着自己西服上装的下摆,她觉得薛纪跃呕吐时把秽物溅到了自己衣裳上,这是此刻最令她不快的一个因素——啊,还好,衣服、裤子上似乎都没沾上秽物。可是,啊呀!高跟鞋上,却分明有着令人恶心的斑点!她立即试图弯下腰去擦拭,但手头又无任何可供擦拭的东西。她的脸涨得通红,嘴不知不觉中噘起老高,在婚宴中头一回显得不快与烦躁。

孟昭英在极度疲惫中,强打精神来收拾残局。她内心里尽管腻烦透顶,表情上倒还保持着浅浅的微笑,嘴里一边不断地安慰着大家:"没事儿,没事儿,跃子弟喝几口热茶解解酒准好……瞧,这不几下就拾掇好了吗?大家伙接碴儿吃香喝辣吧……"她手脚也确实麻利,几下便擦净了桌子,扫净了地面,并且及时地将卫生纸递给了潘秀娅,让她得以擦拭溅在高跟鞋上的污点……

薛纪奎扶着薛纪跃回到了屋里。薛纪跃坦率地对大家说:"我没啥!我没喝醉,我的胃也没毛病,我就是讨厌那鱼——我不吃鱼,也不乐意见着鱼……"

"好咪——您不喜欢,咱来包圆儿①,让您眼不见为净……"卢宝桑闻声站起,将整盘鱼端到自己面前,顿时就着盘子大嚼起来。连身旁的王经理也觉得他未免失礼,推着他膀子劝他:"我说兄弟,你消停点行不?"

七姑却觉得这件事不能就此了结。不吃鱼,忌讳鱼,这还了得?"鱼"就是"余"啊!没有富余,难道受穷?她立即问潘秀娅:"你们搞对象的时候,他说过这一条吗?这可是大毛病,不该瞒人哪!"

---

① 把剩下的东西全包下叫"包圆儿"。

潘秀娅不及回答，席面上顿时又发生了变化——又来了许多贺喜的人，有与薛家有关系的，也有原先想不到竟会露面的，有的确实是专程而来，大多数看得出不过是顺脚兼顾——他们或是逛完北海公园而来，还带着半大不小的孩子；或是将去百货公司采购物品，手里拎着空的提兜……有的来客薛家认识而潘秀娅全然陌生，也有的来客只有潘秀娅认识而其余全然不知其身份；甚至有的薛家也仅有一人认识，而其余成员并不熟悉。因为是错杂而入，所以有的也来不及向大家介绍。屋子小，坐不下，有的便只是站一站，喝上一杯递到手中的酒，有的随便尝一两口菜，有的仅只是接过一块由新郎或新娘剥去包装的喜糖……真是乱哄哄、闹嚷嚷，令人眼花缭乱，应接不暇。

在这混乱的场面中，出现了姚向东。

姚向东本是偶然走进这条胡同的。他进胡同不久便发现了这家婚事——院门口贴着大红囍字，院门旁支着许多辆自行车，地面上布满鞭炮残屑，院门里飘出诱人的气味——其时路喜纯正为蒸好的米粉肉揭锅，香味甚浓……

恰好来了一群贺喜的人，嘻嘻哈哈地朝院里涌去。姚向东当机立断，混入其中，很快便达到了婚宴的最前沿。

开头，姚向东还有点紧张，他恐怕有什么人突然攥住他的胳膊问："你是谁？你干什么来了？"进了屋子，他缩在屋角，心里怦怦跳得好响。但几分钟后，他便看出，人们之间仿佛并不全都认识，而且也没有谁会来盘问自己，心里渐渐踏实。

卢宝桑这时候已经有六分醉意。他突然想再喝一点啤酒，伸手去取身后的啤酒瓶，发现啤酒早已喝光，不禁顿感扫兴。正当主人与众多的贺喜者应酬时，他突然大喊一声："他妈的啤酒还有没有？！"王经理忙拉住他，劝他说："算啦算啦，咱俩凑合着喝麦精露吧。"说着给他和自己各斟了一杯"麦精露",卢宝桑端起来喝了一口,脸上五官皱成一团,他一边骂着:"他妈的,什么破玩意儿!是人喝的吗?"一边顺势揪过恰好站到身边的姚向东,站起身来,不由分说地把那杯子凑拢姚向东唇边,硬往姚向东嘴里灌起"麦精露"来。姚向东原以为是自己引起了怀疑,魂儿差点飞出了躯壳。喝了几口"麦精露"后,才知道是对方半醉,而自己被认定为客人中的一员,不觉暗喜。他两眼朝卢宝桑身后的五斗橱望去,那最上头的两只抽屉,关得不那么严实,把他的心搔得痒痒难熬,那里头会有什么东西?他想起有一回在厕所里蹲坑聊天,一位"小佛爷"①所公布的"经验"——在举行婚礼的人家,那新五斗橱上边的抽屉里,往往搁着来贺喜的客人所赠的"份子钱",不消说大都是"钢铁"和"团结";今天他倘若随手捞上几张,便足够他买下信托商店里的那件登山服来……

卢宝桑强灌完姚向东,脚下踉踉跄跄没站稳,他转过身来,敲敲桌子,用更大的声量吼了一声:"啤酒!"因为屋里声浪嘈杂,他这一吼竟然仍无反应,使他内心更感空虚;他便朝屋外走去,王经理站起来拦他,无效;他几步便挤出了屋门,钻入了苫棚,直逼到路喜纯面前。惟有在路喜纯面前,他内心里才感到充实——因为他今天明明白白是被伺候的,而路喜纯明明白白是伺候人的。

路喜纯满头大汗,累得两眼发黏,可心情却处于最怡悦的状态。他为自己的手艺受到主客一致称赞而感到自豪。他特别注意七姑的反应。他知道,倘若连七姑都不得不发出赞叹,那么他今天的劳动便的的确确是创造了一种美。三轮热菜上过,美的高潮已经过去,他为婚宴所准备的第四轮热菜不再以华美取胜,而是三样

---

① "佛爷",即扒手。

实惠的下饭菜肴:米粉肉、红炖牛肉、蒜苗肉丝,以及"曲终奏雅"的拔丝苹果。在第三轮热菜和第四轮热菜之间,他该把一大钵精心烹制的"四喜汤"亲自端上去——按北京民间喜宴惯例,他把那汤往桌心一放,主人便应立即奉献红纸包裹的"汤封"(里面一般是偶数张的贰元钞票,少者两张,多者至八张、十张),而送亲的七姑之类人物,便应在这时起立告退。他想:自己实在不是为了"汤封"而来,是否当场辞掉"汤封"呢?但倘若执意不收"汤封",主人也许反倒会不愉快起来,看来还是只好放下……或者,这"四喜汤"是否在四轮热菜全上过之后再往外端呢?因为他很愿意让七姑见识见识他的拔丝苹果。他所提供的拔丝苹果将不仅保证能拔出长长的、透亮的糖丝,而且,每一块炸出的苹果都将闪烁着金子般的光泽……那时,七姑又将发出怎样的惊叹呢?

正当路喜纯在那里盘算着这些时,卢宝桑突然出现在他的眼前。路喜纯一见他便问:"宝桑,你怎么这就醉了?我还有四菜一汤没上呢!"

卢宝桑抱怨地说:"他妈的连一口啤酒也没有了!真他妈的差劲儿!啤酒都不给预备足了,'抠门大仙儿'[①]!"

路喜纯提醒他说:"啤酒不还是你给买来的吗?不是人家'抠门儿',是买不着嘛。"

卢宝桑这才恍然。不过,他心里郁着一股闷气,非发泄不可,他一巴掌拍到路喜纯脖子后头,吆喝着:"你丫挺的,好好伺候咱们!"又伸手抓起汤钵中的大汤勺,舀起一勺汤就往嘴边送。路喜纯抢过汤勺,勺里的汤一半泼在了地上;路喜纯把另一半倒回汤钵,搁稳勺子,端起汤钵的两只耳朵,躲开身子,好言好语地劝慰卢

---

① "抠门大仙儿"形容人吝啬得出了奇。

宝桑说:"你八成是醉了!宝桑,你来足撮一顿我没意见,你也难得这么个口福。可你也别太没个模样了,要让人家看得起自个儿,先得自尊自重——回屋吧,你前头走,我后头进去上汤。这汤够多的,你到席面上再盛到你那碗里,慢慢地喝!"

卢宝桑悻悻地瞪着路喜纯,不挪脚,路喜纯犹豫着。这时孟昭英来了,她对路喜纯说:"大拨客人走了,光剩下坐席的几个,我看你就把汤送上去吧。你能歇歇,我也能松口气儿。"

路喜纯便端着汤钵朝宴席而去。

这时薛师傅和薛大娘正把大拨的客人送至院门,席面上突然冷清起来——只剩下新郎新娘、七姑、薛纪奎、王经理、殷大爷几个;薛纪跃二姑妈的大儿子,以及他们售货组的组长佟师傅,当时也随大拨客人告辞离去。人稀了,新房中的物件"水落石出"般凸现出来,只见各处都搁着杂乱而花哨的礼品,其中不少是廉价而无实用价值的"样子货",如粗糙的仕女形塑料花瓶,描金涂银、然而杯口欠圆的处理陶瓷盖杯,图案奇突的"外转内"亚麻枕巾(其实是擦餐具的抹布)……。自然都是成双成对的,有的歪搁在五斗橱、床头柜上,有的摊放在床铺和茶几上,倒也五彩斑斓,蔚为奇观。路喜纯端着那一钵汤迈进门槛以后,眼中所见,便是这么个情景。

薛师傅和薛大娘送完客回来,见路喜纯正要上汤,慌忙回到座位。他们都很重视宴席中的这一环节,这意味着婚宴从饮酒到吃饭的转折,而女家送亲人员,将到此告退,儿媳妇从此便正式成为了这个家庭中的一个稳定的成员。

路喜纯待二位老人坐定,这才郑重地把汤钵放到桌心。他搓着手,诚恳地说:"今儿个我是尽了最大的力了,我弄得的这些个玩意儿哪一样不地道,不可口,诸位多多包涵。这汤是'四喜汤',怎么个四喜?夫妻恩爱这是一喜,上下和睦又是一喜,邻里友爱也是一喜,还有咱们祖国早日实现四个现代化,这更是最最要紧的一喜。希望大家伙趁热多喝,喜上加喜!"

路喜纯一番话说得满席喝彩赞叹。薛大娘后悔包好的"汤封"里只放了十二块钱,真是薛家命里该着有福,遇上了这么个好"红案"!她想跟薛师傅临时商议一下,是不是再给这小伙子往红包里添上四张贰元的?七姑本来把厨师上汤视为最大的恨事,及至听了路喜纯那么一番话,竟也欢笑起来。新郎新娘对视了一眼,心里漾起蜜般的波纹……唯独只有一个人并不领情,那便是从苫棚趔回宴席的卢宝桑。他见满屋的人都以感激、赞赏的眼光望着路喜纯,心里好生嫉妒,便借着酒劲,斜着眼睛,哑着嗓子命令路喜纯说:"给我盛汤!"

路喜纯没理卢宝桑,他只是劝薛师傅、薛大娘和七姑先尝他烹的这钵"四喜汤",新娘便给公婆盛,而新郎随即便给七姑盛。当三位老人呷了一口汤,齐声赞"鲜"时,其余的人方开始用自己的瓷勺去舀汤。这时卢宝桑用五个指头盖住自己的碗,一捏一提一顿,搁到了路喜纯面前,青筋暴突地又一次命令他:"给我盛汤!"

路喜纯仍然没理卢宝桑。这时新郎新娘开始给路喜纯敬酒,感谢他今天的辛劳,其余的人都随声呼应;薛纪跃将斟满白酒的酒杯,朝路喜纯递去;路喜纯刚要接过那酒杯,卢宝桑突然气不忿地伸手将薛纪跃手中的酒杯一打,酒杯"乒"地掉在了桌上,洒了一桌子酒。卢宝桑身边的王经理正待劝阻他"不要胡来",卢宝桑却已经冲着路喜纯大声喊了出来:"你他妈的跟这儿卖什么好儿?你的老底儿我最清楚!你爹是'大茶壶'!你他妈的是'小茶壶'!"

薛纪跃和潘秀娅听不懂这话,但一见路喜纯的脸色,也便慌了神儿——路喜纯竟仿佛被人重重地朝胸口打了一拳,脸上的血猛地飞散了,变得煞白煞白,嘴唇哆嗦着,脖子上的筋暴起老高……

几位上了年纪的人,却一下子听明白了卢宝桑的话。旧社会下等妓院里的杂工,俗称"大茶壶",是社会最底层最让人瞧不起的下等角色——他不但要伺候嫖客,还要伺候妓女,除了为他们收拾房间床铺,跑腿买烟卷零食,还经常要提着个裹有棉花套的大茶壶,去给各屋续水,"大茶壶"的称谓便由此而来。几位上了年纪的人原不必相信卢宝桑的话,但路喜纯在卢宝桑嚷出那话后的反应,却又使他们不得不做出这样的判断:这个能烹出如此鲜美可口的"四喜汤"的小伙子,竟果真是个"大茶壶"出身!薛师傅心中只是遗憾,薛大娘除了遗憾还有一种迅速膨胀的不快,七姑顿时把对路喜纯的好感驱赶走了一大半,她心里嘀咕着:"好呀,你们薛家真够大意的,你们找了个什么人来掌勺啊!菜做得好又怎么样呢?'大茶壶'的儿子可万万不能让他接近这婚嫁酒宴呀!"想到这儿,她竟至于立即感到反胃。

路喜纯此刻全身的每一根神经都在痛苦地痉挛。他是在父母去世之后,才知道他们的真实身世的。解放前父亲是天津一家下等妓院里的杂工,而母亲当年竟是一个卖入娼门的妓女!那卢宝桑的父亲卢胜七,恰是提供有关情况的一个关键人物。那是在他母亲去世不久,他彻底成为一个孤儿时,卢胜七作为他父母的老相识,并且作为他父亲生前的同事,来他家看望他,一边喝着他沏的茶,一边慢慢地讲给他听的。卢胜七那回来看他确实出于好意,给他提来了一捆富强粉挂面,临走还给他留下了五块钱。正是从那次谈话中,路喜纯知道了"大茶壶"意味着什么。他想起小时候有一回在外头淘气,汗淋淋地跑回家中,渴得不行,尖着嗓子问父亲要凉白开喝,他伸手指着桌上的茶壶,没嚷"凉白开",而是嚷着:"茶壶!大茶壶!"正在喝酒的父亲竟不但没递给他那茶壶,还突然伸手重重地打了他一巴掌,使他小小的心灵深受刺激——他很长时间都困惑不解,父亲虽是个粗人,脾气不好,对他却一贯是怜爱依顺的,他那回并未犯什么错误,为什么父亲竟动手打得他脸蛋肿起老高?更奇怪的是,母亲一贯是护持他的,有回父亲不小心把他绊倒在地,母亲为此叨唠了父亲足足有一个钟头;可是当父亲这一巴掌甩在他脸上以后,母亲却并未如他所期待的那样,把他搂进怀中,数落父亲,反倒配合父亲似的,暴躁地把他臭骂了一顿,说他一天到晚就知道瞎跑胡玩,"人嫌狗厌"……待父母双亡之后,卢胜七来过,他才恍然。啊,"大茶壶"——这三个字里包含着父母多少血泪与屈辱!怪不得班主任请父亲去学校"忆苦思甜",父亲不是一般地拒绝,而是闷声闷气地说:"甭拿我开心!"他的那些遭遇,可怎么讲得出口哇?他的苦,只能就着烧酒,咽进心底,深埋起来!啊,父亲!你这曾提着大茶壶在社会的最底层挣扎的父亲,我爱你!我也爱我那同样被知根知底的人所瞧不起的母亲!母亲啊!你脸上的那些皱褶,你额头、太阳穴、脖子上所掐出的那些"紫红的花瓣",你那粗哑的嗓子里冒出的那些鄙俗的语汇,都掩不住你心底的善良与温厚;你同父亲在解放后才结合,你们好不容易生下我来,在对往事的缄默中含辛茹苦地抚养我成长,这恩情,这心意,我该怎样地报答?啊,亲爱的双亲,你们的所谓"不名誉",是那个远去的社会强加给你们的,我不承认!谁敢污辱你们,我一定不把他轻饶!……

心里翻腾着钢水般的愤懑,路喜纯用全身心恨着卢宝桑,他的拳头捏得格格作响,指甲简直就要嵌入掌心,看样子他就要挥出那钢浇铁铸般的拳头,直奔卢宝桑的下巴了。卢宝桑面对着这样一个路喜纯,酒醒了一大半,背上沁出了一片冷汗,可是为了防备对方那狂暴的一击,他本能地用双手撑住了餐桌的桌沿,倘若路喜纯那一拳飞将过来,他便下决心把整个桌面掀起朝路喜纯扣过去……这形势在座的每一个人一瞬间都洞若观火,哑然中都感到心脏堵到了嗓子眼儿……

路喜纯的拳头就要挥起来了。在这千钧一发的当口,他的眼睛的余光扫到了新郎和新娘——薛纪跃缩起了脖子,潘秀娅依偎到了丈夫的胳膊上,两人的眼里充满了恐怖与绝望……

路喜纯忽然转身消失于屋门之外。事后追忆起来,包括卢宝桑在内,谁都说不清他是怎么突然一下子就跑开了的。

足足几秒钟过去,屋里的人才回过神来。薛师傅不由得颤声斥责卢宝桑说:"宝桑,你真不像话!"薛大娘揉着胸口呼应说:"宝桑,你瞎闹什么?"薛纪跃一反这以前的懦弱萎缩,激动地指着卢宝桑说:"你足撮一气还不够,还在这儿胡说八道,你走人!"七姑"各打五十大板"地尖声评论说:"这是怎么回子事哟?瞧你们请来的这些个人!"……

卢宝桑见路喜纯消失了,忽然又蛮横起来。他想我反正左右不是人儿了,干脆闹它个天翻地覆,我的双手既然没有离开桌沿,趁势将饭桌掀它一掀,岂不痛快?想到这儿,他便龇牙咧嘴地吼了一声:"走人就走人!"随着这一声吼,他的双手眼看就要完成那掀桌子的动作,桌边的人全都站了起来,几乎同时发出了惊呼;可是说时迟、那时快,只见一个人抢上一步来到他跟前,伸出右手两根手指头朝他身上点了一点,他便突然翻着眼睛,面条般瘫了下去;王经理忙顺势扶住他,让他瘫靠在了五斗橱上。

那走拢卢宝桑身前,伸出两根指头对他"点穴"的,便是薛师傅的结拜兄弟殷大爷。在此之前,他在宴席上一声不吭,几乎被同桌的人们忽略。他的这一点,使与宴的人们又受到一次刺激。潘秀娅一时间以为卢宝桑被他点死了,吓得紧偎在薛纪跃怀里,干哭起来。

殷大爷却两手互相掸掸说:"不碍的,他一会儿就能回过来。回过来他准就老实了。"又不慌不忙地回到座位上,招呼大家说:"喝汤吧。再喝几口汤,我看就盛上饭吃饭吧。"

七姑吁出一口气来,她扯平衣襟,准备告辞,可一看潘秀娅那余悸未消的可怜相,又犹豫起来,她能就这么着撇下秀丫走开吗?⋯⋯

在屋外苫棚里,路喜纯坐在小板凳上,双手抱头,把头埋向大腿,闷声闷气地哭泣着。孟昭英在他身旁弯下腰,搜索着心里所能想出的最温存的话语,劝慰着他。可孟昭英怎知道此刻路喜纯心里所翻腾着的思绪?路喜纯本是条硬汉子,他很少哭泣,他本来是完全可以通过狠狠地揍卢宝桑一顿,以泄他心中的愤懑的,可是他在拳头就要飞出之际,忽然意识到他今天对更多的人所承担的义务。他所为何来?不为"汤封",不为赞誉,为的是创造美,并将这美无私地奉献给这个举行婚礼的家庭,以及他们的亲友⋯⋯不错,他出身低贱,他的父亲,当年的确曾是"大茶壶",他的母亲,当年的确曾是"窑姐儿",即使在解放后,翻了身,过上了人的生活,这样的身世经历也不便于公开地"忆苦思甜"。这是多么大的悲哀!那远去的社会不仅将屈辱刻在了他父母心中,更波及到了他这一代!可是他要强,越是从这种屈辱中诞生,他越是要自尊自重。他不堕落!他不消沉!他要在自己那平凡的岗位上,正正派派地为这个社会贡献出自己的汗水;他要在这种施展自己技艺的义务劳动中,认认真真地为普通的群众奉献出自己精心创造出的美来⋯⋯可是他竟遭到了这般残酷的污辱!为了使这举行婚宴的一家不至于陷入丑恶混乱的漩涡,他只得强咽苦果,抽身回到这里,可是他必须痛痛快快地排泄出胸中淤积的悲苦和愤懑。啊,他,一条硬铮铮的汉子,竟闷声闷气地抱头痛哭起来!他哭,不是怨恨父母给他留下的屈辱,而是更加痛惜父母的早逝,他也为自己长期不理解父母而感到愧疚……

孟昭英回到屋里,报告大家说:"人家路师傅为了成全咱们,躲一边去忍气吞声,小伙子够有多好!"并提醒薛大娘说:"妈,还不快给人家送上'汤封',安慰安慰人家!"

薛大娘便让薛纪跃拉开五斗橱抽屉,取出"汤封"来——她在开宴前用红纸包好,搁在了薛纪跃放瑞士雷达牌小金表的那只抽屉里。薛纪跃过去开抽屉时,她趁便征求薛师傅意见:"再给他添上八块吧,我看他怪不容易的!"

薛师傅没来得及回答,便听见薛纪跃一声异样的惊呼:"哎呀!金表跟'汤封'全都没啦!"

满屋的人——瘫在五斗橱下的卢宝桑除外——全都又一次陷于惊诧之中。

25. 行政处处长对别人的告发哑然失笑。

眼看就到两点半了,接张奇林去机场的小汽车居然还没有到,于大夫又一次打电话到机关,值班员说傅善读确实已乘车出发来接,那为什么这个时候还没抵达?真让人着急!

张奇林已经穿妥了西装、皮鞋和大衣,双手背在身后,在客厅里踱过来踱过去。飞机四点钟起飞,现在离起飞仅仅只有一个半钟头了。就算小汽车立即到达,立即坐上出发,路上总得半个来钟头,进到机场,办出境手续,托运行李,接受检查,穿过隔离区,到达候机厅,进入飞机舱,最快也总还要四十多分钟,所以现在真是一分一秒地接近了误机的临界值。一贯遇事沉着镇静的张奇林,此刻在踱步中也明显地流露出焦躁与烦怨。

　　傅善读今天是怎么一回事呢？自从张奇林主管这个局以来，同傅善读接触中，一直感到他这人办事妥帖精细，很可信用。难道傅善读今天的反常，同中午接到的那封告发信有一定关系？想到这里，张奇林不由得往墙上一瞥——那幅洛玑山为他"却乏走笔"的山水画已经按照他的吩咐，由女儿张秀藻取下收起，现在墙上只留下一块长条的白痕。傅善读为洛玑山搞房子，图的是什么呢？就为图他那同一构思多次复制的"作品"吗？洛玑山贪得无厌地弄房子，又图的是什么呢？他除了画画儿，还想当"二房东"吗？张奇林感到困惑。他深感世界上的事物之间是一个复杂的网络结构，只盯住一个"网结"是不足以知人论事的，必须把握住一组矩阵网络，才能作出近似判断……然而那封告发信所揭发的实际仅仅只是一个"网结"，有关"网络"的真相究竟如何呢？……傅善读会不会是故意晚来，以回避我的询问？可不管他怎样晚来，从这里开往机场的一路上，我在汽车中总还是要问到他的；即使我问完还不足以作出判断，问一问心理上总能平衡一点……

　　张秀藻被于大夫派往院门外瞭望——尽管这实际上起不了什么作用，于大夫还是让她去，她也驯顺地去了。当她走到外院时，她的眼光不由得朝东边小偏院瞥去——那四扇屏门半开半掩，似乎透露出无限的神秘。冯婉姝一定来了吧？她同荀磊此刻在做什么？一起听音乐，还是一起看书？张秀藻并不嫉妒，但感到一阵阵酸辛的怅惘。她想，世界上还有什么事比这个更令人痛苦——你爱他，他却不爱你。她觉得那种原来爱过、后来不爱了的情况，究竟还比这种境遇好些，因为心中总还有可供细细咀嚼的甜蜜的回忆……要不是身后突然来了一个莽撞的少年，急匆匆地撞了她一下，从她身边头也不回地大步朝院外走去，她也许还会伫立在那里,继续任自己的感情涨潮……那少年穿着一件米黄色的登山服,双手插在斜兜中,仿佛喝醉了酒的模样,不消说,又是薛家婚宴上的食客。薛家怎么净是这种大叫大嚷、粗鲁无礼的亲友呢?撞了人家,头也不回,连声道歉也不会,径自晃着肩膀大步流星地走了,真不害臊!……张秀藻还未挪步,又听得身后人声嘈杂,原来是薛师傅和薛大娘在送一群客人,她赶忙快步走出了院门,闪到了一边。到了院门外她想起她那瞭望的职责,便把手搭在眼上,朝胡同口望去,胡同口那边冷清清的,并没有什么小汽车的影子……

于大夫一看腕上的表已指示着两点半,便对张奇林建议说:"干脆叫辆出租汽车吧。这个老傅,办的什么事!出国任务他都敢给你耽误,还说给安排房子哩!这种人!"说着抓起了电话。可就在她拨出租汽车总站的电话号码时,傅善读气咻咻地到了。

于大夫还未来得及开口埋怨傅善读,傅善读却先一叠声地谢罪:"怪我,怪我,怪我……不该让小王从美术馆那边过来,谁想得到今天那儿偏出了车祸呢?到了地安门,偏又遇上个大红灯……"说着便主动去提旅行箱,又问张奇林:"你还有几件行李?咱们这就开路!"

张奇林见傅善读来了,心里安定下来。一个半小时里,足能办完登机的一切事宜。由于整个身心的陡然松弛,他忽然感到要小解一次。于是他对傅善读说:"你来了就好。稍安毋躁,我方便一下再走。"

傅善读劝止说:"到机场再方便吧。机场厕所干净。"

于大夫也说:"看把你裤子溅脏了——鞋底更不用说。唉,我们这个厕所啊!"

张奇林却憋不住。他想了想,便沉着地脱下大衣,又进到里屋,套上一条平时穿的裤子,换上一双平时穿的鞋,走了出来,笑着说:"瞧,我这样就保险了。"说完竟出门而去。

傅善读被张奇林这举动惊住了。一位马上就要上飞机出国访问的局长,如此费劲地去上胡同里的公共厕所!于大夫也感到今天的事态真是触目惊心,她抓紧机会对傅善读说:"你瞧瞧,老傅!什么事儿!还把我们窝在这儿,这么着上厕所!上这种厕所!你亏心不亏心啊!"

傅善读赌咒发誓地说:"于大夫,我确确实实给你们预备好两个单元了。要不,送完老张回来,咱们先坐车去看看房子?看着老张上个厕所都这么艰苦,你以为我心里好受?"

张秀藻本来心不在焉,随傅善读进屋以后,她本能地提起爸爸的一个小手提箱,只等着一齐再往院外走。她的脑海里,鲜明地浮现着的,仍是东外院的四扇屏门——可是当张奇林上厕所的举动呈现在眼前以后,她的心仿佛被敲击了一下,脑海里的四扇屏门倏地淡化开去。虽然爸爸身影消失了,但那上身穿着笔挺的西装,下身却套着一条旧裤子,脚上临时又换成一双旧鞋的古怪形象,却仿佛牢牢地粘在了她脑中……啊,爸爸!她忽然觉得自己的爸爸非常可爱,一个能这样坦然无怨、心平气和地去胡同里简陋的公厕方便的爸爸,该是一个多好的爸爸!爸爸在她眼前有过许许多多的举动,也许,今天的这个貌似微不足道,甚至有些滑稽的举动,恰恰最能在她的心目中树起牢固的威信——作为共产党员和革命干部的威信。

张奇林却完完全全仅是为了解决一个生理上的需求。他从胡同公厕回来,动作紧凑地洗了手,脱掉了旧裤子,换上了皮鞋,又穿上大衣,然后便操起桌上的公文包,说了声:"走吧!"大家便一齐朝院外走去。出了垂花门,穿过狭隘的大门洞,来到街上,把行李放进了汽车后箱,张奇林和于大夫都坐进去以后,傅善读招呼张秀藻说:"上车吧!"张秀藻笑笑说:"我不去机场了。"张奇林和于大夫也都在车里说:"她早说好不去了。孩子大了,她有她的事了。"于是傅善读麻利地钻进了前座,把门一撞,车子便开动起来。张秀藻朝车子挥了挥手,车子开远了,她看看手腕上的表——两点三十八分。

张秀藻返身走进了院门,来到四扇屏门旁边。她忽然觉得听到了荀磊和冯婉姝的笑声,还有朦朦胧胧的、似有若无的音乐作为陪衬,她的心仿佛被紧紧地捏了一把。在一种惘然若失的精神状态中,她怏怏地朝里院走去。刚到垂花门边上,忽然从垂花门里走出了詹丽颖和一位有点谢顶的、戴眼镜的中年男子,张秀藻同詹丽颖对笑了一下,便错肩而过。詹丽颖那粗大的嗓门正甩着这样的话语:"……好哇!演过了'贵妃醉酒',下头就该演'凤还巢'了嘛!……"张秀藻也无心去听詹丽颖在说着什么,只是觉得她这人未免有点聒噪……再往里走,路过薛家苫棚时,她感觉到似乎有男人的哭声——那是一种闷住的低沉而浑厚的悲声,使她非常惊异。谁呢?怎么能在办喜事时哭呢?她并无细加探究的欲望,但她感受到了生活本身的复杂性和多样性。她想,在这立体推进、交叉互感的生活中,她还是应当理智,应当坚强,而不能让心中那隐秘的爱潮冲决堤坝,淹没掉她的事业心……于是,当她回到家中以后,她洗了个脸,轻轻地哼着歌儿,毅然地坐到了书桌旁,打开了专业英语课本和笔记……

张奇林乘坐的小汽车开过了鼓楼,从鼓楼东大街直奔东直门。张奇林和于大夫坐在后座上,傅善读坐在前座上。当张奇林沉吟着考虑如何就那封信的内容询问傅善读时,于大夫已经就即将搬去的新居向傅善读提出了一连串问题,从卫生间澡盆的规格一直问到了窗外是否已经植上了树、植的什么树。傅善读扭过身子,双手扶住座椅靠背,热情地一一作答……

小汽车眼看出了东直门,开上了通往天竺机场的公路,时间不多了,张奇林便打断于大夫和傅善读的交谈,郑重其事地说:"老傅,我要正式地同你谈谈。"

傅善读显然并无思想准备,他显得有些吃惊:"正式?"

张奇林望定扭过身来的傅善读。这是一位典型的"老总务",不知为什么,张奇林觉得到处管行政事务的干部都有着同样的风度、同样的表情——尽管他们外貌上往往差异很大。老傅身材瘦小紧凑,两眼却炯炯有神,不说话时,薄薄的嘴唇闭得很紧,一开口说话,嘴唇果断地掀动着,腮上的一个伤疤,仿佛也在一动一动,说出的每句话似乎都有着足够的统计数字作为后盾,不容辩驳。

张奇林决定开门见山。他说:"今天中午我接到了一封群众来信,检举了你,而且也牵扯到我……"于是他几乎是把那封信逐字重述了一遍。

于大夫原不知有这回事,听了大吃一惊。她才明白张奇林为什么让把家里挂的那幅画取下。这是张奇林他们单位的事,她当然不好插嘴。不过在这么个小汽车里,时间又这么紧迫,张奇林一下子把问题端到傅善读面前,会不会弄成个尴尬的局面?她心情紧张地望着傅善读,既怕他怫然色变,也怕他无地自容……她心里不免埋怨张奇林:这问题就不能搁到回国后再往外端吗?

出乎张奇林和于大夫意料,傅善读听完那封告发信的内容,竟是哑然失笑的样子。他极其轻松——甚而还挟带着几分愉快地说:"信上说的完完全全都是事实。只不过没把事实说全就是了——我这回'卡'出来的住房不是一套而是两套,嘿嘿,我还想再'卡'出第三套来呢!"

张奇林愕然。傅善读见张奇林现出那么个难看的表情,便以一种安慰的语调说:"你从来没直接管过分房子的事,没深入过这个领域,难怪你听见风就是雨。其实,对于我们做实际工作的人来说,那信上说的事儿,不过是我们这一行的日常生活……"

张奇林不得不承认,傅善读所驰骋的那个领域,对他来说,只是一堆抽象的模糊的概念。局里的"分房委员会"不由他抓。固然局党组要讨论通过住房上给予特殊照顾的中年知识分子名单,但他们所讨论的只是人而不是房——他们只作出应当优先给谁分配住房的决定,至于实际安排,那就是傅善读他们的事了。

张奇林问:"你是怎么卡掉中年知识分子住房的?这关系到落实党的知识分子政策,你怎么敢这么干?"

傅善读笑嘻嘻地反问:"咱们局哪一位该给房的中年知识分子没得着房?"

张奇林一想,也确实没有来告这种状的。似乎每一位分房名单上有名的人都分到了住房。他想起那封告发信上的措词,也并不是说傅善读卡掉了谁应得的整套住房,而只是说他"卡掉了您局中年知识分子的居住面积"。

傅善读见张奇林发愣,便进一步说明:"咱们局的住房来源,一是接受统建房的分配,一是自盖自分。先说第一种,统建房有不同的规格,都号称三间一套,有五十平米的,也有三十平米的;都号称两间一套,有三十平米的,也有二十三平米的;有全是南窗的,也有全是北窗的,自然也有各种两面开窗的;有的大而粗,有的小而精;有的房子好地段差,有的房子差地段好;有愿把三间一套换成一个两间一套、一个独间一套的;有愿把楼房换成平房的……我们管这摊事的,说实话,确有以权谋私的角色;不过,也是实话——我们搞所谓的倒换,主要还是为本单位着想。比如说,这回一共分给了咱们统建房二十八个单元、一千一百三十二平米,除去可以倒的旧房不算,按说可以安排二十八户入住;可是我不能就这么着死板地安排,比如说,给你们家,我就不能安排成一个三大间的单元,而要安排成两个两大间的单元,这样,我手里的房子就不够分了。也不光是你家,这类需要变通的例子还有,比如有的该分房子的人家,婆媳实在不合,我要尽心为他们服务,就该把一个两大间的单元,尽量换成两个独间的单元,于是乎我就要同别的单位的同行联系——我不去联络他们也会主动找上门来,我们之间——往往也不是双边,而是三边、四边,半公开地进行倒换;倒换的结果,比如这回我手里的状况,就挺让人满意,凡该安排住房的我全安排了,还多出两套来——怎么多出来的?自然是因为我卡掉了一些住户的米数,不过那米数极其有限,也就一二平米,三四平米而已,但我积少成多的结果,便多出了两个单元来;少了米数的住户也许还得到了另外的好处,比如阳台大,层次好,采光足……你说我坑害了谁呢?我完完全全是一片好心!……"

张奇林怀疑地问:"你这个好心我还不完全明白,那洛玑山跟咱们单位毫无关系,你怎么能让他住进一套呢?这总是违反原则的吧?"

傅善读起劲地掀动着嘴唇,振振有辞地说:"那洛玑山不过是借住,我并没有给他住房证,算不上违反了什么原则。咱们给他提供方便,他给咱们帮忙,这实际上是一种协作嘛……"

张奇林大惑不解:"协作?一个单位和一个私人协作?"

傅善读只觉得张奇林迂腐无知,他不禁调侃地说:"你这个官僚主义者!'不知有汉,无论魏晋'!刚才说了,咱们局的住房,一靠统建统分,一靠自盖自分。盖房子你当跟搭积木那么容易?地皮问题,设计问题,材料问题,施工力量问题……头疼的事多了!你以为那洛玑山不过是有几管毛笔的等闲人物?咱们局这回盖宿舍楼的水暖设备,要没洛玑山帮忙,能那么顺当地到手吗?"

张奇林觉得傅善读越说越像"天方夜谭",不禁问道:"他还兼营水暖设备公司?"

傅善读笑了:"你真能开玩笑!他自然只会画那么两笔画儿!可现在哪个宾馆、招待所不想要他的画儿?都抢着请他去画,房子没盖起来,要多大的画儿,挂在什么部位,早都跟他定好了……所以他能替咱们说情,从宾馆工地匀出点过剩的水暖设备来。咱们欠了人家的情,借套富余的单元给他用用,还不应该吗?……"见张奇林仍然瞪着眼睛,傅善读又补充说:"你放心,这里其实并没有什么不干不净的事情。那水暖设备都是按官价转让、接收的,手续完备,洛玑山从中没拿一分钱的'回扣'。"

张奇林仍对洛玑山反感:"他自得一套住房,还不算拿'回扣'吗?而且人家说他像这样的住房已经弄到了三套,也太贪得无厌了!"

傅善读却不以为然:"他的情况我太清楚了。别看他名声在外,他那个单位可根本不拿他当回事儿,说他年轻,资历浅,还不够照顾的份儿,分给他的住房,就是那么个又小又窄的单元。他上有老,下有小,家里根本摆不开画案,他也是逼得没有办法,才这么弄了三个单元——你以为是什么大三间的单元?三处我都去过,一处在塔式楼的第十五层,是个独间的,他当了画室,他说他不能总是到宾馆里去画订货,他想静下心来搞一点真正的创作,所以得有个自己的画室;再一处是个半地下室,他安排他老母和女儿住,以减少自家的拥挤;第三处就是我借给他的,也不过是个两间的单元,他布置出来会会客,藏一点书和美术资料,如此而已。说实在的,以他现在的这个水平,如果到国外去,他能混得满不错嘛!买一栋楼住住,搞它一座带花园的别墅,怕都不是什么难事,可人家并没有那么个想法,能忍心说他贪得无厌吗?……"

张奇林听了傅善读一番话,暂且无言。他心里思忖着:即便傅善读所说的全是真情实况,看来这里面也还是有一定的问题。什么样的问题呢?恐怕是住房修建、分配体制本身的问题。人们合理的物质需求,社会上人们之间互通有无的交换关系,看来采取压抑的办法、遏制的办法,终究只能是造成更多的矛盾和不必要的人力物力消耗。十年前,按规定农民不许贩卖花生米,但城市居民们还是几乎家家都有花生米——一个地下的花生米供求网顽强地存在着。现在爽性允许农民贩卖花生米,让花生米供求网公开化、合法化了,供求双方的身心都得以免除多余的耗损,生活不是变得更明朗更轻松了吗?什么时候城市住房问题也能摆脱人为的脚枷,把解决的步子迈得更清爽、更迅捷呢?……

傅善读见张奇林的表情渐渐由严峻而温和,便主动地说:"老张,你还没问我:你那另一套卡出来的单元,派了什么用场呢?告诉你吧——分给了你们新任命的技术情报站站长庞其杉。原来'分房委员会'认为他的'分数'不够,他还得再等上一阵子才行,可是我手头多出这么一套以后,马上就把他安排了——他一上任就住进了新房,工作能不安心吗?你看,那封告状信其实倒是封表扬信——我欢迎部纪律检查委员会赶快来检查,越检查,我越心安理得哩!"

张奇林笑笑说:"你这只是一面之词。我看纪委会一定会来检查的。我想检查的结果,也许不会仅限于简单地确定一下是非……"他忽然想到他出发前让家里人取下了洛玑山的那幅山水条幅,想到条幅取下后墙上留下的一长溜白痕,忍不住又说:"不过,那个洛玑山把一个构思画来画去地重复,毕竟不高明……"

傅善读仍旧为洛玑山辩护:"中外古今,画家重复一个题材的例子多的是,不信,你看看齐白石留下的画儿,有多少虾米,多少菊花?……"

于大夫见他俩的谈话越来越轻松,也便不再紧张。她朝车窗外望望,提醒他们:"行啦行啦,等老张回国以后你们再抬杠吧。看,到天竺机场啦!"

小汽车拐进了机场专用车道,不一会儿,又飞快地旋上了候机楼前的回旋坡道……

第 六 章

申

(下午 3 时—5 时)

26. 钟鼓楼下的"老人俱乐部"。

一过下午三点,照射到鼓楼东墙根的阳光,便显得格外宝贵,因为至多还有半个来小时,这冬日的阳光便不再具有暖意了。

在鼓楼东墙根下"负暄"①的老人们,一到这时辰,心情便不免沉郁起来。他们留恋带有暖意的阳光,不那么愿意,甚或很不愿意回到那属于晚辈统治的家里。即便在家里得到尊重和孝敬的老人,一想到又要同谈得投机、玩得默契的女伴分手,心里也怅怅的。

胡爷爷自然是最怕"老爷儿"②偏西的一位,因为"老爷儿"一偏西,便是"老人会"的散场,他拖着疲惫的脚步回家之后,见到的将是儿子那张冷漠的脸,儿媳妇那对白果一般的眼球,以及在饭桌上的这类遭遇:孙子将一块肉挟起来,对他说:"爷爷,给!"而儿媳妇将那块肉接过去,喂进孙子口中,假笑着说:"爷爷好吃素,爷爷

---

① 晒太阳。
② "老爷儿",即太阳。

要你吃！"他呢，便连自己挟一块肉吃的勇气也没了……

胡爷爷同海老太太坐在一起，犹如小孩子嘴里含着一块几乎化成了薄片儿的糖果，舍不得让它消失一般，你一言我一语地竞相咂摸着这钟鼓楼边的往事，仿佛在这样一种炽烈的怀旧中，他们便能够让时间停住似的。

咂摸得最久，并且百提不厌的，自然是那关于一百多年前的"豆汁姑娘"的传说。论起来，胡爷爷和海老太太还是那传说中有关人物亲友的后裔呢。

胡爷爷的祖上，原是银锭桥畔那经营豆汁铺的老夫妇的近邻，老夫妇的独生女儿被恶贝子抢走的情景，胡爷爷祖上是亲见的，因此多年来讲起这段事，胡爷爷总用着权威的口吻。据胡爷爷说，那贝子自从被神秘地剜去双目后，惧怕连性命也失去，便放还了那被抢的姑娘。姑娘的父母，后来果然给她招进了一名白衣女婿，是个瓦工。庚子年间，那年老的夫妇都已去世，这对夫妇连同他们的五个子女，都成了"义和团"的团民。每当有人说那昔日被抢过的妇人，入"义和团"后当了"红灯照"时，胡爷爷总要予以纠正："不是红灯照，是蓝灯照。我爷爷当年跟他家熟得不能再熟，他家的豆汁我家随便喝，我家的芸豆窝头蒸得好，他家也随便拿；所以究竟是怎么个情景儿，得听我爷爷的——我爷爷说，义和团的女团民，只有那年轻没出阁的，才叫红灯照，结了婚的妇人就叫蓝灯照，还有寡妇们，叫青灯照。"后来呢？据胡爷爷说，"义和团"失败后，那瓦工被捕去杀了头，英勇牺牲了，那妇人便带着子女逃往了外地。究竟逃到了哪儿？他就说不清了，因为他爷爷没告诉他。不过，至今胡爷爷仍能到银锭桥畔，指认当年那家豆汁铺和他家祖上居室的位置——自然早已成为了别姓的住屋。

海老太太呢，却是与那传说中的反面角色有亲缘关系。据说那恶贝子的一个庶出的妹妹,便是海老太太的姥姥。这样论起来,那被义士剜去双目的贝子,海老太太还该叫他舅姥爷呢。这种关系倒并未使海老太太在参与讲述那传说时有什么羞愧之感。因为据她说,那舅姥爷岂止是欺压府外的良民,就是府内,他也不仅是虐待奴婢,对海老太太的姥姥——他庶出的妹子,也是想骂就骂,说打就打的。因此,每当讲到她那舅姥爷在那个月黑夜里,门窗未动而双目被剜的情节时,她甚至比胡爷爷等人更觉解气,还每每要发一通"恶有恶报"的议论。再说,与海老太太有亲缘关系的满清贵族及其后裔还很多,有的支持过辛亥革命,有的解放后成为政协委员,还有那论起来得叫她舅妈、表婶的,人家都成了共产党员了。因此,海老太太的亲戚关系里是既有坏蛋也有好人——这也是社会上绝大多数人都有的状况,不足为怪的。人们自然常向海老太太打听她那舅姥爷的下场,她总是凿凿有据地说:"出了那档子事没多久,他就得疯病死了。临死的时候,他直嚷:'烫!烫!'问他:'炕烫?火盆烫?'他说:'豆汁烫!豆汁烫!'敢情他总觉得有人端着热豆汁往他身上泼……"对这类描述,人们自然只是姑妄听之。

那传说中笼罩着神秘色彩的侠义少年,他究竟从何方而来?又往何方而去?他何以能够不动门窗而潜入恶贝子寝室,从容地将其双目剜去?这些问题,胡爷爷和海老太太便只能同大家一样,凭着想象去猜测了——他们都失去了权威性。但几种传说的"版本"中,都有这个细节:在恶贝子双眼被剜的那天傍晚,那骑马的美少年,曾光顾过鼓楼大街上的"北豫丰"烟庄。"北豫丰"烟庄的位置究竟在哪儿呢?这个问题,海老太太和胡爷爷以前就争鸣过,这天不知怎么搞的,聊着聊着,他俩又抬起杠来。

海老太太说:"那'北豫丰'烟庄,就在如今'炊事用具供应部'那儿,门脸正对着烟袋斜街。买妥烟料的主儿,一迈出'北豫丰'的门槛,抬头就能望见烟袋斜街把口的'双盛泰'烟袋铺,那门口挂着好大的烟袋幌子——您忘啦?足有四五尺长,底下坠着红布……"

胡爷爷说:"那咋不记得?幌子上还箍着铜箍儿,小风过来不带晃摇的……可'北豫丰'蒂根就不在这鼓楼南大街上,它是在鼓楼东大街,如今'民康回民小吃部'斜对过……瞧您那点子记性!"

海老太太便扬起嗓子说:"我记性差?凡我经过的事儿,拾起来全能全枝全叶的……我倒试试您吧——当年烟袋斜街里的'忠和当',门脸在哪块儿?"

胡爷爷脖子都直了:"街中间,庙对门,门脸朝北——我能忘了它?早年可没少跟它打交道!"他忽然回忆起,民国十三年夏天,紫禁城里建福宫遭回禄,从钟鼓楼一带都能望见宫里的红光,后来内务府派了几十个库丁去收拾废墟。他当年不到二十岁,也是其中的一个。以往在库里干完活,出库房时,不但要脱光衣衫,还要双脚蹦过一条尺把高的长板凳,同时还得立即将双手一拍,叫喊一声,守候在那里的主管点了头,才让穿上衣衫回家。这是为了防止库丁将库中财宝藏在口中、手中、胯下、肛门和腋窝盗出。但到建福宫收拾火灾现场,一来露天作业,监督不便;二来人手不够,还另雇了一些力伕来应急,难于管理;三来当时皇室已然衰败凋敝,威风早已不似当年;故而库丁和力伕们都有了可乘之机。在干活的过程中,他同别的库丁、力伕一样,也趁便拾了一些熔成团块的金银,偷偷藏在裤裆里,混出神武门以后,便赶紧到"忠和当"去当当——后来才知道是吃了大亏,原该拿到钱庄去的,可他只跟当铺打过交道,钱庄的门槛从来没有迈过……想到这里,他不由得考问海老太太:"您记性好,您该记得早先故宫里头着大火的事儿吧?……"

海老太太不等他问完便用劲地说:"敢情①!那一年春上我出的阁,那场大火,记得是阴历五月十四晚半晌着起来的。第二天我跟我们掌柜的逛'荷花市场',一进大堤,满耳朵听见的全是那大火的事……"

海老太太一提起"荷花市场",胡爷爷便把那建福宫大火的事撂一边了。"荷花市场"!这四个字勾起了他多少既酸辛又甜蜜的回忆。他不由得又同海老太太一问一答地议论起当年的"荷花市场"来。海老太太在这话题中,同样也既回味到青春的乐趣,又反刍出人生的苦涩。

所谓"荷花市场",是民国初年到三十年代末那二十几年里,在这钟鼓楼西南的什刹海出现的一种临时市场,每年从阴历五月初五开市,至阴历七月十五收摊。当时的什刹海前海遍植荷花,海西是一条颇宽的土堤,堤东是一片稻田,"荷花市场"的中心区便在这土堤之上,所谓"东边荷花西边稻,棚架半在水中泡"——市场的商棚,大都用杉篙木板扎搭,一半搭在岸上,一半搭在水中,上面或罩以席顶,或铺着可展可收的苇帘,当然也有因陋就简——覆以旧布缝缀的伞篷的。胡爷爷当年也曾一度在著名的"德利兴"棚铺中学徒,到那"荷花市场"中给人搭过棚架;而海老太太的掌柜的,得意时却是"荷花市场"中携眷游逛的人物,潦倒以后,一度又在"荷花市场"中摆摊给人测字相面……

胡爷爷和海老太太兴高采烈地回忆了一番"荷花市场"的盛时景象……那"八宝莲子粥",用糯米和上好粳米煮成,煮得腻笃笃的,盛在小碗里,中间混着鲜莲子、鲜藕、鲜鸡头米,上面再堆上雪

---

① "敢情"与别的词语构成句子时,相当于"原来是""真叫是""可不是"……一类意思,单用时是一种表示充分肯定的语气词。

花绵白糖、青丝红丝……小碗又搁在冰桶里,用那从窖中取出的天然冰块偎着,取出来的时候,凉飕飕的,称作"冰盏儿",你说该有多么爽口!还有"苏造肉火烧",是拿花生油、鲜鸡蛋和细罗面烤成的,皮儿一层又一层,层层不乱,薄薄的皮儿下,露出里头的萝卜丝瘦肉末馅儿,一两算你两个,真勾人的"哈喇子"①!……吃的如是丰富多彩,那些耍货②更让人眼花缭乱!上头泥塑、下头猪鬃扎脚的"鬃人儿",搁在铜盘子里,一敲盘边,它们就连转带舞,别提有多么逗哏;还有各式各样的风筝,"黑锅底""沙燕""蜻蜓""蜈蚣""孙悟空""美人"……都不稀奇,最有趣的是"蝴蝶送饭"——它附在大风筝之上,大风筝放起老高以后,把它挂在风筝线上,能眼见着自动升上去,上去老高了,拴着线香头的小爆竹一响,绷线震断,它那翅膀便能一合,"嗤溜"滑将下来——你说巧也不巧?……

  他们又回忆到当年"荷花市场"上售卖的几种灯:"荷花灯",并不真用荷花制作,而是用高粱秸破篾,圈成一个小西瓜大的圆圈,上面贴一圈用粉纸剪好压凹的花瓣,下面再贴一圈用绿纸剪成的六七寸长的流苏,中间点上一支小蜡烛,孩子们入夜后用一根小棍挑着,边玩边唱:"荷花灯,荷花灯,今儿个点了明儿个扔……"他们小时都点过,也都扔过的;"荷叶灯",用真荷叶一张,当中插蜡烛,点上举过头玩;"河灯",用一小块厚厚的圆木头,周围糊一圈纸,中间放一个泥捏的小油灯盏,点上后,搁进什刹海,任其漂流;最令人难忘的是"蒿子灯",拔一棵青蒿,把许多点燃的线香头一一系在青蒿的枝叶间,手举根部,摇来摇去,在昔日昏暗的庭院里、胡同中,

---

① 口涎。
② 玩具。

点点红星晃动着,袅袅香烟飘散着,引出正当青春年少的他们多少非分的幻想!……

"啊,二位说时,不就是当年'雨来散'里的玩意儿吗?"一位一手提着鸟笼,一手揉着核桃、身板比他们硬朗的主儿,听他俩聊得起劲,凑过来搭话。

"雨来散"?对!当年的"荷花市场"逢上下雨,自然散摊,所以确有"雨来散"的俗称。海老太太和胡爷爷一听见"雨来散"这仨字儿,心中顿时充满了无限的怅惘。"荷花市场"逢雨便散,人生呢?缘分呢?……唉唉,往事真不堪回首!

那过来插话的,便是卢宝桑的父亲卢胜七。他比胡爷爷和海老太太要小十来岁,对于他来说,"荷花市场"实在没给他留下什么好印象。他记得那时候他还不到二十岁,在轿行里等着当随行的执事——他们丐帮中的小伙子常去干这个,当然轮不到他们打伞、打扇,只能是在执事行列的尾部打打旗。旗有几种:青龙旗、白虎旗、朱雀旗、玄武旗;他受雇时只能是打那绣着龟身蛇尾的"玄武神"的玄武旗,走在最后。那年夏天他天天去轿行等候,天天落空,也不知怎么搞的,那年夏天阔主儿们都不娶媳妇!于是他头一回跟着父辈去"荷花市场"搞"硬乞"。他把一个大铁钩子钩进锁骨,拖着个坠铁球的铁链,从堤南走到堤北,竟然只有人指点观看,而并无人施舍一枚铜板!从那以后他就恨上了什刹海,每从湖边过,他总忍不住要往湖里啐一口痰!现在他听见胡爷爷和海老太太坐在那儿你一句我一句地赞美"荷花市场",心中好不以为然,点出那"荷花市场"不过是"雨来散"之后,他又把右掌心的核桃揉得哗啦哗啦乱响,大声地说:"当年那什刹海有什么好的!别看海心里有那么点荷花装样子,海边上堆着多大一圈垃圾杂物?那住海边的人家,有的还见天地往里倒屎尿盆子,那股子味儿!打那里头窜出来的蝇子蚊子就别提有多少了!你们二位岁数都比我大,该比我早看见过'鼓楼冒烟儿'?……"

胡爷爷和海老太太一听,一齐点头呼应:"可不是,有一回这鼓楼顶上蹿起一丈多高的'黑烟',街面上的人都当是里头着火了,嚷的嚷,跑的跑……""是有那么档子事儿!后来不是把那消防队都叫来了吗?消防队的人爬上去一细看,咳,闹了半天,哪是什么'黑烟',是成团的蚊子搅成了那么个'通天柱'!"

"瞧,那时候咱们这块儿有多埋汰①!说那路面是'无风香炉灰,有雨墨盒子',真是一点也不假!"卢胜七突然焕发出一种忆苦思甜的热情,指着斜对面街上的店铺说,"要是当年,甭说别的字号了,就那'泰麟菜蔬商店',那'和成楼生熟肉铺',咱们敢进去吗?"

海老太太接上去说:"敢情!自打日本人来了以后,那物价就光见涨不见落!我还记得日本人来了以后印的那票子,一边有个孔夫子像,一边有条龙,瞅着就跟豆纸②似的,'毛'得厉害!……"胡爷爷抢着说:"可不!那是'华北准备银行'的票子,外号'小被窝'嘛。当年大伙不都这么说吗:'孔子拜天坛,十块当一元!'……再后来那国民党的'法币',就更不能提了,日本投降以后,'光复'的头一年,一百块'法币'还能买俩鸡子儿,过了没两年,一百块'法币'合算只能买上一个煤球儿!那是些什么日子啊!……"

说到这儿,恰好一辆长车身的8路公共汽车从他们面前的街道上驶过,海老太太便见景生情地接着进行新旧对比:"那时候打咱们这块儿出门有多难!都到民国多少年了,这街上才有了当当车③,那司机一边开车一边踩铃儿,当当地响,真吵人!……"胡爷

---

① 脏、丑。
② 手纸。
③ 当当(音 dāng)车:当年北京人对有轨电车的称呼。

爷跟上去说："可不，我记得司机踩出的那调调是：当当当，当当当当，当，当当……没错吧？那当当车的车票倒不算贵，可左等右等，等得你脑门流油儿了，它才开过来；这也不怪它，铺的是单轨嘛，每到一站，这边的车先开到拐出的'耳朵'①上去候着，等那边的车开过来，错过去了，才能再从'耳朵'上拐出来，接碴儿朝前开……那车厢后头，时不时还总吊着几个蹭车的，瞅着真悬乎！那时候有话嘛——'人力车，坐不起；当当车，等不起。'哪像今天这样，公共汽车、无轨电车好几路，车又大，来得又勤，想去西单、王府井、天安门、动物园……上车走人，多省事儿！……"说到这儿，胡爷爷脸朝着卢胜七，兴奋地问："你说是不？"

卢胜七却忽然沉默。因为胡爷爷关于当当车的话语，勾起了他最不愉快的思绪——远不仅仅是不愉快，说实在的，那是他最大的耻辱，也是他最大的困惑，并且还是他最大的恐惧……三十六年前，他曾被国民党特务所收买，就在这鼓楼的前头，去追打那些进行"反饥饿、反内战"游行的青年学生，而所获得的代价，不过是每打一个学生得到一个馒头……当游行队伍被冲散以后，有一个留长发的大学生跳到正在行驶的当当车后踏板上，一手扼着车门，一手散发传单。卢胜七在打红了眼的情况下，竟疯狂地冲向当当车，伸手去拉拽那大学生，企图把他拉下车来；没想到那大学生竟伸腿踢他，拼死抵抗，他便上去抱住那大学生的腿，生把那大学生从车上扯了下来；两人滚倒在地，扭作了一团，在几秒钟里，他俩的脸离得那么样地近，两人的眼珠几乎都要从眼眶里蹦出来——显然，他俩从此谁也忘不了谁了……可是后来也不知怎么一来，那大学生被人救走，卢胜七倒挨了几脚，疼得钻心——救护大学生的，好像

---

① 一小段复轨。

倒并非是参加游行示威的人，而是几个路过的壮工。卢胜七站起身来骂了一阵，啐了一阵唾沫，便晃着肩膀领馒头去了。

解放后，卢胜七隐瞒了他这段丑恶的历史，直到"文化大革命"当中，才被揭发出来。他确实是知罪认罪，他明白了，那当年散发传单的共产党人，不怕流血牺牲地同国民党英勇斗争，正是为了使他那样的乞丐不再过那不像人样的生活……可是他很快又陷于惊诧与困惑。有一天大街上开过某国家机关游斗"走资派"的大卡车，那最后一辆卡车上有个挂黑牌的"黑爪牙'，那模样，似乎分明便是当年同他滚作一团的那个共产党大学生！这是怎么回事呢？当年国民党特务花一个馒头代价让他去打的人，怎么今天反倒被共产党自己"打倒在地，还踏上一万只脚"了呢？……

又过了几年，"四人帮"倒台了，卢胜七偶然去亲戚薛永全家串门，在垂花门那儿，他恰巧同住北房的张奇林打了个照面，张奇林倒没什么反应，他心里可怦怦乱跳——他觉得那人恰恰就是当年扒着当当车车门散传单的那位，也就是前几年让人给挂着黑牌子当"黑爪牙"游街的那位……他假作无意地问了一下薛永全，薛永全告诉他，人家眼下是国务院的正局级干部，说不定过两天就升副部长、部长！卢胜七那天没敢喝酒，背上直冒冷汗，出了薛家的屋，低着头一溜烟地快步蹿出了院子，从此再不敢去那院串门……可他回家后几次细细回忆，又觉得跟薛永全住同院的那位张局长，似乎并不是当年那个同自己扭成一团的大学生，因为那大学生眉心有个如同黄豆般大的黑痦子，而张局长眉心却分明平平整整、干干净净……

卢胜七的突然沉默，使胡爷爷和海老太太的谈兴受挫。吹来一阵小风，带来阵阵寒意。卢胜七晃着鸟笼，揉着核桃，踱了开去。胡爷爷和海老太太朝下棋的那一群望去，那一群倒还丝毫没有散摊的意思。当天的《北京晚报》已经开始发卖,他们有人已经买到了《北京晚报》,并且已经根据晚报四版上的"星期棋局"《步步为营,稳健入杀》,摆上了林宏敏对邬正伟的残局,一步步地进行着复验……而那位前区商业局的吴局长,则正同身边的一位白髯老人同猜晚报三版上的"口字谜"。他很快便猜出"一字四个口,五谷样样有"是"田"字,但让"奇形怪状一个口,口字隐约藏里头"给难住了……

既然人家都没有走,海老太太也舍不得这就回家。太阳眼瞅着失去了那最后的火力,寒意一秒一秒地扩散着,她望着眼前的大街,只见依然是车水马龙、人头攒动,不禁想起早年的一首"京华竹枝词":

> 暮鼓晨钟不断敲,
> 苦心婆口总徒劳。
> 满城人竞功名热,
> 犹向迷津乱渡桥。

她既然熟记这首"竹枝词",想必是已"看破红尘",达到"顿悟"境界了吧?其实不然……

胡爷爷尤其不愿回家,他是能在这鼓楼根多捱一会儿便要多捱一会儿。见海老太太呼出一口气来,他怕她这就要起身离去,便立刻找出个话茬来搭讪:"您那个院儿,许快给落实政策了吧?"

海老太太叫他这么一问,心里得到很大满足,遂庄重地点头说:"可不。中央有精神嘛。中央圣明啊!如今的中央,事事讲个'理'字,能不拥护吗?……"

其实,海老太太并非那个四合院的房主。胡爷爷不清楚这一点,仅仅根据前些时海老太太的某种口气,以及她那特殊的气派,便做出了这样的估计。他已经几次把她当作那四合院的房主同她对话,她竟默认了,并且渐渐地形成一种心理状态,就仿佛她真是那四合院的房主似的。

海老太太父系祖上,据说属满族正白旗中赫舍里氏一支,当年也确是一个既富且贵的大家族。但自从她十来岁以后,她那个大家庭便处于迅速地分崩离析、潦倒没落之中。她出阁以后,夫家原是蒙军旗,公公和丈夫都在蒙藏院里挂职,倒还过了两三年小康生活;但因为后来公公去世,丈夫随即被蒙藏院裁员,去参与一桩投机生意又蚀了本,家道便一天天衰落下去;后来丈夫仅凭着家传的一本《麻衣相术》,在什刹海、后门桥一带摆摊给人测字相面,勉强维持生计;不想日占时期丈夫又一命呜呼,她未曾生育,成了一个无依无靠的寡妇。她只好自谋生路——先到辅仁大学附属女子中学的女生宿舍当了几年传达,又到一个私立托儿所当了几年保育员。解放后那私立托儿所一直存在到一九五二年,才被政府接管。后来,她又转到另一个托儿所干了几年,才从那托儿所退休。她的一生基本上是清寒的,哪里来的房产呢?她现在所住的四合院,不过是当年她娘家堂兄弟一度拥有过的房产罢了。但解放后没几年,那堂兄弟也就将那所院子卖给了房管局,因为她同原来的房主有那么一种亲戚关系,又因为她是该院中居住历史最长的住户,长期形成由她代收代缴全院房租水电费的习惯,房管局有什么事也总是先找她联系,院里有什么事需同房管局打交道也总是由她出面;因而久而久之,人们总模模糊糊地觉得她似乎便是这所四合院的房主,逢到这几年北京市开始着手落实私房政策,不仅外院的胡爷爷,就是同院的某些住户,也以为海老太太属于应得到落实政策的房主之一。

海老太太很喜欢人们这样看待她。比如此刻胡爷爷那样发问,她回答时,心里便充满一种自豪和喜悦。不过,她避免使用直接肯定的词句,因为她曾经捅过漏子,险些触犯法律。她不想越过"雷池",去重蹈覆辙……

那是一九五二年,正当她所在的那个托儿所由私立转为公立的前夕,有一天她按着报纸上登的文章,向孩子们讲志愿军的英雄故事,讲着讲着,讲到一位英雄的牺牲,她因为确实感动,哭了起来。几个大孩子跟着哭了,有一个伶俐的小姑娘便走拢她膝前问她:"海阿姨,您干吗哭了?"她便说:"我想着那当妈的,知道她儿子牺牲了,心里该多难过啊!"这话被那小姑娘传给了家长,传走了样:"我们海阿姨的儿子牺牲了,她心里难过!"家长觉得这事不能没有表示,送孩子时,便找到托儿所所长说:"你们这儿海阿姨的儿子,是个最可爱的人,最近不幸牺牲了,我们知道了心里非常难过,我们要当面向海阿姨表示我们的慰问!"托儿所所长是位民主人士,一位善良的老太太,她开头有点疑惑:"海阿姨不是无儿无女吗?"可后来一想,海阿姨来所后工作任劳任怨,人是很本分的,可能旧社会里她有过私生子,怕说出来找不着工作,所以以前隐瞒了;如今新社会了,这不但不能算什么问题,反倒说明海阿姨的身世格外令人同情;更何况她还将惟一的儿子,贡献给了伟大的抗美援朝事业……于是所长立即领着那家长去慰问海阿姨,别的一些家长闻知也纷纷拥了上去。开头,海阿姨支吾否认,所长认为她是出于羞涩和谦逊,越发慰问得动情而恳挚,后来,海阿姨半推半就地接受了这慰问……

事情滚雪球般越滚越大。家长们纷纷送来慰问信、慰问品乃至于成束的鲜花。附近的小学校闻讯来请海阿姨去做报告,"哪怕讲一点海叔叔小时候的最小最小的小故事也成。"海阿姨在这样一种情况下,竟在自己心中迅速地塑造出了一个烈士儿子来。他随自己姓,叫海京生,他从小热爱劳动,是非分明,有一年冬天他路过什刹海,见一个小朋友掉进了冰窟窿,他便毫不犹豫地跑去救出了那小朋友来……开头,海阿姨的讲述还仅仅像冬天的枯树,并且她上台后总是显得非常紧张;后来,她的讲述变得枝繁叶茂,并且"台风"也越来越轻松自如,她常常率先被自己的讲述所感动,泣不成声……结果,连她自己也坚信确有过海京生这么一个嫡亲的儿子。

报社来了位记者,采访了她。随即关于英雄母亲和英雄儿子的报道见了报,还配发了她的照片。报道发表一周以后,便飞来了上千封信,无数的中小学生争先恐后地向她表示:"海妈妈,您失去了一个海京生,您却能得到千万个海京生!我们都是您的儿子!向英雄的妈妈致敬!"她在信堆面前既感到幸福,也感到恐惧……

于是有关的部门里爆发了一场争论。有人拿着报纸,发出了疑问:这位英雄所在的部队,究竟是什么番号?为什么竟至今不将英雄牺牲的通知,寄给我们这个有关的部门?难道他们只注意通知家属,而忽略了向我们上报吗?也有人作出判断:肯定是我们工作中出现了疏忽和差错,弄丢了有关的通知单和材料,我们应当立即给海阿姨补发"烈士家属证明书",并向她赔礼道歉……有人主张立即去找海阿姨当面问个清楚,有人认为那样做会导致侮辱烈属的后果,触犯众怒……

足足过了三个月,经过有关部门的仔细调查,才做出了最后的判断:并无海京生烈士其人,这位海阿姨是个骗子。怎么办呢?诉诸法律,以示儆戒?还是批评教育,以观后效?研究的结果,是认为这位海阿姨除了满足自身的虚荣心,似乎并无其他企图,而且她的种种表现,也并未造成什么不良后果——倒是倘若当众揭发出她来,反会使群众(特别是中小学生)思想混乱,所以,最后便决定将此事"静悄悄地解决"。

有关部门正式找海阿姨谈话。头一个来钟头里,她怎么也绕不过弯儿来,看样子她确实不是"负隅顽抗",她是被自己心造的幻影控制住了。她一会儿哭一会儿笑,倾诉着对她那"海京生"的母爱与悼念……后来她才渐渐回到现实。当她终于弄明白她确实并没有什么"海京生"以后,她突然既不哭也不笑了,而是痴痴地发呆。

她被严厉地训斥了一顿,并从那个托儿所调到了远在另一城区的另一托儿所。她在那一托儿所中渐渐恢复了往昔的正常面目,并渐渐地被人们所忘怀,那"海京生"在她心目中也渐渐淡化成一股轻烟。

她再不敢那样大胆妄为地自娱了。但在一定的限度内,她仍然渴求着人们对她产生一种高于她本人实际情况的估计,她仍然时时坠入令她聊以自满的种种想象中。

在北京的胡同杂院里,具有海老太太这种心态的人物,为数不算太少。

海老太太退休以后,一个人生活十分寂寞,于是从娘家最小的亲弟弟那里,过继了海西宾为孙。海西宾四岁来到海老太太身边,如今已经二十四岁。海老太太打小对他溺爱,他从中学毕业,分到园林局当工人以后,虽说至今月月一发下工资,必及时送到海老太太手中,对海老太太不可谓不孝顺,但能够当面点出海老太太吹牛撒谎的,也就是海西宾一人。海老太太有时想起西宾的不留情面,未免暗自伤心。比如头几年海老太太的一对旧藤椅坏了,修理吧太费钱,扔了吧她又舍不得,便让海西宾把它吊到院门的门洞上方,海西宾对奶奶的支使,一般总是服从,奶奶让吊,他便搭个人字梯去吊。他在梯子上干活,奶奶在梯子下张望,这时住东偏院的荀大嫂路过,不由得问:"嗨,这椅子要不能使了,处理了算啦!您吊在这儿存着它干吗呀?"海老太太便郑重其事地说:"这椅子哪能随意处理呀?您知道谁来坐过吗?康大姐坐过!"荀大嫂因为常看电视里的"新闻联播",一听这话不免惊奇:"哟!康大姐来过咱们院呀?什么时候来的?我们家怎么一点信儿也没有?"荀大嫂自然是把康大姐理解为全国妇联主席康克清同志,海老太太要的也是这个效果——其实,来过她家,坐过这藤椅的康大姐,只不过是海西宾他们单位的工会主席。当时海西宾忙着干活,没注意这个话茬,谁知几天以后,院里便传开了——尤其是詹丽颖,她到水管子那儿接水,逢人便议论说:"康克清康大姐来过咱们院,看望过海奶奶,看起来,海奶奶这个人不简单呢!"并且直接询问过海西宾:"你奶奶当年是不是参加过革命?后来一定挨了错误路线的棒子吧?原来跟我一个命啊——现在也彻底平反了吧?康大姐打算怎么安排她呢?"海西宾又急又气,脸涨得通红,声明说:"哪里哪里!根本没那么回事儿!"回到家里,他便批评海老太太说:"奶,您瞎造些个什么舆论啊!一个人往脸上贴金,能好看么?我看咱们实实在在地过日子,比什么都强!您要再胡编这号瞎话,我可就跟您分开过了——我害不起这份臊!"海老太太吓得缩起肩膀,脸色发白,哆哆嗦嗦地说:"我也没说啥啊,是他们在那儿猜度……西宾呀,你可不能跟我这么说话,我把你拉扯大,容易吗?"说着便掏手绢,抹眼泪,海西宾不得不又安慰她:"您别再瞎吹就行。您想您这么一大把年纪了,我能离开您吗?就是个邻居,我也该照顾您呀……"

这天正当海老太太和胡爷爷在鼓楼根下舍不得离开时,海西宾从外头骑车回家,路过那块儿,他刹住车踩着马路牙子,招呼二位老人说:"奶!胡爷爷!太阳没劲了,还不家里歇着去!"海老太太说:"这就家去!"胡爷爷也笑着点头:"就家去,就家去。"

海西宾骑车走了,胡爷爷望着他那肩宽腰细的背影,艳羡地对海老太太说:"您真有福呀!西宾这孩子多懂礼!连我也沾上了他的孝心……"他想到自己的儿子儿媳妇,他们也曾带着孩子,逛完公园或是商场,打这鼓楼根附近走过,可他们要么根本就不拿眼皮儿夹他;要么看见了也装作没看见,根本不搭理;孙子倘若想叫他,儿子儿媳妇便会赶紧把孙子拉走,显然是怕周围的人们发觉,他这个糟老头子同他们那油光水滑的一家有着那么个关系。唉,如今这样的儿孙也不算稀奇,倒是海西宾那样的难得!可海西宾要跟上一辈的人物比,那孝心也还是淡多了……胡爷爷想到这里,禁不住对海老太太说:"要说孝子,你们院的荀兴旺,那可真是个大孝子。他没搬到你们院的时候,我就见过他。那是解放初,我在他们工厂门口的小饭铺烧火。每月荀兴旺他们厂里开支那天的晌午,他老娘总站在我们饭铺门口,等荀兴旺出来;荀兴旺拿着工资出来以后,立时就把他老娘领进饭铺,给他老娘叫上几个肉菜,再要上两个雪白的大花卷儿,坐在一边,瞅着他老娘吃——他自己不吃,他在工厂食堂吃窝头咸菜;老娘吃完了,他给完了钱,再留下自个儿抽叶子烟的钱,就把那剩下的所有的钱,都交给他老娘;他老娘把那钱用土帕子包起来,揣在怀里,稍歇一会儿,他就搀着他老娘,往家里去……我问过他:'你干吗月月让你娘到我们这儿来吃上一顿?'他说:'你不知道,小时候娘牵着我讨口的时候,我就立下了这个誓,如今我月月能见着娘吃上一顿好的,心里头舒服!'……您瞧瞧!像荀兴旺这号孝子,如今好找么?"

海老太太听罢也赞叹道:"跟那戏台上演的,也差不离儿啊!"说着站起身来,提起了马扎,用"知足常乐"的口气说:"如今不指望荀兴旺那样的啦,能像我们西宾对我,也就凑合!"

胡爷爷也站起身来,拾起小板凳,恋恋不舍地望着昏黄的夕阳,企图多少再延缓一下归去的速度,喃喃地续接着海西宾这个话题叨唠着:"敢情!你们西宾可有出息。有出息哇!中学一毕业就有了个好工作不是?一工作就见上了'中央首长'不是?……"

海老太太听到这话,未免不快。不错,海西宾一九七五年中学一毕业就到了园林局,没工作几个月他就见着过一次江青,那时候海老太太确实跟胡爷爷显摆过……可如今胡爷爷干吗提起这档子事呢?真是哪壶不开提溜哪壶!海老太太便道了声"明儿个见!"管自转身朝家里走去……

27. "哪里哪里"。江青也是本书中的一个角色。

在单位里,大伙都管海西宾叫"哪里哪里"。

这外号的来历,便同他与江青的一次接触有关。

海西宾那一茬的孩子,中学是在"文革"中上的。当时强调"教育要革命,学制要缩短",所以初中、高中都压缩成了两年,统共四年的中学生活里,因为"不但要学文,还要学工、学农、学军,批判资产阶级",所以正经在课堂里上课的时间,归里包堆也就半年。当时实行春季入学、春季毕业。一九七五年春节前,海西宾糊里糊涂地就高中毕业了,因为他算独生子女,所以没有上山下乡,而且很快地分到了工作——他被分配到园林局系统,一开头,是在某公园里当花工。

那所公园那时虽然久已不对一般群众开放,但某些获有特权的人物,却可以随时进入游览,因此公园内的花木设施,保养维护得倒比以往更加精心。就是小卖部,也时时货源充足,天天窗明几净。

那年五月中旬一天的下午,公园领导接到电话通知,说"中央首长"过一会儿便要莅临公园游览,让他们赶紧准备一下。电话里虽然没说那"中央首长"是谁,公园领导却只当是江青要来——因为倘若能让江青满意,那么其他任何"中央首长"都不至于皱眉了——他立即进行了紧急动员,人们随即手忙脚乱地进行准备……公园里顿时充满了一种紧张而惶恐的气氛。

海西宾原是花木组的,可是小卖部那天当班的售货员脸上正发"青春痘",公园领导便临时把五官端正、白净斯文的海西宾换到了柜台里头——领导估计江青至多不过是从小卖部门前过一过,不会去买东西,所以觉得柜台里头安排个俊俏的小伙子就行;对于海西宾并无售货经验这一点,他当时完全忽略。

来的果然是江青。

不知为什么,那一天江青的心情似乎特别愉快。她当天的日程里,本来并无到这公园游览一项,只是因为在她下午的两个活动项目之间,尚有一些富裕的时间,并且在从头一个活动地点奔赴后一个活动地点的途中,恰好要路过这个公园,所以她兴之所至,嘱咐下面为她安排好这样一次小小的随喜。

那一天气候宜人,杨柳依依,芍药灿灿,蝴蝶知趣地上下飞舞,小鸟活泼地叽喳鸣啭。江青在公园领导陪同下闲庭信步,面带微笑,言谈蔼然。转过芍药圃,穿过紫藤架,前面有株小叶枫,公园领导一见,心里"咯噔"一声,额上顿时冒汗——那树上有一大杈全然枯萎,还缀着些头年秋天的枯叶,花木组的人竟没有将它及时锯去,现在赫然映入了江青眼中,是可忍,孰不可忍?

江青果然止步凝视,脸上的笑纹渐次消止。公园领导觉得全身血液变为了沥青,脚底下仿佛是个吸人的泥潭……偏这时一只小鸟落在了附近,啼叫得格外婉转清脆!

江青微偏着头,凝视着那小叶枫的树冠,足足有两秒钟之久……最后,公园领导听见江青这样说:"满树翠绿,衬着一杈枯叶,倒显得分外别致。"

　　公园领导如获大赦,激动得喉头抽动,晕晕乎乎地过了好一阵,才发觉自己已经随着江青折回。路过小卖部,江青忽然兴致勃勃地走进去,一直走到柜台前面。柜台里放着各式各样的点心,江青低头望望——谁也解释不清,可那分明是真的——她忽然高兴地说:"这些点心很可爱!多少钱一斤?"

　　海西宾当时不满十七岁,他倒不像公园领导那么"怵上"。他站在那里原不过是摆样子的,点心他一次也没卖过,所以江青这么问他,他便老老实实地回答说:"多少钱一斤,标签上都写着呢。"

　　海西宾这话一出口,公园领导几乎立即晕死。江青听了这么一句回答,果然生气,她训斥海西宾说:"你们怎么能这么对待顾客呢?亏得今天来的是我,还认得字。要是农村来的贫下中农呢?你让人家看标签,行吗?"

　　海西宾脸红了,像面对着老师,他惭愧地点头。江青看到他那腼腆幼稚的模样,忽而又微笑了,这时围随在江青身后的人们都听见江青对海西宾说:"小伙子,改了就好。这些点心,你一样给我称一点吧!"

　　公园领导站在一旁,只觉得自己是死而复生。他心里暗暗祷告:"海西宾呀,你底下可别再惹出祸来呀……"

　　海西宾拿起秤盘,拿起夹子,就要弯腰夹点心了,却忽然憨憨地问:"一点……一点是多少呢?"

　　江青先是双眉一立,而后又突然拊掌发笑……公园领导在这紧急当口以最快的速度进入了柜台,把海西宾推到了一边,自己亲自为江青称起点心来。他每样往秤盘里夹进两块,把秤盘放到台秤上以后,他哆哆嗦嗦地移动着码子,等秤标升起以后,他胡乱地报了一个斤数,又胡乱地报了一个钱数……江青自然早已抽身走开,由随员付了钱,收了包好的点心。事毕,公园领导立即奔出小卖部,去继续陪同江青——他惊叹那天的运气,江青竟并未因小卖部中的事故申斥追究他,而是心旷神怡地问:"听说你们这儿夏天有郁金香?"他忙趋身回答:"有,有,欢迎首长开花的时候来参观。"江青叹口气说:"想来啊,只是哪有那么多的时间……"

公园领导一时来不及处置海西宾。海西宾被推开以后,知道自己犯了错误,便走出了小卖部,可又不知该到哪儿去待着,于是懵懵懂懂地站在了一株松树下,下垂的两手勾在一起,凝固在了一个稍息的姿势上。

江青又散了散步,便转身朝红旗轿车走去,偏偏海西宾又进入了她的视野。公园领导见海西宾如此不知趣——竟然呆立在江青上车的必经之路上,真恨得牙痒,他的精、气、神本已几乎耗尽,当他眼瞅着江青停下脚步,朝海西宾招手时,更感到大限已到,简直马上要瘫作一堆黄泥了……

海西宾见江青朝他招手,本能地走拢过去。江青那天那时的心情真是格外地好,她拍拍海西宾的肩膀,脸上的表情简直只有"慈祥"二字方才般配,语气更是谆谆然好不动听:"小伙子,你的服务态度不行呀,业务上也不熟悉,你这样子怎么能为人民服务呢?要好好改进呀……"

海西宾自然连连点头。

江青又问他:"多大啦?"

他答:"十七了。"

江青感叹地说:"哎呀!这么年轻!真是初升的太阳呀,希望都在你们身上啦!"

海西宾低着头,不知该说什么才好。又一次还阳的公园领导,这时真想替海西宾说几句感激"中央首长"勉励的话,可实在不便于代庖……

江青意犹未尽,她又问:"初中毕业啦?"

海西宾说:"我都高中毕业啦。"

江青笑了起来,大发感慨:"啊呀,看不出你都高中毕业了,真了不起呀!你的文化水平,比我还高呢!我就没上过高中!高中毕业生,那要算小知识分子啦!你才十七岁,已经是个知识分子啦!"

就在这时候,海西宾说出了那句传诵至今的话:"哪里哪里……"

事情过去七年了。回想起来,像做梦一样。事情发生的当天,海西宾的表现便被汇报到了上一级机关。一周后,有关机关专为该公园小卖部的"事故"发过一个通报,通报最后强调,除应对公园中的青年职工加强"政治思想教育"外,还应"及时地将不适宜在首长、外宾常到的地方工作的人员调开,以避免类似的事故再次出现"。通报发出的第二天,海西宾被调出了公园,分配到一个管行道树的绿化大队,他所在的那个绿化小队管理的街道,除非特殊情况,是与首长和外宾都无缘的。后来海西宾又调动过几次,但无论他调到哪里,有关他与江青接触的传闻,都先他而至,并且年轻的伙伴们都不叫他的名字,只叫他"哪里哪里"。

海西宾虽然被调离了公园,那公园领导却常以江青同海西宾的交谈为例,来说明"中央首长对青年园林工人的关怀与教育",所以传到海老太太耳中后,便不免引以为荣,向胡爷爷等"老人会"的成员炫耀,便是那时期的常课。

但很快便发生了翻天覆地的变化。江青倒台了。一九七七年,掀起了揭发批判"四人帮"的高潮,当年公园中所发生的那一幕,理所当然地被判定为"江青大搞特权的一例"。并且还有一位剧作家,由同院的韩一潭陪着,找到海西宾家中,说是打算创作一个有江青登场的剧本,请他提供素材。海西宾把他经过的那桩事从头到尾说了一遍,剧作家很是失望,并且表示怀疑:"那正是江青一伙变本加厉迫害知识分子的时候,江青能用赞叹的口气提到知识分子吗?"海西宾不会撒谎,不会虚构,也不会隐瞒,他只能陈述事实,剧作家提出的质疑,他无法作答——当然他也知道江青一伙绝对是以压抑迫害知识分子为其特点的,院里詹姨的遭遇,便是活生生的一例,不过那天江青在他面前,确实是那样说的,他也确实答曰:"哪里哪里。"

那位剧作家后来果然写了一出揭露"四人帮"的戏,里面有个角色虽然换了名字,分明就是表现江青。她在台上不时发出狞笑,每句话都仿佛从牙缝里挤出来似的,让观众恨得切齿。韩一潭、葛萍、詹丽颖,还有海老太太和海西宾,同被邀去观看了首场演出,他们都觉得那出戏不错,十分佩服剧作家的才能。海西宾看完骑车回家,一路上回味着戏里的场面,他感到戏里还缺少一点东西。究竟缺个什么?他想不透,更说不出。

现在海西宾长大成人,渐渐能作比较深入的思考。他觉得剧作家真不该轻视、摒弃他所提供的素材。当然不一定把公园里的那档子事直接搬进作品。但是,江青一伙的作恶,从那档子事也可以反证出来——除了他们个人品质上的问题以外,也还有一些更深刻、更微妙的因素在起作用。从中其实可以引出更值得儆戒的教训。

有一天他便把这想法,同韩叔叔说了。韩一潭鼓励他说:"你想得这么深入,何不自己动手来写呢?现在像你这样的青年作家很多,你也二十出头了吧?既然遇上了这么清明的政治气候,你应当抓紧机会,立一番事业。现在成名成家不但不是罪恶,还受到鼓励。你看咱们院的年轻人,除了薛纪跃可能受家里条件限制,发展不大以外,荀磊和他那对象小冯,都奔着翻译家的目标去呢;张秀藻过几年准是个博士,最后一定当总工程师……就是人到中年的澹台智珠和詹丽颖,一个奔着表演艺术家的目标而去,一个起码也要争取评上个高级工程师,谁也不甘落寞……西宾呀,不要再'哪里哪里'啦,早一点确立好你的志向吧!"

海西宾却微微一笑,淡然处之。上面要把他调回公园,说也算是对他落实政策,他谢绝了。搞街道绿化也很好嘛。绿化队里的工作也有技术高低之分,许多年轻人都抢技术高的工种,海西宾却主动提出来负责用大皮管子浇水这项又苦又累的非技术工作。连海老太太也说他"冒傻气",他却平静地说:"奶,不能个个都去成名成家,都拣高枝儿站。我知道我这块料能有多大出息,我觉着我干现在这个就挺好。"

有人断言:八十年代的中国青年,其最突出的特点便是富于进取心和竞争性。这话不知其统计学方面的依据是否充分,海西宾显然应被摒除在这一概括之外。不过,难道海西宾的那种对名利的超然态度,以及那种自得其乐的生活方式,其中不也沉淀着某种八十年代新一代才会出现的心态吗?

海西宾的业余爱好是武术。

海西宾打小就属于瘦弱型。到他工作以后,也还是属于书生型。他是直到一九七九年,才突然焕发出一种对武术的热情,开始练起来的。不明就里的人,或许会以为他是受《少林寺》一类影片的影响,或被李连杰那种武术明星所吸引,才迷恋此道的。其实不然。

在当代北京城中，实际上存在着两个武坛。一个是体委主持的，运动员们常被选派参加各种正式的比赛，获奖者享有公开的荣誉，常常在电视屏幕上出现，有的更被请去拍电影，以某种武艺高超的银幕形象为人所津津乐道。另一个是民间自为的，每天清晨活跃于各公园、绿地，其中的佼佼者尽管几乎从不为宣传机构所知，但在北京市的武术迷心目中，往往比前一个武坛的明星，还有着更崇高更神圣的威望。当然，这两个武坛相互之间并无冲突，而且也不乏交叉重叠的例子。

海西宾的习武，主要是受后一武坛的吸引。

海西宾每天上班，必骑车经过月坛公园。有一天他路过得早，见一位老人正在树林中的一块平地上练"地躺拳"，身段意态实在优美夺人，不禁刹车叫好，后来更爽性进到树林，饱览那老人练武。当天二人只淡淡交谈了几句，算不上真正相识。从那第二天起，海西宾天天起个大早，赶到月坛与那老人相会，渐渐相熟，又渐渐由旁观到求教，后来竟爽性拜那老人为师，习起武来。

那老人名段雁勤，虽已年近八十，看上去却只有六十开外。

段雁勤在民间武坛享有极高荣誉，他让海西宾先向晚他一辈的民间武术家学基本功，介绍海西宾认识了越来越多的师傅。基本功过了关，海西宾便一门又一门地学习起来。在月坛公园由雷慕尼教会了"陈氏太极"，马长青教会了弹腿功；又到宣武公园拜"花斑豹"富宝堃为师，学了几套形意拳；再到礼士路小花园拜许增繁为师，学会了原地转圈的"八卦拳"；后来又到历史博物馆东侧，向打磨厂食堂做切糕的厨师杨起顺杨师傅，学了一套"白猿通臂拳"……几年下来，最后经过段爷爷指点，海西宾已然把所谓"内家"的"太极""形意""八卦"和"外家"的"查""洪""炮""花"等"长拳"都练到了相当的水平。

海老太太叨唠他:"西宾呀,你练那玩意图啥呀?你可别练完了跟人家打架去,给我惹事儿!"

海西宾一笑。他给奶奶惹过事儿吗?

单位领导在大会上表扬他:"海西宾练就了一身硬功夫,同盗窃国家苗木的坏人面对面斗争,保护了国家财产,擒拿了犯罪的歹徒,他的思想行为,值得全局青年职工们学习……"

海西宾喃喃自语:"哪里哪里……"北京市能有多少胆大妄为地趁着夜深人静,潜入苗圃偷窃苗木的歹徒呢?海西宾又能有多少次在值夜班时遇上他们的机会呢?而对付那些外强中干的歹徒,又何用把武术练到这种程度呢?就算海西宾勇斗歹徒的精神值得局里的青年职工们学习,他那武术水平,一般人又怎么能,而且何必要向他去看齐呢?

"'哪里哪里'是想上电影呢!那《武林志》的导演是谁?怎么没把咱们的'哪里哪里'找去?他还拍不拍功夫片?咱们把'哪里哪里'献出去!"同伴们常这样拍肩推背地调侃他。

他跟大伙一块儿嘿嘿嘿地笑。他上电影?天下还有比这更滑稽的事吗?拍成了,电影院门口准得排长队——退票!

"'哪里哪里'是为姑娘们练哩!哪个姑娘不喜欢武艺高强的硬汉!何况咱们的'哪里哪里'并非五大三粗,而是'儒将风范'!"队里的技术员汪大哥甚至于当着姑娘们也这么打哈哈。

对此海西宾保持沉默。他当然并无那样的动机,但确实收到了那样的效果。他常常接到偷偷递来的情书。有一次一个姑娘竟大胆地把情书通过邮局寄到他家。海老太太接到了信,因为老眼昏花,便请詹丽颖代读。詹丽颖打开信一看,没开读便笑得前仰后合……

从此海老太太少不了对海西宾的盘问。海西宾总这么跟她说:"奶,您放心,准给您娶个跟我一般孝顺的。"

目前海西宾已经有了一个意中人,正处于热恋之中。一九八二年十二月十二日这天,他一大早便骑车出去同她相会,下午四点来钟才转回家来——要不是为了赶着回家看四点零五分开播的电视节目"足球赛选播",他也许还要同她多缠绵一会儿。她目前尚未向严厉的父母公开她的爱情,所以他们晚上还不能从容相会,而海西宾也没还做出把她带来见奶奶的决定。

海西宾推车进了院子,刚把车抬过垂花门,便看见一个醉醺醺的汉子连哭带嚷地从薛家新房中冲出来,冲出几步后,又扭过头去骂:"你们他妈的诬赖好人。你们他妈的一窝子喇嘛才是贼!老喇嘛!小喇嘛!你们他妈的留点神,我他妈的跟你们没完!我非找人来把你们这喇嘛庙砸了不成!咱们走着瞧!"

那醉汉是卢宝桑。随着他冲出薛家新房大吵大闹,院里一时淤满了人。薛家的两间屋子里自然涌出人来,詹丽颖和张秀藻也不禁出屋观望,海西宾身边又站过来了外院那澹台智珠的公公和荀大嫂。大家尽管心情各异,但有一个感慨却是共同的:好好的一桩喜事,怎么弄成了这样!

新郎薛纪跃,处在一种极度亢奋的情绪中,尽管旁边的人拼命拉住他,他还是挣扎着要扑过去。他头发散乱,西装不整,喜花摇摇欲坠,声嘶力竭地嚷着:"卢宝桑,你甭走!你把雷达表交出来!要不咱们一块儿去派出所!……"

卢宝桑却朝他欠着脚、耸着身子,大声地嚷:"谁他妈偷了表谁是三孙子!去派出所!去不着!不让走?姥姥[①]!"嚷完,扇着肩膀,从海西宾身边一晃而过。海西宾当时产生了一种揪住他的冲动,却又抑制住了——毕竟情况不明、是非难辨。就在卢宝桑走出

[①] 姥姥:北京俚语,意谓根本不可能,表示藐视。

去的一瞬间,海西宾看到了站在人群中的殷大爷。啊,今儿个殷大爷也来薛家做客了……

薛纪跃到底被人们连劝带拉地送回新房中去了。詹丽颖自然早已走过去向薛大娘细究根源。荀大嫂也过去同薛师傅说话——她倒先不打听来龙去脉,而是立即劝薛师傅往开了想:"凡有喜酒必有醉人,小小不言的事儿,过去了就当它仨葱俩蒜……底下咱们接茬热闹。走,我去帮你们张罗……"张秀藻退回了屋去,心思不能马上回到功课上,她不仅感到烦恼,而且为自己同这些人之间的相互不能理解,产生出一种淡淡的哀愁。她不久将搬到另一种环境中去,远离那粗鄙庸俗的一群,那是她的福气吗?可荀磊却是过去、现在,以及相当长的一段将来,都始终处于这样一种氛围之中,荀磊是怎么忍受下这一切的呢?……澹台智珠的公公目睹了邻居家的纠纷,联想到自家的内乱,心里发紧。他退回家中,在堂屋里踱来踱去,李铠和智珠怎么都一去不返呢?就连小竹,也好久不见踪影,他是该去寻觅他们,还是该淘米准备晚饭呢?……

海西宾看见殷大爷的时候,殷大爷也同时看见了他。卢宝桑走后,他二人自然凑到了一起。殷大爷是段雁勤最得意的高徒,海西宾跟他学过一段"大成拳"。据说殷大爷五十来岁的时候,他的"大成拳"居全城民间武坛首位,有"隔山打老牛"的功夫。如今殷大爷家住南城龙潭湖一带,在那里挂牌正骨,声誉极高。殷大爷挨近海西宾以后,简单扼要地对他说:"出去的那位叫卢宝桑。现在弄不清他偷没偷薛家的雷达表。他现在又醉又浑。你要得便,出去远远地跟着他,盯着他点,看他都往哪儿去,干了什么。你只远远跟着就行,可不许惊了他,更不能动他。他要进了住家院子,你就回来。我等你的信儿。"

海西宾跟殷大爷本有师徒之谊,再说薛家的事情也该管管,听了这话,便把车头掉转,又朝院外而去。那"足球赛选播"的电视节目,他自然已经弃诸脑后了。

28. 新郎的哥哥终于露面。关于"装车"和"卸车"。院内的"水管风波"。

北京现在还有多少酒馆?

卖饭兼卖酒的地方不能算酒馆。必得是以卖酒为主,附带卖酒菜的地方,才能算酒馆。据老人们说,当年北京城酒馆颇多,而地安门外、鼓楼之前那二里长的街面上,不但酒馆的数量可观,其种类也相当齐全。

北京市民现在不怎么喝黄酒了,而当年京师酒肆之中,"南酒店"却占相当的比例;店中出售"女贞""花雕""封缸""状元红"等不同流派的黄酒,同时也把"竹叶青"当做一种陪衬,附带出售;与黄酒相适应的酒菜则备有火腿、糟鱼、醉蟹、蜜糕、松花蛋等物。另一种"京酒店",早期只供应雪酒、冬酒、涞酒、木瓜酒、干榨酒、良乡酒……后来渐渐加添上声名鹊起的汾酒、西凤酒、泸州大曲、贵州茅台……虽已名不副实,但老年人叫惯了,仍叫"京酒店";再后来因为又变化为主要出售北京郊区自产的"二锅头",以"价廉物美"来维系住一批常客,所以倒也终于"返璞归真"。这"京酒店"供应的酒菜,早年多是咸栗肉、干落花生、核桃、榛仁、蜜枣、山楂……夏季添加莲子、鲜藕、菱角、杏仁……似乎是以素食为主;后来渐渐素食减少,而变为咸鸭蛋、酥鱼、兔脯、驴肉……到了如今,则以"小肚"[①]、猪蹄、各类肉肠和粉肠为主了。当年还有一

---

① 猪膀胱裹肉、粉。"肚"在这里读 dǔ。

种"药酒店",现在北京市民常把黄酒叫"料酒"或"药酒",但早年的"药酒店",所卖的酒并非黄酒而是各种露酒,如玫瑰露、茵陈露、苹果露、山楂露……另外,如莲花白酒、绿豆烧酒、"五加皮"……一类的烧酒,也多在这种酒店中出售。这种酒店往往并不准备酒菜,沽酒者大都也是购回再饮。如今北京市民一般是不怎么喝露酒的,他们把黄酒、白酒、啤酒以外的带酒精饮料统称为"色儿酒","色儿酒"中只有红葡萄酒一种受到欢迎。至于专门出售威士忌、白兰地一类洋酒的"酒吧",除了某些一般市民不能随意入内的大饭店中设置过外,市面上似乎始终阙如。

当年的鼓楼前大街,义溜胡同附近有一家规模不小的酒肆。"义溜"其实是"一绺儿"的谐音,因为那胡同狭窄得两个人迎面相遇,必得侧身谦让才能通过,所以人称"一绺儿"。"一绺儿"在号称"大胡同三千六,小胡同赛牛毛"的北京城内,似乎本不值一提,但因为当年它附近有名的酒肆饭馆颇为不少,酒徒食客为抄近路常斜肩而过,故而名声颇著。从鼓楼前大街穿过"一绺儿"胡同,便可直抵那酒肆门前,门上挂着黑地金字大匾:"天香楼"。进了大门,迎面立柱上是一副对联:"四座了无尘事在,八窗都为酒人开"。当时有首"竹枝词"曰:

> 地安门外赏荷时,
> 数里红莲映碧池;
> 好是天香楼上坐,
> 酒阑人醉雨丝丝。

这说的是夏天,其实冬季生意更好,又尤其是元宵节前后。"一绺儿"胡同南侧,挨着后门桥,有座火神庙,现在遗痕犹在。本世纪二十年代以前,每逢元宵灯节,据说庙中都要烧"火判",即将中空的泥塑神像,填以薪炭,燔火燃烧,不但使其体腹红透,而且还要"鼻头出火耳生风"。这自然要吸引无数的市民去观看,其中一部分在观览之余,便不免要到"天香楼"中痛酌一番。如今年过七十的北城市民,忆起当年景象,往往还能形容个淋漓尽致。海老太太和胡爷爷在鼓楼根下一边晒太阳一边聊天时,就不知把这话题炒过多少遍"回锅肉"。

然而随着时代的变迁,北京饭馆的数量一度大大减少,酒馆一度濒于绝迹。到粉碎"四人帮"之后,饭馆的数量和种类才有所增添,酒馆也略有恢复。当然,旧时代里酒馆的繁多乃是一种畸形的社会生态,那一"传统"本不值得大力继承,但适当地向市民提供一点"随意便酌"的场所,开设一些管理得当的专卖酒类和酒菜、备有坐席的酒馆,看来也还是必要的。一九八二年年末的钟鼓楼一带,这样的酒馆出现了一家。它位于鼓楼后面、钟楼前方的钟楼湾胡同之中,是一所平房,叫"一品香烟酒店"。里面设有四五张方桌、十多张方凳,除了供应各种烟酒而外,还供应煮花生米、拌海蜇皮、"小肚"、粉肠、茶肠、蒜肠、蛋香肠、午餐肠、茶叶蛋、猪头肉、拌粉丝……一类下酒菜。因为它的位置处于僻静的小胡同之中,所以光顾的酒客很少有偶然路过的生人,多是附近的居民或在附近上班的职工,售货员与酒客大半相熟,酒客之间也大半相熟,于是乎酒馆中常常充满了一种活泼而融洽的气氛。

且说一九八二年十二月十二日那天下午四点多钟,海西宾骑着自行车,遵殷大爷之嘱追寻卢宝桑的行踪,结果是发现卢宝桑摇摇晃晃地钻进了"一品香"。海西宾在"一品香"门前下了车,把车支好、锁好,隔着玻璃窗朝里面望去。原来同院澹台智珠的爱人李铠早在里面,卢宝桑进去后立即看到了李铠,显然是大声地吆喝着,一溜歪斜地走了过去;李铠站起来扶住了他,显然是在颇为惊讶地询问……

海西宾正犹豫着:要不要进到"一品香"去？忽然有人在叫他:"西宾！"

海西宾转过头一看,是薛纪跃的哥哥薛纪徽,骑着辆自行车迎面而来。

薛纪徽本不打算下车,他那声招唤不过是一种礼貌的表示,但海西宾打个手势,让他下了车。海西宾问他:"你怎么这时候才来？"

薛纪徽明显地疲惫不堪,简单地解释说:"加班。"

海西宾便对他说:"今天是什么日子,你还加班？你们家乱套了！宴席上吵了起来,说是有人偷了你们家的雷达表……"说着用下巴指指"一品香"里头:"跃子怀疑是他干的,可现在也没掌握什么证据……反正我也闹不清,你快去吧！你去了,能顶大用。"

薛纪徽莫名其妙,他朝"一品香"里望去,只看到了李铠,他心想:这怎么可能？一定是误会！不过,海西宾的表情语气,都使他感受到一种不祥,他便说了声:"好,我赶紧去！"说时抬腿上车,恨不能立刻到达。

海西宾望着薛纪徽那宽厚敦实的脊背迅速远去,心中涌出了一股酽酽的同情。他蓦地回忆起前年夏天,胡同里一群小伙子都到什刹海边乘凉,不知怎么地大家伙哄着让他跟薛纪徽摔跤。当时他刚学会一点武术,总想找个机会比试比试,便也拿话挑逗,激得薛纪徽站起身来,向他应战。薛纪徽说:"咱们也甭摔。我站在这儿,你就想法子把我撂倒吧。我要倒了,就算你赢。"说罢双腿微张,双手叉腰,挺起了厚笃笃的胸脯。海西宾使出了多种手段,又是掌推臂扳,又是腿勾腰顶,活像一条白龙缠磨一座铁塔,竟始终不能把薛纪徽撂倒。周围的小伙子们又叫又嚷,看得好不高兴。

最后海西宾只好抱拳称服:"徽子哥,您说吧——我该输给您点什么?"薛纪徽笑笑说:"'哪里哪里',你给我跟大伙练套拳看看吧!"海西宾便练了套刚串下来的"陈氏太极",练到"收式",薛纪徽便带头鼓掌,大伙哄然叫好之后,薛纪徽说:"还是'哪里哪里'有功夫。我其实一点功夫没有。我的本钱不过就是敦实。"海西宾从此记住了这句话,他觉得,他需要向薛纪徽学习的,正是那可贵的"敦实";而敦实绝不仅仅体现在那一身铁疙瘩般的腱子肉上,敦实,这主要是一种严肃认真地做人的态度……

从名字上就可以看出,薛纪徽是随中华人民共和国的国徽出世的。一九五○年九月二十日,毛泽东主席发布命令,公布中华人民共和国国徽的那天傍晚,薛纪徽诞生在隆福寺的一间配殿中。来给薛大娘接生的是协和医院的一位助产士——要搁在解放前,薛永全是不敢到隆福寺东边的孙家坑胡同去请他的;当他知道把薛大娘送往医院已为时甚晚后,便提着医药箱赶到了薛大娘床前,顺利地接下了薛纪徽。他拒绝收费,并且说:"您以前来找我,我也会来的。在医院外头为产妇服务,我概不收费。"他是个基督徒,他说的是真心话。但薛永全仍然把这一切看作是共产党解放了北京所带来的福气。他跟薛大娘不满二十岁就结了婚,在生薛纪徽之前生过三个男孩一个女孩,都是请庙会上的喜婆给接的生。三个男孩有两个都是生下来还活着,可让脐带绕住了脖子,喜婆硬是解不下那脐带来,生瞅着给憋死了;有一个难产死在腹中;女孩子倒是顺产,却生下来刚仨月,就由隆福寺街上"修绠堂"书铺的掌柜牵线,送给了一个没有女儿的官宦人家,后来音讯全无。

父母感念共产党,感念中华人民共和国的成立,所以给这惟一成活的男孩取名为薛纪徽。生下薛纪徽以后,薛大娘身体垮了下来,不久查出有肺结核,但是随着隆福寺大庙在解放后逐渐成为一所正式的大型商场,薛永全由一个喇嘛成为了商场中的正式职工,他家的经济状况空前好转,薛大娘到北池子"防痨协会"定期诊治,几年后终于痊愈。薛大娘身体康复以后,又生下了薛纪跃。三十多年过去,两个儿子都健壮地长大成人,并且如今都安家立业。薛永全夫妇按说该彻底地扬眉吐气。

但是任何社会、任何家庭都不可能凝固在一种状态中。在流逝的时间里,社会生活中总是充满了矛盾冲突,作为个人,他在自己的命运发展中,总是既会有喜乐,也会有哀愁。

薛纪徽十六岁时赶上了"文化大革命",那时他刚上到初中三年级。他是学校中最早的"红卫兵"战士之一,他狂热地信仰过"无产阶级专政下继续革命的理论",他在"大串连"中极大地开拓了视野,他厌恶"打、砸、抢",他为坚持"要文斗,不要武斗"而同其他"红卫兵"战士爆发过激烈的争论,他同情那他认为仅仅是犯了错误而并非"顽固不化的走资派"的校长和党支部书记,他对"中央文革"越来越极端的过激言论感到困惑……然而这所有的一切,在他心灵上所刻下的印迹,对他人生观形成所产生的影响,都不如那期间他所目睹的"装车"、"卸车"的场面更富于刺激性和震撼力。

什么叫"装车"和"卸车"?

装卸的并非货物,车子也并非是载重卡车。

在薛纪徽他们住的那条胡同附近,还有一条更整齐的胡同,胡同里有个保护得很完整的四合院,四合院里住着一位有身份的人物。当时该人不但已经年逾古稀,而且大脑已然软化;他身躯肥胖,腿脚极为不便,说实在的,早该谢绝一切邀请,不再外出活动。然而,在"文革"打倒一大片的狂潮之中,不知怎么的,他偏幸存,并在"五一""十一"一类的盛典中,仍能接到上天安门城楼的通知。每到那一天,天安门城楼上的活动正式开始前四十分钟,便有一辆小轿车来接他，而附近的一些居民，便会默默地围成一个半径颇大的圆圈，来看有关人员和他的家属，如何将他装进车去。薛纪徽便是那围观者中的一员。

小轿车的车门口径，于那臃肿的老人本已不适，加以他神情恍惚、屈身不便，因而每回有关人员和他的家属，不得不如同装载一件笨重而易脆的珍贵物品般大费周折。先是一个年轻人从那边车门进到车里，伸臂准备接应，然后再由三个人将那老人扶到这边车门，有的帮助他屈身，有的轻轻按下他的头颅，有的几乎是搂住他，将他往车门里运送。老人通过那车门，终于被塞进车里，往往要费去十几分钟，而这时在围观者的一片沉寂之中，老人所发出的生理性呻吟："啊——啊啊——啊啊啊——"（他一定被挤压得极其痛苦），以及据说是那老人女儿的镇定而威严的指挥声："慢点！慌什么！好，用劲！怕什么？甭怕他叫唤，用劲往里推！你那边用劲往里拉！别瞎拽他胳膊！托住他身子！爸，您叫唤什么？！这不就快坐进去了吗？……"那情景真是惊心动魄。

小轿车开走了，围观的人们并不全都散去，有一部分留在那胡同口上，窃窃私议着。他们都摸准了规律，在"装车"这个节目结束的半个多小时以后，必定便会接演"卸车"这个节目。

那位老人到了天安门城楼，还有一次快速卸装。他上了城楼，陪同他的人让在场的新华社记者在一份事先打印好的名单上，用铅笔在他的名字后面划上一个对钩，于是等他气息略平，便不等那活动结束，又把他装车运回家中。车子到了他家口，有关人员和他的家属，便又在他那位已经五十多岁的女儿指挥下，对他实行最后的"卸车"。"卸车"按说要比装车困难得多，但速度却总比"装车"要快，指挥者的声调也变得急促僵硬："别怕！拽你的！从里头推呀！爸，您嚷什么？这不马上就下来了吗？好，快点架进去！快！……"

那位老人自己对这样被人"装卸"是否心甘情愿，不得而知。他的女儿对此事的想法，却表述得明明白白——有一次"装车"时特别不顺，大约是老人的一个孙子忍不住说："我看去不了就别去了吧!"担任现场指挥的那位女儿立时焦躁地驳斥说："别去了?!晚上新闻联播里没了他的名字，他又明明没死，人家不得说他给打倒啦？告诉你说吧，只要有一回没上去，咱们留在北京的还好说，那外地的几窝子，立时就得让人欺侮个臭死！……"说着亲自猛力地将老人往车门里推，使老人发出了一声空前的惨叫。你也不能说那当女儿的手狠心冷，她声音打颤地叫着："爸!"还当着众人流下了眼泪……这些话语传入薛纪徽耳中，这些情景映入薛纪徽眼里，他觉得生活给他上了极其丰富、极其深刻、也极其令他痛心的一课。

每次"装车""卸车"的演出结束以后，过不了几个小时，附近一些单位架设的高音喇叭里，便会传来电台广播员那圆润洪亮的宣布名单的声音，当终于宣布到那位老人的名字的时候，薛纪徽常常紧紧地咬着他的牙关，心弦酸辛地颤动。

他没有上山下乡。他那一届的学生，赶上了一次市内的分配，他分配到了现在的单位，先当搬运工，后来学会了开车，当了一三〇卡车的司机。

早在"四人帮"垮台之前，他就在心中否定了"文化大革命"，并不是他对"文化大革命"的"理论"和政治实质有什么透彻、准确的认识，他只是从切身的感受中总结出了一点：这场"革命"不实在。那"装车""卸车"的场面，尤其给了他这样一个启示。

他给自己立下了一个信条：他得实在。他痛恨虚伪甚于谬误。他对事物最严厉的批评是："甭装孙子!"

现在薛纪徽骑车赶赴弟弟薛纪跃的婚宴,他以极其疲惫的身心,面临着难以应付的局面。

最能体谅他的,是父亲;其次也许是弟弟。但新娘子是否能体谅他呢?他今天为什么非得去加班呢?这对她来说,岂不是一种轻视吗?在她的一生中,这也许是她惟一一次担任主角的时刻,可是他这个大伯子却似乎偏偏觉得不必凑趣……还有母亲,没有比母亲更讲究吉利、更在乎面子的人了,纵使她对自己一贯是挚爱和引以为荣的,今天自己的表现,怎样耐心地解释恐怕也获得不了她的理解!她会问:"就算非加班不成,得晚来一会儿,那怎么一晚就晚到这个份儿上?"可以告诉她:半路上,让人把车给截住了——那也是北京市跑运输的车,司机急得头上冒汗,那地方前不着村后不着店,可他那车就是开不动了。他截着薛纪徽的车,苦苦地向他求援:"我截到你这儿,已经是十九辆了,要么根本不停,要么停下听两耳朵就冲我摆手……大哥,我可全仗着您了!"薛纪徽说服了车组的搬运工,下车去帮他检查,完了又躺到车子底盘下面帮他修理,费了老鼻子劲,才帮他修好……母亲听了这些会怎么说呢?一定会说:"你不能告诉他,你今儿个家里还有事吗?你不管,他就再遇不上帮忙的人吗?他说截了十几辆也不灵,你就信他的?他为了让你心软,总得往苦里说噢,你就那么心实!……"是的,他心实,他不能看着别人犯愁不管;他听不得那些撇下有难的人不管、自顾自地跑车的无情行径;他不能容忍自己因为要赶早回来参加跃子婚宴,便见义而不勇为……他图个什么?感激?表扬?私下的报答?公开的奖赏?都不是,他图的是问心无愧——他感到眼前的政治、经济、文化和社会生活的各个方面都越来越少虚伪,越来越更实在,在这样一个扎扎实实地实现四个现代化的时代里,他更必须敦敦实实地对待国家,对待他人,对待自己……

同海西宾的相遇,使他的精神负荷更其沉重。倘若婚宴一帆风顺,他的迟到不过是一般的缺陷;然而怎么会乱了套?什么雷达表?谁的?什么人偷了它?老李怎么会跟这种事沾边?……想到父亲的懦弱,母亲的迷信,弟弟的幼稚,他心里一阵酸痛——他们是多么需要他在场控制住局面啊!而在关键时刻,他却迟迟不到……

快!快去!驱赶走每块肌肉、每根神经中的疲惫,重新抖擞起全身心的精、气、神,去实实在在地做一个称职的儿子、兄长和大伯子……

薛纪徽到了新房门外,紧张的心弦稍有放松——一切似乎都还正常嘛。新房中的宴请仍在进行,虽说不上笑语喧哗,倒也还算热闹。苦棚中传出炒菜的声音,飘散出蒜苗肉丝的味道。而且女儿小莲蓬带着油嘴圈儿,恰巧从新房中跳了出来,一见他便高兴地大喊:"爸!"又扭过身去通知里面:"奶奶!我爸来啦!"

薛纪徽赶紧进屋,劈面便见着了母亲。

此刻薛大娘心里真是酸苦辣咸俱全,惟独少去了甜味。雷达表丢失后的一场风波,引得原先的客人纷纷告辞而去,只剩下殷大爷还在。王经理等人告辞时尽管说了不少劝慰的话,到底让薛大娘脸面上无光。七姑是愤愤然、恨恨然而去的,而且临去时当着薛家人向潘秀娅撂下了这样的话:"我今儿个不回自个儿家了,我这就找你爹妈去;明儿个你们回门的时候,要还没把事情弄明白了,秀娅呀,你就先甭回这儿,你先跟娘家住着!"……薛大娘真是哭不得嚷不得争不得辩不得,而正在这时,偏又来了一茬新的客人,薛大娘要脸,她不愿让家丑外扬,少不得强颜欢笑,布置孟昭英赶紧收拾前茬婚宴的残局,重摆新宴——菜肴自然相对从简,端上来的不过只是木樨肉、摊黄菜、芹菜肉丝、蒜苗肉丝、红烧小黄鱼、菠菜炒粉丝……薛师傅讪讪地向新来的客人解释着：新娘子累了，暂时在那屋歇着，待一会儿准来给大家点烟敬酒；薛纪跃是真的醉了，他傻笑着，胡乱地应答着人们的祝贺与调侃……他们商场的团干部杨及光，完全是出于好心，即席为薛纪跃朗诵了宋朝秦观的一首《鹊桥仙》词："……柔情似水，佳期如梦，忍顾鹊桥归路！两情若是久长时，又岂在朝朝暮暮！"但在那样一种场合和气氛中，有谁听得懂他嘴里吟出的句子呢？他试图把最后两句展开议论一下，可是谁又能有听他讲解的耐心呢？在一阵乱哄哄的碰杯劝酒声中，他也只好作罢……

薛纪徽和母亲面对面站住。薛纪徽等待着母亲的质问、申斥、唠叨、埋怨……然而母亲并没有一句话，只是痴痴地望着他，那眼里充盈着无尽丰富的哀愁、烦怨、渴求、期待……薛纪徽的心针刺般发疼了。

新房中的宴客们并不清楚薛纪徽是才刚到来，薛大娘和薛师傅出于面子也并不当众盘问薛纪徽为何姗姗来迟；薛纪跃在酒醉后失去了逻辑思维，见到哥哥只是拿起酒杯嚷着："哥！咱俩干一杯！"……所以薛纪徽竟顺利地渡过了第一道难关，迅速地在新房中同大家达到了协调；他自己稍觉难为情的，只是他的衣衫对比于其他的人，未免显得寒碜——他实在来不及再回趟自己的家，换上一身鲜亮的礼服。

在席面上应酬了一会儿，他便出屋进到苫棚，打算了解一下所谓雷达表被窃究竟是怎么回事儿——孟昭英果如他所料，正在苫棚中帮厨。薛纪徽原来做好了被母亲、弟弟乃至于父亲埋怨的思想准备，对孟昭英却完全放心，难道她还会责难他吗？他万没想到，偏偏是孟昭英，一见到他便毫无保留地发泄出了全部怨气。她不顾路喜纯在场，先是顿着脚埋怨："你还知道来哩！你干脆别来不更痛快!小莲蓬病死了你也不管是不是?我累死了你才痛快是不是?我是你们家的苦力!童养媳也比我强!我还活着干吗?干脆一头撞死拉倒!"说着她竟激动地抽泣起来。

薛纪徽慌神了。他不知该怎么安慰她。他忽然洞察了她的贤淑辛勤和她在见到他以前的拼命克制。他的良心在一阵阵地抽搐。他为那么多人都考虑到了,偏忽略了她!这心地善良的、用全身心爱他的妻子!

他也顾不得那对他来说全然陌生的路喜纯在场,走过去从后面抱住了孟昭英那抖动的肩膀。沙哑地说:"是我不好!你回家再骂我吧……我知道你实在不容易,难为你上上下下忙活了一天……"孟昭英用手绢堵住鼻子,抽噎得更加厉害,他只得疼爱地抚摩着她那浑圆的肩膀,劝慰地说:"行了行了行了……我都明白。生活就是这样,谁也不容易……都得互相谅解才成……我以后再不会撇下你一个人了,重担子咱们一块儿挑……"

路喜纯别过头去,给煮好的鹌鹑蛋剥皮。鹌鹑蛋是荀大嫂送过来的,她建议先给新娘子吃上几个,压压惊。

薛纪徽见孟昭英稍趋平静,便抓紧询问:"那雷达表是怎么回事儿?我在胡同里遇上了西宾,他说咱们这儿刚才闹了一场……"

孟昭英突然又激动起来,把肩膀一晃,甩脱开薛纪徽的双手,既委屈又鄙夷地说:"鬼知道是怎么一回事儿!敢情早先一直保密,瞒着我——哼,谁稀罕哩!我算什么?听使唤就行了呗!人家可是金枝玉叶,腕子上有了不锈钢的,还嫌不够派头,给预备着雷达镀金小坤表哩!要不是我跟这儿碍事,早拿出来给戴上了!……说是跟那五斗橱抽屉里搁着,人家路师傅给上'四喜汤',说那'汤封'也在抽屉里头,拉开一看,'汤封'跟表都没影儿了!这就闹腾了起来!……说是宝桑挨着那抽屉坐,准是他偷了,要搜人家。宝桑能让搜吗?闹得个天翻地覆!……宝桑也不是东西,满嘴胡嗳,把路师傅也给伤了……新娘子这会儿还跟你妈那屋哭呢,我这眼泪值几个钱?你快去吧,可别让你弟妹委屈大发①了!……"

薛纪徽本想这就去见见新娘子,想法子调解一下。听了孟昭英后几句话,却又不能立时挪脚离去,只得拉过孟昭英一只手来握住,揉搓着说:"别这样,别……凡是想开点,都能闹清楚的……一家子人,还是要谅解着点,要团结……"

在新房隔壁,薛师傅和薛大娘的住室中,亲友们都已回避,摆宴的桌子上杯盘狼藉,也不及收拾;潘秀娅坐在床边,心里比孟昭英更委屈、更烦怨,她眼泪汪汪,撇着嘴角,随着低头揉搓衣角,原来落在头发上的五彩纸屑,不断地飘到膝上……薛纪跃的大姑和詹丽颖一左一右地坐在她身边,劝慰着她。大姑笨嘴拙腮,詹丽颖粗声大气,都不得要领。

潘秀娅只觉得自己是受了骗。什么雷达表?真有吗?真为我买了,怎么不早让我戴上?怎么那么巧,一拿"汤封",就连雷达表也飞跑了?更可气的是,敢情薛纪跃他爹当年是个喇嘛庙里的喇嘛!喇嘛不就是和尚吗?和尚不是不许结婚吗?不是不许吃荤吗?……这下可好,自个儿嫁到了个喇嘛家!传到单位里去,人家非拿我开心不可!光凭这一条,就得白踩咕②我一顿!大嫂也是,你给介绍的时候,怎么不把这一点弄个清楚?薛纪跃就更不像话,你干吗隐瞒?还有,你不能吃鱼,见鱼就吐,究竟是个什么毛病?……怪不得你没见上我几次就说你"愿意"!……七姑走了,生是给逼走的——十六道菜刚上到十二道,就把汤端上来了,准是

---

① 这里"发"读作 fā。"大发",过了限度的意思。
② 又说成"踩祸",糟蹋的意思。

事先跟那大师傅串通好的！那是个什么大师傅啊！"大茶壶"的儿子！恶心！还有那个什么宝桑，真现眼！没准确实给我买了块雷达表，没准真让他给偷走了。你说我怎么就那么倒霉！薛家净是这号亲戚！将来还得了吗？动不动就来足撮一顿！谁供得起？还顺手牵羊！那个什么殷大爷也够呛，阴阳怪气的，会点穴！说是薛纪跃他爹当年的把兄弟，我看准也是个喇嘛！我真嫁到个喇嘛庙里来了！妈呀！这可怎么得了啊……

想到这里，潘秀娅爽性捂脸痛哭起来。

詹丽颖搂住她，摇晃着她，劝慰她说："咳！你遇上的这些个事算得了什么？一点小小的误会！一点小小的损失！你们这些年轻人，身在福中不知福！我像你这么大的时候才惨呢！打成了'右'！那什么滋味？下放！劳改！批斗！检查！……你这点挫折算得了什么！快别流'自来水儿'了，听你詹姨的话，洗洗脸，整整头，抻抻衣服，喷喷香水，高高兴兴，活活泼泼，重上喜宴！……"

詹丽颖的话语并不能解释潘秀娅心中的疑虑，但她的一片热心肠毕竟还是能给人温暖的，潘秀娅在她的臂弯中稍趋平静……

这时小竹突然跑了进来："詹姥姥，您在这儿！我爷爷替您盖了戳子——您的电报！"说着递给她一个薄薄的封套。

詹丽颖双眉一耸，接过来顾不上道谢，立即拆开看那电文，只见有六个字：

兄病速来惠娟

惠娟是她爱人的亲妹妹。詹丽颖这一惊非同小可。她立即置新娘于不顾，也不跟那大姑解释一声，捏着电报便头也不回地奔回了自己家中。她坐到自家床上，又把电文看了两遍，发了半分钟愣，便猛地倒在床上，把枕巾扯过来，下意识地把枕巾一角塞进嘴里嚼着。

"兄病速来"！什么病？难道……她忽然想到年初爱人来探亲，她煮好元宵给他吃，他曾说过："咽起来觉得自己是只北京填鸭……"他的食管是不是那时候就有了问题？而且他明显地日渐消瘦！……太可怕了！她整天都干了些什么啊！为别人的事瞎忙！却偏偏对自己的爱人掉以了轻心！她还觉得别人都是悲剧性人物哩——嵇志满可怜，慕樱孤单，薛家失窃，新娘子委屈，韩一潭优柔寡断，澹台智珠力不从心……可闹了半天最大的悲剧是在自己身上！偏偏在这政治上得到彻底解放、事业上出现发展前景、家庭即将团圆的时刻，袭来了阴森森的病魔！这袭击一定急促而猛烈，否则不会由惠娟署名来电——啊！会不会已经……！人们在那种情况下，总还要仅仅说"病"而不说……的！

詹丽颖猛地坐了起来，她把那封电报紧紧地攥在手心里，心乱如麻。她该怎么办？啊，她必须立即行动，刻不容缓！

对了，她得立刻去打电话——往四川打长途，找惠娟，找爱人单位的领导……她还得立刻给本单位领导打电话请假。她不能等到明天，她今天就该搭晚车走；要么，她就该立即去弄到一张明天或后天的飞机票……

她急匆匆地跑出了屋子，刚往垂花门冲了几步，又突然扭回身，朝张奇林家奔去；奔到门前她就使劲地用手指头弯敲门上的玻璃，还一边叫着："于大夫！我用用您家的电话！"她突然发现了门上的锁——原来惟一留在家中的张秀藻刚刚出去——她急恼之中不禁把那门锁用力地拨弄了一下。她又转身大步朝院外走去。刚出垂花门，一个瘦小的男人迎着她说："詹姨，您瞧这是什么事儿——打了水不管回水，水管子冻上了，我们可怎么办？"她一反常态，听也不要听，绕过对方身子，一径冲出了院门。出了院门，扑面一阵冷风,她才意识到忘记了戴围脖,并且没有锁屋门,但她并不转去,而是义无反顾地奔向了公用电话……

在詹丽颖离开了新娘子以后,薛纪徽才进那屋去,同新娘子见了面。他诚恳地说:"让你受委屈了!我们确实有不周到的地方,尤其是我,不该现在才来……可是,小潘,时间长了你就明白,我们一家子都是实诚人,不会亏待你的……咱们团结起来,实实在在地过日子,不好吗?表丢了,咱们可以再买一块;谁得罪了谁,咱们可以赔礼道歉……遇事干吗往窄处想呢?生活的路,宽得很嘛!小潘,世上没有十全十美的人和事,没有现成的幸福,全靠想得开,靠相互谅解,靠争取,靠奋斗……唉,我也说不好,反正,你心领就是了!……"

潘秀娅毕竟是个本性淳朴的人,她对生活,对人和事,本无过分的苛求,听了大伯子这番恳挚的话语,她停止了抽噎。

孟昭英端了一碟鹌鹑蛋进来,连筷子一起递到潘秀娅手中,对她说:"吃吧。外院荀大婶送给咱们家的。特为你煮的。吃了补精神。要嫌淡,我给你拿盐去!"

薛纪徽和潘秀娅都抬眼望着孟昭英,两个人心里都挺感动。薛纪徽更觉得孟昭英心地仁厚。她仅仅是冲自己最贴心的丈夫发泄心中郁结的浊气,在其他人面前,她还是竭诚地尽她的义务。难道他今后不该加倍地怜爱她么?……

小院中的生活一波未平一波又起。住在同詹丽颖一墙之隔的那间东屋的小两口回来了。两个人都是街道工厂的工人,身材都瘦小单薄。在这个四合院里,他们的收入最少,负担却最重——他们每月得分别给双方的老人五块钱,此外,他们的儿子才三岁多,平时搁在姥姥那儿,因此还得多给姥姥三十块钱。他们像许多类似的北京市民一样,过着一种把每一分钱都算计得极其精细的生活。他们屋里只安了一个六瓦的小日光灯,而且尽量做到能不开就不开。他们绝对不吃零食,从未见过他家来过客人,更不消说从未请人来他家吃过哪怕是一碗炸酱面。

每月他家的电表顶多只走一个字,逢到海西宾来收水电费,他们一听说因为总电表中有多出的度数,需得各家均摊补齐,便会一遍又一遍地诅咒"偷电的耗子";因为除了张奇林家,其余各家都合用一个水龙头,由一个水表显示总用量,他们在用水上倒不那么节约;但是倘若别的人家洗衣服用水量大了,或者冬天放完水不及时回水,使水管上冻,不得不在烧热管子的过程中浪费掉一部分自来水,因而使得各家水费均摊额上升时,他们也总要久久地生气、抗议、痛心……

这天他们上完早班,拿着工会发的电影票到圆恩寺电影院看完《真没有想到》和《心灵的呼声》两部短片,回到家里,便分头张罗家务——男的叫梁福民,他提着水桶去水管那儿接水;女的叫郝玉兰,她坐在小厨房里,把入冬前买来的储存白菜,耐心地一棵棵倒腾着重新码过。他们小厨房里有一口水缸,能盛四桶水,为怕万一上冻把缸撑破,每天他们只往里面盛两桶水;他们储存了一百斤一级菜、二百斤二级菜,为了保证能吃一冬,他们逢到晴和的日子,便耐心地把一棵棵白菜都拿到院里晾晒,并且每隔三两天,郝玉兰都要把它们重码一遍,不但绝不允许那白菜"烧心",就是菜帮子,也尽量不让它坏掉……他们生活上的节俭,主要集中在吃上,同许许多多的北京市民一样,他们具有所谓"从牙缝里省出来的精神";他们穿得并不坏,屋里的家具和床上用品也并不比别家逊色,而且也购置了十二吋黑白电视机——尽管一般情况下他们并不使用它,只在有特别好的节目和把儿子接回来时,开上那么一阵;平日晚上他们宁愿骑车去厂里看俱乐部的彩色电视——至于对他们的儿子,他们花钱却相当大方,让儿子穿戴得漂漂亮亮自不必说,偶尔还买回昂贵的广柑和巴拿马香蕉,让孩子得意地站在院心里美滋滋地享受……两个月前他们有过一次壮举:带孩子去香山看了一次红叶,据郝玉兰对詹丽颖说,他们光吃冷饮就花了八毛钱!回来时他们一家三口全都红光满面,对生活感到十二万分的满足。

但是这天他们却陷入了烦恼。梁福民在水管子那儿提水,水管子竟冻住了!显然,这是因为薛家这天用水量极大,一大早便将水井下的阀门打开,因为要随接随用,又仗恃着中午比较暖和,便一直没有关掉阀门回水,谁想下午四点钟一过,气温一分一秒地迅速往零度下降,待梁福民来接水时,便出了问题!

梁福民跑回厨房,对郝玉兰说:"水管子上冻了。我可没精神去烧开它。凑合着用缸里的剩水吧!"郝玉兰生气地说:"缸里只剩个底儿,烧了开水就焖不了米饭,哪能凑合?都是薛家自私,光顾他们方便!今儿个他们也不知用了几吨水,下月咱们还得为他们掏水钱!甭跟他们客气,找他们家去!让他们把水管子给烧开!"

梁福民抹不开面子,光是怄气,并不动窝。他叹口气说:"今儿个也不知是怎么的了,水管子上了冻,我跟詹姨说,她那么个热心人,忽然比那水管子还冷,根本不搭理我,扭头走人了……"郝玉兰便停止码白菜,站起身来,气恼地说:"敢情他们各家刚才家里都有人,都把水提足了,所以不着急……你这个'杵窝子'①,你不敢去找,我去!"说着拍拍围裙,甩着手走出小厨房。刚迈出去,恰可好薛大娘从新房出来,郝玉兰气呼呼地冲着薛大娘说:"嘿!你们家得负责啊!你们光顾自个儿得用,打开水管子不给回水,这会儿冻得梆梆硬,让我们到哪儿接水去?"

---

① 在家里气壮,出了家门在社会上懦弱无能的人。

薛大娘这天遇上的窝心事本已一大筐箩,新房中所接待的第三茬客人酒饭都已消耗到一半,可新娘子还没露面,客人们不免七嘴八舌,纷纷要求新娘子"下凡"一见。薛大娘脸上堆笑,心中叫苦,正出得新房,要去那边屋里撞撞大运——看新娘子是否已经回心转意,能够重返新房把局面应付下来,不曾想刚迈出门槛,斜刺里却杀出了个郝玉兰!

薛大娘一愣。闯入她眼帘的郝玉兰,瘦小干枯,小鼻子小眼,本不标致,再加上怒容满面,双手叉腰,出言不逊,顿使她从胃里泛出一股秽气。薛大娘在这天里本是立誓任凭什么海鬼夜叉来捣乱,也一律要好言好语相待的,在郝玉兰这突然袭击面前,却一时失去了控制。特别是她想到院里别家对跃子的喜事都送了像样的礼品:张局长和于大夫他们是一个自动压水的热水瓶,海老太太和海西宾他们是一个带哨嘴的搪瓷"叫壶",詹丽颖和慕樱合送的是一套香港出的化妆用品,澹台智珠家送的是一个白瓷观音,韩编辑和葛老师送的是一听上海金鸡饼干,荀师傅家送的不止一样,最值钱的是一盏有机玻璃座子的台灯……惟独梁福民和郝玉兰,只拿了一卷一九八三年的电影挂历来敷衍——薛大娘知道,那挂历是他们厂子里发给他们的……

薛大娘一口气堵在喉咙口,不能不吐出来。她用训斥晚辈的口吻对郝玉兰说:"有你这么说话的吗?没瞅见我们家正在办红喜吗?什么事儿不能好好地商量?干吗那么横鼻子竖眼的?"

郝玉兰却觉得是薛大娘亏待了她家。她不知道,她跟梁福民清晨五点半骑车去上班以后,薛大娘也曾捧着喜糖来找过他们,见门锁着,只得退回,还曾跟孟昭英说:"小梁小郝他们有小小子,得多给他们点喜糖,下午他们回来,我要忘了你给我补上!"……郝玉兰此刻面对着愠怒的薛大娘,心想你们家办红喜有什么了不起!

抠门儿大仙！得了我们一份崭新的挂历，连张糖纸也没让我们见着！稀罕你呢！咱们"人穷志不短"，喜糖不要你的，上了冻的水管子可得给咱们乖乖地烧开！

两个邻居便在那么个心理背景下，你一嗓子我一嗓子地争吵起来。

海老太太闻声赶来劝架。她站到薛大娘和郝玉兰当中，倚老卖老地说："都给我少说两句吧！再往下你一嘴我一嘴的，跟当年护国寺庙会里头'年儿'耍把式、'仓儿'说相声差不离啦！当年'天元堂'的'黑驴张'卖眼药，也没像你们这么吆喝过！成啦成啦，薛大妹子你该忙活什么快忙活去吧！小玉兰你这嘴也真太不饶人，什么不得了的事儿，值当你脸上这么白一块红一块的！不就是要打水吗？走，我带你去于大夫家，先跟她那儿打两桶……啊，锁门了，那也用不着犯难，让福民到我那儿先匀一桶去使，不就结啦！……"

薛纪徽和孟昭英闻声出了屋，薛大娘转身劈面见着孟昭英，一腔怒气和幽怨又冲着媳妇发泄起来："啊，我跟这当院让人踩咕，你倒一边躲着受用去了！你把那水管子一打开就撒手走人，连眼皮儿也不往那边夹一下，眼下水管子冻上了，你算痛快了吧？什么时候公鸡下蛋，石头开花，你许才能生出个良心来！"

薛大娘气头上把话撂得这么重，薛纪徽心都蹦到了嗓子眼儿，他想孟昭英这下还不得跟婆婆锅铲对汤瓢地大干一场。连海老太太和郝玉兰也惊呆了。几个人都禁不住把目光集中到孟昭英身上……

孟昭英本也一股气顶到了脑门上，可她看到婆婆那满脸抖动的皱纹，看到婆婆耳边那在寒风中抖动的几根白发，心中忽然闪电般划过一个念头：二三十年后，我也不就这样了吗？谁也不容易啊!可怜婆婆一大早起来就跑出跑进,可遇上的净是窝心的事!……想到这儿,出乎所有人的意料,她不但并不针锋相对地还击,反而跨上一步去,搀住薛大娘说:"妈,您别生气,是我不好,我这就烧水管子去……妈,您保重,您可千万别气出病来……"

薛大娘在惊讶中清醒过来,她望着媳妇,只见媳妇两个眼圈塌陷着,灰黑灰黑!婆媳二人的手接触到了一起,像阴阳极般突然紧紧地攥住,两个人鼻子都酸了,薛大娘的老眼里涌出了泪花……还有什么说的!在这个世界上,还有谁比她们更该将心比心?还有谁比她们更该相依相靠?

郝玉兰在薛家婆媳的这种表现中突然感到难堪。她扭身走回自家厨房,只见梁福民在那里捧着一个纸包发愣。梁福民见她回来,便说:"回来得好!你也太错怪人了!瞧,小莲蓬送来的,她说是她妈嘱咐她的,一瞅见咱们回来,就给咱们送来……还说她奶奶说了,咱们家有小小子,所以要多给点!"郝玉兰接过那纸包,摊在案板上一看,是包喜糖,真不老少,净是带金银纸的,光"酒心巧克力",就有六七块之多!她心里一阵阵往上蹿着惭愧……

薛纪徽立即去取劈柴,好把冻住的水管子烧通,路喜纯对他说:"大哥,您让我去。我能让它通得快点。"薛纪徽这才注意到他。他感到惊奇,因为一般来帮厨的"红案"都不会有这样的热心肠。他见路喜纯有着一张善良而质朴的面容,不知那双眼睛是让油烟熏着了,还是落入了烟灰被使劲揉擦过,显得异样地红肿……他感动地对路喜纯说:"咱俩一块儿去吧,你有什么巧法子,教给我点,以后再冻住了,我也好依法行事儿。"

路喜纯下到水井里操作,薛纪徽蹲在水井边上给他打下手,两人合作得很顺当……

正当梁福民和郝玉兰在小厨房里越来越感到尴尬时,海西宾给他们提来了一桶水,对他们说:"我奶让我给你们送的,用吧!"

29. 老编辑被一位"文坛新人"气得发抖。

去敲韩一潭家门的人,并不是当天《北京日报》"寻人"广告里的那个"诗疯子"。葛萍开了门,一看见那人,便不禁笑着说:"嚄,稀客稀客,今天刮了什么风,把你给吹来了。"

来人四十岁出头,头上戴着花格呢鸭舌帽,身上穿着烤花人字呢大衣,大衣里露出银灰色的纯羊毛围巾,脚下是一双美国乃基公司出品的"蛋饼纹"厚坡底运动鞋,打扮得既考究而又潇洒。

韩一潭一见他进来,便有一种说不出的别扭。但也只得站起来招呼他。

来人却大有"宾至如归"的气派。他笑嘻嘻地说:"是西北风把我刮来的,六七级。"说着把帽子、大衣、围巾脱下,转了转身子,没找到衣架,便把那三样东西小心翼翼地放到了空着的沙发上,自己要往饭桌边的折叠椅上坐。葛萍忙过去把他那三件衣装捧起来,请他坐进沙发,对他说:"你这些高级服装,我先给你搁里屋大床上吧!"

来人便坐进沙发,见韩一潭还站着,反朝他打了个"请"的手势,韩一潭也便坐进茶几另一边的沙发。

韩一潭问他:"怎么样?最近忙着弄什么呢?"

来人却只顾打量韩家的房间,指点着说:"老韩,该革新一下啦——进门的地方置个衣架嘛!窗户底下,添个长沙发……里外屋之间,如果不挡屏风,至少应该挂个门帘,不要让客人看见你们的床铺……"

韩一潭说:"我哪能那么讲究?不像你,有那么多稿费!"

来人一个劲摇头!"哪里哪里,我到手的也有限,最近推上去的那个电视剧,我们是三个人署名嘛,三一三十一,你想能有多少?"

葛萍给他端来一杯热茶,搁到茶几上。他勾着脖子看看,问:"花茶?绿茶?红茶?乌龙?"

葛萍说:"就是一般的花茶。"

来人笑着说:"你该多准备几种。国外主人招待客人,总是发问:Coffee or tea? Which do you prefer?① 客人点了什么,才给什么……"

葛萍一拍巴掌:"嗬!咱们中国人可没那么多讲究!"

来人继续对他们说:"如果来的客人不止一个,有人要了咖啡,有人要了茶,有人说什么也不要;你该给咖啡的给了咖啡,该给茶的给了茶,那什么也不要的人,按中国待客的规矩,总也得给他杯咖啡或茶,可要是你给端过去了,人家就会不高兴——"

葛萍惊奇地问:"那为什么呀?"

来人耸起眉毛说:"你不尊重人家嘛。人家说不要就不要。有那中国人,到了外国人家里,人家问他喝什么,他说不渴,不喝,其实是客气话,他心里是想喝的,等着人家给他倒——因为在中国你说不渴不喝人家也总是要给你倒水的。结果,人家就只给要的人倒,不给他倒,他只好干渴着,忍着……人家就是尊重你的个人意志嘛!主人问客人:'味道好不好?'你说:'哎呀,不好!真不好!'主人会很高兴,因为你说了实话,坦率;如果你说客气话:'好,真好!'可喝了几口就不喝了,人家又会生气,因为你不真诚……"

---

① 英语:咖啡还是茶?你喜欢哪一样?

葛萍不免问他:"你是刚出国回来还是怎么着?知道得这么清楚!"

来人端起茶来,呷了一口,叹声气说:"我?哪就轮着我了呢?我还不是听×××说的,昨晚上我刚在他家喝了'人头马柯涅克',那酒名气不小,其实不如'峨塔白兰地'!"

韩一潭就知道他的"包袱"要在这时候抖落,他与其说是炫耀关于西方社会的社交习俗,不如说是宣告他目前深入文坛所达到的程度。他所说到的×××,是文坛上眼下极红的作家之一,刚从国外访问归来,韩一潭虽然早就跟×××认识——那时候这位来客还不知道跟哪儿窝着呢——但始终没有达到与其促膝共饮什么"人头马柯涅克"的地步。现在的文坛就是这样让你眼花缭乱——闪光的金子和如同金子般闪光的碎玻璃片,比"文革"前的十七年都有成几何级数的增长。

葛萍毕竟单纯一些,她坐到折叠椅上,面对着来客,同他对谈起来。来客既然提到×××,她便很自然地问及他对×××一篇新作的评价,对方欣然作答——不过,先引用了若干著名评论家的意见,有的还并不是公开发表的文章和言论,而是:"上星期我到他家,他正好刚看完×××的那一篇,他也是先问我印象如何……"以及:"……他让我别给他传出去,他呵呵地笑着说:'传出去,人家又该说我定调子了!'……"葛萍竟坐在那里,如聆佛音。

韩一潭皱着眉,只觉得耳膜刺痛,闷闷地抽烟。

这位来客有一个响亮的笔名,叫龙点睛。算起来,韩一潭跟他认识也有六七年了。他头一回来韩一潭家,是一九七五年年底,戴着个栽绒双耳帽,穿一身朴素的中山装。韩一潭一听他是从工厂来的,又说是刚开完支部会,便自然而然地对他肃然起敬。他拿出一卷诗来,毕恭毕敬地说:"请韩老师给我改改!"韩一潭当时就看了他那十几首诗,主题都是"捍卫革命样板戏",以当时的标准而论,写得相当"有激情",而且也比较生动、形象,只是不够洗练。韩一潭看完,便在灯下一首一首地给他讲自己的印象,肯定他的优点,提出修改的建议……送走他后,第三天便接到了他的来信和改好的诗,信中说:"因为参加'支农小分队',马上要奔赴农业第一线,来不及当面倾诉我的感激之情了……几首诗请您全权修改并予以处理……您现在、将来、永远都是我的老师,我将永远在您的亲切指导下,为繁荣无产阶级革命文艺事业,贡献出我的一切力量!"

这以后他们常来常往。尽管韩一潭几次把他的诗推荐出去,几次都未能发表出来,他却毫无怨言,每次见到韩一潭总是说:"您千万别对我失去信心!我就算是块顽石,有您的耐心辅导,也总能琢成个砚台的——哪怕是只配给小学生描红模用的砚台!"

一九七七年,他一首十二行的短诗终于经韩一潭力争在刊物上发表了出来。第一回见到自己的作品印成了铅字,那激动的心情真难以形容,他那灵感的闸门,在油墨的香味启动下猛地打开了,于是乎诗情如黄果树大瀑布般地奔泻不停,到一九七九年,他发表的短诗已达二十七首。进入一九八〇年后,他及时地意识到:凭着写诗闯入文坛远比凭着写小说闯入文坛费力而迟慢,于是他"试着写起小说来",而在这一年里,他也就发表出了他的第一个短篇小说。

他认识的编辑自然不止韩一潭一个了。他出入于若干编辑部。他出席了某些文学方面的座谈会。因此他不那么经常去韩一潭家了。这也都不足为奇。

但是他变了。对于韩一潭来说,他的变化不是渐变而是突变。一九八〇年深秋,有一天龙点睛来到了韩一潭他们单位,韩一潭恰好在一进楼的走廊头上遇上了他。龙点睛戴着个米黄色的鸭舌帽,穿着件上海"大地牌"的新风雨衣。尽管韩一潭颇有一段时间没见着他了,但那天劈面遇上还是很高兴的。韩一潭刚想问他怎么这时候跑来了?并想领他到自己所在的那间办公室坐坐,没想到龙点睛却只是淡然对韩一潭点了个头,连第二句话都没有,只是直截了当地问:"你们主编在哪间屋?"

韩一潭一愣,但也本能地将主编的办公室指给了他。他便绕过韩一潭,径直地朝主编办公室走去了。

没有"伏笔",没有"铺垫",弄得韩一潭毫无思想准备,尴尬不堪。回到自己办公室,韩一潭心神不定,他想:或许龙点睛同主编谈完,还是会到自己办公室来的,哪怕仅仅是敷衍一下。然而龙点睛却并没有来。

不用韩一潭说他的坏话,龙点睛在文艺界很快成了一个名声不雅的人物——当然主要是在文艺界的"下层",即一般的编辑和一般的作者心目之中。大家都说他是一分才能九分钻营,两分写作八分活动,三分成绩七分吹嘘。但由他署名或有他署名的作品却源源不断地发表出来,品种由诗歌小说而散文评论,而电影和电视剧本。还有人说他是"客厅作家"——即他几乎每晚都要涉足于一个客厅,当然不是韩一潭家里这种没有衣架和长沙发的客厅,而是文艺界领导或权威,主编或副主编,导演或副导演,文坛明星或新秀……的客厅,他从那里获得最新精神、最新消息、最新题材、最新技巧、最新动向和最新行情,难怪他能保持那么丰盈的灵感和那么丰盛的创作,也难怪有那么多人主动来找他合作或请他"联合署名"……

到了这一九八二年的春天,他已由工厂调到了一个文艺单位,挂着工作人员的名,享受着准专业作家的待遇,并且在一次文艺界的大型茶话会上,穿着一身极其合体的棕色西服,走拢了韩一潭所在的那张圆桌;韩一潭别过脸去,不想主动理他,韩一潭他们那刊物的主编却主动伸出手去,同龙点睛握手,没想到龙点睛只把手同主编碰了一碰,连第二句话都没有,只是直截了当地问:"×××同志在哪桌呢?"

×××同志是当时在场的身份最高的人物。主编心里一定很不痛快,可是不得不指给他:"在那边头一桌。"而龙点睛便头也不点一下地径直朝"那边头一桌"昂然而去了……

没想到这天龙点睛却出乎意料地飘然而至,并且脱去大衣以后,显露出一身外国年轻小伙子打扮的衣装——上身是粗花呢的猎服,下身是有意做旧的牛仔裤——仪态万方地坐在沙发上,就仿佛他昨天才来过一样,轻松自如,谈笑自若。

葛萍这两年里虽然也听韩一潭以贬斥的语气议论过龙点睛,但她毕竟并无切肤之痛,而且总觉得韩一潭对人未免求之过苛,加上龙点睛光临后似乎仍同以往一样亲热随和,便傻乎乎地同龙点睛热烈交谈。

龙点睛在交谈中信口举例:"……比如苏联电影《湖畔奏鸣曲》,就标志着道德题材在全世界范围内的勃兴……"

葛萍便不免问:"什么?什么奏鸣曲?"

龙点睛于是挑逗性地反问道:"《湖畔奏鸣曲》都没看吗?《白比姆黑耳朵》呢?《秋天马拉松》呢?电影资料馆经常放嘛!老韩怎么就不把你带去看看呢?"

葛萍便埋怨地说:"他呀!什么时候能想着我呢!再说他自己好像也不那么容易看上。他们那个编辑部呀,一点儿油水没有!"

龙点睛又说:"其实苏联电影值得一看的也并不多。倒是像美国迈克尔·西米诺导演的《猎鹿人》、意大利索菲亚·罗兰主演的

《意大利式婚礼》……真不应当错过！昨天我见着影协的头头们，还跟他们呼吁来着……"

韩一潭实在听不下去了，便把烟头往烟缸里一捻，截断龙点睛的高谈阔论，开门见山地问他："你今天找我，有什么事吗？"

龙点睛也便开门见山地回答："无事不登三宝殿。我是来把我的稿子拿走。"

韩一潭一愣："你的稿子？我这儿现在没有你的稿子呀！"

龙点睛点头："对。我现在没稿子搁你这儿。我说的是七年前的那几首诗，写在一摞信纸上的，我自己用'骑马钉'钉在一块的……"

韩一潭更加吃惊："你要那个干什么？那是歌颂'革命样板戏'的吧？难道现在还有用？"

龙点睛坦率地说："不光是歌颂'革命样板戏'，还批判了'右倾翻案风'。现在对我当然没用，可丢在外头终究是块心病。"

韩一潭心里一震。他说："其实那不算什么问题。那时候不止你一个人写了那种东西，我们刊物上就发过不少，有的相当知名的诗人也写过，我还编过哩。那时候有那时候的具体情况嘛。你何必把这事放在心上？何况你的还不过是手稿，并没有发表出来。"

龙点睛越发坦率："如果发表出来了，那倒也就算了。不过既然没发表出来，我何必还让它飘在外头呢？你给我找一找吧，我要收回。"

韩一潭望着龙点睛，心里打颤。他费好大劲才抑制住了心里的厌恶感。他嗓音发涩地说："七年了。我也不知道把你那稿子搁在哪儿了，还有没有……"

葛萍在他们说前几句话时，去厨房提开水壶去了，这时走回来给他们的茶杯添水，她觉得韩一潭不该怕麻烦，便发话说："稿子？

这十来年咱们什么时候扔过稿子？你那书架底下的柜橱里，不全是稿子吗？小龙当年的那稿子，准就在那里头……"

龙点睛忙高兴地说："嫂夫人真是治家能手，色色精细！老韩，就劳驾你给我找一找吧！"

韩一潭心里要多别扭有多别扭。他坐着不动，问龙点睛："对你来说，要回那稿子就那么重要？"

龙点睛以一种推心置腹的口气说："老韩，我瞒你干什么？我现在到了这个份儿上，还不得为自己争取一个最好的前景？看起来我这人才能有限，出点小名，挣大把的稿费，不算难；可要想独立创作，写出名篇，得奖走红，恐怕没多大希望。我的发展前途，说到头，还是当个文艺官僚的可能性最大。别看我比你资历浅，可是跟你比，我有三方面的优势：有党票——这是政治优势！虽说我是'文革'中入的党，可经得起调查；我不是'造反派'头头，没参加过'打、砸、抢'，像我这样在'文革'中入党的人多了，能都不算数？我还有作品——这是业务优势，'内行领导内行'，我够不上后头那个'内行'，总够得上头里那个'内行'吧！我今年才四十出头——这是年龄优势！总起来说，我符合革命化、知识化、年轻化的提干条件，我看我没有道理错过这个机会！"

韩一潭脸色发白，哆嗦着给他补充："你还有更大的优势——能走上层路线……"

龙点睛欣然赞同："对。我需要他们，他们也需要我——我可以迅速及时地反映情况、汇报动向、提供建议、跑腿张罗……老韩呀，你其实早就在他们眼皮底下、鼻子跟前工作，可你这人，吃亏就吃亏在死性上，一点儿也不活泛……"

韩一潭冷笑着说："既然你有这么多的优势，又何必在乎几首没有发表出来的诗稿呢？就是你当年发表出来了，你这么多的优势,也足以把它抵消得干干净净嘛!"

龙点睛爽性把话说到底:"当然!当年发了也就发了。可既然没有发出去,我也就没有必要让它再存留在这个世界上。我现在既然有这么多的优势,那我就爽性让自己更完美一点——我要一点渣儿也不留!"

韩一潭瞪着他说:"我要是不给你呢?我要是找出来,给上面送去呢?"

龙点睛满面不屑的笑容:"那对你有什么好处?而且那对我来说也只不过是一点小小的麻烦,不难排除的!你拦不住我上去,我上去了,即使不报复你,你能安心过日子吗?……咳,说到底,我对你算是摸透了,你根本就做不出那样的事来,要那么做,你韩一潭就不是韩一潭了……"

在一旁的葛萍直到此刻,才意识到她的爱人正被人极其残酷地侮辱和蹂躏,但她的醒悟为时已晚。

韩一潭突然跳起来,冲进里屋,扑到书架前,跪在地上,使劲拽开两扇橱门,把里头的一叠叠稿件疯狂地往外抛撒,一边狂乱地叫喊着:"你拿走吧拿走吧拿走吧!……"

葛萍吓得心惊肉跳,她赶紧过去惶急地劝阻他:"一潭!你别这样!你干吗?别激动!……"

可是龙点睛极其冷静,他走过去,弯腰细心地辨认着,他竟很快认出了他那一摞手稿,并且立刻抓到了手中。他把手稿塞进裤兜,从床铺上抓起他的大衣、围巾和鸭舌帽,从容地微笑着说:"老韩!嫂夫人!别生气嘛!我不过是开开玩笑……我这么块料,能当什么文艺官僚?就算在我们那个破单位当上了主任什么的,又怎么能管到老韩这儿来?我不过是想把这几首破诗,拿回去当个纪念罢了……快别激动!小心身体!我先回避,改日再来负荆请罪！"

　　说完,他竟抱着大衣,拿着围巾和鸭舌帽,径自飘然而去……

　　可怜的韩一潭！他当了一辈子老黄牛般的编辑,三十年来提出了无数次的入党申请,兢兢业业,本本分分,却遭此一劫,心力交瘁！

　　葛萍费了好大力气,才把韩一潭扶到床铺上和衣而卧,使他在假寐中平静下来;望着扔满一地的稿件,以及龙点睛在散乱的稿纸上所留下的"蛋饼纹"脚印,她不禁眼泪夺眶而出……

　　居然又有人来敲她家的屋门！葛萍简直要晕倒过去。她走到外屋门边,烦躁地问:"谁呀？"她决定不管谁来,一律要严拒门外。

　　"姓荀的住在这儿吗？我找荀磊同志！"她听见门外的人这样说。

　　"错了错了！"她近乎粗暴地回答说,"荀家住在东边那个小院！你跑我们这儿来干什么？"事后回想起来,她感到愧疚,她干吗对这位无辜的陌生人发泄她的满腔怒气呢？

30. 以往一帆风顺的人也终于遇上了顶头风。

　　杏儿在厨房里拌饺子馅。荀兴旺坐在厨房里的一把藤椅上,抽着叶子烟,同她说话。

　　饺子馅是茴香鸡蛋的。杏儿一边搅和着一边往里洒精盐,她说:"爹说过,他跟您都口重,别人觉着齁咸的东西,爹跟您吃着正可好。"

　　荀兴旺微微点头。他咬着烟斗,喷出的烟雾罩着他那张棱角分明的脸庞。不知为什么,杏儿受不了枣儿抽烟卷的气味,可荀大爷抽烟斗的这气味,她一点也不讨厌。

杏儿请求说:"大爷,您再讲点您跟俺爹的事,俺听不够呢!"

荀兴旺想了想,才慢慢地说:"你爹水性比我好。那时候还没你磊子哥,没你,我跟你爹刚进厂不久,逢到礼拜天,就骑车到远处玩去。那高碑店水闸跟前,水深四丈七,闸上有个人,不小心把手表掉底下了,我跟你爹潜下去,帮人家捞。我下去没多大工夫就眼睛发酸、耳朵发紧,只见着底下净是打上游冲下来的水泥构件,露着钢筋钩子,挺让人发怵……我没找着表就浮上来了。你爹可是过了好一阵才从水里钻出来。嘿,他那胸脯可不像我那么大起大落,光咧着嘴乐,手里举着人家那块表……你说他能耐不能耐?"

杏儿浇着馅里冒出的水儿,听得出神。她觉得能听荀大爷给她讲爹的这些事儿,是她这回进城最大的快乐。

荀兴旺在这种零碎的回忆中,心灵也感受到一种特殊的慰藉。他又想出一段,沉静地说:"我们哥俩进了厂,开头都当木工。你爹可比我手笨。我头一天就打出了个四脚八叉的长板凳,扛着去办公室给厂长看;他忙活了一天,还对不上榫儿,急得满头冒出豌豆大的汗珠子……可他有股子犟劲儿,晚上他不睡觉,偷偷地又跑去干,第二天他那板凳也对出来了……"

杏儿听得咯咯地笑,一双眼睛成了弯弯的月牙儿。

荀兴旺又说:"我们哥儿俩都喜欢鲜亮好看的摆设。记得我们哥儿俩都娶了媳妇以后,从工棚里的临时住房往排房的宿舍里搬,两人一人一条扁担,一头是被窝卷衣服什么的,一头是个玻璃大盆景——是打东便门外头的白桥小市上买的,半米见方,里头是玻璃烧的菊花,买下的时候才花了两块来钱——你娘跟你磊子哥他妈,跟在我们哥儿俩的挑子后头走。那时候你娘怀里抱着个包袱,你大妈手里抱着个娃娃——还不是你磊子哥,是你莲大姐……"

杏儿不禁问道:"那盆景咋都不见了呢?"

荀兴旺感慨地说:"咳,还不是你们小孩子们淘气,给打坏了……你们倒都忘了,我还记得真着哩!……"

杏儿和荀大爷在厨房里这么聊着,荀磊和冯婉姝却在荀磊屋里谈论着完完全全不同的话语。

冯婉姝手里拿着本翻开的杂志,她刚看完那上面慕樱的文章,不由得问荀磊:"她就住你们里院?你见过她?"

荀磊说:"照过面,点过头,可没说过话。她看上去文文静静的,没想到却有这么激进的观点。她的观点你接受吗?"

冯婉姝思考着说:"她这文章写得挺漂亮,富于雄辩。可她这'屋子里''田野上''山顶上'的比喻,其实是站不住的。爱情,这是一个人和另一个人之间的关系问题,而不是一个人和景物之间的关系问题。对于风景,对于物品,我们可以这样做——比如看腻了小桥流水,我便去欣赏高山大河;用腻了这只茶杯,我可以干脆把它砸碎了事……总之,有了更好的,自然可以立即舍弃旧的取用新的;可是,怎么能这样来对待另一个人呢?爱人,或者说爱过的人,不是一件穿旧了的衬衫,可以像脱衣服那样一脱一扔了事。人家也是一个活生生的人,一条活鲜鲜的命,有着一个具有同样价值的灵魂;既然爱过,相互享受过,那么,即便现在不爱了,不想维系原有的关系了,也必须承担道义上的责任,尽应尽的义务……"

"按你这么说,夫妻任何一方单方面提出离婚,都是不道德的了?即便一方爱情已经消失,也应当继续尽夫妻间的义务?……"荀磊争辩说。

"我当然不是那么个意思。"冯婉姝打着手势,寻找着最恰当的表述方式,"一件衬衫,甚至不脏不破你也可以弃之不顾,可是一个活人,尤其又是爱过的人,缔结过法律关系的人,即使你觉得他脏了破了,你也必须慎重……啊,这样说不合适,不是对方脏了破了,而是双方的关系上有了裂痕,痛苦的裂痕……那么,我认为,适当地克制自己的反方向感情,更多地为对方着想,做出恢复原有情感的努力……便都是应当遵循的道德标准,或者说,都应当是自己对自己作为一个人的最起码的人格要求……"

"可是倘若克制不住、恢复不了呢?那么到头来不是还得离异?而拖拖拉拉的离异,会给双方——尤其是被动的一方,造成更大的痛苦啊!"荀磊显然是同意冯婉姝的见解的,不过,他觉得要使这见解成立并胜过慕樱的观点,还必须从多方面对其进行锤炼……

荀大嫂这时候从薛家回到了自己家中。自从听到那边吵闹起来,跑去劝解,她已经几去几回,这次她送去了鹌鹑蛋,回来对荀师傅说:"薛师傅老两口真可怜!新娘子闹别扭离了席,再也不回新房,闹不好没准还赌气回娘家——这可怎么了啊!没有比他们老两口更重脸面的了,要是闹大发了呀,薛师傅倒好说,薛大娘指不定会怎么着呢!我看她这就快晕死过去了……"

荀师傅从嘴里取出烟斗,认真地说:"那新娘子究竟是闹个什么?要是一心想着那块小坤表,以为是老薛他们诓了她,那——干脆咱们先拿出钱来,让磊子这就给他们再买块来,让她先戴上,不就结啦?"

荀大嫂一愣。可她立刻也就从老伴脸上,看出了他的心思。他准在想:如今的这号新媳妇,真够呛!你究竟嫁的是人,还嫁的是表?……可他也准在想:老薛老两口不容易!当年老薛在隆福寺里当喇嘛,逢上阔人家有丧事去念经,一大早去,上午三遍,下午两遍,天黑才散,他管吹那两米来长的"刚咚",你当是轻松的事儿?也分不着多少的钱,还不是吃了上顿没下顿,拆了东墙补西墙,挨过一天算一天!……好不容易熬到解放,又撑过了那乱哄哄的"文化大革命",正经八百地给跃子办喜事儿,偏遇上了这么糟心的事儿!咱们能眼见着撂开不管么?……

荀大嫂便说:"你这主意不错。可咱们今儿个手头有那么多活动钱么?头几天不才把你这仨月挣的存了死期?"

荀师傅说:"把活期折子里的全提出来,不够,干脆就破了那死期……"

荀大嫂说:"银行也得干哪!人家准得说你们这不是瞎折腾吗?刚存上死期,没三天又后悔!……说不定还得让单位开证明,才让破……"

杏儿这时便说:"大爷!大妈!不就是一块坤表吗?多少钱?五百够不够?俺先搁上,有了再还俺就是!"

荀大嫂说:"哟!哪有让你掏钱的理儿!你大爷这本是管闲事!我们管下来不成问题,就是今儿个银行快关门了,折腾证明什么的来不及……"

荀大爷却说:"就先用上杏儿的,明儿个我给杏儿补上。你去悄悄把老薛请来,我让他给磊子形容一下,那表究竟什么模样儿,好让磊子依着葫芦画个瓢——我的意思,是先让老薛一人知底,先甭让薛大嫂知道,跟他们家别的人就说,那表让咱们给找着了。"

荀大嫂一拍巴掌:"对,就说是我打门洞里拣着的——显见是那顺手牵羊的临出门害了怕,给扔在那旮旯里了!"

荀大嫂便去请薛师傅,杏儿去取出了三百块钱,荀师傅叫出了荀磊和冯婉姝。

偏这时候,那错找到韩一潭家的人,被葛萍指点到了荀家,敲着他家的门。

荀磊去开了门。门外是一个年纪比他大不了太多的年轻人。

瘦高个儿,瘦长脸儿,皮肤黑黑的。

来人一见荀磊便说:"你就是荀磊吧?找着你真不容易!你在家,这太好了!"

荀磊把他让进自己屋,请他坐定,问:"您是——"

来人忙对他自我介绍:"我姓赵,我是出版社的编辑。你不是给我们寄了一部译稿吗?"

"对。"荀磊自信地望着他,心想,总算有结果了——大概是来通知我已被录用;或者已由他们送专家审阅过,有些地方还要请我再加修订……

冯婉妹闻声进了屋。她也确信这编辑是来报喜的。荀磊翻译那本书的全过程她都清楚,并且是他们两人一块儿到邮局寄出的——他们确信:不走后门,不拉关系,不靠取巧,不凭侥幸,而全以荀磊敏锐而适时的选题、通达而流畅的译笔、必要而准确的注释,便能使这部译稿被出版社欣然采用。

但那编辑带来的却是噩耗——他从提包里取出了那本墨绿色布面精装的原著,和荀磊那一大摞抄录得整整齐齐的译稿,以同情的口吻宣布说:"我们编辑部主任,让我写封信,通过邮局退给你;可是我觉得还是应当自己亲自来一趟……"

荀磊两颊的血色顿时消失了。他自从考上这个部门,各方面都一帆风顺,他自己没有清醒地认识到,从某种意义上说,这几年他颇有点"娇生惯养",包括院里邻居们对他的赞誉和钦慕,实际上是促使他的自信心和自尊心如同玻璃般晶莹坚硬——然而同时也蕴含着可怕的脆弱。

他不禁颤声地问道:"难道是这个选题不合适吗?"

冯婉妹抢上去说:"说实在的,这个选题再好不过。目前国外这种'非小说'的纪实性作品,不仅进入了'畅销书'行列,专家们往往也予以很高评价。这本书对国内几个方面的人员都有很高的参考价值,我要是你们出版社,我一定抓住不放……"

那位赵编辑一望而知,这位姑娘是荀磊的对象,她跟荀磊是"两位一体",便对她说:"你们事先不同出版社打招呼,也不了解一下各有关出版社的选题计划,自己认准了就开译,译完了就寄出去——这气魄和勇气我很佩服——可这其实是很冒险的。因为像这类翻译书,我们一般是早在去前年就订好了今年的约稿、编发、出版计划,外稿是很难挤进来的……不过即便这样,你们的选题也还是命中了靶心——这本书属于无论如何应当及时翻译介绍过来的,哪怕是挤掉原来计划里的选题,也该把它安排进去……"

"既然如此,你们为什么不用呢?"荀磊觉得胸膛里像梗着一根筷子。他很久没有这么烦躁过了。

"难道是嫌译笔不行?你们可以找专家鉴定嘛!"冯婉姝激动地说,"你们找不到,我可以帮你们找!"

赵编辑说明了真相:"我们主任并没看译稿,他不敢说这部稿子译得不好;那他凭什么行使了否决权呢?说穿了吧,他是看了我提供的关于译者的材料——他说:'二十二岁?不行,太年轻了嘛!'——他仅仅是凭着一种思维习惯,就枪毙了这部稿子。就这么简单。他不相信二十二岁的人能翻译好这本书。或者说,即使你翻译得不错,他也觉得还轮不到由你来翻译这本书。这样的书他不能让你这种名不见经传的毛头小伙子来署上译者名字。就是这么回事儿。这原是编辑部内部的事儿,似乎不该跟你们说。可咱们是一代人。我觉得不能不明不白地把稿子退给你,我想我还是该来一趟,在退稿的同时把我个人的态度亮清楚——我认为我们主任的那种根深蒂固的论资排辈的思想,是不对的,是扼杀翻译人才的,也是对'四化'不利的……可我眼下无能为力。我跟他争也没用,因为我在他眼里也是轻若鸿毛的——我也还不到三十岁,而且,并非持有正式文凭的大学毕业生,我不过是个'工农兵学员'而已。"

赵编辑一番坦率的表白,使荀磊心里淤积着越来越多的愤慨。年轻竟成了他成功的障碍!这怪诞的打击让他如何承受?他一时哑口无言。

冯婉姝不平则鸣,她高声说:"你们主任叫什么名字?我去找他当面辩论!再不然,我就到出版局去告他!哪有这么压制年轻人的!再说,难道仅仅因为译者年轻,这个选题也就弃之不顾吗?"

赵编辑苦笑着说:"选题他倒不想放弃。对了,他还让我在写退稿信时跟你撒谎呢——说我们早已将此书列入选题,已经联系好译者,所以不得已将你的译稿'璧还'。其实他是在命令我给你退稿的同时,才布置我去找×××约稿,请他来翻译这本书的。这位×××先生你们当然知道,资历辈分都是过硬的——"

"可他未必能翻译好这本书!"冯婉姝截断他的话,"我太了解他了。我父亲在大学里当党委副书记的时候,他是系里的副主任——学问不用说是有的,人也很好,可他自从三十多年前从国外回来,几乎再没有出去过。他所熟悉的,是古典的英语,或者说是五十年代以前的英语,对于这本书里所反映的生活、情绪,以及这本书所使用的当代英语,他肯定不如荀磊熟悉!"

"他自己也这样说。"赵编辑证实,"主任不让我告诉他,已经有人拿出了译稿。所以我只拿了原书去。他说他看过这本书了,他不喜欢,而且他最近身体不好,如果动手来译,起码要译上一年,我们再印上一年,等书出来,已经是一九八五年了,而这本书的参考价值,到那时恐怕起码得打七折……你们看,主任迷信他,他却并不领情!"

荀磊和冯婉姝不禁冷笑着摇头、叹气。

赵编辑便给他们打气:"不过,好在现在出版社很多,'东方不亮西方亮',你们不妨再拿到别的地方试试,像我们主任那样的人物固然到处都有,可毕竟也有开明的领导,敢于起用、支持新人。碰巧了,也许他就从此把你荀磊推上译坛,使你成为新时期的傅雷!"

荀磊正想把胸中淤积的情绪倾吐一下,忽然听见父亲从厨房中高声呼唤自己:"磊子!"

他便只好朝赵编辑道声"对不起",赶紧去厨房。

厨房里不仅坐着父亲和杏儿,还有薛师傅。

父亲的脸色不知为什么很难看,荀磊还没进入情况,便听父亲闷声闷气地质问自己:"怎么叫唤你几次,你都不出来?"

杏儿一旁为他解释:"磊子哥不是来了客①吗?您叫的时候,他们正聊着,没听清楚也不为怪……"

父亲嘴里咬着烟斗,并不谅解他,"噗噗噗"地喷了几口烟,依旧闷声闷气地对荀磊说:"你架子就那么大?见了你薛大爷,叫唤一声都不会?"

薛师傅忙说:"磊子一进来就冲我点头……"说时荀磊已经叫了一声"薛大爷!"他便笑着说:"这不,院里的孩子们就数磊子懂礼,您可别冤屈了他!"

偏这时候冯婉姝探进个头来招呼着:"荀磊!你来!"

荀师傅威严地咳嗽一声,命令荀磊说:"你给我站住!"

冯婉姝吃了一惊,她一吐舌头,头缩回去了。

薛师傅便亲热地招呼荀磊说:"磊子过来,坐我身边!你大爷

---

① "客",在这里读 qiě。

有话给你说——是这么回事儿,你爹你妈真是如来的心肠,见我们家为着一块外国坤表闹炸了窝儿,给我们想了个救急的法子,还得让你劳动一趟……"

薛师傅向荀磊形容那丢失的瑞士雷达镀金小坤表的款式时,冯婉姝把赵编辑送出了院门。当她回到荀家,进入厨房时,她发现荀师傅脸色仍旧阴沉,便过去解释说:"大爷,刚才来的是出版社的编辑,关系着荀磊的事业,所以我们多说了一会儿……"

荀师傅冷冷地说:"事业!你们那事业就那么了不得?……我当过兵,我当兵的时候,就从来没想过要当总司令。能那么想吗?……"

荀磊赶紧给冯婉姝递眼色,冯婉姝便不再说什么。

薛师傅道谢着辞去了,他还要赶回婚宴,去把替他临时张罗的荀大嫂换下来。荀磊说了声:"爸,我去买啦!"也便出屋。冯婉姝赶紧过去跟杏儿说:"咱俩这就开始包吧!"杏儿心里忽然非常可怜冯婉姝,便亲热地说:"来,俺擀皮儿,你包。俺俩合包的准好吃——不让有一个下锅散馅的!"

荀师傅噙着烟斗,走出了厨房,到自己屋里,坐到沙发上,靠着,想心事。他想起前些日子,磊子和小冯在他跟老伴面前,叽叽喳喳地议论着什么"事业"。小冯说起外国从前有个大人物——对了,说的是法国的名叫拿破仑的那么个皇帝——说过那么一句话:"一个不想当元帅的士兵,就不是个好士兵!"磊子跟小冯对那话简直崇拜得不行。老伴觉着新奇,跟他们打听,磊子跟小冯就你一句我一句地掰开了揉碎了解释给她听。老伴听了光是乐:"哟,要是当兵的都成了总司令,那谁还能指挥谁呢?"荀师傅听了心里却老大的别扭。他当年为什么去当兵?不当兵,不投共产党,他就得饿死!他当年为什么去打仗?不打败那国民党反动派,穷人就翻不了身！他从来没想过他要有什么个人的事业！他想过当总司令吗？他连争取当连长的想法也没有过。当他进入工厂以后，时常有师弟问他："你怎么打完仗就回家了呢？你要留在部队，现在说小了不也得闹个正团级？"那倒不假，当年一块儿参军，后来留在部队的，如今都有当上正师级的主儿呢；不过他荀兴旺没什么可后悔的。他在战场上是个普通的士兵，在工厂里是个普通的工人，如今他在后门桥那块儿是个普通的修鞋匠；他的血和汗流得正当，他为国家和群众出了力，他自己的生活也越来越好，他从来没为亏心事睡不着过觉，他自己看重自己，也得到了周围人们看重。像他这样生活，有什么不好呢？……可磊子和小冯他们，分明是不满足了。他们一天到晚惦摸着什么"事业"，总想拔尖儿，出人头地……当然他们倒也不是光为个人打算，听他们议论的那些个"事业"，倒也都是国家需要的；他们也不是想使奸耍滑，去坑蒙拐骗，他们好学习，好钻研，肯下苦功夫，敢干大事情……难说谁是谁非；但他们跟自己，分明已经是两套心思！唉，看起来，倒是杏儿那样的孩子，心思更跟自己贴近……

荀兴旺的估计并不准确。在厨房里，两个姑娘一边包着饺子，一边聊天，当冯婉姝把荀磊惨遭不公正的退稿一事告诉给杏儿以后，杏儿竟比冯婉姝还要激动，她诚心诚意地说："印那么一本书，得要多少钱？他们不给印，把稿子给我，俺跟枣儿给磊子哥印！……"

不是结尾　申酉之交

(下午 5 时整)

0. 怎样认识时间？它是一个圆圈？一支飞箭？一条奔向大海的河流？一只骰子？一架不断加速的宇宙飞船？它真的可以卷折、弯曲？……时间流逝着，而钟鼓楼将永存。

　　钟鼓楼高高地屹立在京城北面。
　　鼓楼在前，红墙黄瓦。
　　钟楼在后，灰墙绿瓦。
　　鼓楼在元代时名齐政楼，到明代永乐十八年(1420年)，它才被改建于现在的位置。如今的鼓楼西边，还有一条"旧鼓楼大街"，所以要知道元代齐政楼的位置，并不困难。清朝接用了明朝的全部宫室坛庙，嘉庆五年(1800年)对鼓楼进行过一次大修，再次肯定了它镇守于全市中轴线北端的位置。据说当年鼓楼上面安置着二十四面更鼓，每面直径都有一米半左右，都是用整张的牛皮蒙制的。一九〇〇年"八国联军"入侵时，鼓楼亦被劫掠，如今二十四面更鼓仅余一面，而且鼓面上还留下了侵略者的刀痕。
　　钟楼在元代时是万宁寺的中心阁，明代未动，清乾隆十二年

(1745年)重建后,才呈现出今天的面貌。

直到一九二四年以前,钟鼓楼都履行着向全城居民报告时辰的职责。

用什么来计算时间?

最早,在鼓楼上置有铜铸刻漏,据说是宋朝传下来的国宝。所谓刻漏,就是利用水在不同大小的铜壶中均匀滴漏,而度量出时间来的装置。据说当年的铜漏壶一共有四个,从上到下依次的名称是:天池、平水、万分、收水。漏壶之间安有铙神,设有机械,能按时击铙发声,每次击铙八声,颇为准确。铜壶中自然需经常添水,冬天为了防冻,则注入温水。可惜如今的鼓楼上仅有漏壶室,铜刻漏已荡然无存了。到了清朝,改用更香来计算时间,从精确度上说,似乎不但没有进步,反而是一种倒退。

钟鼓楼怎样报时?

白天,正午时分钟楼要鸣钟。

夜晚,鼓楼要报出五个更次。第一更约在晚上八点,报这一更叫"定更"。然后每一更次击鼓一通,每次击十三下。二更约在夜里十点,三更约在午夜零点,四更约在深夜两点,五更约在凌晨四点。当年的文武百官听到三更鼓后便要准备起床,四更鼓后便要赶到午门外集合,五更鼓后便要鱼贯入朝,跪在太和殿前的称为"海墁"的地上"听旨"。

"定更"时不仅要击鼓,还要相应地撞钟。到四更报"子正"时,又要再相应地撞钟,这一次报时活动有个专门的称谓,叫"亮鼓"。

在"定更"与"亮鼓"之间,每隔半个时辰(今天的一小时),钟楼还要独自撞钟一次。

"定更"与"亮鼓"的击鼓、撞钟法,是这样的:两名更夫到时候分别在钟鼓楼上,手提"孔明灯",遥相对照,作为信号(当年人们称之为"对灯儿"),然后分别进入楼内击鼓、撞钟。击、撞都采取"紧十八、慢十八、不紧不慢又十八"的节奏,并重复两遍,共计一百零八下。击鼓在前,撞钟在后,悠悠然要持续好长一段时间。

钟鼓楼沉默五十八年了,但在这一九八二年十二月十二日下午五点来临时,它们却雄姿依旧,仿佛随时都可以发出新的讯号⋯⋯

岁月悠悠。时间毫不间歇地流逝着。人们落生在这个世界上,最早意识到的是包围着自己的空间。这空间有着长度、宽度和高度,其中充满了各异的形态、色彩与音响⋯⋯而后人们便意识到还有着一种与空间并存的东西,那便是摸不着、握不牢、拦不住的时间。在所存在的空间里度过着不断流逝的时间,这便构成了我们的生活,于是乎喜、怒、哀、乐,于是乎生、死、歌、哭⋯⋯

但每一个人都不可能是单独地存在着。他必与许许多多的人共存于一个空间之中,这便构成了社会。而在同一个社会中,人们的阶级意识不同,政治方向不同,经济利益不同,人生态度不同,道德品质不同,文化教养不同,性格旨趣不同,生理机制不同,竞争能力不同,机遇遭际不同⋯⋯于是乎便相争相斗,相激相荡,相斥相离,相轻相嫉⋯⋯同时也必定伴随着相依相靠,相汇相融,相亲相慕,相尊相许⋯⋯而这种人类社会的流动变化,从整体角度来说,便构成了历史;从个体角度来说,便构成了命运。

在匆匆流逝的时间里,已经和即将有多少人,意识到了一种神圣的历史感和庄重的命运感呢?

但是,不同的人对时间的感受是各异的。

薛永全师傅从荀家回到自己家,还没进到新房中,便突然感到一种晕眩。他扶住苦棚的撑架,喘起粗气。正好路过的海西宾看见这情景,忙过去扶住他,对他说:"薛大爷,您先到我屋里歇歇吧！"

　　海西宾一个人住在里院北边的东耳房中，薛师傅想了想，也只有到他那儿歇歇合适，便由他扶着去了。

　　海西宾让薛师傅靠在床上，自己去悄悄叫过了殷大爷来。

　　殷大爷行医虽挂的是正骨的牌子，但对其他一般内外科病症，也能诊断施治。他给薛师傅号了号脉，便说："不碍的。高血压上来了，加上你那个哮喘的根子没断，所以头晕、胸闷。我给你推拿推拿，不一会儿准能松快。"说着，便解开薛师傅领扣，先给他按揉喉下的天突穴。

　　海西宾已对殷大爷汇报过卢宝桑的动向，殷大爷判断说："他进了'一品香'？那他八成是让咱们给冤屈了。要身上真掖着雷达表，拽他进那儿他也不会去。"海西宾对殷大爷更加佩服。这会儿殷大爷给薛师傅推拿，他在旁边毕恭毕敬地瞧着，他想，不该光学打拳，也该跟殷大爷学学推拿正骨……

　　薛永全合着眼，随着结拜兄弟的按揉推拿，心中浮出了一阵阵一片片时而朦胧时而清晰的思绪……

　　在薛永全当喇嘛时，他一度相信时间是一个很大很大的圆圈。也就是说，时间是循环不已的。他从师傅奥金巴所教授的佛经中得知，那循环不已的时间是按"劫"划分为阶段的。每一次从开始到毁灭构成一"劫"，一"劫"中又包括"成""住""坏""空"四个小阶段，称为"四劫"，每到"坏劫"时，便有"水""火""风"三灾出现，于是乎世界归于毁灭。人只有皈依佛门，潜心养性，求得解脱，才能超出这种时间的轮回。倘不能解脱，便要无休止地在天、人、阿修罗、地狱、饿鬼、畜生这"六道"中如车轮般旋转不停地生死相续。

　　现在的年轻人到佛寺去游玩，看到寺门外山墙上写着"法轮常转"的字样,往往不知何意,因而毫无联想。当年的薛永全看见它,却必有一种惊心动魄的感觉。

既然时间是一个循环不已的大圆圈,那么,一圈转完之后,必有另一圈,因此存在着一个来世。当年的死囚被押赴菜市口行刑时,常常大声地嚷着:"二十年后又是一条好汉!"嚷者有这种自信,围观的人群中如薛永全者,也认为事乃必然。

他虔诚地相信过"因果报应"。今世行善积德,来世必有好报。今世为非作歹,来世必为饿鬼、畜生。

他的这种圆圈式的时间观念,为中华人民共和国的成立所动摇。他眼见着庙会中的恶霸得到了"现世报",他自己同千千万万北京市的底层市民一样,充分地得到了人民政府的恩泽,温饱迅速而稳定地得到了保证,生活日趋富裕纯净,而眼前的北京城,随着时间的推移不断地发生着显著的变化:长安街和天安门广场的展拓,"十大建筑"的同时出现,公共汽车、无轨电车的急速发展,水井的废除和自来水的普及,"老爷""太太"一类称呼的消失和"同志""师傅"这种称呼的兴起……都不断地把他那圆圈式的时间观念扳成为直线式的时间观念。在商场的夜校中,他学了简明中国史,他才知道这直线式的时间那过去的一端是"从猿到人",而未来的一端是"共产主义"。据大儿子薛纪徽有一次告诉他,实际上时间是既无头也无尾的,"从猿到人"以前还有"从虫到猿",并且还有"从无生命到有生命""从无地球到有地球"……;而"共产主义"以后也还会有矛盾冲突,人类社会还会有发展变化,并且到最后地球还可能毁灭,而那时候的人类可能已经安全迁往宇宙中别的地方了……。他对薛纪徽所说的抱怀疑态度,不过,时间自"从猿到人"而奔向"共产主义",是个并非封闭的圆圈而是一条向前发展的直线,这个观念毕竟在他的头脑中扎下了根来。

对于国家来说,在眼下直线式奔流的时间里,是搞社会主义建设。"四海晏清,八荒率职"。"天下兴亡,匹夫有责"。薛永全心中有这样一种责任感。他自己在看守仓库的平凡工作中恪于职守,同时对于两个儿子,也时常嘱咐和督促他们为国家认真工作。对于他自己和他的家庭来说,在眼下直线式流逝的时间里,是"男大当婚",但求有个"妻贤夫祸少,子孝父心安"的局面。薛纪徽两口子既已生下一女,但愿薛纪跃两口子再生下一男……

没想到薛纪跃的这场婚事,竟闹出了如此风波。眼看又有一些重要的亲友要来贺喜,该铺排最后一茬酒宴了,新娘子却依旧待在公婆屋中,不肯回到新房,而且更随时可能赌气跑回娘家!

在眼前事态的刺激下,薛永全那旧有的时间观念,竟有所复萌。殷大爷给他按揉推拿着膻中穴时,他迷迷糊糊地想:难道是我以往作的孽,报应在了今天?……他想起了当年把出生不久的亲女儿,经"修绠堂"书铺掌柜,送给那官宦人家的往事。这是他一生中所作出的最大的亏心事。是呀,那是"鬼子"撤退、国民党"接收"不久,隆福寺庙会虽说看上去热闹,可人们手里的钱"毛"得厉害,连庙会上原来最牛气的"金象为记"的卖梳篦的"金象张",在奥金巴提着黄布口袋去收摊租时,也叫苦不迭,要求赊租。薛永全当时靠跟着奥金巴外出念经已然不能维持生活,便在每逢阴历一、二、九、十隆福寺有庙会的日子里,去哈德门①外东晓市帮大摊主拉排子车运货,挣一点外快。可就在薛大娘生下那闺女不久,有一回他拉着排子车路过哈德门,被一辆美国兵开的吉普车撞得人仰车翻;那吉普车显见是故意把他那排子车撞翻的,当排子车上的货物滚了一地,薛永全摔得腰伤肘碎之时,吉普车上爆发出一阵开心的大

---

① 即崇文门。"哈"应读成 hǎ。

笑……薛永全一要赔偿货主损失,二要看病吃药,实在养不活那闺女,才忍痛将她送给了别人。那由中间人隐去了真实姓名的官宦人家,原要送他一笔钱财,他同薛大娘都严词拒绝了。他们岂是出卖亲生骨肉的禽兽?他们实在是百般无奈,才让女儿去寻一条温饱有靠的生路!那官宦人家也严词拒绝了他们隔年与女儿相会一次的要求。

自从女儿被抱走以后,三十多年来音信全无,解放后薛永全也曾试图打探出那家人的去向,因为中间人"修绠堂"的掌柜早已去世,竟毫无线索可寻。现在,在薛纪跃的婚宴出现风波时,不知怎的,薛永全忽然想到了那不知所终的亲闺女。她让人抱走时,还穿着一双薛大娘用旧袈裟布缝出来的虎头鞋!难道今天的事真是……报应?

窗外传来一阵欢笑声。分明是从婚宴上传来的。其间突出着荀大嫂扬声逗趣的嗓音。啊,婚宴仍在喜庆的气氛中往下进行。这么说,也还够不上是遭了什么报应。荀磊不一会儿把那表买回来,新娘子一回心转意,一切又都能恢复正常……既如此,又何必胡思乱想呢?

"怎么样?好受点了吗?往开了想吧,过一会儿,就什么都好了……"殷大爷又开始用双拳给他按揉背俞。因为他现在是虚披着棉袄,海西宾怕他冻着,便把屋里的炉火捅得旺旺的。

他确实感觉好受多了,同时,不仅承受着旺盛的炉火的热力,也承受着友情的温暖。他那几乎要弯成圆圈的时间观念,又反弹成了直线。他微微一笑,点点头……殷大哥原是在庙会中用三根木棍捆起架子,从架子顶上挂下两根皮条,靠脱光膀子练皮条把式餬口为生的。他俩相交以后,无话不谈,引为知己,遂结拜为兄弟,他们之间,是可以托妻付子而完全放心的。是的,殷大哥说得对:

"过一会儿,就什么都好了……"岂止殷大哥维护着自己,这小小年纪的海西宾,不也知道帮助人吗?更有那荀师傅一家,说起来非亲非故,不过是共用一个自来水管的里外院邻居,可他们对自个儿多有情义!这难道都是前世积德的善报吗?那么着解释太虚无缥缈!人家荀兴旺早年是个八路军,后来又一直是大厂子里的工人,人家真有那无产阶级的思想觉悟,真能做到同志之间互相关心、互相爱护、互相帮助啊……

所以,寻思到头,身外的时间也好,世道也好,自身的寿数也好,命运也好,恐怕也还不是轮回往复那么个情况……

"事在人为"。而且"众人拾柴火焰高"。当殷大爷给薛永全拿着虎口时,他觉得自己身心都已恢复到健康状态。他微笑着说:"不碍的了。我该回去接茬张罗了。一切都能好起来的……"

钟鼓楼原是一种公共报时器。它是以音响来报时的。

如今钟鼓楼休息了,它们仅仅作为一种古迹而存在。至一九八二年年底,北京市的公共报时器共有两处,一处是北京火车站,它有两个对称的钟楼;一处是西长安街的"电报大楼",它高耸着一个钟楼。它们不仅能发出报时的音响,而且还朝东、西、南、北四个方向,以带"刻度"的钟面和长短指针随时显示着时间,精确度在五分钟以内。

显然,作为一个社会活动频密繁忙的大都会,北京市可供行人仰望校时的公共报时器是太少了。应当再增添一些不同高度、不同种类、不同样式的露天公共报时器。尤其应当多多设置一些既比机械钟价廉而又能使精确度达到一秒之内的石英电子数码显示钟。

公共报时器的稀少,精确度方面的粗放,从一个侧面说明了我们还不是那么善于珍惜时间。在不少机关里,"研究研究""考虑考虑""讨论讨论"……以及"别急,等一等""忙什么?候一候"……乃至于"那就下午再说吧""那就明天再办吧"……之类的"口头禅",仍在继续流行,便是明显的例证。

必须改变这种陋习。改革,首先要改革关于时间的观念。

张奇林便是一个从这一点改起的改革家。

现在是一九八二年十二月十二日的……什么时间?

张奇林坐在波音747班机上,伸腕看着他的手表。那是一块上海钻石牌手表。当时指针指着十七点整。他很清楚,腕上的手表所显示的,仅仅是格林威治国际标准时间所规定的北京时间。现在飞机大体上是由东朝西飞,而地球正同时由西向东转。因此,现在究竟是几点钟,不能笼统地回答。

那一刻,印度新德里正当下午十四点三十分,而苏联莫斯科却恰好是中午十二点。张奇林所要去往的西德法兰克福是上午十一点,法国巴黎是上午十点,而英国伦敦仅处于早上九点钟。至于飞机尾部所越离越远的一面,东京是十八点,夏威夷是二十三点,旧金山已是午夜一点,而纽约已到了凌晨四点钟。

令张奇林痛心的是,尽管他所领导的那个局里的绝大部分干部,都持有大专的文凭,但真正具有科学的时间观念的人,却所占比例不大。

什么是时间?

从严格的科学定义上说,时间是"物质存在的一种客观形式,由过去、现在、将来构成的连绵不断的系统。是物质的运动、变化的持续性表现"。

我们平时心中所想、口中所说的"时间",实际上是指对上述的物质运动、变化的持续性表现的一种计量。这种计量,从人类社会初成之时，便以日月星辰的变化为依据，而渐趋细密精确。到了近代社会，世界各国都接受了"格林威治平时"的规定——即以英国伦敦格林威治天文台本初子午线为标准的地方平太阳时，为"世界时"。当然，让每一个人都弄懂什么叫"真太阳时""平太阳时"，都弄清世界时区的划分以及"标准时"和"地方时"的区别，那是很困难的事。但张奇林觉得，他手下的干部们至少应当知道，当代社会关于时间计量的精确度，已达到了怎样的一种水平，因而所谓"一寸光阴一寸金"的古语，在当代的价值观念面前，已经是如何地粗疏而失当！我们在日常生活中，把"一秒"当作最小的计时单位。究竟多久是"一秒"？有人说"嘀嗒"一声是一秒；有人说手表上的秒针移动一小格便是一秒；聪明点的人会说，一年、一月、一日、一小时的多少分之一是一秒。其实，由于地球的自转和公转都不是均匀的。因而以它们为基准建立的计量时间系统——"平太阳时""历书时"也不是均匀的。所以，要确定何谓一秒，必须另找更稳定的参数，于是近代的科学家们发现原子内部能级跃迁所发射或吸收的电磁波频率极为稳定，便据此为基准，建立了很均匀的计量时间系统，称为"原子时"。"原子时"的一秒的长度，规定为铯原子跃迁频率 9,192,631,770 周所经历的时间。这便是当前全世界公用的秒长，也即是人们计量时间所应用的基本单位。至于当今世界上的计时器，钟鼓楼般的报时，日晷般的显示，早已成为一种陈迹；机械元件的钟表也渐渐只存在于人们的日常生活之中，而且越来越成为一种装饰性为主的物件；凡需求得精确的活动，都越来越依赖于石英钟，目前人类已制造出了每天误差不超过万分之一秒、频率稳定度高于 10^{-9} 的石英钟。即如当今世界百米赛跑的纪录，已精确到百分之一秒以上，倘若你能比世界冠军快上百分之一秒，那么你便是新的世界纪录的创造者；对于你来说，岂止是"一寸光阴一寸金",那仅仅百分之一秒的价值,显然远在一寸金子的价值之上!

一个国家机关,一个社会生产的指挥机构,如果不建立符合于当代社会发展的时间观念,怎么可能发挥它的指挥和协调作用?

所以,张奇林一上任,他的头一个措施,便是在当天上午十点钟,进行了一次预先布置好的大抽查,抽查结果如下:当中央人民广播电台响起十点整的蜂鸣音时,机关办公楼门厅的电钟指着十点零三分,所抽查的几间办公室的壁钟分别是十点零一分、九点五十六分、十点零八分和十点十三分!而当时食堂的闹钟指着九点四十九分,司机班的值班室的座钟指着十点零六分。被抽查的个人计时器,与电台报时吻合的倒不少,但错前错后的也不乏其例,如行政处的傅善读,他腕上的名牌手表便足足慢了十分钟——经查实,不是表本身的质量问题,而是他在一次停走上弦时,根本就没把时间拨准。

张奇林在十一点钟召开了全局紧急大会,宣布了抽查结果,并发表了慷慨激昂的演说。他宣布在中午十二点时,由广播室再播出一次中央台的报时音,同时要求全局所有的钟表在那报时的蜂鸣音中都要校准时刻。他大声地呼吁:"让我们从今天中午十二点起,以新的时间观念来抓紧工作!我们要时刻想到,全世界的科学技术、经济生活都在一秒复一秒地向前推进,我们在科学技术和生产建设的许多方面既然已经落在了别人后面,我们便应当有一种紧迫感,焕发出一种奋发突进的革命热情……从今天中午十二点起,我们要把'研究研究''考虑考虑''讨论讨论''等等看''慢慢来'……这一类官僚主义的作风和语汇扔进垃圾箱!该研究的要立即研究!不该犹豫的要断然做出决策!该讨论要抓紧讨论,不要言不及义、推托扯皮!既然是该办的事就不要等!就不能慢!上午该办的事不要留到下午,今天该办的事不要拖到明天!如果是不需要办的事,不该办的事,那么就必须停办、拒办!……"

他努力的结果,究竟怎么样呢?没有什么具体的"对立面"——如某些电视剧里所出现的尖嘴猴腮或脑满肠肥的"保守派"——来反对他,但是他遇到了更难对付的对手——那就是存在于很多人身上,乃至于他自己身上也不能说完全没有的那种东西,即习惯的惰力。

他常常感到力不从心。而且,从工作实践当中,他极为震惊地发现,就整个世界范围而言,严格地来说,"时间就是金钱",或"时间就是生命"这一类的概念也已经开始过时。因为许多事的成败,恰恰并不在于抓紧时间去一环环地做,而在于是否掌握住了有关的最新信息。为解决一个代号为G.S的最佳方案问题,局里专门成立了一个临时小组,由他亲自挂帅,真可以说是争分夺秒地进行了讨论、起草、修改、敲定——他们"仅仅"用去了十天时间,便形成了一个可交付实践的方案,效率不可谓不高。但随即就有技术情报组的庞其杉,主动递来一份材料,原来国外早有这种方案公开发表在杂志上,并且细节拟定得比他们的最后方案更加详尽、合理!他们仅仅是没有养成掌握和利用信息的习惯!倘若他们有这个习惯,不用开十天会,仅仅依靠一个灵便的情报系统,便能够在一天之内,或者几小时乃至十分钟之内,迅速地解决问题。这件事发生之后,他下决心将原来"聊备一格"的技术情报组,升格为技术情报站,并且力排众议,把庞其杉这个人推到了站长的"宝座"上。他还计划迅速地用最先进的电脑设备,把这个至关重要的技术情报站武装起来。

他真可谓是雄心勃勃。

但是他从各方面都不断地遇到麻烦。今天中午接到的"告发信",便是一例。固然傅善读把信上所揭发的问题,解释得"天衣无缝",但要弄清整个情况,抓住事情的实质,显然既不能只相信那"两名外单位群众",也不能光听信傅善读的"一面之词"。要处理好这个问题,时间似乎也并不是最关键的因素,重要的也还是信息——他所掌握的有关信息实在是极其有限,因此即便他在这飞机之上,乃至在出国的整个行程之中,不断地"抓紧"时间去分析、判断,也是无济于事的。既然如此,他也便决定干脆把这桩事"冷藏"起来。何况部里的纪律检查委员会自会抓紧时间调查处理,也许等他回国之时,事情便已然得到了较为圆满的解决。

"空中小姐"将银闪闪的小推车推到了他那排座位旁,他要了一杯纯净透明的矿泉水,同时揿了一下座椅上的按钮,使那盏光区只限于他那个座位的顶灯发出光亮。于是他一边啜着矿泉水,一边读起一份当天的《CHINA DAILY》(《中国日报》)来。

空间是时间的载体,而时间又是空间的存在形式。一个空间,一个时间,谁也离不了。然而对于不同的人来说,有的对空间的关注超过了时间,有的对时间的重视又超过了空间。

这天下午三点半以前,于大夫已经由傅善读陪同,乘小汽车从机场直接来到了团结湖居民区。张奇林一到机场,便到海关办手续,办完手续便进入了隔离区,因此于大夫在机场一共不过停留了十来分钟,张奇林所乘飞机尚未起飞,她却已经开始了对即将迁入的新居的考察。在离开机场时,她给家里挂了个电话,她让张秀藻火速赶到团结湖去,一同和她检验傅善读即将安排给他们家的新居,看是否满意,以便做出是待秀藻爸爸回来再说,还是不待他回来便搬入的决定。

傅善读向管理员要来了钥匙,亲自带着于大夫去检验那两套相邻的单元。

于大夫沉浸在对那居住空间详加检验的乐趣之中。

三楼,这是最好层次。她很满意。

两个相邻的单元,一个在右首门,有两间开窗能形成对流的房间,尽管小间面积略觉小了一些,但另有一个凹进去的小厅,除摆上饭桌吃饭,再铺排一张折叠床,安顿保姆,当不成问题。另一个在中门。一进门的门厅不算小,但所有窗户一律朝南,冬天固然温暖,夏天空气无法对流,却是一个不可忽视的缺点。两间的厨房都不够大,不过煤气灶的位置和高度倒还适宜;厕所一边是坐桶一边是蹲坑,这倒无所谓,只是多出来的地方并不富裕,倘若安放了洗衣机,便无法安放浴盆。壁橱尚可,阳台还嫌略小……看来搬入以前至少得先做两件事:请人用油漆漆出半截"墙裙";把大屋顶上那简陋的碗形塑料罩的裸灯,改装为美观大方的全遮蔽型的吊灯……但两套住房如何分住呢?是在秀藻结婚之前,全家的卧室和餐厅都设在右首门中,把中门那套完全用来给老张充当书房和会客室呢,还是一开始就让秀藻独占一套?……盘算来,盘算去,于大夫忽然又觉得这样的两套还是不解决问题,如果能把其中一套换成三间一套的,就更好了……

张秀藻很快地便来到了现场。她随着母亲在两个单元里转来转去,不过她心不在焉。真的很快就要搬到这里来了吗?那么,她将失去某种很重要的东西。是的,他不爱她,而且甚至于不知道她的单相思。她每次从学校里回到那个小院,甚至也不一定遇到上他,遇上他也往往只能有极其短暂而尴尬的那么一点点接触——就像今天早晨,她捧着装有油饼的小笸箩,而他拿着红囍字和糨糊,相逢在那吊着旧藤椅的门洞里一般……可是她仍舍不得切断同那个小院的联系。她知道,固然从理论上推导,她即便搬到了团结湖,也还可以回那个院子串门;但从实践上看,她是没有那种勇气的,并且那些原来的邻居们,一定会惊讶她何以会对他们恋恋不舍……

"你看,都快四点半了!老傅和司机小王在下头一定等得不耐烦了。"于大夫催促着张秀藻,"你倒是满意不满意呀?表个态呀!"

"妈,您满意就成,我是无所谓的……"张秀藻随口应答着。

"这两扇门开的真不合理,瞧,冰箱如果能放在这儿多好,可偏这边这扇门碍事儿……"于大夫还在细加检验。

张秀藻甚至搞不清妈妈说的是哪扇门。

她走到阳台上,望着由高高低低的楼房构成的天际轮廓线。不知怎么搞的,她心头涌出了前些天抄在日记本上的维克多·雨果的诗句:

  难道恋爱能自主?两人相悦为什么?
  你询问流水吧,询问风儿的吹拂,
  夜扑灯火的飞蛾,
  熟透的葡萄上阳光的照射,
  询问一切在歌唱、呼唤、期待、絮语的造物!
  询问四月里欢闹的深鸟窝!
  狂热的心叫道:"我自己怎么知道呢,我?"

她觉得这首诗几乎每句都敲击得她心弦剧烈地颤动。她几乎吟出了声音来。可是想到她的情况并不符合"两人相悦为什么?"这起始的问句,一阵酸辛袭上心头。她眼里涌出了泪花。

"秀藻!你怎么又跑阳台上去了?快下楼吧!老傅怕都着急了!"于大夫大声地呼唤着……

但傅善读彼时却并不希望她们马上下楼来。他正在楼下自行车存车处那儿的公用电话旁给洛玑山打电话。他为什么急着给他打电话?他们交谈着什么?除了他们双方,谁也弄不清。

同一时间里,詹丽颖也在打电话。

她也是跑到地安门邮局,才打上了公用电话。就是那个隔音间,就是那架电话,两个钟头以前,澹台智珠也利用过。

她费了很大劲,才挂通了她爱人那个单位的长途。时逢星期日,单位里只有值班员,而值班员并不知道她爱人患病的事,但詹丽颖却一通上话便不管三七二十一地倾泻起她的愤慨与不满来:"你们怎么搞的?领导都跑哪里去了?怎么不管我爱人的死活?中央的知识分子政策,你们落实得也太差了!什么?不知道?凭什么不知道?!怎么可以不知道?!跟你们说吧,你们的心思我全明白——就因为我爱人要调走,你们就如此冷漠无情!哼,我要向中央反映!你们等着瞧吧!什么?……查一查?问一问?还查问个什么?我都接着电报了!等一等?等多久?你找领导去?好,我等!你去先告诉他们,我詹丽颖不是好欺负的!我到了就跟他们算账!不,一会儿就跟他们算帐!你告诉他们,我爱人有个三长两短,他们要负法律责任!"

她气鼓鼓地挂了电话,等对方再打过来。

隔音间外有人敲着玻璃门,催她快点。她爽性推开门,伸出头来,对那人说:"你别处去吧!我有急事,这电话我包了!"

那人是个头发花白的中年人,当即跟她争辩起来:"公用电话大家用,你一个人怎么能包下呢?何况你现在又不打……"

"我等长途。"詹丽颖理直气壮地说,"我不能让别人插进来。我的长途说不定马上就过来。"说完"砰"地关上了玻璃门。

那人很不以为然。见她只是双臂合抱胸前,并无电话可接,便拉开玻璃门,探进了头去,商议地说:"我就几句话,你让我先打吧。

反正误不了你的长途。"

詹丽颖粗暴地说:"你别在这儿捣乱!"

"你这人怎么这么说话?"那人被激怒了,同她隔着张开的门缝争吵起来:"你霸着公用电话不让别人使,你才是捣乱!"

詹丽颖毫不思索地"还击",对方欲罢不能,便继续同她争吵,最后不但周围的顾客过来劝解,营业员也走出柜台来干预……

四川的长途接过来了,那边刚说了一句:"领导没有找到……"詹丽颖便劈着嗓子叫喊起来:"岂有此理!简直是草菅人命!都干什么去了?搞特权去了!谋私利去了!享清福去了!……"

结果,弄得那边接电话的人对她印象极为恶劣,甚而心里掠过了这样的念头:"这样的人!要是再有运动,非得整整她不可!"这边的顾客和营业员听她那么一顿乱叫乱嚷,也都认定她"人头太次"。

唉,詹丽颖啊詹丽颖,你本是一个最善良最热情的人,即如今天这一整天,你为他人贡献出了多少无私的关怀、照拂、慰藉与援助!这不仅体现在精神上,也体现在物质上。然而你还是被你那糟糕的性格所误!俗话说:"水滴石穿,绳锯木断",但悠悠的岁月,怎么就磨不掉你性格中那多余的"毛刺"?……

其实,詹丽颖的爱人是在他妹妹家发病的,妹妹、妹夫将他送进医院急诊后,妹妹便跑出医院给詹丽颖拍出了电报,并且给哥哥单位的领导打了电话,领导搁下电话马上就到医院去了;医生很快作了确诊:急性胆囊炎,并立即采取了应急措施……在医院办公室,詹丽颖爱人单位的领导及时地给詹丽颖所在的单位打了电话,让值班室作了电话记录——"因为詹丽颖的爱人急性胆囊炎发作,可能需要动手术,建议允准詹丽颖及时赴川……"——并嘱托值班人员明天一早便向他们领导汇报;这之后,又给詹丽颖住地所在的胡同的公用电话打了长途,但未得詹丽颖的回电——对方不知道詹丽颖正在地安门邮局,而詹丽颖也没想到对方已在医院……

当然,出现这种事态,其中一个重要的原因,是我国电信事业的落后,即使是北京这样一座位居首位的城市,到一九八二年年末,电话也远未普及,不仅拥有电话的家庭所占比例极小,公用电话的数量也远不能满足市民要求。这说的还是用金属导线传递信息的电话。而就在那个时候,世界上一些国家已经研制成功了以光导纤维传递信息的电话,有的并开始投入了实际使用。这意味着一种体系性的变化。包括詹丽颖在内的中华民族啊,你将怎样追赶上去?……

澹台智珠走出电梯时,劈面遇上了慕樱。

两个新邻居互相点了点头。

慕樱当时心情很好。她从院里出来以后,先去了部里医务室。其实医务室的小套间,才是她现在真正的家。她在那里仔仔细细地又梳洗打扮了一番。"女为悦己者容",真是一点不错。中午去见嵇志满时,她一心所想的并不是怎样取悦于对方,而是如何体现出自己的尊严和教养,因此她把发式弄得比较服帖,裹了一条本色白的毛线围巾,外面穿了一件掐腰的薄黑呢大衣;脱去大衣,上身是玫瑰紫的西装外套,露出里面乳灰色的鸡心领毛衣,以及毛衣里面的浅褐色尖领衬衫;下身是深蓝色的弹力呢筒裤,脚上登一双与西装外套相呼应的玫瑰紫高跟鞋。现在她是来见齐壮思,因而从头到脚都予以改造,她力求显得年轻、潇洒而又不露雕琢痕迹。头发她使其蓬松开来,在双耳后形成一种抛物线的飘逸效果。围巾和大衣都为她所淘汰。她头上似乎是随便地扣着一顶浅蓝色的毛线便帽,上身只穿一件款式新颖的深蓝色"登山褛",那"登山褛"上这里、那里缝缀着一些白色和灰色的装饰性条纹,并不对称,但显得既波俏又和谐。"登山褛"左边的袖子上有个带拉链的暗兜,正好可以放进一个硬封皮的"通讯录",她用那"通讯录"将那张"梅兰芳舞台艺术"的"小型张"夹住,搁进了那暗兜之中。脱掉"登山褛",里面是一件草绿色的粗线高领毛衣,不点缀任何装饰品,而以一种春草般的纯朴夺人心魄。下面是一条屁股包得相当紧的准牛仔裤——她自己设计、自己缝制的,表面上看,似乎是一条普通的劳动布工作裤,没有牛仔裤的那种宽镶边和外露的大裤兜,并且裤腿也不那么紧绷在身上,但实际上却深得牛仔裤之三昧,把她的身材衬托得格外袅娜、灵动。脚上,她故意穿了一双半旧的黑皮高跟靴。她没有带提包,手上只戴着一双与头上帽子相呼应的浅蓝色毛线手套。

自从齐壮思向她提出:"请你不要打扰我。"那以后她也确实没有去打扰过他。甚至在部里办公大楼的走廊上迎面相遇,前后左右又没有什么别的人,她也仅只是对他坦然地笑笑,便各自走开。不过,她总觉得从齐壮思那双依旧饱蓄着雄狮般精力的眼睛里,朝她放射出了某种类似电流的光——毋庸理智地分析,凭直觉,她便深信他其实还是喜欢她的,他不让她打扰他,是因为他肩上承载着重要的事业,他有着一种高度的革命责任感,而并不是因为她的打扰会使他感到厌烦。因此,她觉得自己实际上享受着一种主动权。只要她并不过分,在某种情况下闯进他的生活打扰他一下,他甚至是会感到高兴的。当然,她必得量好尺寸,及时抽身,而绝不能急躁冒进。来日方长嘛!

当她在地铁的站台和列车上,以及当她从大街走进这幢大楼并来到电梯之前,她感到周围不时有人朝她投来不那么友善的目光。她微微地昂着高傲的头颅。她知道那些人多半是在这样评价她:嚆,真时髦!

当她在电梯门前,按亮了上行的揿钮后,她心中飘过了这样的思绪:是呀,我承认我时髦。可时髦有什么罪过呢?难道我落生在这个世界上,就该永远困守在老家那个灰色的小镇?就该永远把那种一圈大红、一圈大绿、一圈土黄、一圈宝蓝的袜子,认作是天下最美丽的袜子?……

对于慕樱来说,时间是一支射出去的箭。原来,她在箭尾上,现在,由于她自身的努力,她已附着在箭头。在"时间运行"的过程中,箭头永远优于箭尾。在我们日常生活里,与时间紧密相联系的语汇究竟有多少?"时机""时尚""时宜""时势""时兴"……包括"时髦",这都是"箭头"上的观念,慕樱以与这些观念合拍为荣。

慕樱很早便把契诃夫名剧《万尼亚舅舅》里的这句台词,当作自己的"座右铭":"人的一切都应当是美的:心灵,思想,面貌,衣裳。"但美的观念是因人而异的。在同一"时间之箭"上,"箭头"的观念往往与"箭尾"的观念截然不同。慕樱现在遵从"箭头"上的观念。即如爱情问题,她以为只要是真诚的爱,并排除了强迫手段,便无论施之于何人,都是合理而道德的。又如衣着打扮,她以为必须打破男穿男、女穿女、少穿少、老穿老……之类的框框,而应悉听尊便,只要自己和爱人满意,便无所谓合适与否。

听到了电梯下落的声音,慕樱全身漾开激动的波纹。她事先没有给齐壮思打电话,但她坚信能够见到他,并被单独接待。她将使他大吃一惊——她不跟他说别的,而仅仅是谈论邮票。她将以一个纯粹的"邮友"身份出现在他的面前,这将是多么有趣的事!并且,她将并不白白奉送他那张"梅兰芳舞台艺术"的小型张,而是同他进行协商、交换!最后,她将率先申明她还有事要办,不等他做出反应,便立即飘然引去……

电梯门打开了。在走出来的几个人里,有一个是同院的澹台智珠。慕樱本能地朝澹台智珠点了个头。慕樱没看过澹台智珠的戏。但她从詹丽颖那里得知了关于澹台智珠的各方面情况。她不能理解澹台智珠怎么能同一个工人生活了这样久。也许,是因为澹台智珠总演那种宣扬封建道德的戏,中毒太深了吧?……

慕樱乘电梯升上去的时候,澹台智珠已经走出了楼门。在同慕樱相对一点头之后,澹台智珠心头也不由自主地浮出了一些对慕樱的想法。澹台智珠从詹丽颖那里知道,慕樱不仅和原是大学同学的丈夫离了婚,而且还放弃了孩子。仅这一点澹台智珠便不能理解。在澹台智珠的观念中,凡是因父母之命、媒妁之言,或因仗势霸占、坑蒙拐骗而造成的婚姻关系,都应予以破除;但倘若是自由恋爱而缔结的姻缘,便不能儿戏般地随意加以变化。王宝钏的苦守寒窑、白娘子的断桥责夫、赵艳容的金殿装疯……之所以具有永恒的感人力量,正在于爱情的忠贞和专一,这似乎也是世界上其他民族大多数人的恒定观念——否则,你就不好解释为什么罗米欧与朱丽叶的悲剧至今仍在催人泪下,而尽管奥赛罗残暴地掐死了苔丝特梦娜,观众仍对他充满了同情与痛惜……据说慕樱甩掉她丈夫的理由,是"没有共同语言"和对方的"庸俗浅薄"。这是一个说不清的问题。谁都可以用这两条理由来掩盖自己喜新厌旧、趋炎附势的卑鄙心理。《豆汁记》里的莫稽,不也可以用这条理由来为他抛弃金玉奴辩解吗?而李甲把杜十娘"转让"给孙富,也可以用这条理由来作为堂皇的依据;杜十娘的"怒沉百宝箱",便不但不值得同情,反近于"无理取闹"了!……

澹台智珠和慕樱这两个同龄的中年妇女,其爱情观和道德观就是这般地大相径庭。

不过当她们在那电梯前短暂地相遇之后,她们各自对对方的"腹诽",也就仅仅是一两分钟,她们有着各自的生活轨迹,有着各自的心绪与期望……

原来澹台智珠还想同那位评论家继续交谈下去,但一下子又来了许多她所不熟悉的客人,因此她便告辞出来了。评论家一直把她送到电梯跟前。

"你不要慌乱。剧团肯定是要改革的,但不会是退回到旧社会的戏班子状态。"临分手时,评论家亲切地对她说,"你反映的情况,我一定帮你捅上去。至于明天晚上的宴请嘛,咱们一言为定——就按刚才商量好的方案办……"

澹台智珠心里热乎乎的,真不知该怎样感谢这位评论家——他为人古道热肠,艺术见解却绝不墨守成规,他一贯鼓励澹台智珠在继承流派的过程中刻意求新,闯出新的独特的风格。

电梯门开了,澹台智珠走了进去,评论家向她挥手致意,并且说:"代我问李铠好!你跟他说:明天他要不去,我会生气的!"

澹台智珠心里更加感动。

……当她一小时前来到评论家家里,向评论家倾诉出一切以后,评论家诚恳地对她说:"这样吧,明天你那个'萃华楼'的宴请,改成到我家附近的那个'燕云斋'吃涮羊肉吧。由我出资。你通知他们的时候就说,我看了你们前些时候演的《木兰从军》,想跟你们大家交换交换意见,热闹热闹——这也确实是我早有的打算,只是因为这一阵太忙,所以一直没有主动同你联系——我想'板鼓'和'京胡'都会来的吧?说实在的,你们本是个合作得很不错的艺术集体,我要为你们继续合作、攀登艺术高峰打气!当然,我也有相当尖锐的意见——从你们的创腔,到'板鼓'的节奏处理,到你贴片子的方式……我都要坦率地直陈我的看法;同时,我还要带头慰劳李铠,没有他作为后盾,你也难在舞台上焕发出光彩!……就这么定下来吧——那'燕云斋'虽说名不见经传,是个'知青'办的小饭馆,可涮羊肉的质量和服务态度,都保证能让咱们满意;他们那个小经理,又恰巧是个京剧迷,现在年轻人里京剧迷不多呀,你看,明天晚上,大家不都能很快活的吗?"

澹台智珠当时也曾提出:"哪有评论家破费请我们的呢?从来都是搞创作的请评论家,好贿赂出好话来啊!明天的钱一定还是由我来付……"

评论家笑了,笑得很开心,笑完了他说:"你无意中说出了一句很有趣的话——好话都是贿赂出来的!那么,因为明天我主要是提意见,'说坏话',所以我得反过来付罚款,这不就顺理成章了吗?"说得澹台智珠也笑了。

……澹台智珠朝地铁入口走去。她恢复了镇定与自信。她看了看腕上的手表,恰好是五点整。她忽然急迫地想把同评论家会见的情况告诉李铠。啊,李铠,亲爱的人!在这个万花筒般的世界上,说来说去,惟有你是最贴心的人!不仅是在我陷入绝望的境况下,你携住我无力的手,带我浮向了希望,就是在我重新赢得事业上的成就后,也惟有你,是真诚地爱着我的全体——从灵到肉,从作为一个妻子到作为一个演员——还记得那个例子吗?一位崇拜者到了后台,他本来大概不惜跪倒我的脚下,但当他发现卸了装的我竟有着一张浮肿的脸庞,而且我腿部的静脉曲张,竟到了每次演完必须立即按摩的地步……他不由得倒退了两步,双眼里明显地流露出惊诧与失望!原来他爱的只是台上的那个澹台智珠……又怎么能忘记那一回呢?为了开拓戏路,我试演了尚派名剧《失子惊疯》,一个"屁股座子"没有摔好使我身心都受到损伤,观众席中不仅发出一片惋叹,还有个别人喊了倒好;回到后台,几个同行也只是问:"你怎么搞的?""平时练得不是不错吗?"惟有你,冲进后台的第一句话是:"你摔坏了吗?"那一晚,你坚持不让我坐在自行车后座上回家,而去为我叫来了出租汽车,当总务科居然拒绝报销那笔车费后,你毅然放弃了当月购买一双新皮鞋的计划……啊,李铠,你那宽厚的胸膛,是供我将养的田原;你那茁实的爱情,是滋润我心灵的甘泉!我不能失去你,犹如你不能失去我一般!亲爱的人儿,你现在在什么地方?我要立刻找到你,告诉你一切——咱们别怵"大师姐",咱们有人支持,咱们能够渡过危机,咱们要试着搞真正的改革!……

对于澹台智珠来说,时间仿佛是小溪奔向河流,河流奔向大海;而她便是一条从小溪出发,游向大海的鱼儿,现在她已经游入了河流。她知道,哪条鱼儿也不能凭借侥幸便顺流而下,因为还有险滩,有涡流,有钓钩,有网罟……通向大海的通路是公共用的,但只有那永远清醒、永远奋进的鱼儿,才有可能终于达到理想的境界……

时代进步了,人们不再依赖钟鼓楼报时,即便公共计时器遍布每一个路口,人们也还是要拥有自己独享的计时器。几乎每一个家庭都有钟,几乎每一个成人都有表,而且有的家庭不止有一座钟,有的成人不止有一块表——随着普及型的廉价电子表上市,儿童们也开始拥有表了。

荀磊没有按父亲的指示到王府井去,他到了地安门百货商场便到存车处存下了自行车。因为他估计薛大爷所说的那种雷达小坤表,地安门百货商场里就有货,更何况商场斜对过,辛安里胡同边上,还有一家专售钟表的钟表服务部;能就近解决问题,使那新娘子快些转嗔为喜,岂不是事半功倍吗?

荀磊走进商场,寻找着售钟表的柜台。就在这时,他心中浮出了关于人与计时器关系的种种思绪。

他知道,同院西耳房的海奶奶屋里,有一架紫檀木外壳的老式挂钟,上方雕着类似蚌壳、卷涡的装饰性图案,下方挡住钟摆的小门上,嵌着一块椭圆形的珐琅,上面绘有一枝嫩黄的洋玫瑰。那挂钟的外壳早已失去了光泽,有的接榫处明显松动,珐琅画的白底子已然变黄,那枝洋玫瑰的形态更显得格外古怪——令人想起一百年前的西欧情态,如枝型蜡台、鲸鱼骨撑起的长裙、带尖塔和吊桥的古堡……那挂钟除了"文革"里的"破四旧"阶段一度摘下藏起,避了一阵难外,几十年里一直陪伴着海奶奶,忠实地与她共度着日日夜夜……但那挂钟早就停摆不走了,有一回海西宾把荀磊找去,向他请教:"你不是修过薛家的座钟吗?你给看看我奶奶这个,还能不能修好?你要没工夫,只要你说声能修,我就抱到地安门修理部去……"荀磊一看吃了一惊:"这是个古董啊!"海西宾问:"外国来的吗?""不,晚清时候,咱们中国自己造的。"荀磊告诉他,"你别抱去,你要抱去,他们该动员你出售了——他们收购去倒也不为收藏,因为咱们中国历史太悠久了,不是明朝以前的东西简直算不上什么文物……他们将拿去卖外国人,卖高价,给国家挣外汇……可是我觉得没必要让外国人得着咱们那么多古董,即便是民国初年的东西……你留着吧!"他俩正说着,海奶奶回来了,顿时动了气,她叨唠说:"西宾,谁让你把它给取下来的?谁说我打算修它来着?都是你多事儿!甭修!就那么挂着挺好!不用它打点儿,我也能知道到了什么时辰!"看,这就是海奶奶同计时器的关系——她的余年已用不着计时器作精确度量,她所需要的,仅是那计时器所唤起的无尽的回忆!

但就在海奶奶隔壁,张叔叔家里,却格外重视计时器的准确性,他家人人有手表自不必说,钟也不止一座——一进门的堂屋中高悬着个方形的棕色干电池电子走针钟;张叔叔的书房里,书桌是带日历、温度计的国产闹钟,书架里是日本八音电子音乐钟……另一边的卧室里,肯定还有别的钟,而且,他家所有的钟表几乎永远同中央人民广播电台的报时保持一致……

　　人们对计时器的选择,反映出人们不同的需求、性格与情趣。詹阿姨家的座钟是通红的外壳,红得比鲜血加上火焰还更耀眼!澹台阿姨家的"鸟巢挂钟"大概是从信托行买回来的,每当报时的当口,一只布谷鸟便会转出木雕葡萄叶遮掩着的鸟巢,出来鸣叫。有一回给慕樱阿姨送信,她难得地在家,记得她那小衣柜上,是一架日本产的仿古钟——一个古希腊形态的女神,背上长着肉翅、手里举着一个天球,天球里嵌着一个钟面……看上去似乎是西欧的古董,其实那钟体不过是成本低廉的印刷电路……又何必去举别人家为例呢?父亲前些时还为他们屋买了一台新的座钟——是烟台产的老式木壳座钟,最上方有一匹扬着前蹄的金马,两边是顶端尖圆的长柱,下边是厚重的仿须弥座,钟摆前方的玻璃门上是牡丹花的图案。冯婉姝乍看见时,不禁笑着说:"哎呀!真'怯'!"荀磊忙提醒她:"小声点!"又对她解释说:"我爸早就盼着买这么个座钟了,开头是家里生活困难,买不起;后来是手里有钱,买不着;现在他终于买到了,就跟你终于弄到一张斯图加特芭蕾舞团演出《叶甫盖尼·奥涅金》的戏票一样……"冯婉姝这才朝厨房吐吐舌头,领会地点点头。

　　是的,人们对计时器的选择,越来越着重于它的形态,甚至竟完全从一种超计时的审美需求出发,去对待计时器。薛家的新娘子就是如此,这块雷达小坤表,将体现出公婆对她的尊重和偏爱,体现出薛纪跃对她的钟情与信用,同时也将使她在同一水平线的同事、邻里、学友……中,赢得意外的赞叹与羡慕。荀磊深刻地领悟到这一点以后,便发誓即使必须跑遍全北京城,也一定要买到它。

星期日的商场里,顾客稠密。荀磊正转动着身子寻找钟表柜台时,一个人从他身后飞快地走过,两人的胳膊肘重重地碰撞了一下。那人手里的一样什么东西,"叭哒"掉在了地上。

"啊,对不起!"荀磊忙对他说。

"呀!我的——稿子!不——"那人慌忙拾起了地上的东西。本是因为他慌忙走动,从后面撞着了荀磊,所以他直腰后本想也道一声"对不起",但抬眼一看,面前不过是一个比自己年岁小许多的小伙子,便"哼"一声,扬长而去。

那人是龙点睛。荀磊自然不认识。

龙点睛从韩一潭家里拿到那份"留着究竟是个祸害"的诗稿,出得那个四合院以后,本是打算把诗稿带回家里再烧掉的,可是当他路过胡同口的那排浅绿色的垃圾桶时,他想:干脆就在这里撕成碎片,扔进垃圾桶算了,难道还会有人把它捡起来,拼接复原么?回家烧,妻子要问,还得费唇舌解释……于是,他便在那里撕将起来,谁知偏来了个老头——他不知道那是胡同里专门拾废纸的胡爷爷——一手拖着个小轱辘车,一手拿着根带"粘针"的竹棍,高声地对他说:"同志,您别撕,您就扔给我吧——"让他吃了一惊。他还是把那诗稿撕得粉碎,团起来扔进了垃圾桶,瞪了老头一眼,才快步离开那条胡同……他按原计划进了这百货商场,到照相用品柜台买了一个袋装式照相册,便急着赶回家去——他晚上约了一位编辑到家里"随便谈谈",他打算赶在那编辑到达之前,把那些他与名家合拍的照片,都插进这个照相册中,这样,他在请编辑听新录的曼托瓦尼乐队演奏的名曲时,只要将相册递过去,便能坐收"尽在不言中"的效果……

龙点睛的心情本是非常之好的,犹如雨过天霁般明丽,但与那位拾破烂的老头的相遇,究竟还是在他那晴和的心境上,抹了一道阴影,故而他的中枢神经里,仍迸射着"那稿件可别……"的意外火花,当与荀磊相撞、照相册落地之后,他急促中将"照相册"说成"稿子",实在是并非偶然。

但龙点睛冲出百货商场大门以后,也就将心中那道阴影驱逐。他望着大街上的车水马龙,心想:时不再来,机不可失,在这人生的战场上,我要抓紧一切机会不放啊!

对于他来说,时间好比是一只握在拳中的骰子。

荀磊在同龙点睛碰撞之后,对于龙点睛的失礼,倒无动于衷。但龙点睛口中呐出的"稿子"二字,却触动了荀磊的心事。在骑车出来时,他本是命令自己将惨遭退稿一事束之高阁的,此刻却禁不住又心潮起伏。

仅仅是因为他年轻!他能够做、并且可以做得很好的事,仅仅是因为还轮不到他来做,便做成功了也遭到漠视!而最古怪的是,这事明明是国家需要尽早做成的,并且"有资格"去做的人,还没有去做,甚至也不打算去做,但他做了也还是不被承认!有的人宁愿留下空白,也要论资排辈!……

荀磊因为陷入了沉思,一时盲目地在商场中转悠起来。他想:西服、领带、太阳镜、电子琴……这些东西几度被视为腐朽堕落,几度被批判取缔,但终究还是由一批年轻人带头使用推广,而站住了脚,渐渐成为平常事物,现在不是连党和国家的领导人,也穿起了西服吗?不是连讴歌革命战争的影片中,也采用电子琴伴奏插曲了吗?我们这古老的民族啊,你应当进一步以博大的胸怀,恢宏的气魄,收容、消化一切于我有用的新事物,并应当进一步甩开步子,赶上世界科学技术和生产发展的新潮流……

荀磊想,尽管世界上仍旧以原有的秒、分、刻、时、日、月、年……来计量时间,但在我们的心目当中,应把现在和将来的时间,看作一个不断在加速运行的星际火箭。以往的世界,科学技术的进展是多么缓慢啊,信息传递的数量和速度又是多么可怜啊;而今天,电子计算机已经发展到了第五代,越来越接近人脑的功能!每天世界上科学论文的发表量,已达到了6000—8000篇,每隔二十个月,论文的数目就增长一倍!……

怎么能懈怠呢?怎么能碰了钉子就罢休呢?荀磊握紧了拳头,他想:买表回去,立刻就找婉妹商量——明天把那译稿,另投到哪家出版社?或许,这次该亲自把稿子送到编辑部,爽性把自己的心情,向他们和盘托出?……

不知不觉地,他已来到钟表柜台前。他一眼便看见,恰好有他所该买的那种表。啊,太好啦!他靠拢了柜台……

人一饮酒,便幻入了仙境,时间于他们来说,便仿佛凝固。

在"一品香"烟酒店里,李铠早已喝得半醉,他胸中淤积的闷气,使他恍若堕入了一个半明半暗的洞穴中,那洞穴很深,且充满了急转弯,他跟跟跄跄地朝前面走去,似乎总看见澹台智珠的背影一闪,裙子角一扫,却总撵不上她;而一只长着大长脸的蓝蝙蝠,总在他面前飞来舞去,切断着他的视线。他已经累得精疲力竭,却毫无撵上澹台智珠的希望——澹台智珠不知为什么是戏台上的装扮,似乎是《木兰从军》最后一场"对镜贴花黄"的扮相,李铠曾经对她说:"你这身行头比别的戏里的全强!"她曾经高兴地把双手一合:"真的吗?"可现在她连正脸也不给李铠看上一眼……

忽然,李铠眼前出现了卢宝桑,卢宝桑亲热地招呼着他。他愣了愣神,心想这位是谁呢?啊,想起来了——常到薛家串门的那个

"愣头青"嘛！一个人只能喝闷酒,两人凑在一块儿却能喝"逗闷子"①酒……想到这儿,他便忙站起来招呼卢宝桑。

卢宝桑本是一肚子怨怒,路过这酒店,灵机一动钻进来,打算拼个死醉的,没想到一迈进门槛就看见了李铠;而一看见李铠他便联想到了澹台智珠,一想到澹台智珠他便又联想到了《豆汁记》,由《豆汁记》他又想到了金玉奴的父亲金松是个丐头;由这一点他又对澹台智珠产生出了一种特殊的亲近感;而当他落座以后,他又立即将这种亲近感奉献给了李铠——他倒没把李铠联想为那遭到棒打的"薄情郎"莫稽,人在电火般的联想中,常常具有这种精密的筛汰力。

李铠没有料到,卢宝桑一杯酒下到肚里,便哇啦哇啦地夸上了"珠大姐"。他说几乎每次"珠大姐"露演《豆汁记》,他都要到场叫好,他夸完唱功夸做派,夸完扮相夸行头……滔滔不绝地说:"那金玉奴,真让珠大姐给演活了！珠大姐戏路子多宽！为人多厚道！观众想看《失子惊疯》,北京能上这出戏的人没有不是？杨荣环人家平日待在天津,不随便到北京来露不是？咱们珠大姐为满足观众,嘿,带着病就上了台！那唱腔,那身段,尚小云活着也不过如是——也就单是一个'屁股座子'生硬了点,嗬,台下就有那不要脸的起上了哄。什么玩意儿！你上台试试去！人家珠大姐本不是唱尚派戏的,串一出给你们开开眼,你就给脸不要脸了！散了戏,我在剧场门口憋着,那坏小子刚一出来,我就给了他一拳……"这么一路叨唠下去,倒也罢了,李铠感到困惑不解的是,卢宝桑夸来夸去竟夸出了这样的话:"姐夫！您说那金玉奴仁义不仁义？豆汁,剩饭,紧着给落难的人不是？她家要丢了手表什么的,能随便赖人

---

① 开心。

家偷的吗？……珠大姐在台上丢了孩子，也没说让那个丫头寿春跑下台来，搜查我呀！……"

卢宝桑扯着嗓门那么一聒噪，小酒店里的酒客们都知道了李铠的身份，立时就有好几位凑拢了过来，对他表示敬重和关怀，一位老人对他说："敢情您是智珠的当家的呀！听说智珠晚上散了戏，都是您把她往家接的呀！我给您们俩道乏啦！我最喜爱看智珠的戏，她玩意儿磨炼得精呀！一出《木兰从军》，兼有梅派的典雅，程派的含蓄，苟派的活泼，尚派的火爆，不容易呀！"几位中年人一声接一声地问："您那口子又在排什么戏哪？""她创那新腔，您总是头一个饱耳福的吧？""多年看不着《红拂传》了，智珠能给露露吗？"……李铠不及答腔，他们几个竟不知怎么地争辩起来了——啊，原来是其中一位说了句"《木兰从军》里的布景太实……"其他几位不同意，便抬上了杠。因为大家都在微醺状态以上，"酒言无忌"，几句话不合，竟至于满脸溅朱，几乎动起手来。

"成了成了！"卢宝桑站起来，吆喝他们说："有什么意见，一个一个跟姐夫说！姐夫自会记下来，告诉给珠大姐，嘈嘈个什么劲儿！"

便真有几位认认真真地挨着排向李铠诉说起他们的意见和建议来……

李铠只觉得那幽长的山洞似乎终于到了尽头，长脸蓝蝙蝠不知飞到哪儿去了，而澹台智珠所装扮的女装木兰，终于停住了脚步，徐徐地朝他转过身来……

"行啦行啦！"卢宝桑又突然大喊起来，训斥那几个不知趣的酒客说，"人家姐夫还得回去跟珠大姐商量新戏码的事儿呢！谁像你们，有了闲工夫就泡在这儿，没结没完地灌呀、磨牙呀！……"

李铠突然酒醒。他庄重地站了起来，抻抻衣襟说："我真得回去了。各位,少陪!"

人们纷纷热情地向他告别,仿佛欢送一位战功赫赫的英雄。

李铠边朝门边走去,边下意识地从衣兜里摸出了一支香烟,搁进嘴里。但是他继续伸手在衣兜里摸索一通之后,却没有找到打火机和火柴——他出来得匆忙,本没有带。正当他在门前踌躇时,卢宝桑一个巴掌拍到他肩膀上,另一个巴掌扣到了他手心中,他听卢宝桑说:"给!姐夫你留着用!"

李铠也没闹清楚怎么回事,便对卢宝桑笑笑,推门走了出去。

李铠站在"一品香"门口。前面是鼓楼,后面是钟楼。一阵寒风从钟鼓楼中穿过,他不禁吐出了那支没点燃的香烟,打了一个嗝儿。他彻底地清醒了。

"爸!"突然跑过来小竹,两只小手冻得通红,眼里还噙着泪花儿,跑过来搂住了他的胳膊。

"你跑这儿来干什么?"他严厉地问。

"爸!妈不知道到哪儿去了,你也不回家,爷爷着急哩,让我来找……"

"急什么,我不是在这儿吗!"他掏出手绢,弯腰给小竹擦着眼睛。

"爸,回家去吧!"小竹朝回家的方向拽着他的胳膊。

"怎么能回家!"他拍了一下小竹的后脑勺,更加严厉地说,"走,到鼓楼前头接你妈去!接着她,咱们再一块回家!"

李铠挺起胸脯,牵着小竹朝鼓楼前走去。

他招呼小竹时,一直都用的是右手。当他牵着小竹朝前走去时,他才意识到左手中还握着卢宝桑给他的那样东西。那是什么东西呢?凉飕飕、硬邦邦的,仿佛是一块手表……卢宝桑为什么要把它送给自己呢?

李铠把拳起的左手伸到眼前,张开,于是,他才知道卢宝桑送给他的,是一个小巧玲珑的进口超薄型打火机。不用说,那一定是卢宝桑得来不易、最为珍爱的物品之一。他心里一时非常感动。
　　李铠再从衣兜里掏出一支烟来,含在嘴中,用那打火机将烟点燃,深深地吸了一口……

　　时间对每一个人一视同仁。如果说要做到"在真理面前人人平等""在法律面前人人平等"不那么容易,那么不用争取,在时间面前人人自然而然是平等的。
　　不过,在平等的时间面前,不同的人却采取着不同的态度来消耗它,因而构成不同的遭际,形成不同的感受。
　　路喜纯骑着自行车回家。当他又一次骑过地安门十字路口时,恰恰是下午五点钟。他为薛家的婚事付出了几乎长达十小时的劳动。临告别时,薛大娘、薛纪徽和孟昭英把他一直送到院门外。薛大娘非要给他"汤封"——原来的"汤封"丢了,薛大娘另包了一包——他诚恳地婉辞了,他说:"大娘,我来帮忙,图的是练练手艺,图的是让你们看着喜幸,闻着味香,吃着可口,你们和客人满意了,我心里头就痛快了……我要为'汤封'来,有的菜我还不弄呢!"薛大娘非要把"汤封"塞给他,他躲闪着,倒是孟昭英一旁劝道:"妈,路师傅既是坚决不要,我看也就随他吧。其实,人家今儿个不光帮咱们弄了一天的菜,还无缘无故地受了一场气,咱们就是拿出多少钱财来,也赔补不起!我看,不如就打今儿个起交个朋友吧,欢迎路师傅赶明儿来串门!路师傅有什么要咱们帮忙的,来说上一声,咱们抬腿就去!……"薛纪徽也说:"难得遇上个路师傅这么个好人,还教给我们怎么让水管子化冻……路师傅啊,真是欢迎你来串门儿,不光来这儿,也欢迎你到我们那边的家去。我们那儿更好认,就在北海后门东边,恭俭胡同里头,你记下门牌号码……你可真去!"路喜纯便说:"不瞒你们说,我父母双亡,没个亲戚,你们要真不嫌弃,我赶明儿得空了,还真来!"薛大娘这才收起"汤封",感动地说:"路师傅,小路! 你就真来! 我们就算你的一门子亲戚!"

双方都没有想到,经过一天的接触,竟变得这般亲近。巍巍鼓楼怕也在俯瞰着他们,体味着这人生的滋味……

临骑上车之前,路喜纯又诚恳地对他们说:"你们那个亲戚,卢宝桑,人头的确次,没个积极的生活目标,光知道足吃足喝,猛撮一顿;我早先就认识他,跟他一向合不来……可今儿个的事儿,我有个看法,就是那雷达表,兴许他的确没偷——他这人以前从没偷过东西,我想他不至于打今儿个变成了'佛爷',我希望你们不要太难为了他。他这人也有可怜的地方……有一阵子新房里来了好些个人,谁也认不全,是不是有那专门趁火打劫的,混在了里头? 别冤枉了卢宝桑! ……"

路喜纯这话一出来,薛大娘他们更加感动。这个小伙子,卢宝桑把他得罪到那么个份儿上,他倒还怕卢宝桑遭冤枉!

他们真是依依惜别。都是平凡的人,可胸中涌动着的,都是不平凡的感情……

路喜纯就这样度过了他的一天。他创造了美,并让许多人享受到了这美,他自己也便获得了一种美感——当然,这期间也有对美的亵渎和伤害,但是天下创造美的事业,哪有一帆风顺的呢? 路喜纯骑车往家里去,心里充满了快乐,并且充实了他的抱负……

是的,现在在那个小饭馆里,他仍然只能上白案,并且经理对他,仍是那般地漠视,但这种情形,难道会永远存在下去吗? 就是在白案上,他也还可以团结别的师傅,争取尽快打破目前品种单调的沉闷局面……他听何师傅说过,过去北京小吃里的好多品种都快失传,像包子类里的干丝包、三丁包、三冬包……蒸糕类里的千层糕、水晶糕、山楂蜜糕……为什么不能就在他们那个小饭馆,试着恢复几样呢?顾客肯定欢迎,而饭馆的收益肯定猛增!当然,实现起来肯定阻力重重,可嵇老师那话说得真对:要有历史的眼光!……

在那夕阳收敛余光的冬日下午,路喜纯——一个普通又普通的北京青年,心情怡悦地、问心无愧地,骑车远离了钟鼓楼。

可是另外一个人在同样的时刻,却心怀鬼胎、忐忑不安地滞留在钟鼓楼前的大街上。

那便是姚向东。

他双手插在登山服的口袋里,一只手攥着一把钞票,一只手攥着那块雷达小坤表。刚从薛家溜出来时,他心里一度充满了狂喜。他竟成功了!当他逃至鼓楼前大街上时,他觉得他简直是一个百万富翁,啊,"马凯餐厅",等你四点半一供应晚餐,我要马上进去点几个名菜!都有什么来着?对了,"安东鸡""松鼠鱼",还有什么"黄雀肉片"……怪有意思的!敢情还有用松鼠肉跟鱼肉一块儿做的菜!他大摇大摆地走进了烟袋斜街把口的食品店,让售货员给他包上五个奶油酥卷,售货员让他付款,他在衣兜里把那"汤封"的红纸弄开,掏出一张票子递了过去。售货员把钱找给了他,他拿起包着奶油酥卷的纸包,没走出店门就掏出一个大嚼起来。出了大门,他边吃边走,还没走拢后门桥,已经把五个奶油酥卷全塞进了肚子!他感到口渴,便横穿过马路,进了帽儿胡同口上的食品店,掏钱买酸奶;可就在这时候,他突然惊慌了——他听见一个声音在他旁边猛然响起:"你掉东西啦!"他扭头一看,是个岁数不小、身板壮实的男人,他低头一看,原来他从兜里带出来的一张红纸……他弯腰拾起那张红纸,忽然失去了买酸奶的勇气,很不自然地溜出了店门。他不敢回头,可总觉得那喊话的人在盯着他的后背……他一气溜到了后门桥南边,才停下来喘气。

那人会不会是"雷子"①呢?越寻思越像!

他胆战心惊地扭过头去,只见那人出了食品店,并没朝他这个方向张望,而是拐进了帽儿胡同,他吁出一口气来。可是他心里从这时候起便打上了小鼓,始终不停。

他在文物商店收购部前头的石阶上坐了下来。马路对面恰好是"益民信托商店"。那里面有一件比杨强强这件还帅的登山服。只要他能把那手表卖出去,他就足能买下那件登山服。他的眼光移到了信托商店南门,那里写着:"收购部。谢绝参观。"据说到那里出售东西,得拿户口本、工作证一类的证件给人家看才行。姚向东倒有学生证,可能往外亮吗?他坐在那里,愣愣地望着对面,望着收购部,心里不禁懊丧起来。他两只插在衣兜里的手活像攥着两个滚烫的煤球,那块雷达小坤表更像是刚从煤炉子里夹出来的,还冒着红得发蓝、发白的火苗儿!

姚向东站起身来,脚底下像踩着刚出轧机的钢板,懵懵懂懂地一会儿朝南边疯走,一会儿又穿过马路、朝北边彳亍……他不知道他该怎么办。

小时候在胡同里做游戏,姚向东最爱装坏蛋——尤其是日本"鬼子"和德国纳粹士兵,他先是快活地哼着从电影上听来的日本"鬼子"进军的旋律:"嗒——嘀嗒——嗒嘀嗒嘀……"或者双脚使劲一并,学着从电影上看来的德国纳粹士兵的伸臂礼:"嗨——希特勒!"……他从假装自己是坏蛋、被好人追捕的过程中,获得了无

---

① 小流氓的黑话,指公安局的侦察员。

穷无尽的乐趣！最后他心甘情愿被装扮成八路军和红军的同伴"击毙"——闭上眼睛，满脸怪相，扭曲着身子，毫不吝惜衣裤地全身滚落地上……

但是此刻，他头一回偷了人家那么贵重的东西，他感到自己真的成为坏人了，却深刻地体验到了作为坏人的孤独与恐惧！

街上走着那么多的行人，似乎个个都轻松自在，就连那个伛偻着腰的老头，还有那个不知道为什么跟在他妈妈后头哭着走的小娃娃，也都比自己神气。老头不怕有人盯着他，小娃娃哇哇使劲地哭，一点也不怕别人注意！

"小拽子！"

一声呼唤，把姚向东吓得十足地双脚一跳。

他扭头一看，是阿臭。

阿臭照例把自行车定在马路边，一只脚踩住马路牙子，上下打量着他问："你他妈怎么还跟这儿晃啊？"

姚向东含含混混地说："谁晃呢？我……想找杨强强去杀棋……"

阿臭皱皱鼻子："算了吧！蒙谁呢你！你要去帽儿胡同，怎么能往北走？你丫挺的准没干他妈的好事！"

姚向东心惊肉跳。他略微沉沉气，心想，或者，干脆把手里攥的东西亮出来，让阿臭见识见识？阿臭那张嘴"横"[①]得不行，平时听他嘴里吐出来的"横"话，简直连钟鼓楼也敢拆，那么，干脆请他帮帮忙，把这块雷达表随便倒腾成几十块钱，由着他"吃贡"，不行么？

阿臭还在骂骂咧咧地说着什么，他都没有听清。他趁阿臭停

---

① 读作 hèng，厉害的意思。

嘴,试探地说:"你他妈的甭跟我犯贫!这么着吧,我请你上'马凯',咱俩撮一顿,捎带脚求你个事儿!……"

阿臭一听,两眼一瞪,脸上现出一个怪笑,放低嗓音说:"你他妈的当'佛爷'了吧?中午不还跟我借的钱吗?这会儿就要请客!我可不沾你的'包儿'①!"说完,蹬上车,飕飕飕地往前蹿,眨眼的工夫就没影儿了。

原来人家阿臭光是嘴上"横",人家不沾这个"包儿"!

姚向东顿时觉得双腿发软。他想,也许,还是走到什刹海边,像那回扔下那盆山影一样,把这表跟钱都扔进去算了——什刹海没有全冻成冰,银锭桥边上,就还有不小的一片水;扔进去,心里可以踏实点,再说,也就可以回家了——他很不愿意回那个家,想到母亲的吆喝、斥骂,父亲的巴掌、鞋底,他真想就在外头过夜。但这毕竟是寒冷的冬天,他不回家又到哪里去呢?难道坐车去北京站?……

尽管自一九八〇年一月一日起,我国已开始施行《中华人民共和国刑法》,但像姚向东这样的中学生,还没有得到过正式的法律教育,他头脑中只有笼笼统统的极不准确的一些观念,什么派出所的民警夜里"掏窝"啦,给罪犯戴"小镏子"(手铐)啦,推了光头押到台上开批斗会啦,布告上的名字上头给划个红对钩啦……他并不清楚,《中华人民共和国刑法》第六十三条明确规定:"犯罪以后自首的,可以从轻处罚。其中犯罪较轻的,可以减轻或者免除处罚……"他其实完全可以折回薛家,交回那块雷达表,并交出兜里所有的钱——他花掉的并没有多少,所差的那一点,人家可能在原谅他的同时,干脆不要他补……如果他怕薛家的人不能谅解他,他

---

① "沾包儿",受牵连的意思。

也可以去派出所自首；可是姚向东却完全没有朝那个方向想……

他给别人造成了痛苦，他也痛苦。

天色晦暗下来，鼓楼渐渐成为一个巨大的剪影。

张秀藻没有同母亲一起坐小轿车回家。送她母亲于大夫回家的傅善读不禁在车上问："你们千金是怎么回事儿？对房子不满意吗？"于大夫摆摆手说："你别在意！如今的大学生，就是这么个做派——人家要显示自己的独立性，不沾父母的光。"

张秀藻的确是这么个心思，她不仅觉得不必沾光坐父亲单位的小轿车回家，就是那即将搬去的新居，在她心目中也明确地被认定为是属于爸爸妈妈的，她只不过是借住一时而已。一俟她毕业后独立，她是宁愿马上搬到低水平的集体宿舍去住的——不是她不喜欢小轿车的迅捷方便，更不是她拒绝享受宽敞明亮、设备齐全的住房的舒适，而是她认为，只有通过自己为国家的辛勤劳动和出色贡献，去逐步获得那一切，才能问心无愧。

张秀藻坐公共汽车回家。同去时一样，她乘车和换车都出乎意料地顺利。她在鼓楼前下了8路公共汽车。

"张秀藻！"她忽然听见有人叫她。

她一偏头，啊，是荀磊！一天之中，这是她同他的第二次邂逅。她的心顿时狂跳起来。

荀磊却并不觉得这是什么奇遇。他从百货商场买好表，正骑车往回走。他凑巧在汽车站那里遇上了张秀藻，便本能地唤了她一声。

张秀藻站住了。荀磊下了车，笑嘻嘻地问她："你的表几点？我跟你对对！"

在荀磊这方面来说，提出这个要求是再自然不过的事。尽管商场钟表部在卖定那块雷达表以后,照着柜台里的挂钟给对了个时间,而且荀磊也用自己腕上的表,同时给校正了一下,但毕竟都未必精确——张秀藻家的任何一个计时器却都是必定精确的,所以,荀磊见到张秀藻,不由得首先说了那么两句话。

张秀藻原想矜持地同荀磊一点头,便庄重地朝前走去。但人家提出的这个要求,实在没有不予满足的道理。于是,她便伸出手腕,看着自己那块功能齐全的电子表,详尽地报告说:"一九八二年十二月十二日十六点五十八分三十四秒……"

荀磊手里提着那块买来的表,尽可能精确地校正着。张秀藻一瞥之中,不禁纳闷:他怎么会拿着那么一块坤表呢?难道,是为冯婉姝买的?可是照他跟冯婉姝已经达到的关系,要为冯婉姝买表,他们应当一块儿去啊……

荀磊没有觉察出张秀藻惊疑探询的目光,他把表校好以后,感慨地说:"十二月十二!双十二!哎呀,你看,我差点忽略了——这是爆发'西安事变'的日子啊!多少周年啦?"

张秀藻也一惊。是啊,一整天都快过完了,怎么总没能想起"西安事变"来!她心算了一下,立即呼应说:"那是一九三六年爆发的……到今天整整四十六周年了!"

两个年轻人这时对望了一眼。有一种电火般的东西,撞击着他们的灵魂。他们同时意识到了一种超乎个人生命、情感和事业之上的无形而坚实的东西,那便是历史。

荀磊建议说:"我推车陪你走回去吧。"

张秀藻默默地点了点头。

荀磊忽然觉得,有许多想法可以同这个同代人交流。当他们顺着鼓楼根行走时,荀磊议论说:"我想你一定跟我一样,已经有过那么一次醒悟——在无声无息流逝着的时间里,忽然产生了一种历史感……尽管从很小开始,大人就给我们上历史课,给我们讲历史,可是在很长的时间里,'历史'这两个字在我心目当中,只是一门功课,只关系着一定的分数。比如,填空题:中日'甲午海战',发生在哪一年?'八国联军'的'八国',是哪八国?……尽管我得过不少满分,可是,实话实说,很长的时间里,我其实并没有真正意识到什么是历史……直到我从英国回来,经过万里跋涉,终于又到达这钟鼓楼脚下,一眼望见了这鼓楼后身那口废弃的铁钟时,不知怎么搞的,我的心一下子狂跳起来,眼睛发热,嗓子眼发涩,我一下子产生了一种实实在在的历史感……你能明白我的意思吗?那是很难能用语言表述清楚的,那是一种思想、情感、知识、理想、意志和信心的综合效应……简单地说,就是我头一回万分清楚地意识到了,我在流逝的时间中所应奔赴的位置和我所应承担的责任……也许,那也就是所谓的使命感——一种把人类历史和个人命运交融在一起的神圣感觉……"

张秀藻被深深地打动了。听了这番话,她对荀磊产生出一种超出爱之上的情感。这种情感一上涌,她的妒忌、怨艾、矜持、惶惑便迅速地消散了。在心弦的一阵强烈共鸣中,她忍不住激动地呼应说:"对极了!我觉得自己走向成熟的开始,也就是这种历史感和命运感的萌发。记得今年暑假我们一群同学到山西,在黄河壶口大瀑布面前,我就产生了类似你刚才说的那么一种感觉……当然,也许比起你的感受来,这只能说是朦朦胧胧的,可我自己很珍视它!……"

眼看已经拐进他们住的那条胡同了。荀磊觉得应当把他们这偶然触发,然而很有兴味的谈话继续下去,便建议说:"干脆,你一会儿到我家吃饺子去吧。吃完饺子,咱们几个同代人畅开聊聊——不光有冯婉妹,还有我的一个……要算堂妹吧,打河北农村来的,她带来了好多农村的新信息,能大大地开拓咱们的思路……咱们就痛痛快快地聊聊这个主题:时间——历史——命运——使命……好吗?"

张秀藻愉快地答应了。她忽然觉得维克多·雨果的那篇爱情诗并不算怎么成功。倒是这位文豪在弥留之际留下的一句话,更为动人心魄:"人生便是白昼与黑夜的斗争。"现在她同荀磊,同冯婉姝,还有那位来自农村的同代人,他们所经受的日日夜夜,同雨果所处的那个时代、那个社会,该有多么不同啊;他们对斗争的理解,更不可能与那位异国的文豪相同。然而,当他们聚在一起时,她无妨借用雨果的这句"临终遗言",来引出活泼而深入的讨论……想到这些,她对即将搬离那四合院,更有一种依恋不舍之情,并且为自己以往竟不能主动以同代人的身份亲近周围年轻的邻居们,而感到内疚。快走拢院门时,她鼓起勇气提议说:"要是你们家不嫌吵,干脆,我把海西宾也叫到你家去,正式开个'同代人恳谈会',好吗?"

"太好了!"荀磊高兴得把一只手拍到后脑勺上,欢呼起来,"你看,这不就翻开咱们小院历史上的新篇章了吗?历史,原本是可以由我们去创造的啊!"

两个年轻人先后轻快地进入了院门。

一九〇五年,伟大的科学家爱因斯坦提出了狭义相对论,从根本上动摇了原有的时间观念。他指出,两件事发生的先后或是否"同时",在不同的观察系统看来是不同的。量度物体长度时,将测到运动物体在其运动方向上的长度要比静止时缩短;与此相似,量度时间进程时,将看到运动的时钟要比静止的时钟走得慢……

那一年,在中国是清朝光绪三十一年。尽管独揽大权的慈禧太后勉勉强强地接受了铁路、电灯、照相术、机器船一类的西方科技成果,并且下诏中止了以八股文取士的科举制度,但几乎没有任何一个中国人能够知道并且理解爱因斯坦这一划时代的科学理论;高踞北京城北面的钟鼓楼,依然从极为落后的时间观念出发,粗糙地报告着时辰……

一九一六年,爱因斯坦又提出了广义相对论,进一步说明空间和时间其实都是可以弯曲、压缩或延伸的,完全击败了古老的认为时间绝对的观念。

那一年,清王朝虽已覆灭,但末代皇帝仍在紫禁城中继续过着帝王般的生活,同时野心家袁世凯从头年起就演出了一场称帝的闹剧,进步的中国人不得不花费很大的力气来同这种倒行逆施展开斗争……愚昧和迷信仍旧纠缠着我们这个古老的民族:钟鼓楼按老规矩击鼓撞钟,人们的时间观念毫无改进……

从那以后,又有几十年过去了。中国发生了翻天覆地的变化。现在中国不但有自己的相对论研究学者,而且,越来越多的有知识的人开始建立起全面的时间观念——在宏观世界(即肉眼可见的世界)中,时间可以大体上看成是直线地、均匀地向前行进的,但在微观世界(分子、原子、各种基本粒子)和超宏观世界(宇宙中的星系)中,时间可就不一定是直线地、均匀地向前行进了,它有时会被反卷或弯折。据说有一种称为"速子"的基本粒子,它的运动速度竟比过去认为是不可逾越的光还快,因此,在观察"速子"的运动时,你甚至可以认为时间是在倒流;而在宇宙中有一种不可见的星体,称为"黑洞",据说它是天体彻底的重力崩溃的产物,它的质量之大,密度之高,可以使进入它的重力场的一切物质和辐射"陷落"其中,因此它不但可以否定时间,甚而可以使时间在它的附近静止。假如我们地球派出一只飞船去探察"黑洞",可能要一百万年以后,地球上的人才能得到飞船飞拢"黑洞"的消息,但飞船上的钟却可能只走了几分钟乃至几秒钟,飞行员当然简直一点儿也没有变老……

啊,时间!你默默地流逝着。人类社会在你的流逝中书写着历史,个人生活在你的流逝中构成了命运。啊,北京城!北京的市民!钟鼓楼边的住户!该怎样来描述你们?人类社会,人的心灵,远比相对论所描述的物理世界复杂、深奥!总的规律是有的,但它将怎样体现在每一个具体的人身上?我们在一九八二年十二月十二日这天所认识的这些人物,将怎样继续生活下去?我们对他们的分析、预测和评价,将被时间所确认,还是将被时间所否定?

薛纪跃和潘秀娅能否和谐相处、得到幸福?薛永全能否继续保持内心的平静?薛大娘和她的两个儿媳——特别是与二儿媳潘秀娅之间,是否仍将不断地爆发出微妙的矛盾冲突?薛纪徽终究还是会淡忘那"装车""卸车"的场面,而在新信息的刺激下更加奋发吧?荀兴旺夫妇将怎样送走杏儿,并将怎样看待他们那不可更易的儿媳冯婉姝?杏儿将怎样向母亲和枣儿交代首都之行,并将怀着怎样的情绪回忆这一段遭遇?荀磊在冯婉姝支持下将那译稿另投别处后,是否还会遇到困难?冯婉姝对荀磊的爱情,是否将永不衰减?张奇林夫妇搬入新居后,是否能保持同原来那些"小市民"们的联系?张秀藻经过那一晚的"同代人恳谈会"后,将会在她的笔记本上增添一些什么样的诗抄?庞其杉的情报站站长能不能当稳?傅善读和洛玑山的行为后来究竟得到怎样的评议?詹丽颖有可能改变她的性格吗?齐壮思将怎样对待慕樱的追求——特别是在他离休之后?而慕樱的爱情观和道德观,在社会的进一步发展中,是将遭到大多数人唾弃,还是将被大多数人宽容乃至接受?嵇志满从迷梦中惊醒后,将做出何种反应,并将有怎样的结局?澹台智珠能终于达到表演艺术家的高度吗？李铠能彻底摆脱心理上的暗影吗？韩一潭是否终于能勇敢地独立思考？龙点睛一定会"有志者事竟成"吗？海西宾难道永远保持对名利的淡薄？梁福民和郝玉兰何时能够改变他们那种低收入、低消费的生活习惯和心理状态？姚向东究竟是及时地被挽救过来，还是竟从此沉沦？卢宝桑是总也搞不上对象，总到处去"足撮"吗？路喜纯后来究竟跟谁一起到照相馆拍了礼服结婚照？胡爷爷还要捡多久废纸？海老太太的吹牛还会不会出圈？小莲蓬、小竹这些孩子长大了，将以怎样的眼光看待他们周围的世界？……

看来，这一切都具有某种不确定性。

然而有一点却是可以确定的——除非发生某种难以预料的灾变，北京的钟鼓楼将成为社会历史和个人命运的见证而永存。

鼓楼在前，红墙黄瓦。

钟楼在后，灰墙绿瓦。

钟鼓楼高高地屹立着，不断迎接着下一刻、下一天、下一月、下一年、下一代。

一九八三年三月十七日开笔
一九八四年五月三十日竣稿